KB063537

머제스틱 극장에 빛이 쏟아지면

WE ARE THE LIGHT

머제스틱 극장에
빛이 쏟아지면

매튜 퀵 장편소설

박산호 옮김

미디어창비
Media Changbi

마침내 내가 마법의 주문을 외칠 수 있게 해준

현명하고 너그러운 융 심리학자들에게.

고맙습니다.

VOCATUS ATQUE NON VOCATUS DEUS ADERIT

"부르건 부르지 않건, 신은 항상 존재한다."

– 칼 융의 묘비에 새겨진 글

차례

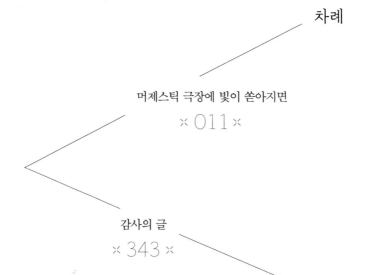

1

칼에게

먼저, 당신이 이제 더는 진료하지 않는다는 편지를 받았고, 따라서 당신이 나나 다른 누구의 정신분석가가 아니란 사실을 알면서도 진료실에 찾아간 걸 사과하고 싶습니다.

당신의 진료실은 자택과 연결되어 있는데 진료를 중단했으니, 아마도 이제 집의 일부가 된 그곳은 나에게 출입이 금지됐겠죠. 어쩌다 보니 자동조종장치처럼 그곳에 가고 말았습니다. 거의 14개월 동안 매주 금요일 저녁 7시에 그곳에 가던 습관을 하루아침에 깨긴 힘들었어요. 그리고 내 마음이 계속 이렇게 말했어요. "가. 칼에겐 네가 필요해." 처음엔 좀 혼란스러웠습니다. 정신분석을 하는 사람은 당신이고 나는 그 분석을 받는 사람이니 당신에게 내가 필요한 게 아니라 내게 당신이 필요한 거잖아요. 하지만 당

11

신은 항상 내게 마음의 소리를 들으라고 했죠. 정신분석의 목표는 자아에 개성을 부여하고, 그 자아에 맞춰 나갈 수 있도록 스스로를 충분히 아는 것이라고도 말했고요. 그런데 내 마음은 계속 당신과의 관계를 원한다고, 당신에게 내 도움이 필요하다고 말해요. 또한 다아시도 내게 계속 정신분석을 받으러 가라고 했어요. 나도 정말 그러고 싶었습니다. 우리가 매주 두 시간 동안 함께했던 '분석'이, 그 금요일 밤들이 그리웠죠.

특히 처음엔 그 분석 없이는 모든 일을 감당하기 힘들었어요. 많은 사람들이 내게 새로운 당신을 찾아주겠다고 했지만 나는 칼을 기다리겠다고 했습니다. 이토록 오래 기다리게 될 줄 몰랐지만요. 제발 불쾌해하지 말아요. 당신이 죄책감을 느끼게 하려고 하는 말은 절대 아닙니다. 우리가 따로 또 같이 겪어온 그 모든 일을 생각하면 특히 그렇죠. 난 그저 당신이 이해해주길 원해요. 그리고 당신은 내게 항상 아무것도 숨기지 말고 다 말해달라고 했으니까요.

그 비극이 일어난 후 나도 직장으로 돌아갈 수 없었어요. 몇 번이나 그러려고 시도했지만 차에서 내릴 수 없었죠. 그저 교직원 주차장에 앉아서 학생들이 학교로 줄줄이 들어가는 모습만 지켜봤습니다. 걱정스러운 표정으로 날 살펴보는 학생들도 있었지만, 그들이 날 도와줬으면 싶은지 아니면 그냥 투명 인간이 됐으면 싶은지조차 분간할 수 없었어요. 그건 정말이지 아주 이상한 느낌이었죠. 당신도 그렇게 느낀 적이 있나요? 핸들을 너무 세게 잡는 바람에 손가락 관절들이 하얗게 질려버렸습니다.

내 상사이자 친구이자 머제스틱 고등학교의 교장인 이사야(당신이 혹시 잊었을까 봐)가 나와서 조수석에 앉았어요. 내 어깨에 손을 올리고는 내가 이미 수많은 아이를 도왔으니 이제는 나 자신을 도울 때라고 그러더군요. 그는 우리 집에도 자주 오는데, 신심이 아주 깊은 사람이라 이런 말을 하곤 해요. "루카스, 자넨 내가 본 중 가장 선한 사람이야. 하느님에게 자네를 위한 계획이 있을 거라고 굳게 믿고 있네." 가끔 이사야와 그의 아내 베스가 우리 집 부엌에서 저녁을 요리해주는데 그것도 참 좋아요. 음식뿐만 아니라 온갖 걸 다 가져오죠. 베스는 항상 이렇게 말해요. "루카스, 당신은 좀 먹어야 해요. 이렇게 계속 약해지면 나중에 큰일 나요." 그 말은 사실이에요. 이사야는 훌륭한 친구이고 좋은 사람이에요. 베스는 아주 근사한 여성이죠. 하지만 다스(내가 가끔 다아시를 이렇게 불렀던 걸 당신은 기억할 겁니다)가 아무에게도 자신의 변신에 대해 말하면 안 된다고 해서 너무 힘들어요. 이사야와 베스가 하느님에게 나를 위한 계획이 있다고 할 때마다 그저 고개만 끄덕이면서 입을 꾹 다물고 있어요. 그러면 두 사람은 내가 마음속에 어마어마한 비밀을 품고 있다고 생각하는 게 아니라 자신들이 하는 말에 동의하는 거라고 생각하죠.

지난 1월, 일요일 오전에 몇 번 그들의 교회에 나갔어요. 이사야는 그걸 "예배를 드린다"라고 표현하더군요. 백인은 나 한 명이었는데 그게 참 흥미진진했죠. 복음성가를 부르는 건 좋았어요. 처음 갔을 때 보라색과 황금색의 가운을 입은 목사님이 나를 제단 앞으로 불러서 내 머리에 손을 얹고 나를 위해 큰 소리로 기도했습니다. 그다음에 모든 신자들에게 와서 내 머리에 손을 얹고 기도해달라고 했어요. 그렇게 많은 사람이 내 머리에 손을 올린 건 평생 처음이었죠. 아주 친절하고 고마운 일이었지만, 우습게도 몸이 떨리는 걸 멈출 수 없었어요. 그들이 내 머리에 손을 얹고 기도하는 걸 마치고 다시 성가를 부르기 시작했을 때도요. 물론 성가를 들으니 정신이 고양되긴 하더군요. 그때 난 발작을 일으킨 줄 알았습니다.

나는 계속 주일 예배를 드리러 갔지만 몇 주가 지나자 더는 아무도 날 위해 기도하지 않았고, 마치 그곳을 침범한 침입자가 된 것 같았어요. 이사야에게 그런 기분을 털어놓았더니 이렇게 말하더군요. "신의 집에서 환영받지 못하는 손님은 없어." 그건 좋은 말이었지만 다아시는 너무 자주 찾아가서 미움을 사면 안 된다고 했어요. 난 거길 가는 게 좋았고, 어쩌면 내게 필요한 일인지도 모르는데 말이에요. 이사야가 계속 같이 가자고 하면 아마 연말 크리스마스 시즌에 다시 갈지도 모르겠어요. 다아시가 그 정도는 괜찮을 것 같다고 했으니까요.

지난 12월에 나는 열여덟 개의 장례식 중 열일곱 개에 참석했어요. 끝까지 있진 못했어도 어쨌든 얼굴은 비췄죠. 우리 유가족들의 바람대로 장례식장에서는 각각의 장례식이 겹치지 않도록 무척 신경 써서 준비했어요. 하지만 모두 크리스마스가 오기 전에 장례식을 치르길 원했기에 몇몇 장례식은 결국 겹칠 수밖에 없었죠. 열여덟 개의 장례식에 다 가보려 했지만, 경찰이 제이콥 한센의 장례식엔 못 가게 하더군요. 당신의 린드라를 위한 장례식이 아마 그중에서 최고였다는 말은 꼭 해야 할 것 같아요. 그 장례식만큼은 나도 처음부터 끝까지 자리를 지켰습니다. 당신이 전통적인 형식을 거부하고 장례식의 모든 절차를 개인적으로 맞춰서 한 점이 정말 좋았어요. 그 비극이 일어나기 전에 당신의 집 거실에서 아내 린드라가 첼로를 연주하던 영상을 장례식에서 보여주기 전까진, 나는 부인이 첼로를 연주했다는 사실조차 몰랐으니까요. 그걸 보면서 정신분석이란 게 얼마나 일방적일 수 있는지 깨달았어요. 당신은 나의 다아시에 대해 거의 모든 걸 알고 있는데 나는 당신의 린드라가 무슨 일을 하는지도 몰랐잖아요. 비극이 있기 전에 그녀의 이름을 알았는지조차 잘 모르겠는데, 그건 참 믿기 힘든 일이기도 해요. 우리 부부는 머제스틱 극장에서 당신 부부를 마주칠 때마다 항상 선을 넘지 않는 한도에서 어느 정도 거리를 둔 채 손을 흔들며 미소 짓곤 했으니까요.

그리고 당신이 목사나 라비(유대교의 지도자—옮긴이), 신부의 도움 없이 장례식을 진행한 점도 감탄했어요. 나라면 그렇게 할 수 있었을지 모르겠어요. 다아시의 장례식은 그저 남들에게 보여주기 위한 목적으로 치렀을 뿐이니까요. 사실 다아시의 관은 비어 있었거든요.

당신이 다아시의 장례식에 오지 못해서 걱정하고 있다면 그러지 않으셔도 됩니다. 앞에서 말한 것처럼 그건 진짜가 아니었어요. 그리고 나 말고는 아무도 당신의 부재를 눈치채지 못했을 거예요.

어쨌든 당신이 부인의 장례식에서 보여준 비디오에서 (당신은 분명 기억하겠지만) 린드라는 크리스마스를 주제로 한 공연에서 연주할 솔로곡을 연습하고 있었는데, 그 곡을 듣다가 신의 존재를 느낀 경험에 대해 꼭 말해야겠다는 생각이 들었습니다. 그건 마치 당신과 내가 같은 처지고, 내가 미쳐가는 것이 아니라는 하나의 증거 같았어요.

그 곡이 '천사들의 노래가'라는 걸 당신은 기억할 겁니다.

그토록 체구가 작은 여인이 그렇게 큰 악기를 노련하게 다루는 모습을 보며 놀랐어요. 아주 우아하게 활을 켜서 자아내는 천상의 소리는 경이로웠죠. 린드라가 자신의 장례식에서 연주하는 모습을 지켜보는 것은 기적 같은 경험이어서 그 자리에서 바로 제단으로 달려갈 뻔했어요. 마치 신이 하늘에서 내려와 그 비극에 대한 희소식을 당신에게 전하라고 명하는 것 같았달까요. 나는 신앙심이 깊은 사람이 아니기 때문에 참 이상한 일이었죠. 내가 신의 존재를 믿는지조차 잘 모르겠습니다.

물론 그때 나는 제단으로 달려가지 않고 대신 엉덩이에 손을 깔고 앉았어요. 린드라가 연주하는 '천사들의 노래가'가 머릿속에 계속 울려 퍼져서 일종의 황홀경에 빠진 것 같았어요. 그때 내 몸은 좌석에 앉아 있었지만, 내 영혼은(혹은 마음은) 저 높은 곳 어딘가에서 성인들의 모습을 묘사한 스테인드 글라스를 통해 쏟아지는 이른 아침 햇살에 감탄하고 있었습니다.

그러곤 린드라의 무덤 앞에 모인 사람들 뒤쪽에 설 때까지 아무 기억이 나지 않아요. 다아시의 절친인 질이 내 손을 잡고 있었습니다. 내 영혼이 다시 내 몸으로 돌아왔을 때, 나는 짙은 선글라스를 끼고 있었어요. 당신은 아내의 흰색 관 위에 한 손을 대고 오열하고 있었죠. 당신이 입고 있던 검은 양복은 묵직한 갑옷 같았습니다. 관 위로 허리를 구부린 모습이 78세라기보다는 98세처럼 보였거든요. 당신은 숨을 가다듬지 못해 장례식을 마무리하는 건 고사하고 말을 할 수조차 없었고, 아무도 뭘 어찌해야 할지 몰랐죠. 장례식을 이끌 목사나 신부나 라비가 없었으니까요. 당신은 사람들의 도움도 거부했어요. 계속 손사래를 쳤고 심지어 사람들을 밀어내기까지 하면서 말했죠. "식은 끝났어요. 집에 가세요. 제발 날 그냥 내버려둬요." 모두 조심스러워하면서 어찌할 바를 모르고 있는데 로빈 위더스(우리 마을의 수석 사서로 그의 남편인 스티브 역시 목숨을 잃었죠. 당신이 모를까 봐 알려줍니다)가 관에 한 손을 대고 성호를 그은 후, 당신의 뺨에 키스하고 우아하게 떠났어요. 그러자 당신은 진정되는 것 같았습니다. 그래서 모두 로빈의 훌륭한 선례를 따라 했고, 마지막까지 남아 있던 질과 나도 그렇게 했습니다.

하지만 내가 질의 트럭에 타려다 뒤를 돌아봤을 때 당신은 여전히 혼자 울고 있더군요. 근처에는 굴착기 옆에 서서 담배를 피우는 두 남자만 있었고요. 상어색 점프슈트를 입고 검은 장갑을 끼고 비니 모자를 쓴 그들은 무심한 눈으로 당신을 지켜봤죠.

질이 날 잡으려 했지만 나는 팔을 뿌리치고 당신에게 성큼성큼 걸어갔어요. 너무 심하게 울고 있어서 당신이 죽어간다는 생각이 들었지만 그래도 말했죠. 다이시에게 이제 날개가 생겼고,

당신의 린드라와 다른 사람들 모두 머제스틱 극장의 그 피 웅덩이에서 일어난 모습이 보인다고요. 그리고 그들이 우아하게 천국으로 날아가는 모습을 묘사했어요. 오팔처럼 반짝이는 그들의 하얀 깃털과 규칙적으로 날개를 퍼덕이는 모습, 그 위엄과 영광과 보상에 대해 말했습니다. 당신이 흐느껴 우는 와중에 내 이야기를 얼마나 들었는지는 잘 모르겠어요. 언제고 우리의 금요일 밤 상담을 다시 시작하면 기쁜 마음으로 그 기적에 대해 더 자세하게 이야기해줄 수 있습니다. 그래서 이 편지를 보내요. 당신이 하는 어떤 질문도 다 받아들일 수 있어요.

　낡은 가죽 의자에 앉아 당신의 그 크고 검은 안경을 바라보던 때가 그립습니다. 창가에 있는 토템폴(동물이나 새가 수직으로 새겨진 조각으로, 부족 내의 특정한 친족 집단과 연결된 초자연적인 존재―옮긴이)과도 같은 작은 선인장 숲과 그 이상한 초록색 식물들이 우리에게 제공하는 '남성적 에너지'도 그립고요. 당신의 얼굴에 새겨진 깊은 주름도 보고 싶어요. 아주 힘들게 얻은 것처럼, 그리고 아주 위대한 지혜가 쌓이고 또 쌓이면서 자연스럽게 얼굴에 새겨진 것처럼 보였기에 그 주름을 보면 항상 안심이 됐죠. 하지만 무엇보다 우리 사이에 자연스럽게 흐르던 치유의 에너지가 그립습니다.

　경찰관인 바비가 이제 당신 집의 문을 두드리면 안 된다고 하더군요. 당신이 눈치챘는지 모르겠는데 난 이제 그러진 않아요. 하지만 내 마음은 어떤 식으로든 당신과 다시 연결되도록 계속 노력해야 한다고 말하죠. 꼭 그래야 한다고요. 당신의 목숨이 거기 달렸을지도 모른다고 말이죠. 다아시는 그보다는 안전한 절충안으로 당신에게 편지를 써보라고 제안했어요. "편지 한 통이 무슨 해가 되겠어? 종이 한 장에 적힌 말에 다치는 사람은 없잖아. 칼에게 그 편지가 너무 부담된다면 그냥 편지를 접어서 다시 봉투에 넣었다가 나중에 읽으면 되지." 이렇게 얘기하면서 내가 편지를 꽤 잘 쓴다는 말도 했어요. 우리는 1990년대 초반에 서로 다른 대학에 다닐 때 편지를 주고받았거든요. 그리고 나는 항상 편지 쓰는 걸 좋아했으니 생각했죠. 뭐, 안 될 거 있겠어?

당신이 기억하는지 모르겠지만 초반에, 그러니까 당신이 내 정신분석을 처음 시작했을 때 당신은…… 한 15분 정도로 느껴지는 오랜 시간 동안 내 눈을 깊이 들여다보고 나서 말했죠. "당신을 사랑합니다, 루카스." 그때는 그 말이 그렇게 불편할 수가 없었어요. 얼마나 불편했느냐면 집에 가서 구글에 내 상담사가 나를 사랑한다고 말할 때 어떻게 해야 하는지 검색까지 해봤다니까요. 그때는 내가 아직 상담사와 정신분석가의 차이를 이해하기 전이었어요. 인터넷에 나온 검색 결과는 대부분 당신과 만나는 걸 바로 중단해야 한다고 했어요. 당신이 "사랑합니다"라고 말한 건 비윤리적이고 선을 넘는 행위라는 이유였죠. 그때 난 두려워서 정신분석을 받는 걸 중단할 뻔했습니다. 그 전에는 다아시 말고 아무도 내게 "사랑한다"는 말을 한 적이 없었거든요. 진심으로 그렇게 말한 사람은 없었어요. 하지만 매주 금요일 저녁에 당신과 같이 두 시간씩 보내면서 나는 점점 나아지기 시작했고, 당신이 한 말이 무슨 뜻인지 이해할 수 있었어요. 당신의 영혼이 내 영혼을 사랑할 수 있다는 말이었죠. 마치 숨을 쉬는 것이 우리의 폐와 코가 하는 일인 것처럼, 모든 영혼의 목적은 사랑하는 것이니까요. 씹고 맛을 보는 것이 입이 하는 일이고, 걷는 것이 우리 발이 하는 일이듯 말이죠. 우리가 같이 보낸 금요일 저녁이 계속 쌓여가면서 나는 당신이 정말로 날 사랑한다고 믿기 시작했어요. 성적으로 사랑한다는 말도, 친구로서 사랑한다는 말도 아니었죠. 당신은 가장 선한 사람이 자연스럽게 다른 선한 사람을 사랑하듯 날 사랑했습니다. 일단 그러기까지 거쳐가야 하는 해로운 간섭과 방해를 제거한 후에 말이죠.

그래서 나도 "당신을 사랑합니다. 칼"이라고 말해야 한다고 느꼈어요. 전에는 그런 적이 없어서 특히 더 그랬어요. 그렇게 말하고 싶었던 적은 아주 많아요. 당신은 내가 가진 수많은 콤플렉스를 털어낼 수 있게 도와줬으니까요. 다아시는 당신에게 사랑한다 말하라고 계속 부추겼지만, 당신도 알다시피 이제야 그 말을 하게 됐네요.

당신을 사랑합니다, 칼.
그리고 당신을 돕고 싶어요.
남은 인생을 계속 집에서 숨어 지낼 순 없어요.
당신은 집에 갇혀 있을 사람이 아니에요, 절대.
내 마음은 계속 당신이 갇혀 있는 정신적 고립주의라는 비눗방울을 터뜨려야 한다고 말해요.

이건 굳이 말할 필요도 없지만 할게요. 당신은 날 도와줘야 하지만, 린드라의 죽음을 제대로 애도하고 마음의 상처를 치유한 후에는 다른 많은 사람들을 돕는 일도 다시 시작해야 해요.

그 과정의 속도를 높이기 위해 내가 도울 수 있는 일이 있을까요?

당신에게 필요한 게 뭘까요?

뭐든 기꺼이 하겠습니다.

당신의 가장 헌신적인 루카스

2

칼에게

당신이 달랑 편지 한 통 받고 나서 곧바로 답장을 쓸 거라곤 기대하지 않았어요. 그러니 답장하지 않았다고 해서 내 의지가 꺾였을까 걱정하진 말아요. 사실은 그 반대랍니다.

하지만 두 번째 편지를 쓰기 전까지 얼마나 기다리는 게 적절한지 잘 모르겠더라고요. 일주일은 너무 긴가요? 아니면 너무 짧은가요? 우리가 지금까지 같이 해온 정신분석을 토대로 당신은 이렇게 말할 것 같네요. "흠, 꼭 그렇게 규칙을 만들지는 말아요. 마음이 인도하는 대로 믿고 따르는 게 좋겠어요. 당신의 마음은 뭘 원하죠? 마음의 모든 소음을 끄고 눈을 감고 심호흡을 해봐요. 모든 걸 내려놓고 마음이 하는 소리를 들어보세요."

머제스틱 우체국에서 첫 편지를 부치고 불과 몇 시간이 지난 후, 나는 당신이 추천했을 만한 행동을 했어요. 와와 편의점 근처 일본산 단풍나무 밑에 있는 벤치에서 명상을 했죠. 그때 내 마음이 분명하게 당장 당신에게 편지를 쓰라고 했어요. 첫 편지를 보낸 바로 그날 밤 말이에요! 그 충동이 내 마음을 쥐고 흔들었어요. 하지만 우리가 편지를 주고받는 게 나만의 독백이 되지 않도록 당신이 답장할 수 있는 공평한 기회를 주는 게 낫겠다는 생각도 들더군요.

다아시도 내 생각에 동의하면서 말했어요. "홀아비의 마음을 사려고 할 때는 너무 세게 밀어붙이지 않는 게 좋아." 물론 다아시의 말은 농담입니다. 다아시는 금요일 밤마다 내가 '남자친구'를 보러 간다고 놀렸고, 질에게 내가 자길 놔두고 당신과 바람을 피운다는 농담을 하곤 했어요. 전에는 당신에게 이런 이야기를 하지 않은 이유는 당신이 우리의 정신분석을 존중해달라고 말했기 때문입니다. 정신분석에 대해 아무에게도 말하지 말라는 뜻이었죠. 당신은 그게 밥을 짓는 것과 비슷하다고 말하곤 했어요. 밥을 지을 때 솥뚜껑을 열어버리면 김이 다 빠져나가서 쌀을 익히는 데 필요한 마법 같은 과정이 일어나지 않는다고요. 하지만 난 다아시에게 말해야 했어요. 우리 집에서 돈을 관리하는 사람은 아내인 다아시였으니까요. 질은 아내의 절친이었어요. 즉 다아시가 아직 인간이었을 때는 질에게 숨기는 게 없었다는 뜻입니다. 질이 정신분석가인 당신과 정신분석을 받는 나의 관계에 대해 다른 사람들에게 말하진 않았을 거예요. 지금도 그러길 바라고요. 최근에 질에게 물어봤더니 그게 사적인 일이라는 걸 알고 자기만의 비밀로 간직했다고 하더라고요. 그런 면에서 질은 좋은 사람이에요. 그래서 다아시가 왜 질에게 자신의 비밀을 밝히지 말라고 하는지 이해가 되지 않습니다. 다아시에게 천사의 날개가 돋아났고, 지상에 남아 있기로 선택한 것 말이에요. 매일 밤 다아시와 그 문제에 대해 의논하지만 그래도 질에겐 말하면 안 된다고 하는데, 난 그게 정말 잔인하다고 생각해요.

아무튼 오늘 밤 이야기하고 싶은 사람은 바로 질이에요. 일이 좀 있었는데 어떻게 해야 할지 모르겠어요. 바비가 아주 엄중하게 경고했는데도, 이 문제 때문에 다시 충동적으로 당신의 진료실을 찾아오기 시작한 거랍니다. 당신이 기꺼이 응급 정신분석을 해줄 거라 기대하면서요. 머제스틱 극장의 비극(그건 너무나 끔찍했지만)은 나 혼자서도 감당할 수 있지만, 이번에 질과 있었던 일은 정말 양심의 가책이 들어서 견딜 수가 없어요. 특히 그게 다아시에게 숨기고 있는 유일한 비밀이라서 더 그래요. 다아시는 이제 인간이 아니니 어쩌면 무슨 일이 일어났는지 이미 알고 있을 거란 생각도 들지만, 그걸 말하기가 쉽지는 않아요. 다아시가 날 용서한다 해도(기적적으로 벌써 그랬다 해도) 난 여전히 스스로를 용서할 수 없을 것 같아요.

이 모든 이야기를 당신의 얼굴을 보고 직접 말하고 싶었어요. 그래서 지난번 편지에 쓰지 않았는데 이제 더는 마음에 담고만 있을 수가 없네요.

우리가 했던 정신분석에서 질에 대해 얼마나 이야기했는지 기억이 잘 안 나요. 솔직히 요즘은 온갖 것들이 다 기억이 안 나서 애를 먹고 있거든요. 그러니 당신이 질에 대해 한 번도 들어본 적 없다 치고 처음부터 이야기할게요.

다아시는 다른 사람들의 에너지를 조용히 그리고 멋지게 흡수하는 사람인 반면, 질은 그 에너지를 뿜어내는 사람이에요. 다아시는 종종 에너지가 서서히 줄어드는 타입이고, 질은 거의 항상 에너지가 차오르는 타입입니다. 에너지란 게 가끔은 커지는 게 좋을 수도 있고 가끔은 줄어드는 게 나을 수도 있으니 둘은 환상의 팀이었죠.

객관적으로 이 상황을 설명해보자면, 지난 몇 달간 날 위해 질처럼 많은 일을 해준 사람은 없다는 점을 이해해야 해요.

컵 오브 스푼 커피숍에 가본 적 있나요? 역사적으로 중요한 데다 이제는 악명 높은 장소가 된 머제스틱 극장 건너편에 있는 커피숍이요. 당신이 거기 있는 모습을 본 적은 없지만, 분명 거기서 식사를 해본 적이 있을 겁니다. 그렇죠? 이 마을 사람들은 다 그곳을 사랑하니까요. 질이 그 커피숍 사장이에요. 주방에서 일하는 금발 머리 여성, 그러다 손님이 오면 나와서 인사하고 안부를 묻고, 손님의 이름을 알고 있고, 카페인보다 더 강력한 힘이 나게 해주는 미소를 짓는 바로 그 사람이 질이죠. 질은 다아시가 배꼽을 잡고 웃다가 나중엔 눈물을 철철 흘리게 만드는 몇 안 되는 사람이기도 해요. 어느 날 밤, 다아시는 질과 와인을 여러 병 마시며 웃다가 정말로 바지에 오줌을 지린 적도 있어요. 그때 질은 매사에 진지한 내 모습을 흉내 내고 있었죠.

어쨌든 그 비극이 있은 후 당신을 비롯해 사람들 모두 병원에서 치료받고 있을 때, 나는 경찰서에서 심문을 받고 있었어요. 물론 잘못한 게 없었기 때문에 내 모든 권리를 포기했습니다. 다아시는 잘했다고 했죠. 그래서 한 여성이 내 손에 묻은 피를 사진 찍고, 내 손톱 밑에 남아 있는 DNA 샘플을 채취하게 했어요. 그리고 나를 녹화하는 비디오 카메라가 있는 방에서 몇몇 형사와 경찰관에게 극장에서 정확히 어떤 일이 일어났는지 말했어요. 물론 다아시와 린드라와 나머지 열다섯 명이 천사로 변한 부분은 뺐지만, 그 외 모든 것은 100퍼센트 진실만 말했습니다.

그렇게 족히 한 시간 정도 이야기했을 때 문득, 경찰관 중 한 명이 10대였던 몇십 년 전에 내가 도움을 준 적이 있다는 사실이 기억났어요. 그는 다른 경찰들과는 좀 다른 눈빛으로 나를 바라보고 있었죠. 다른 경찰들은 내 입에서 나오는 말을 두려워하는 것처럼 보였는데, 바비의 눈빛은 따뜻했고 날 안심시켰어요. 심문하는 동안 그가 몇 번이나 말했습니다. "고등학교 다닐 때 굿게임 선생님이 절 도와주셨어요. 선생님이 안 계셨다면 아마 학교를 졸업하지 못했을 거예요." 왜 계속 그 말을 했는지는 모르겠지만 덕분에 심문을 끝까지 견뎌낼 수 있었어요. 진술을 끝냈을 때 바비가 날 영웅이라고 선언했는데, 그 말에 방에 있던 다른 경찰들이 짜증이 난 것 같더군요. 아마 그들은 객관적인 태도를 유지하면서 성급하게 결론을 내리고 싶지 않았겠죠. 물론 그게 항상 최선이지만요. 그래도 바비가 내 편을 들어주고 내 손에 피가 묻은 이유를 설명해주는 명백한 사실들을 이해해줘서 정말 고마웠어요.

비디오로 녹화되는 진술을 끝냈을 때, 질이 경찰서 앞에서 변호사 없이 날 심문해선 안 된다고 소리 지르고 있는 모습을 보고 깜짝 놀랐어요. 질에게 나는 나쁜 짓을 한 게 없으니 괜찮다고 말했죠. 정말 그런 짓은 하지 않았어요.

"우리가 당장 당신을 여기서 빼낼 거예요." 질이 그렇게 말했는데 거기엔 그녀밖에 없어서 이상했어요. 질이 왜 우리란 말을 썼는지 잘 이해되지 않더라고요.

밖으로 나와 히터를 최대로 틀어놓은 질의 트럭에 탔을 때, 질은 오랫동안 시동을 켠 채 가만히 있다가 마침내 나를 보고 말했어요. "다아시가 정말 죽었어요?"

그 전에 머제스틱 극장에 있을 때 다아시가 다른 사람들에게는 절대 말하지 말라고 했기 때문에 뭐라고 대답해야 할지 모르겠더군요. 그래서 그냥 내 손만 보고 있었더니 질은 내 아내가 정말 살해돼서 더는 세상에 없다는 뜻으로 오해해버렸어요. 이미 당신에게 말했죠. 그건 사실이 아니라고. 그때 질이 통곡하기 시작했어요. 가슴이 심하게 들썩거려서 그러다 숨이 막혀 죽을 것 같아 질을 끌어안았습니다. 진정하기까지 30분 넘게 걸렸지만 그래도 좀 효과가 있었어요. 그렇게 질을 안고 있다가 어느 순간 그녀의 머리를 쓰다듬기 시작했는데 거기서 인동덩굴 같은 향기가 나더군요. 나는 질에게 괜찮다고, 모든 것이 괜찮다고 말했어요. 정말 그랬죠. 다만 괜찮은 이유는 말할 수 없었지만.

질은 그날 밤 우리 집에서 잤고, 그 후로 어영부영 우리 집에 와서 지내게 됐어요. 질은 가끔은 겹치기도 하는 열일곱 개의 장례식에 나와 함께 가기 위해 12월 한 달 동안 컵 오브 스푼을 닫았고, 누구든 내가 대답하길 원치 않는 질문을 하려 할 때마다 달려와서 막아줬습니다. 그 사실을 알고 기자들은 그녀를 무서워하게 됐어요. 또한 질은 다아시의 장례를 치르는 동안 아주 능숙하게 나에게서 우리 어머니를 멀찍이 떨어뜨려 놓았어요. 덕분에 (이 소식을 들으면 당신도 기쁘겠지만) 나의 어머니 콤플렉스를 저지하는 데도 도움이 됐죠. 장례식에서 어머니가 날 궁지로 몰려고 할 때마다 질이 끼어들어서 말했어요. "굿게임 부인, 죄송하지만 잠시 루카스 좀 빌려 갈게요." 어머니가 "하지만 난 저 아이 엄마야!"라고 외치면 질은 못 들은 척 내 손을 잡고 그 자리를 피했어요. 어머니가 처음 플로리다에서 비행기를 타고 왔을 때, 우리 집이 아니라 호텔에서 지내야 한다고 말한 사람도 질이에요. 나는 그런 대안이 있다는 것조차 깨닫지 못했는데 말이죠.

질이 없었다면 내가 그 모든 장례식에 제대로 갈 수나 있었을지 모르겠어요. 내가 학교로 돌아가지 못하고 있을 때도 질은 큰 힘이 되어줬어요. 다른 사람들이 항상 내게 말했던 것처럼, 내가 이미 많은 10대들을 도왔으니 이제는 나 자신을 도울 때라고 했죠. 아주 친절한 말이었기에 내 병 때문에 우울한 기분이 조금이나마 가실 수 있었어요.

문제는 질이 내 비통한 심정을 너무 잘 이해하려고 하다가 생겼습니다. 그 비극이 일어나고 4개월 정도 지난 후, 당신이 바비에게 내가 금요일 밤마다 당신의 진료실 문을 두드리면서 창문을 들여다보는 걸 그만두지 않으면 체포하겠다고 말하라고 하기 직전이었죠. 질과 나는 우리 집 식탁에 앉아서 질이 컵 오브 스푼에서 가져온 참치 샌드위치를 먹고 있었어요. 그때 질이 말했습니다. "우리 며칠 떠나 있는 게 좋겠어요. 특히 5월 첫 주에." 이유를 묻자 질은 5월 3일이 다아시와 나의 결혼기념일(우리의 25번째 기념일)이라는 사실을 일깨워줬어요. 신부 들러리를 섰기 때문에 그걸 알고 있었죠. 질의 제안에 곤경에 빠지고 말았습니다. 나는 25주년 결혼기념일을 다아시와 함께 보내고 싶었지만 질은 다아시가 죽었다고 생각하니까요. 그래서 질이 요즘 우리 집에서 지내고 있는 거고요. 질은 아내를 잃은 고통이 크게 느껴지지 않도록 다아시와 내가 가본 적 없는 곳으로 날 데려가고 싶어 했는데, 그런 점에서 질은 정말 다정해요. 나는 생각해보겠다고 말했지만 그날 밤 내 방에서 방문을 굳게 잠근 채 다아시와 만났을 때 다아시가 말했어요. "당신 꼭 가!"

"하지만 난 당신의 절친이 아니라 당신과 함께 우리의 25번째 기념일을 보내고 싶다고." 내가 항의했지만 다아시가 단호하게 반대하면서 질은 아직 자기가 천사가 된 진실을 알 준비가 안 됐다고 했어요. 그러니 기념일에 질과 같이 여행을 가지 않을 핑곗거리가 없어진 거죠. 다아시가 하는 말은 일리가 있었어요. 그리고 질과 내가 묵는 곳이면 어디든 날아오겠다고 약속해서 여행을 떠나도 나쁘지 않을 것 같았죠. 특히 질과 각방을 쓸 거니까 다아시와 내가 기념일에 오붓하게 보낼 시간이 충분할 거고요.

질은 메릴랜드 해변에 있는 바닷가 호텔의 방 두 개를 예약했어요. 그 작은 섬으로 차를 몰고 갔고, 내 방 창문에서 작고 땅딸 막한 사다리꼴 모양의 등대를 볼 수 있었어요. 다아시는 등대라 면 환장했으니까 그날 밤늦게 도착하면 그걸 보고 좋아할 거란 생각이 들었습니다.

질과 나는 자전거를 빌려서 헬멧을 쓰고 주변을 돌아다니고, 허리에 찬 물병의 물을 한 모금씩 마셨어요. 그러고 나서 해변에 누워 있다가 너무 더우면 차가운 바닷속으로 뛰어들어 수영도 했죠. 해가 졌을 때 샤워하고 호텔 레스토랑에서 해산물로 저녁 을 먹었어요.

우리가 느긋하게 와인을 세 병째 비우는 동안 질은 다아시에 대해 끝도 없이 말하면서 내가 전에 백만 번도 더 들은 이야기들 을 하더군요. 두 사람이 어렸을 때 어떻게 한밤중에 그들의 방 창 문으로 몰래 빠져나와서 지금은 월그린스(미국의 약국 체인―옮긴 이)가 있는 들판에서 만났는지에 대한 이야기 같은 거요. 희끄무 레한 달빛을 받으며 벌거벗고 목욕을 하고, 귀뚜라미 우는 소리 를 듣고, 여름밤의 열기에 땀을 흘렸다는 이야기 말이죠. 학교 무 도회가 열렸던 주말에 와일드우드 보드워크(해변에 판자를 깔아 만든 길―옮긴이)에서 새로 만난 남자들 때문에 원래 같이 가기로 했던 파트너들을 버린 이야기도 들려줬어요. 결국 새로 만난 두 남자와 같이 차를 몰고 뉴욕까지 갔는데, 알고 보니 그들은 대학 을 갓 졸업한 월스트리트 증권사 신입 트레이더였대요. 넷은 센 트럴 파크에서 피크닉 겸 아침을 먹었다더군요.

다아시와 나는 고등학교 때 그냥 친구였어요. 난 심지어 졸업무도회에 가지도 않았죠. 우리 둘 다 난생처음으로 머제스틱을 떠나 있을 때, 내가 그녀에게 편지를 쓰기 시작하면서 사랑에 빠졌어요. 다아시와 질은 특이한 한 쌍이었어요. 특히 어렸을 때요. 다아시는 키가 작고 체구도 아담하고 검은 머리를 턱까지 내려오게 길렀고, 항상 귀엽고 다가가기 쉬운 사람이었어요. 질은 사내아이처럼 키가 컸어요. 쭉 곧은 금발 머리가 엉덩이까지 폭포수처럼 흘러내렸고, 학교 복도를 여신처럼 사뿐사뿐 걸어 다녔죠. 그때 나는 감히 질에게 말을 걸 꿈조차 꾸지 못했어요. 성인이 돼서 만났을 때 항상 힘차게 농담을 늘어놓는 쪽은 질이었고, 그 농담에 금방 고개를 뒤로 젖히고 입을 크게 벌린 채 큰 소리로 웃음을 터뜨리는 쪽은 다아시였어요. 내 아내는 기분을 맞추기 쉬운 사람이었고, 그런 아내의 기분을 맞춰주는 사람은 항상 질이었죠. 질은 다른 여자들이 자기 외모를 의식할 정도로 뛰어난 미인이었지만, 다아시는 자기 외모에 항상 만족해하는 사람이었어요. 질에겐 강박적인 면이 있었고, 다아시는 사려 깊었고요. 질과 다아시란 퍼즐은 자연스럽게 서로를 보완하면서 맞아떨어졌습니다. 서로 잘 맞물리는 완벽한 한 쌍이었어요.

　하지만 그때 그 메릴랜드 해안가 레스토랑에서 질은 자신이 데렉과 이혼했을 때 다아시가 어떻게 도와줬는지에 대한 이야기를 했어요. 데렉이 하도 심하게 때려서 몸 여기저기에 멍이 들곤 했는데 질은 옷으로 그걸 가리고 다녔죠. 난 데렉이 전혀 마음에 들지 않았어요. 그런데도 그자가 법적인 문제에 휘말리지 않을 수 있었던 이유는 그의 형이 아주 영향력이 큰 변호사였기 때문이었어요. 게다가 질은 몸에 든 멍이 다 사라지고 난 후에야 자신이 받은 학대에 대해 말하기 시작했으니 증거도 없었던 거죠. 그때 다아시가 도와주지 않았다면 자살했을 거란 이야기를 하고 또 하다가 혀가 꼬이기 시작했고, 그제야 지금까지 나온 와인을 질이 거의 다 마셨다는 사실을 깨달았어요. 그래서 질이 위층에 있는 침대에 누울 수 있게 도와주고, 침대 옆 테이블에 물병을 올려놓은 후 조용히 내 방에 가서 다아시를 기다렸어요.

등대가 돌아가면서 커다란 빛을 쏴 창문이 몇 초 간격으로 번쩍번쩍 빛났어요. 창문에 암막 커튼이 달려 있었지만 빛을 차단하고 싶지 않더군요. 다아시가 그 빛을 이용해 날 찾아내는 상상을 했어요. 그리고 우리가 실제로 작동하는 등대 근처 호텔에 머무는 모습을 봤을 때 다아시의 얼굴에 떠오를 큼지막한 미소도 상상해봤죠. 다아시는 등대 불빛의 반짝이는 리듬을 밤새 즐겁게 바라볼 수 있을 거예요. 밖에는 모기와 흡혈파리가 날아다녔지만, 어쨌든 방충망을 열어놓고 다아시를 기다렸어요.

그러다 어느새 잠이 들었나 봐요. 방문을 노크하는 소리에 잠이 깨서 반쯤 꿈을 꾸는 상태로 누가 왔는지 보러 문가로 갔어요. 질은 이미 취해서 정신을 놓았고 다아시는 분명 창문으로 들어올 테니 누군가 문을 잘못 두드렸을 거라고 생각했죠. 하지만 문을 열자마자 바람처럼 거세게 밀려드는 어마어마한 열정에 사로잡혔어요. 그야말로 25주년 결혼기념일에 사랑하는 아내만이 퍼부을 수 있는 그런 열정이었죠. 갑자기 두 손이 내 엉덩이를 더듬고 어떤 입술이 마치 영혼을 뽑아내려는 것처럼 내 입술을 탐욕스럽게 빨아들였습니다. 어느새 나는 침대에 쓰러졌고 흥분한 나머지 그녀의 안으로 들어갔어요. 그녀의 머리카락이 내 뺨을 부드럽게 쓸어내렸는데, 그 머리카락에서 인동 향기를 맡고 소리를 질렀어요. "내게서 떨어져요! 떨어져! 제발! 멈춰요!"

질은 두 손으로 내 얼굴을 감싸고 모든 것이 괜찮다고, 미안하다고, 우린 그냥 취했을 뿐이고 이건 아무 뜻도 없다고 속삭였지만 온몸이 떨리는 걸 멈출 수 없었어요. 이러다 발작을 일으킬 것 같았어요. 마치 누군가가 내 안에서 여러 개의 칼로 살을 찢고 밖으로 나오려 했지만 그 칼날이 너무 무뎌서 살을 긁어내기만 할 뿐 나오지 못하는 것 같은 끔찍한 느낌이었죠. 그래서 천장을 보며 누운 채 계속 신음했는데 그것 때문에 질이 속상했는지 울기 시작했어요. 그러더니 자기는 사랑받을 가치가 없는 끔찍한 사람이란 말을 하고 또 하더군요. 그걸 듣자 마음속 깊은 곳에서 뭔가가 움직였고, 아무 생각도 하지 않은 채 질을 끌어당겨서 안았습니다. 그리고 내 영혼의 가장 좋은 부분이 그녀 영혼의 가장 좋은 부분을 사랑한다고 말했어요. 질은 아무 대꾸도 하지 않았지만 나는 질이 내 침대에서 잠들 때까지 그 말을 하고 또 했어요.

거대한 등대 불빛이 계속 돌고 도는 모습을 보는데 마침내 해가 떠올랐어요. 물론 다이시는 질이 자신의 날개를 보는 걸 원하지 않으니 간밤에 나타나지 않았어요. 자기 절친이 천사가 된 걸 보면 질이 충격받아서 죽을지도 모르니까요. 질 때문에 우리 결혼기념일에 다이시를 보지 못해서 조금 화가 나기도 했지만, 아침이 되자 그런 분노도 사라졌습니다. 우리는 호텔 로비에서 유럽식 아침 식사를 먹고 예정보다 하루 일찍 떠나기로 했고, 별말 없이 오랫동안 운전해서 집으로 돌아왔어요.

질은 집 진입로에 들어서서 시동을 끈 후 핸들 아래쪽을 오랫동안 물끄러미 보다가 입을 열었어요. "내가 모든 걸 망쳐버렸나요?"

물론 그렇지 않다고 했죠. 메릴랜드에서 일어난 그 일은 와인 탓으로 돌리고 두 번 다시 말할 필요가 없다고요. 질은 고맙다면서 자기가 알코올 중독자가 된 것 같다고 농담처럼 말했지만, 난 웃는 대신 질의 눈을 보며 말했어요. "당신은 사랑받을 가치가 있어요." 그러고 두 손으로 그녀의 턱을 잡았는데 나도 깜짝 놀랐죠. 질이 젖은 눈으로 날 올려다봤고, 침을 꿀꺽 삼키고 몇 번 고개를 끄덕였을 때 그녀를 놓아줬어요.

우리는 집에 들어와 피자를 시켜 소파 양쪽 끝에 앉아서 시시한 영화 한 편을 봤습니다. 질은 금방 잠들어 거기서 밤을 보냈어요.

그날 밤 침실에서 다아시와 만났을 때 메릴랜드에서 있었던 일을 다 말했어요. 아주 짧은 순간 내가 질의 안에 들어가 있었던 것만 빼고요. 다아시는 내가 꼭 해야 할 일을 해서 자랑스럽다고 하더군요. 당신도 이유를 짐작할 수 있겠지만, 그 말을 들으니 마음이 한없이 처참해졌어요. 하지만 그때 다아시가 질과 나에게는 서로가 필요하고, 서로를 돌봐주고 있어서 행복하다고 했어요. 그 말을 듣고 내 몸이 앞으로 기울어지자 다아시가 불이 붙을 것처럼 내 몸이 뜨거워질 때까지 날개로 감싸 안아줬습니다.

해가 뜨고 침실 바닥에서 벌거벗은 채 깨어났어요. 어젯밤 있었던 모든 일을 머릿속에 재생해보다가 다아시에게 거짓말을 한 부분에 이르렀을 때 구역질이 나기 시작했죠. 질과 같이 있었던 장면을 다아시가 봤을지 궁금해졌습니다. 천사가 된 후로 다아시는 내가 말하지 않아도 내 새 인생에 대해 다 알고 있는 것 같았어요. 거기에 적응하기까지 시간이 걸렸다는 건 말 안 해도 짐작하겠죠. 하지만 그 호텔 방에서 질과 나 사이에 일어났던 일에 대해 다아시는 아무 말도 하지 않았고, 나도 말하지 않았어요. 우리가 1992년에 정식으로 데이트를 시작한 후 처음으로 아내에게서 조금 멀어진 느낌이 들기 시작했는데, 이러다 우리 결혼생활이 위기에 처하는 건 아닐지 걱정이 됐습니다.

질과 이야기하면 도움이 될 것 같다는 생각이 들었지만 질은 손님 방에도, 소파에도 없었어요. 이미 머제스틱 마을 사람들에게 아침 식사를 제공하기 위해 컵 오브 스푼으로 간 거죠.

그러다 어느새 나는 엄청 빠른 속도로 걷고 있었고, 그다음엔 당신의 집 밖 인도에서 당신을 잠깐이라도 볼 수 있을까 하는 마음에 집을 엿보고 있었습니다. 하지만 늘 그렇듯 블라인드가 쳐져 있었어요. 나는 체포될 위험을 무릅쓰고 싶지 않아서 계속 걸었죠. 무슨 이유에선지 제이콥 한센의 집을 열여덟 번 정도 반복해서 지나가면서, 거기에 제이콥의 동생인 앨리가 있는지 혹은 앞마당에서 그 형제의 엄마가 꽃에 물을 주거나 다른 어떤 걸 하고 있는지 슬쩍 보려고 했어요. 둘 중 한 명이 내게 다정하고 너그럽게 손을 흔드는 모습을 상상했죠. 하지만 그 집 앞을 아무리 많이 지나간다 해도 차마 그곳을 볼 순 없었어요. 단 한 번도.

언제나 그렇듯, 머제스틱 마을 사람들과 마주칠 때면 그들은 마치 내가 성인이나 슈퍼히어로나 뭐 그런 말도 안 되는 존재인 것처럼 고개를 끄덕이거나 모자챙을 슬쩍 기울였어요. 그런 행동이 정말이지 신경 쓰이기 시작했습니다. 머제스틱 극장에서 어떤 기적이 일어났든, 소문이 뭐라고 났든, 그건 내가 한 게 아니니까요. 하지만 혹시 그런 소문 때문에 40대 후반의 나이에도 당신이 상상할 수 있는 그 어떤 영화배우보다 더 아름다운 질이 내게 거부할 수 없는 매력을 느끼는 건 아닌가 싶더군요. 마치 마을 사람들, 그다음에는 지역 언론이 밀어붙인 우리 마을의 영웅 이야기가 나를 뺀 다른 모든 사람들을 다 홀려버린 것 같아서 마음이 아주 심란하고 어수선해요.

그때 그 12월에 당신을 귀찮게 한 기자들이 많았나요? 비극이 일어난 후 처음 몇 주 동안 그런 기자들이 우리 집 앞에서 진을 치고 기다렸을 때 질이 눈을 뭉쳐서 그들에게 던지곤 했어요. 날씨가 많이 추워졌을 때는 풍선에 물을 가득 채워서 던지더군요. 바비가 질에게 그만해야 한다고 주의를 줬어요. 질은 무지막지하게 화를 냈죠. 난 그때 뒷문으로 슬쩍 빠져나와서 담장을 훌쩍 넘어 어디든 가고 싶은 곳으로 산책을 갔어요. 가끔 기자들이 나를 찾아내 주위를 따라다녔지만 난 그냥 그들을 무시했어요. 마음속 깊이 꽁꽁 숨어서 그런 소란을 잘 차단해버릴 수 있었죠. 하지만 크리스마스가 지나자 대부분의 기자들은 더 신선한 기삿거리를 쫓아서 떠나더군요.

다아시는 내게 씌워진 우리 마을의 영웅이란 페르소나가 좋다고 했어요. 그 비극이 일어난 후 마을에 떠도는 잘못된 정보 덕분에 머제스틱을 돌아다니다 밤이면 날 찾아올 수 있었다는 뜻이었죠. 사람들이 진실을 알게 되면 천사 사냥 시즌이 시작될 것이고, 그러면 우리의 관계는 끝날 거라고 했어요. 아내가 사냥감이 되는 건 원치 않기 때문에 그건 나도 이해할 수 있었어요.

다아시에게 당신이 내 모든 비밀을 간직하고 있다는 사실에 대해 걱정해야 할지 물어봤어요. 특히 요즘은 뭐든 다 털어놓는 편지를 계속 쓰고 있으니까요. 하지만 다아시는 내가 정신분석을 시작할 때 우리 둘 다 서명한 서류가 나를 보호해준다고 했어요. 우리의 정신분석적 관계를 존중하는 데 동의한 그 서류 말이에요. 우리가 나눈 대화는 우리 말고는 다른 누구도 알 수 없다는 뜻이죠. 당신이 내 정신분석을 너무 일찍 끝내려 했지만, 내 마음은 여전히 당신을 믿고 이 모든 비밀을 다 털어놔도 된다고 말해요.

메릴랜드 이야기에 대해 어떻게 생각해요?

그 일 때문에 남몰래 날 좀 경멸하게 됐나요?

나에게 실망했나요?

솔직히 말해도 돼요.

받아들일 수 있습니다.

정말이에요.

당신의 가장 헌신적인 루카스

3

칼에게

아직 답장이 오지 않은 걸 보면 당신에게 너무 많은 걸 빨리 말해버린 게 아닌가 하는 생각도 듭니다. 하지만 아직도 말하지 않은 게 많아요. 그동안 당신에게 할 이야기를 꽤 까다롭게 골랐거든요. 하지만 당신 역시 아내의 죽음을 슬퍼하고 있기에 (당신의 침묵뿐만 아니라 나의 정신분석을 끝내겠다고 한 편지를 통해) 나와 육체적, 정신적, 정서적 거리를 두고 싶어 한다는 걸 잊고 있었어요. 이 편지로 당신이 감당할 수 없는 일을 벌인 건 아닐까 걱정됩니다. 특히 이젠 당신의 시간을 사는 대가도 지불하지 않으니까요.

돈은 있어요.

생명보험 회사에서 질이 보낸 다아시의 사망 증명서를 받아들였고, 소액이지만 보험금이 나왔어요. 그리고 이사야가 내가 유급 휴가를 받을 수 있도록 해준 덕분에 아직 건강보험도 있고 2주에 한 번씩 급료도 나와요. 질이 그걸 관리하고 있죠. 당신이 나와 거리를 두는 이유가 돈 때문이라는 생각은 들지 않지만, 시간당 분석료를 올린다 해도 기꺼이 받아들일 수 있어요. 당신도 결국은 다시 수입이 필요할 테니까요. 안 그래요? 아주 기쁜 마음으로 돈을 드릴 수 있으니 말씀만 하시면 질에게 수표를 써 달라고 할게요. 설사 대면 분석이 아니라 그냥 편지로 오가는 분석이라고 해도요. 어색한 분위기도 깰 겸 전화 통화로 다시 시작해도 좋습니다. 그다음에 일이 어떻게 풀려갈지 누가 알겠어요?

다아시는 당신이 답장하든 안 하든 상관없이 계속 편지를 보내라고 해요. 편지를 쓰는 행위만으로도 내게 큰 도움이 되고 당신에게 그걸 읽으라고 강요하는 사람은 없으니까 괜찮다고요. 내가 보낸 편지들이 당신의 집 식탁에 몇 주 혹은 몇 달 동안 놓여있어도 어느 날 마음의 명령에 따라 당신이 그걸 읽어볼 테니까요. 아마 감동해서 나와의 분석을 다시 시작하겠죠. 지금 여기서 내게 일어나는 모든 일을 자세하게 적은 기록이 당신에게 다 있을 테니 그동안 잃어버린 시간을 보상할 필요도 없을 겁니다.

최근에 아주 복잡하고 불안한 감정을 느꼈어요.

다시 말하지만 당신을 당혹스럽게 만들 생각은 전혀 없어요. 하지만 당신의 답장이 오지 않아서 (특히 내가 그 편지를 쓰는 데 얼마나 힘들게 감정적인 에너지를 쏟아부었는지 고려해보면) 나의 아버지 콤플렉스가 조금 자극된 것 같아요. 그래서 내가 버림받았다는 문제가 슬금슬금 돌아와 영향을 끼치는 게 아닌가 하는 걱정이 들었습니다. 당신이 항상 말했던 대로 그 문제를 수면 위로 끌어올려서 의식하려고 노력하고 있었죠.

마치 프로이트가 융을 거부하자 정신적으로 무너진 융이 지구를 떠날 때를 대비해 침대 옆에 장전된 권총을 두고 잤을 때랑 비슷한 상황 같아요.

당신은 프로이트가 아니라 융이 되고 싶을 테니, 이건 아무래도 형편없는 비유 같네요.

하지만 그 모든 것에 상관없이 애매한 말이나 사과로 편지를 시작하는 건 이번이 마지막이 될 거예요. 지금쯤이면 내가 당신에게 편지를 쓰는 문제로 갈등을 느낀다는 사실을 당신도 분명히 알았을 겁니다. 하지만 그와 동시에 도저히 편지를 쓰지 않고는 버틸 수 없는 마음도 분명히 있어요. "칼에겐 네가 필요해!" "그를 포기하지 마!" 내 마음이 매일 이렇게 소리치니까요. 나는 당신을 위한 이 전쟁에서 이기기 위해 군인처럼 열심히 싸우면서 노력할 거예요. 내 영혼의 가장 좋은 부분이 당신 영혼의 가장 좋은 부분을 사랑하니까요. 이 말이 맞고, 이것이 자명한 진실이라고 느낀다는 점을 알아주면 좋겠습니다. 당신이 즐겨 하던 말과 같이 "매일 해가 뜨고 지는 것처럼" 자명한 진실이라고요.

융이 토착 원주민들을 찾아갔을 때 그들이 어떻게 자신의 아버지인 태양신이 하늘을 가로지르게 도왔는지에 대해 당신이 이야기해준 기억이 났습니다. 그 원주민들은 그 일, 그러니까 자신들의 태양신이 매일 하늘을 여행하는 걸 돕는 일을 삶의 목적으로 여겼죠. 융은 그렇게 인간이 실제로 신에 영향을 미치고 심지어 공동으로 신을 창조한다는 점을 배웠습니다. 그렇기에 우리는 자신의 신경증, 즉 강한 공포에 굴복하는 것을 거부해야 해요. 그 공포가 우리를 자아와 분리하고 지금 여기에 신이 나타나도록 돕는 우리의 능력을 제한하니까요.

어쩌면 이 편지들을 통해(지금으로선 난 쓰기만 하고 당신은 읽기만 한다 해도) 당신과 내가 우리의 비유적인 태양신이 비유적인 하늘을 가로지르는 걸 도울 수 있을 거예요.

다아시는 당신에게 편지를 쓰는 것이 내 공포로부터 나의 참 자아를 분리하는 데 도움이 된다고 했어요. 의식뿐 아니라 무의식적인 모든 것을 향상시킬 수 있다는 말도 했죠.

당신이 즐겨 하던 말이 떠올랐습니다. 내 무의식은 항상 당신의 무의식과 이야기를 주고받고 있고, 둘 다 집단 무의식과 대화하고, 이 모든 대화는 필요하고 중요하며 심지어 신성하기까지 하다는 말이요.

당신에게 이 모든 이야기를 일깨울 필요는 없다는 걸 알아요. 당신은 성인이 된 후 계속 융 심리학을 연구해왔고, 나는 그 속에 발을 담근 지 고작 2년도 안 됐으니까요. 하지만 당신은 머리 위로 손가락 하나를 흔들면서 "마음은 항상 알고 있다니까요!"라고 말하며 내 마음이 하는 소리에 귀를 기울이라고 했죠. 하늘처럼 새파란 당신의 눈동자에서 희망이 반짝이던 모습이 아직도 눈에 선해요. 그걸 떠올릴 때마다 힘이 납니다.

어쩌면 당신은 내가 계속 꿈의 일기를 쓰고 있는지 궁금해할지도 모르겠어요. 매일 밤 내 무의식과 소통하기 위해 적는 거 말이에요. 유감스럽게도 요즘은 밤에 다아시랑 시간을 보내는 게 좋아 잠을 통 못 자요. 아마 당신은 다아시의 방문이 신비한 존재와의 조우라고 생각해서 기록해 분석할 가치가 있다고 생각하겠죠. 그래서 당신과 다시 정신분석을 시작하면 이런 초자연적인 결혼생활을 토론할 수 있기를 고대하고 있습니다. 당신이 내 주장이 사실인지 의심할 거란 생각은 들지 않지만, 그렇다 해도 그 증거로 천사의 깃털들을 모으는 중이에요. 매일 아침, 날개 달린 다아시와 같이 있었던 무아지경에서 깨어날 때마다 내 침대에 아주 작고 흰 깃털들이 떨어져 있거든요. 정말 작아요. 길이가 고작 1인치 정도 되려나. 다아시의 황홀할 정도로 아름다운 날개와 비교하면 훨씬 작죠. 다아시의 깃털은 7~14인치 정도 되거든요. 내가 발견한 건 아마 그 속에 있는 깃털 같아요. 천사 날개의 윗부분에 있는 깃털보단 아무래도 속에 있는 깃털이 훨씬 작을 테니까요. 어떻게 생각해요? 그 깃털들로 지퍼락 하나를 다 채웠어요. 언제든 조사할 수 있게 준비되어 있습니다.

하지만 오늘 당신에게 전할 진짜 뉴스는(아, 맞아요. 내가 핵심을 빼먹었네요) 우리 집 뒷마당에 미스터리한 손님이 찾아왔다는 거예요. 처음 발견한 건 월요일 밤이었어요.

그때 난 거실에서 유진 모닉의 『거세와 남성의 격노: 남근의 상처』란 책을 읽고 있었어요. 마침내 그가 쓴 남성의 성스러운 이미지

시리즈의 마지막 책을 다 끝냈죠. 그건 지난 11월, 우리 문화에 점점 늘어나는 어두운 여성성과 해로운 남성성을 씻어낼 신성한 남성적 에너지의 필요에 관해 이야기를 나눌 때 당신이 권한 마지막 책이었죠. 질이 부엌에 있는 식기세척기에서 그릇을 꺼내다가 소리를 질렀어요. "루카스! 누가 뒷마당에 텐트를 쳤어요!"

커피 테이블에 책을 내려놓고 재빨리 부엌으로 갔어요. 해가 질 무렵이라 서쪽 경계에 줄줄이 서 있는 나무들이 얼마 남지 않은 일광을 가리고 있을 때였죠. 작은 2인용 텐트가 마당 가장자리에서 마치 호박등(호박에 얼굴 모양으로 구멍을 뚫고 안에 촛불을 꽂은 등―옮긴이)처럼 오렌지색으로 환하게 빛나고 있었습니다. 질이 누가 거기에 텐트를 치기로 했냐고 물었지만 그런 약속을 한 적은 없었어요. 질이 이제 어떻게 해야 하느냐고 물었는데 나도 어찌해야 할지 몰라서 결국 30분 넘게 그 텐트를 관찰했죠. 소변을 보거나 뭐든 하려고 밖으로 나와서 대체 누군지 알 수 있길 바랐는데 아무 일도 일어나지 않았어요. 텐트에서 계속 빛이 뿜어져 나오는 동안 우리는 불도 켜지 않은 어두운 부엌에서 싱크대 위에 있는 창문으로 밖을 내다보며 서 있었습니다.

"경찰에 신고할까요?" 질이 물었지만 범죄가 일어난 것도 아닌데 그러는 건 좀 성급한 행동 같다는 생각이 들었어요. 그랬더니 질이 말하더군요. "무단침입도 범죄예요."

"하지만 피해자가 없는 범죄죠. 내가 가서 저 안에 누가 있는지 보고 어떻게 할지 결정할게요." 내가 대답했어요.

"혼자 가면 안 돼요." 질이 그러더니 벽장에 있는 빗자루 하나를 움켜쥐었는데, 여차하면 무기로 쓰려고 한다는 걸 알고 살짝 웃음이 나왔어요. 사악한 마녀가 들고 있지 않는 한 누가 빗자루를 보고 두려워하겠어요? 게다가 질의 얼굴을 한번 보면 누구든 그녀가 얼마나 착한지 알 텐데.

우리는 조용히 뒷문으로 나와서 잔디밭을 가로질러 갔어요. 내가 앞장서고, 질이 마치 칼자루를 쥔 것처럼 빗자루를 힘껏 움켜쥐고 따랐어요.

"안녕하세요." 텐트에 가까이 다가가 큰 소리로 외쳤지만 아무 대답이 없었어요. 해도 졌는데 손전등을 갖고 오지 않은 내가 바보 같았지만, 텐트 안에서 흘러나오는 불빛 덕분에 그리 어둡지 않아 돌아갈 생각은 없었죠. "우린 당신을 해치려는 게 아니에요. 난 이 집 주인이에요. 여긴 내 친구 질이고. 그저 이야기를 좀 나눌 수 있을까 해서 왔어요."

여전히 반응이 없자 질이 내게 몸을 기울여서 순간 우리의 팔뚝이 스쳤어요. 따뜻한 질의 팔에서 땀이 흐르는 걸 느낄 수 있었죠. 질이 날 쳐다봤고 달리 뭘 해야 할지 몰라 어깨를 으쓱했어요.

그때 질이 빗자루 끝으로 텐트를 쿡쿡 찌르면서 말했어요. "이봐요, 거기 안에 있는 사람. 여긴 사유지예요. 어서 나와요."

"우린 그저 이야기를 하고 싶을 뿐이에요." 질의 말을 누그러뜨리려 말을 보탰지만 여전히 묵묵부답이었어요.

"좋아요. 경찰에 신고하겠어요." 질이 그렇게 말하면서 휴대폰을 꺼내 번호를 누르기 시작했을 때, 내가 휴대폰 화면을 한 손으로 가리고 검지를 들어 올렸어요.

"지금부터 텐트를 열게요." 내가 말했어요.

"루카스." 질이 그러지 말라고 했지만 무시했습니다.

"셋 셀 때까지 아무 말도 하지 않으면 천천히 텐트 지퍼를 열고 안에 누가 있는지 볼게요. 괜찮죠?" 나는 텐트 안에 있는 사람에게 얘기했어요.

질이 고개를 흔들면서 안 된다고 했지만 내가 말했죠. "하나." 그러면서 질에게 긴장하지 말라는 뜻으로 두 손을 들어 보였어요. 질은 땅이 꺼지도록 한숨을 쉬더니 빗자루를 조금 더 세게 움켜쥐더군요. "둘. 셋 센 다음 들어갑니다." 그렇게 말하고 시간이 좀 지나길 기다리는데 혹시 다아시가 이 오렌지색 텐트에 있다가 마법처럼 나타나는 건 아닌가 하는 생각이 문득 들었어요. 어쩐지 다아시가 이 일에 관련이 있을 것 같은 느낌도 들었고요. "자, 셋이에요. 이제 들어갈게요."

무릎을 꿇고 천천히 지퍼를 올려 머리를 텐트 속으로 집어넣었을 때, 앨리 한센이 날 올려다보고 있었습니다. 아이의 눈이 이렇게 말하는 것처럼 보였어요. 제발, 제발, 제발. 살이 아주 많이 빠져서 코와 귀와 치아가 너무 커 보이고 다른 건 다 너무 작아 보였어요. 피부가 창백한 걸 보니 최근에 밖에 거의 안 나온 것 같았고, 감지 않아서 떡이 진 갈색 머리는 마치 폭발물을 얼려놓은 듯했죠. 여기저기 뭉친 머리가 삐죽삐죽 솟아 있더라고요. 고개를 빼고 텐트 지퍼를 다시 올리기 전에 얼른 훑어보니 책 한 무더기와 아마 음식이 든 것 같은 재사용 식료품 봉투가 있었고, 커다란 물주전자 하나와 옷 몇 벌과 침낭이 보였어요.

질이 내 팔을 덥석 잡는 순간 내가 무릎을 꿇은 채 한동안 멍하니 있었다는 걸 깨달았어요. 그래서 일어나 집으로 돌아갔고 질이 그런 내 뒤를 따라왔어요. 잔디밭을 반쯤 지났을 때 돌아서서 소리쳤습니다. "앨리, 너 있고 싶은 만큼 있어라."

거실로 돌아와 그 비극이 일어나기 전에 내가 머제스틱 고등학교에서 어떻게 앨리를 상담해왔는지, 그리고 비극이 일어난 후 당신이 나에게 했던 행동을 나도 앨리에게 해버리고 말았다는 이야기를 질에게 들려줬어요. 내가 앨리의 인생에서 갑자기 사라져서 자신의 문제를 혼자 감당하게 내버려둔 거죠. 고작 10대일 뿐인 앨리에게는 그 긴긴밤에 옆에서 위로해줄 천사 아내가 없었어요. 대신 앨리는 머제스틱 극장의 비극으로 형을 잃었고요. 그 일이 일어났을 때 앨리는 극장에 없었지만 우리보다 더 끔찍한 일을 겪었다고도 볼 수 있죠. 마을 사람들 모두 그의 형이 괴물이라고 생각하지만, 비극에서 목숨을 잃은 피해자들은 신처럼 받들어지고 남겨진 생존자들은 성인 취급을 받으니까요.

"앨리는 뭐가 잘못된 거죠? 뭘 도와주고 있었던 거예요?" 질이 물었어요.

나는 앨리에게 '잘못된' 점은 없다고, 앨리는 그저 분출해야 할 감정들이 많았을 뿐이라고 했죠.

앨리는 지난 9월 학기가 시작했을 때 내 상담실에 왔어요. 그 아이는 외로웠거든요. 처음에는 어색해하면서 낯을 가렸지만 좀 친해지자 금방 마음을 열었죠. 하지만 앨리는 형과 고전 괴물 영화를 보는 것 말고는 좋아하는 게 하나도 없었어요. 그의 형인 제이콥에 대해 아무리 물어봐도 별말을 하지 않으려 하더군요. 그때 난 앨리에게 시간을 두고 천천히 알아내야 할 아주 큰 비밀이 있다는 사실을 알아차렸어요. 하지만 그러다 그 비극이 발생했고 우리의 상담은 중단됐습니다.

"내가 그때 앨리의 상담을 좀 더 빨리 진행해야 했을까요? 어떻게 생각해요? 그래서 앨리가 지금 우리 집 뒷마당에 와 있는 걸까요? 이게 무슨 의미일까요? 어떻게 해야 하죠? 이 상황을 어떻게 해결할 수 있을까요?"

내가 정신없이 주절대면서 이리저리 서성거리며 평소와 다른 행동을 했다는 점은 인정할게요. 그래서 질이 이사야에게 전화했을 테니까요. 이사야는 베스와 함께 왔어요.

질이 나의 가장 친한 친구인 이사야만 남겨놓고 베스와 함께 차를 타고 나가는 모습을 보고 놀랐어요. 이사야는 항상 그렇듯 내 어깨에 한 손을 올리고 말했죠. "밖에 있는 저 아이는 마음에 너무 큰 상처를 입었어." 그는 앨리의 현재 상황에 대해 설명하기 전에 먼저 이렇게 서두를 꺼냈어요. 앨리는 한때 반에서 성적으로 10등 안에 드는 학생이었는데 그 비극이 일어난 후 숙제는 하나도 하지 않았고 최근엔 아예 학교를 안 나오고 있다고요. 칼 당신이 그랬던 것처럼 앨리와 그동안 나를 의지하던 모든 학생들을 내버려둔 것에 죄책감을 느꼈습니다. 이 얼마나 아이러니한 상황인가요.

"내가 가서 저 아이에게 말해볼 수도 있어. 다시 학교로 돌아가서 졸업해야 한다고 말할 수도 있고, 넌 앞길이 창창한 아이란 이야기를 할 수도 있고. 하지만 저 아이가 그런 설교를 듣고 싶어서 저기에 텐트를 친 것 같진 않아." 이사야가 말했어요.

"저 아이가 원하는 건 뭐라고 생각하나?" 내가 물었습니다.

"자넨 어떻게 생각해? 자네의 직감은 어때?" 이사야가 대답했어요.

매주 금요일 밤 당신의 진료실에서 그랬던 것처럼 눈을 감았어요. 마음의 소음을 잠재우고 깊은 내면으로 들어가서 내 마음에게 앨리를 어떻게 하고 싶으냐고 물었죠. 눈을 뜨자 내가 기도하는 모습을 본 이사야가 기쁘다고 했어요. 그의 오해를 바로잡지 않았는데, 이사야는 나를 신자로 만들겠다고 하더군요. 그리고 앨리를 도울 사람이 있다면 그건 바로 나라고 했어요. "그간 일어난 모든 일을 고려해도 말이야." 그렇게 덧붙였죠. 이사야의 말을 들으니 순간 속이 좀 울렁거렸습니다. "저 아이는 그럴 만한 이유가 있어서 자네 집 뒷마당에 있는 거야. 하느님의 부름에 어떻게 응답하겠어, 루카스? 하느님의 뜻을 받들어야 하지 않을까? 자네에겐 영적인 재능이 있어. 난 그걸 봤어. 재능이 뿜어내는 빛을 그냥 감출 순 없어."

이사야가 내 머리를 덥석 잡고 끌어당기는 바람에 내 이마가 그의 쇄골에 닿았어요. 그는 힘센 두 팔로 나를 껴안고 하느님에게 지금 내 앞에 있는 임무를 해낼 수 있게 도와달라고 기도하기 시작했습니다. 내가 많은 10대들을 도운 선인이라고 하면서 나를 블리셋 사람들에게 머리카락이 잘리고 눈이 먼 채 사슬에 묶인 삼손으로 비유했죠. "하느님, 제 친구이자 동료인 루카스에게 그가 밀어버리라는 명령을 받은 기둥들을 부술 수 있고 저 밖에 있는 소년을 구하기 위해 질서와 조화를 되돌릴 수 있는 힘을 주소서. 제가 모든 이를 위해 매일 기도하는 걸 하느님도 아실 겁니다. 하지만 저 밖에 있는 아이는 특별히 더 큰 도움이 필요합니다. 우리 둘 다 알고 있듯이 루카스는 저 아이가 필요한 걸 줄 수 있는 사람입니다. 성부와 성자와 성신의 이름으로, 아멘."

이사야는 날 풀어주더니 내 어깨를 힘껏 잡았어요. 어찌나 세게 잡았는지 내가 움찔했을 정도죠. 그러고선 사나이답게 다시 거센 포옹을 하더군요. 내 뺨을 두 번 톡톡 두드리고 나서 요즘의 학교 상황이 어떤지, 그리고 그의 딸인 앨리자가 임신했다는 소식을 막 들었다는 이야기를 했어요. 앨리자가 자기와 남편이 임신했다고 말했다며 웃더라고요. 우리는 늙어가고 있어서 곧 젊은 사람들이 하는 말을 하나도 이해하지 못하게 될 거라고 했죠.

오래전 앨리자가 머제스틱 고등학교 3학년이었을 때, 내 상담실에 오기 시작했습니다. 그때 앨리자는 믿음의 위기라고 할 만한 상태였거든요. 다시 말해 베스와 이사야에게서 물려받은 믿음에 대한 확신을 잃은 거죠. 그 고민이 너무 커져서 급기야 밥도 먹을 수 없는 지경에 이르렀어요. 나는 주로 앨리자의 고민을 듣는 입장이었지만, 이런 말을 했던 기억이 납니다. 세상으로 혼자 나아가는 시기에 선 젊은 여성으로서 자신에게 뭐가 최선인지 결정하는 게 바로 그녀가 해야 할 일이라고요. 그때 앨리자의 표정이 얼마나 고통스러웠는지 생각나요. 이사야와 베스는 앨리자가 계속 성가대에서 노래하고 주일학교에서 어린아이들을 가르치길 바랐지만 앨리자의 마음에는 그런 일을 할 만한 열정이 없었죠. 베스와 이사야가 그렇게 좋은 사람인데도 딸인 앨리자는 부모에게 자신이 정말 원하는 바를 말할 수 없다니 참 이상한 일이라고 생각했습니다. 그 생각에 슬퍼졌지만 이사야에겐 그 일에 대해 말하지 않았어요. 앨리자의 비밀을 지켰죠.

고등학교 졸업식이 끝난 후, 앨리자가 축구장에 있는 나를 찾아와 뺨에 키스하고 안아줬어요. 이건 좀 부적절하지 않을까 싶을 정도로 오랫동안 날 껴안고 있던 앨리자가 내 귀에 대고 속삭였어요. "고맙습니다." 그해 여름에 앨리자는 비행기를 타고 UCLA로 갔습니다. 요즘엔 앨리자를 거의 보지 못했어요. 캘리포니아에 살고 있어 펜실베이니아에는 잘 오지 않거든요.

기도를 마친 친구와 함께 거실에 앉아 이사야와 임신한 앨리자와 그녀의 남편 로버트를 위해 행복해했어요. 하지만 마음 깊은 곳은 뒷마당에 있는 앨리 걱정에 여념이 없었죠.

앨리가 원하는 게 뭘까?

앨리가 필요한 게 뭘까?

앨리는 왜 나를 선택했을까?

만약 내가 뭔가 잘못했다고 생각해서 앨리가 날 벌주러 온 거면 어쩌지? 그날 밤 머제스틱 극장에서 일어난 사건에 대해 아직도 인터넷에 떠돌아다니는 무수한 기사와 잘못된 뉴스와 정보를 보다가 어린 마음에 나에 대해 엄청난 오해를 했을지도 몰라요. 외상 후 스트레스의 혼란스러운 영향으로 얼룩진 헛소문들은 말할 것도 없고요.

이사야가 우리 집에서 하룻밤 지내려고 챙겨온 가방을 보여주면서 질은 베스와 같이 이사야 집에서 잘 거라고 해서 깜짝 놀랐어요. 그래야 "여자들끼리 수다도" 떨 수 있을 거라고 했죠. 그리고 앨리와 무슨 일이 생길 경우에 대비해 자기는 내 소파에서 자겠다고 했어요.

"카인과 아벨 같은 거지. 루카스 자네는 가장 힘든 첫 번째 시련을 이겨냈잖아. 이제 우리는 양이라기보다는 젊은 양치기에 가까운 저 아이를 상대해야 해. 저 아이는 못된 구석이라곤 하나도 없지만 최근에 일어난 일련의 사태에서 우리가 배운 게 한 가지 있다면, 우린 결코 아무것도 알 수 없다는 거야. 그러니 이 일을 충분히 생각하면서 천천히 해결해보자고."

비극을 겪은 인간의 뇌는 이상해진다는 뜻으로 해석했지만, 칼 당신에게 이런 것까지 설명할 필요는 없겠죠. 융도 틀림없이 이 해석에 동의할 겁니다.

그날 밤 침실 문을 잠그고 날개 달린 다아시와 만났을 때, 그녀는 창문 밖에서 오렌지색으로 빛나고 있는 텐트를 손으로 가리키며 말했어요. "저 아이가 앞으로 나아갈 길이야."

그게 무슨 뜻이냐고 물었죠.

"저 아이가 앞으로 나아갈 길이야." 다아시는 그 말을 반복했어요.

"나는 칼에게 계속 도와달라고 편지를 쓰면서 앨리는 저렇게 내버려두는 건 위선이라는 거지? 일종의 영적 테스트인 거야?" 내가 말했습니다.

"저 아이가 앞으로 나아갈 길이야."

날개 달린 다아시는 다른 말은 하지 않으려 했어요.

아침이 되자 이사야는 머제스틱 고등학교로 출근했지만 그 아이는 아무것도 하지 않았어요. 질이 저녁에 돌아와 빗자루로 그의 텐트를 쿡쿡 찔렀을 때조차 아무 반응도 하지 않았죠.

앨리는 나흘째 텐트에서 지내고 있어요. 아무도 그가 나가거나 들어가는 모습을 보지 못했고, 나는 주의 깊게 지켜보고 있어요. 이 모든 일이 아주 이상하기도 하고 (지저분한 말을 해서 미안한데) 대체 앨리가 화장실 문제는 어떻게 해결하는지 궁금해요.

이제 이 편지를 썼으니(비유적으로 말하자면 우리의 정신분석적 관계를 이용해서 내 욕심을 채웠으니) 우체국에서 부치고 돌아오는 대로 앨리와 대화를 한번 시도해봐야겠어요.

내가 당신 집 앞을 지나가면서 손을 흔드는 모습을 봤나요? 가끔 당신이 블라인드 틈으로 밖을 훔쳐보면서 미소로 화답하는 상상을 해봅니다. 하루에도 몇 번씩 당신 집 앞을 지나치면서 오래전 한 시인의 말처럼 별들이 한 줄로 늘어서는 행운이 일어나듯 당신이 답장을 하는 행운이 찾아오길 바라고 있어요.

당신이 몹시 그립습니다.

당신의 가장 헌신적인 루카스

4

칼에게

산드라 코일이라고 알아요?

그 사람은 변호사예요.

학교 이사회 위원이기도 하고요.

윤기 흐르는 머리카락이 어깨까지 내려오고

묵직한 뿔갑테 안경을 쓴,

비싼 정장 바지를 입고 다니는 사람을 아나요?

그 사람의 남편인 그렉(파인스 컨트리 클럽의 골프 프로)도 머제
스틱 극장에서 목숨을 잃고 바로 천사로 변신했죠. 나는 그렉이
다아시와 린드라를 포함한 다른 열여섯 명처럼 천국을 향해 날
아가는 모습을 봤어요.

산드라가 머제스틱 극장에서 일어난 일에 대해 제일 먼저 언

론과 인터뷰한 사람이라는 사실을 알고 있나요? 다만 말할 때 주어를 항상 우리로 썼죠. "우린 이 비극이 유야무야 끝나도록 방관하지 않을 겁니다. 우린 싸울 겁니다. 우린 정치가들에게 청원할 거예요. 우린 이 난리판의 질서를 바로잡을 겁니다." 산드라는 우리 유가족들과 먼저 상의도 하지 않고 이렇게 말하더군요.

총격이 일어난 날 밤 그녀를 찍은 영상이 인터넷에 있어요. 산드라는 화장이 얼룩지고 산발을 하고 목 여기저기 피가 튄 모습으로 카메라를 빤히 보면서 긴 손가락으로 렌즈를 가리키며 말했어요. "10대들이 총과 탄약을 살 수 있게 한 정치가들은 부끄러운 줄 아세요. 열아홉 살밖에 안 된 데다 완전히 정신 나간 소년의 돈을 받고 총을 판 사람들도 부끄러운 줄 아세요. 이 살인자를 키운 부모도 부끄러운 줄 알라고요."

영상을 보고 있자니 속이 메스꺼워졌습니다. 그게 누구누구는 부끄러워하라는 비난을 그렇게 쉽고 깔끔하게 나눠서 퍼부을 수 있는 문제인가 싶어서요. 이건 어쩌면 제이콥 한센을 낳은 머제스틱이라는 마을도 부끄러워해야 할 일 아닐까요? 그 비극이 일어난 날 밤 제이콥은 열아홉 살이 아니라 스물두 살이었어요. 산드라는 우리 마을 사람이 아닌가요? 어쩌면 머제스틱 학교 시스템이 부끄러워해야 할 일인지도 모르죠. 나도 그 시스템의 일부이고요. 나는 성인이 된 후 대부분의 시간을 정말이지 인간으로서 할 수 있는 최선을 다해 이런 비극이 일어나지 않도록 예방하는 데 보냈어요. 지금 생각해봐도 그보다 더 열심히 할 순 없었을 것 같아요. 제이콥 한센을 직접 상담한 적은 없지만 말이에요. 나

말고도 그런 사람은 많아요. 예를 들어 이사야 같은, 교육자로 일을 시작한 후 내내 인간에 대한 연민을 품은 청년들을 길러내기 위해 전력을 다한 사람들 말이죠. 이사야는 절대 남에게 부끄러워하라는 비난을 들을 만한 사람이 아니에요.

산드라는 자기 남편이 우아하고 침착하며 평화로운 기운을 뿜어내는, 날개가 아름다운 천사로 변신했다는 사실을 몰라요. 그래서 처음에는 그녀가 그렇게 모두를 싸잡아 비난하면서 막무가내로 분풀이한 점을 용서했습니다.

하지만 그 비극이 일어난 직후 산드라는 제이콥이 어떻게 총을 손에 넣었는지, 역사적인 극장에서 오래된 크리스마스 영화를 보는 이웃들을 왜 쏘려 했는지 알 수 없었겠죠. 그래서 산드라의 당연한 격노를 보며 어쩐지 좀 불편했어요.

오해는 하지 말아주세요. 난 산드라의 고통을 이해해요. 범죄를 응징하고 싶은 아주 인간적인 욕구도 분명 이해합니다. 하지만 그녀의 그치지 않는 뚜렷한 증오(무엇보다 자신이 보는 앞에서 남편이 살해됐으니)에 불안해졌어요. 처음에는 다아시 말고는 아무에게도 그런 감정을 밝히지 않았는데 다아시가 그러더군요. "산드라는 기적을 볼 수 있는 재능이 없잖아. 당신이 그녀보다 유리한 입장에 있다는 사실을 잊지 마."

날개가 돋아난 그렉이 눈부신 빛의 황홀한 끌림에 저항할 수 없어 산드라 혼자 그 비극을 이해하게 놔두고 빛을 향해 영원히 날아가버린 점도 이해합니다. 오직 다아시만이 그 거대한 빛의 끌림에 잠시 저항할 수 있었으니까요. 다아시는 자기도 영원히 저항할 순 없을 것이니 필연적인 작별을 대비해 마음의 준비를 하라더군요. 우리가 매일 밤 문을 잠가놓은 침실에서 하는 일이 바로 그거랍니다. 결국 다가올 우리의 작별을 준비하는 것. 내가 특권을 가졌다는 사실은 나도 알아요. 어쩌면 나도 산드라처럼, 아니 그녀보다 더 큰 증오를 품게 됐을지도 몰라요. 다아시가 내게 천사들을 볼 수 있는 능력을 주고, 내가 새로운 현실에 적응하는 동안 지상에 남아 있기로 하지 않았다면 말이죠.

"영적인 손잡기." 다아시는 그걸 이렇게 표현해요.

그 비극이 일어난 직후, 내가 전에도 언급했던 우리 지역의 수석 사서인 로빈 위더스가 생존자들을 위한 일종의 모임을 조직했어요. 그곳에서 당신에게도 연락해 같이하자고 초대하지 않았을 리는 없지만, 당신은 그 모임에 한 번도 나온 적이 없고 아직까지 내 편지에도 답장을 안 하고 있으니 확실한 건 모르겠네요. 로빈에게 당신을 초대했는지 물었더니 했다고 나를 안심시켰지만 어쩌면 로빈이 거짓말을 했는지도 모르고요. 로빈이 왜 그런 행동을 하는지는 모르겠지만 이 정신 나간 새로운 세상에선 어떤 일이든 일어날 수 있으니까요. 특히 사랑하는 사람을 잃고 비탄에 빠진 사람들은 온갖 이상한 짓을 하기도 하니 말입니다.

처음에 그 모임은 치유 효과가 있었어요. 애도 상담사들이 자원해서 우리를 다 같이, 그리고 따로 상담했어요. 나는 트래비스란 선량한 남자와 단둘이 이야기를 나눴는데, 그 사람이 무척 친절하게 대해줬는데도 어딘가 좀 어색하더군요. 상담을 반쯤 했을 때 당신을 두고 바람을 피우는 것 같은 느낌이 들었어요. 그래서 내게는 마음을 털어놓을 융 정신분석가가 있다고 말하고 그 자리를 떠났습니다. 트래비스는 YMCA 체육관까지 날 따라왔어요. 그곳에 휴대용 칸막이와 커튼으로 여러 개의 임시 상담실을 만들어놨거든요.

트래비스는 내가 모든 일을 제대로 분석해서 해결하는 것이 중요하다고 계속 말했어요. 그는 내가 "엄청나게 중요한 심리적 과업"에 직면해 있고, 자신이 그걸 달성하는 걸 도울 수 있다고 자신만만하게 말하더군요.

트래비스의 말이 진심이란 건 알 수 있었지만 그는 내가 처한 상황을 우리처럼 융 학파의 방식으로 분석하진 않을 것이고, 그래서 우리가 이미 시작한 일을 망치기만 할 것 같은 느낌이 들었어요. 나는 우리가 공유하고 있는 치유에서 비롯된 용기의 신성함을 생각했어요. 뜸을 들여서 밥을 지어야 하고, 그런 마법과 같은 과정이 아무런 방해도 받지 않은 채 계속될 수 있도록 노력해야 한다고요. 미소를 지으며 생각했어요. 칼이 이런 나를 보면 참 대견해할 텐데.

하지만 나는 그곳에서 주최한 여러 강연에 참석하고, '자신의 사연을 공유하는' 모임도 나가고, 참석한 사람들이 우는 동안 내 내 자리를 지키면서 내 영혼의 가장 좋은 부분이 거기 참석한 다른 이들 영혼의 가장 좋은 부분을 사랑하게 하려고 애를 썼어요. 가끔은 다른 피해자들의 손을 잡거나 그들이 내게 안겨 내 셔츠가 축축하게 젖도록 눈물을 흘리게 가만히 있었죠. 모두 모여 그날 밤 일어난 일을 이해하려고 애쓰는 그런 모임에 앉아 있는 게 아주 뜻깊은 일이라고 느꼈습니다.

나는 매일 밤 다아시에게 그 모임에 온 사람들한테 나의 신성한 경험에 대해 말해도 되냐고 물었어요. 그들이 사랑하는 사람들이 고통을 겪거나 두려워하지 않고, 즉시 인간보다 더 아름답고 정신이 각성된 고차원적인 존재로 변신했다는 점을 알면 카타르시스를 느낄 거라고 설득했죠. 나는 그 사실을 알게 돼서 아주 행복해졌지만, 잔인하게도 나만 그런 만병통치약을 쥐고 있는 것 같았거든요. 다아시는 내 제안에 반대하면서 당신과의 정신분석 덕분에 나는 신성을 담을 수 있는 완벽한 용기가 될 준비를 한 셈이라고 말했습니다. 내가 정신적으로 무너지거나 심리적으로 분열되거나 영혼이 붕괴되지 않으면서 그 신성한 인식을 간직할 수 있다는 뜻이었죠.

"마음의 준비가 되지 않았고 그런 걸 접해본 적도 없는 사람들이 진실을 알면 미쳐버릴 수 있어. 그 기적을 볼 수 있는 눈과 들을 수 있는 귀가 있는 사람들에게만 허용된 거야. 신비는 모두를 위한 것이 아니야. 극소수만 이해할 수 있는 거라고."

하지만 이 인식이 보편적으로 치유 효과가 있다면? 영혼을 위한 향유라면? 나는 계속 생각했어요. 그때 죽은 사람들이 일어나 천사로 변하는 모습을 보지 못했다면, 나를 날개로 감싸 안아서 나란 존재가 다시 온전하게 느껴지도록 만들어주는 천사와 매일 밤 대화를 나누지 않았더라면, 나는 아무것도 못 했을 거라고 생각해요. 아침에 침대에서 일어나지도 못했을 거예요. 아내가 증거로 남기고 간 깃털이 나를 살리고 또 살렸죠.

"그건 하나의 과업이 될 거야. 그리고 그걸 당신 눈으로 보게 될 때 당신도 알게 될 거야." 다아시가 말했습니다.

그래서 나는 천사들과 나머지 사연에 대해 계속 입을 다문 채 위에 언급한 방식으로 다른 사람들을 도우려 애를 썼어요.

모든 생존자들(우리는 이제 스스로를 그렇게 부르기 시작했어요) 이 12월 26일에 모였어요. 일종의 두 번째 크리스마스 모임인 셈인데, 다만 이번에는 선물을 열어보거나 햄과 파인애플로 만든 식사를 하거나, 크리스마스 캐럴을 부르거나, 심지어 쿠키를 주고받지도 않았어요. 우린 그저 도서관에 다 같이 앉아 있었어요. 거의 모두 다른 사람을 얼싸안고 울면서 그 비극이 일어났을 때 머제스틱 극장에 있지 않았던 사람들과 크리스마스 이브에 같이 있는 게 얼마나 힘들었는지에 대해 이야기했죠. 그들은 우리를 이해하지 못하니까요. 정말 이해하지 못해요. 심지어 질조차도.

당신은 아마 마크와 토니를 봤을 거예요. 그 역사적인 머제스틱 극장을 복원해서 소유하고 있는 커플 말이에요. 그들은 사람을 고용해 성당처럼 보이는 극장의 전면에 거대한 검은색 실크 장막을 드리웠어요. 그때 목숨을 잃은 사람들을 추모하기 위해서죠. 또한 유족들을 존중하는 의미에서 극장을 무기한 닫겠다고 선언했어요. 대부분의 사람들은 훌륭한 조치라고 생각하겠죠. 하지만 토니나 마크나 둘 다 총격이 일어났던 그날 밤 거기 없었기 때문에 그 검은색 실크 장막이 치유에 전혀 도움되지 않는다는 사실을 이해하지 못해요. 또한 극장에 가는 건 다아시와 내겐 항상 교회에 가는 것과 같았어요. "거긴 인류에 대한 믿음을 회복하고 싶을 때 가는 곳이야! 믿으러 가는 곳이고! 웃고 울고 다시 아이처럼 웃기 위해서 가는 곳이지!" 다아시는 종종 이렇게 말했고 나는 전적으로 동의해요. 우리는 적어도 일주일에 한 번은 극장에 갔거든요. 그래서 극장을 닫는다는 마크와 토니의 결정은 어떤 면에서 또 다른 벌을 받는 것처럼 느껴졌어요. 그리고 마을 사람들이 또 소중한 걸 잃었다는 상실감 때문에 우울은 더 깊어졌죠.

난 다른 유가족들과 함께 울 수 없었습니다. 내겐 매일 밤 와서 날 위로해주는 날개 달린 다아시가 있으니까요.

산드라는 그 모임에서 눈물 한 방울 흘리지 않았고 다른 사람을 포옹하거나 손을 잡지도 않았어요. 대신 항상 열을 올리며 씩씩댔죠. 그렇다고 산드라가 남편인 그렉을 잃었는데도 슬퍼하지 않았다는 말을 하려는 건 아니에요. 무엇보다 그들에겐 초등학교에 다니는 아이가 둘이나 있으니까요. 다행히 그 아이들은 총격이 일어났던 그날 밤 집에서 베이비시터와 같이 있었어요. 산드라가 내게는 한 번도 다가오지 않았지만, 유가족들을 한 명씩 옆으로 불러서 우리가 있던 방의 구석에서 분노에 찬 설교를 하는 모습이 종종 보이더군요. 그녀의 얼굴은 항상 토마토처럼 벌겋게 달아올랐지만 단 한 번도 우는 모습은 못 봤어요. 산드라는 마치 화산처럼 폭발하고 있었어요. 그리고 항상 사람들 코에 대고 손가락질을 했죠. 가끔 그녀의 입가에서 마치 그녀가 뿜어대는 열기를 견디지 못해서 슬그머니 도망치려는 것처럼 침이 흘러내리곤 했어요.

그 비극이 일어난 지 석 달쯤 지난 3월 말 무렵, 산드라는 생존자 모임에 다른 목적을 부여하기 시작했습니다. 우리의 관심을 치유에서 행동으로, 특히 총기 규제법으로 돌리기 시작했죠. 그 정책에 대한 반감은 전혀 없어요. 난 총도 갖고 있지 않아요. 어떤 종류의 총이든 다시는 보지 않게 된다면, 그게 장난감 총이더라도 고맙게 생각할 겁니다. 그러니 산드라가 하려는 일을 반대하는 건 아니에요. 하지만 우리 모임의 목적이 서로를 위로하는 것에서 복수에 좀 더 초점을 맞춘 것처럼 변해갔어요.

그렇게 느낀 어느 순간 나는 용기를 내서 벌떡 일어나 서로를 위로하고 치유하는 첫 번째 과제를 먼저 끝내자는 요지의 짧은 발언을 했어요. 우리가 애도를 끝낸 다음에야 정신적으로나 영적으로나 다음 과업을 해낼 준비가 더 잘되지 않겠냐고 말이죠. 그걸 끝냈을 때 다음에 뭘 할지 투표로 정할 수 있지 않겠느냐고 했습니다. 거의 모든 유가족들이 고개를 끄덕이면서 나와 눈을 맞췄기에 내 말에 일리가 있다고 생각한다는 걸 알 수 있었어요.

하지만 그때 격노한 산드라가 벌떡 일어나 방 안을 왔다 갔다 걸어 다니면서 소리를 지르기 시작했어요. "우리가 그 비극에 대해 뭔가 할 힘을 내기도 전에 또 다른 청년이 무고한 사람들을 죽이면 그때 당신들은 기분이 어떻겠어요? 그 피해자들의 가족들에게 우리는 반격하기 전에 먼저 스스로를 치유해야 했다고 할 겁니까? 하지만 가족을 잃어서 정말 유감이라고 할 거예요? 그게 책임 있는 행동이라고 느껴요?"

산드라는 엉덩이에 두 손을 짚은 채 사나운 눈빛으로 방 안을 둘러보면서 누구든 자기와 눈을 맞추면 가만 안 놔둘 것처럼 쳐다봤어요. 아무도 감히 그러지 못했죠. 천사의 지지를 받는 나조차도요.

그때 산드라가 말했습니다. "놀랐어요, 루카스." 얼음 같은 그녀의 목소리 때문에 내 피가 싸늘하게 식어버리는 것 같았어요. 산드라가 이제 최후의 일격을 날릴 거라는 걸 알았죠. 산드라가 그러더군요. "다른 사람은 몰라도 당신은 신속하고 무자비한 행동을 취하는 데 찬성할 줄 알았는데요."

숨을 쉴 수 없었어요. 마치 산드라가 보이지 않는 손을 뻗어 내 숨통을 으스러뜨린 것 같았습니다. 난 다시 다섯 살짜리로 돌아갔고, 어머니가 날 내려다보면서 "부끄러운 줄 알아!"라며 소리 지르는 것 같았어요. 바로 그때 내가 다시는 이 모임에 참석하지 않으리라는 사실을 깨달았고, 실제로 그렇게 했습니다. 그게 마지막이었어요. 다들 우리 집에 찾아와서 돌아와달라고 호소했어요. 산드라만 빼고 다 왔죠. 그래서 이것이 산드라가 나를 심리적으로 암살하려는 의도라는 걸 알고 있어요. 당신 같은 융 정신분석가들은 산드라가 날 심리적으로 거세하고 싶어 한다고 말할지도 모르죠.

질과 이사야와 베스 모두 내가 왜 생존자 모임에 돌아가지 않는지 여러 번 물었지만, 그들에게 말할 수 없었어요. 다시는 어떤 행동을 취하기 전에 먼저 기다리면서 힘을 모으는 게 최선이라고 말하더군요. 산드라 코일의 마음속에 자리 잡은 어둠으로부터 다른 사람들을 구하기 위해서라도 그렇게 하려고요. 하지만 머제스틱 마을 사람들의 집 앞마당에 정치적인 표지판들이 나타나기 시작하고, 산드라가 지역 뉴스 방송과 라디오 토크쇼와 심지어 전 세계 팟캐스트에 출연하기 시작하자 내 친구들은 그 이유를 알아차렸습니다.

이제 마을 주변에서 다른 생존자들을 볼 때마다 그들은 항상 모임 초기 시절이 그립다면서 같이 차를 마시거나 산책을 하거나 소파에서 한담을 나누자고 해요. 나는 거의 항상 그 제안을 받아들이고, 거의 매번 결국 그들을 껴안고, 내 셔츠는 그들의 눈물로 축축하게 젖어들죠. "마냥 화만 내는 거 말고 우리가 할 수 있는 다른 일이 있으면 좋겠어요." 그들은 내게 말했어요. 나는 어떤 해결책이 있는지에 대해 오랫동안 골똘히 생각했습니다.

다아시는 내가 준비가 됐을 때 그 답이 날 찾아올 거라며, 내가 영적으로 그리고 심리적으로 그걸 실천할 준비가 되기 전에는 정확한 전투 계획을 모르는 것이 축복이란 말도 했어요. 그 생각이 이치에 맞는다는 걸 알아요. 천사가 옆에 있는 것이 꽤 도움이 된다는 점을 인정할 수밖에 없네요.

산드라는 시간이 흐르면서 점점 더 강력해지는 것처럼 보여요. 최근에는 자기 멋대로 머제스틱 고등학교 강당 연단에 올라가 연설을 했는데, 그 내용이 이사야의 교육 철학과는 맞지 않았다고 이사야에게 들었어요. 이사야가 그러더군요. "그 여자는 무자비한 고통에 시달리고 있지. 하지만 자기를 제외한 다른 사람들은 자신보다 더 **끔찍한** 고통에 시달리길 원해." 산드라 이야기는 이 정도에서 그칠게요. 쓸데없이 동료 생존자의 흉을 보고 싶진 않으니까요.

산드라에게 화가 난 건 아니에요. 하지만 지금은 뭐가 됐든 산드라가 그걸 하기 위해 모임에서 날 밀어냈다는 결론을 내릴 수밖에 없어요. 어쩌면 산드라가 미래에 일어날 비극을 예방할 합리적인 총기 규제법을 통과시킬지 누가 알겠어요? 아마 목적이 수단을 정당화할지도 몰라요. 그런 일이 분명 일어날 수 있죠. 하지만 내가 산드라 코일에게 굴복해서 다른 이들을 실망시켰다는 느낌만은 떨쳐버릴 수가 없어요.

앨리 한센이 우리 집 뒷마당에 텐트를 치기 전까진 앞서 말한 일을 어떻게 해결해야 할지 갈피를 잡지 못했어요.

내가 지난번 편지에 언급한 그 흥미진진한 사건에 대해 잊어버렸다고 생각하나요?

답장해주면 앨리에 대해 다 말해줄게요.

정말이지 당신이 듣고 싶어 할 이야기랍니다.

내 말을 믿어봐요.

제발 답장해줘요. 나에게 아주 큰 도움이 될 거예요.

이 편지들의 분위기를 비교적 긍정적으로 유지하기 위해 무척 애쓰고 있지만, 솔직히 지금 무너지기 일보 직전입니다.

난 정말 당신과의 정신분석이 필요해요.

당신의 가장 헌신적인 루카스

5

칼에게

당신은 결국 답장하지 않았네요. 앨리 이야기의 예고편으로 당신을 유혹할 수 있을 거라고 생각했는데 아무래도 좀 더 기다렸어야 했나 봐요. 사실 미국의 우편 시스템으로는 이렇게 빨리 답장할 수 있는 길은 없었지만, 당신이 직접 답장을 갖다 주거나 전화를 하거나 이메일을 보내주길 바랐어요. 왜냐하면 아주 많은 일이, 그것도 엄청 빨리 일어나서 오늘 다시 당신에게 편지를 쓰기로 마음먹었으니까요. 편지에 쓰고 싶은 말이 사정없이 쏟아지는 걸 어떡하겠어요. 그러니 시작해볼게요.

앨리가 우리 집 뒷마당에 텐트를 쳤다는 지난번 편지를 보낸후, 음…… 잠깐만요. 생각해보니 그 편지는 지지난번 편지인 것같네요. 어쨌든 당신의 집 우편함에 그 편지를 슬쩍 집어넣은 후 앨리와 이야기를 나눠보겠다고 굳게 결심했어요. (내가 그때 우체국에 가서 편지를 부쳤다고 편지에 쓴 건 알지만, 당신이 그 편지를 최대한 빨리 읽길 원했거든요. 바비가 내린 접근 금지령을 어기는 모습은 아무도 보지 못했어요.) 그날은 앨리가 오렌지색 텐트에서 지낸 지 나흘째 되는 날이었는데 거기서 영영 나오지 않을까 걱정되기 시작했어요.

나는 집으로 성큼성큼 걸어가면서 마주치는 사람들에게 항상 그렇듯 공손하게 인사하며 머릿속으로는 앨리와의 대화를 상상했습니다. 설교하는 것처럼 보이고 싶진 않았어요. 내가 바라는 건 앨리의 입을 열게 하고 난 그냥 듣는 거죠. 그게 원래 내가 가장 잘하는 일이기도 하고요. 모든 대안들을 다 생각해본 후에 먼저 텐트에 들어가(허락을 받는다 치고) 바닥에 양반다리를 하고 앉아서 말없이 앨리의 눈을 부드럽게 바라보기로 했어요. 당신이 내게 당신의 심적 자아를 보내거나 아니면 '다른 차원에 있는 나'를 발견하려고 할 때 날 지그시 바라봤던 것처럼 말이죠. 그게 아마도 내 영혼의 가장 좋은 부분이 앨리 영혼의 가장 좋은 부분을 사랑한다는 사실과 앨리가 우리 집 뒷마당에 텐트를 친 것을 기쁘게 생각한다는 마음을 알려줄 가장 효과적인 방법이라고 판단했어요. 그를 환영한다고. 내가 그와 같이 여기 있다고. 이 순간에 온 마음을 다해 기꺼이 같이 있을 거라고. 그리고 또한 작년에 우리가 시작했던 상담을 기꺼이 계속할 용의가 있다고요.

하지만 시내 중심가를 걸어가다 머제스틱 극장의 거대한 검은색 실크 장막이 보이자 배가 고파졌어요. 어느새 나는 컵 오브 스푼에 앉아 있었고, 내 앞에는 BLT 샌드위치(베이컨, 상추, 토마토를 넣은 샌드위치—옮긴이)와 커다란 컵에 담긴 아이스티가 있었습니다. 이상한 일이었어요. 질의 카페에서 가장 유명한 점심 메뉴이자 내가 좋아하는 음식이기도 한 그 샌드위치를 한입 베어 문 순간 속이 울렁거리기 시작하면서 더는 단 한 입도 먹을 수 없었어요. 누군가 나에게 억만금을 준다고 해도 말이에요. 질이 주방에서 나와 음식이 뭐가 잘못됐냐고 물어서 앨리와 이야기할 게 걱정된다고 솔직하게 털어놨죠.

질이 말했어요. "여기 일을 다 끝낼 때까지 좀 기다려요. 오늘 밤은 7시에 닫을 거니까."

그때 이미 5시가 다 된 시간이었기에 산책을 좀 오래 하다가 질의 일이 끝났을 때 카페 앞에서 다시 만나기로 했어요.

따뜻한 봄날 저녁이어서 시내에 사람들이 많았어요. 그래서 평소처럼 루카스 굿게임을 찬양하는 사람들의 물결에 휩쓸리지 않기 위해 바로 인적이 드문 길로 갔습니다. 나는 당신의 집을 이미 열여덟 번도 넘게 지나쳤지만, 어쩔 수 없이 고개를 돌려서 혹시 당신이 마당에 있거나 창문으로 내다보거나 심지어 내 편지를 읽고 있는 건 아닌지 살펴볼 수밖에 없었어요. 몇 번은 당신이 내 이름을 부르는 소리를 들었다고 생각했는데, 멈춰 서서 눈을 감고 더 귀를 기울이자 당신의 목소리가 내 머릿속에서 나온다는 사실을 깨달았어요. 그래서 결국 계속 걸었죠.

나는 앨리의 집도 정확히 열여덟 번 지나치면서 그의 엄마를 보게 되면 좋겠단 생각을 했습니다. 그러면 왜 그녀의 둘째 아들이 내 뒷마당에서 캠핑을 하는지에 대한 미스터리를 풀 수 있는 정보를 얻을지도 모르니까요. 하지만 한센 부인이 집 밖에 나와 있는지 알아보려고 그 집 쪽으로 고개를 돌릴 수도 없었어요. 무슨 이유에선지 그녀의 집이 시야에 들어올 때마다 말 그대로 줄행랑을 치느라 결국 한센 집 앞을 엄청 빠르게 달리면서 왔다 갔다 했죠. 온통 땀범벅이 됐어요.

그 집 앞을 정확히 열여덟 번 지나친 직후, 순찰차를 타고 가던 바비가 차를 세우고 괜찮은지 물었어요. 당연히 괜찮았죠.

"왜 한센 씨 집 앞을 그렇게 죽어라 뛰어가고 있어요, 굿게임 선생님?" 그렇게 묻긴 했어도 바비의 표정은 밝았어요.

"그냥 운동을 좀 하느라." 내가 대답하자 그는 한센 씨 집에서 좀 멀리 떨어진 곳에서 운동하는 게 좋겠다고 하더군요.

"그건 정말 보기 좋은 모습이 아니라서." 바비가 덧붙이자 다시 속이 울렁거렸어요.

"난 그냥 달리고 있었다니까." 내가 재차 강조했죠.

"저도 알아요. 하지만 저랑 같이 순찰차를 타고 가시는 게 어때요? 컵 오브 스푼에 태워다드릴게요." 바비가 말했어요.

"내가 거기 갈 거라는 걸 어떻게 알았는데?"

"그냥 추측을 해본 거죠."

땀을 너무 많이 흘려서 몸에서 냄새가 난다고 했지만 바비는 상관없다고 했어요. 그러면서 차에 타라고 고집을 부려서 지금 나를 체포하는 거냐고 물었죠. 바비가 "왜 그렇게 생각하세요?"라고 대답하더군요. 그 말을 들으니 기분이 훨씬 나아졌고 결국 순찰차에 탔어요. 그렇게 눈 깜짝할 사이에 다시 컵 오브 스푼으로 돌아왔습니다. 질이 바비에게 "공짜예요"라면서 샌드위치를 건넸어요. 바비가 날 찾아서 데려왔으니까요. 그때 나는 누군가 질에게 전화해서 내가 당신 집이나 한센 씨 집 앞을 뛰어다니고 있다는 사실을 알렸을 거란 생각이 들었습니다.

당신이 그랬나요?

만약 그렇다 해도 화내진 않을게요. 하지만 내가 걱정된다면 집에서 나와서 내게 직접 이야기하는 게 어때요?

질에게 누가 그걸 일러줬는지 물어봤어요. 질은 대체 내가 무슨 소리를 하는지 모르겠다고 우겼지만, 거짓말을 할 때면 항상 그렇듯 왼쪽 눈썹이 동그랗게 휘어지더라고요. 질의 트럭을 타고 같이 집으로 오는 동안 그 미스터리는 그냥 놔두기로 했어요. 앨리와 대면해야 할 문제가 여전히 남아 있고, 거기에 내 정신적 에너지를 다 써야 했으니까요.

좀 전에는 내가 음식을 먹을 기분이 아니었기 때문에, 질은 카페에서 인기 있는 요리인 세 가지 콩을 넣어 끓인 수프와 껍질이 딱딱한 프렌치 브레드 한 덩어리를 저녁으로 먹으라고 가져왔어요. 먹어보려 했지만 도저히 넘어가질 않더라고요. 질은 내가 초조해서 그런다면서 지금 상황이 "그럴 만하다"고 했는데 그 말을 들으니 기분이 더 안 좋아지더군요. 그때 질이 말했어요. "세상에, 루카스. 당신 안색이 너무 안 좋아요." 나는 싱크대로 달려가서 토를 했고, 질이 날 침대에 눕히고 약을 줘서 곧바로 잠들었어요.

그러다 한밤중에 끔찍한 소음이 들려서 잠이 깼습니다.

침대에서 일어나 앉아 주위를 둘러봤지만 여전히 반쯤 잠들어 있는 상태였죠. 시야가 어둠에 익고 정신을 차리기까지 몇 분 있다가 일어나서 창가로 걸어갔어요. 질이 날 위해 창문을 열어놨었나 봐요. 질이나 나나 방에 에어컨을 틀어놓고 자는 걸 싫어하거든요. (그러면 목이 아프더라고요.) 텐트가 다시 호박등처럼 빛나는 걸 볼 수 있었어요. 달도 뜨지 않았고 사방이 깜깜했기에 더 환해 보였죠. 그때 간담이 서늘해지는 신음 소리가 들렸고, 머제스틱 극장에서 충격이 끝났을 때 들었던 신음 소리가 떠올랐습니다. 마치 마취제 없이 정신적인 수술을 할 때 나는 소리 같았어요. 누군가 텐트에서 앨리의 영혼을 뽑아내려고 하는 소리 같다고 해야 하나.

그다음 기억나는 건 내가 계단을 내려왔고, 질이 내 뒤에 바짝 붙어 따라오면서 했던 말이에요. "경찰에 신고해야 해요. 저 아이는 도움이 필요해요."

천사의 날개가 달린 다아시가 앨리가 앞으로 나아갈 길이라고 말했다는 것을 질에게 얘기할 수는 없었기에 계속 이렇게 대꾸했어요. "경찰은 안 돼요."

"이웃들이 신고하지 않았더라도 곧 할 거라고요." 질이 대꾸했지만 난 그냥 무시했습니다. 뒷문에 다다랐을 때 질이 날 돌려세우더니 날 똑바로 보면서 말했어요. "당신은 아직 준비가 안 된 것 같아요."

질이 두려워하는 걸 알 수 있었지만 대체 무엇 때문에 그런지는 알 수 없었어요. 이유를 알아내고 싶었지만 지금 상황에선 우선순위를 정하는 게 최선일 것 같은데, 앨리의 신음 소리를 들으니 우선 그것부터 처리해야 할 것 같았죠. 그래서 집에서 나와 오렌지색 불빛을 향해 걸어갔어요.

앨리가 뒷문이 열리는 소리를 들었는지 곧바로 입을 다물고 고통을 참으려 했지만 여전히 조용하게 끙끙거리는 소리가 들렸어요. 자신의 침낭에 얼굴을 묻고 있는 게 아닌가 하는 생각이 들었는데, 텐트 지퍼를 열고 머리를 안으로 집어넣었더니 얼굴을 두 손에 묻고 있는 게 보이더군요. 앨리의 손에서 굵은 눈물이 뚝뚝 떨어지고 있었어요. 어깨를 만지자(이사야가 내게 수없이 그랬던 것처럼) 앨리가 움찔하길래 손을 거뒀어요. 그때 아까 했던 계획이 떠올랐죠.

나는 텐트에 들어가서 지퍼를 다시 올리고 그의 앞에 양반다리를 하고 앉아 눈빛을 부드럽게 다듬은 후 다른 차원에 있는 앨리를 찾아보려고 애썼어요. 5분 정도 지나자 앨리가 얼굴에서 손을 떼고 날 마주 보더군요. 아이의 호흡이 느려지고 긴장이 조금 풀린 게 느껴졌어요.

마침내 앨리가 입을 열었습니다. "달리 어떻게 해야 할지 알 수 없었어요. 갈 곳도 없었고요."

"괜찮아." 나는 그렇게 말하고 계속해서 당신이 날 위해 해줬던 걸 해보려고 노력했어요. 당신이 심리적으로 내 마음속에 들어와 당신 영혼의 가장 좋은 부분이 내 영혼의 가장 좋은 부분을 감싸줄 때 했던 것처럼요.

"지금 뭐 하는 거예요?" 앨리가 물었지만 목소리가 침착했기 때문에 그를 진정시키려 하는 중이고, 이 방법은 효과가 있으니 그냥 내가 하는 대로 따라오라고 했죠. 고맙게도 그렇게 해주더 군요.

우리는 오랫동안 조용히 서로를 바라보며 앉아 있었어요. 텐트 밖에 있는 질이 안에서 대체 무슨 일이 벌어지고 있는지 궁금해 하고 걱정하는 걸 느꼈지만, 어쨌든 질은 말을 하거나 텐트에 들 어와 남자들끼리의 마법 같은 순간을 깨뜨리지 않는 편이 좋다 는 걸 알았죠. 정말 고마웠어요. 마찬가지로 저 높은 곳에서 다아 시의 날개가 규칙적으로 펄럭이는 소리도 들을 수 있었어요. 다 아시가 천사로서 내가 하는 행동에 찬성하면서 날 내려다보는 것도 느낄 수 있었고요. 천사들은 얇은 텐트 천쯤은 아주 쉽게 꿰 뚫어 볼 수 있잖아요. 질이 고개를 뒤로 젖히고 날개 펄럭이는 소 리가 어디서 나는지 찾아보지 않을까 궁금했지만, 질은 단 한 번 도 환희나 경악에 찬 소리를 지르지 않았어요. 그러니 질이 하늘 을 올려다본 것 같진 않은데 그래서 안도하는 한편으로 안타깝 기도 했죠.

텐트 안에서 어린 앨리와 같이 앉아 있자니 그의 고통과 좌절 과 외로움이 몸에서 서서히 빠져나가는 걸 느낄 수 있었어요. 말 그대로 근육에서 긴장이 풀어지고 그의 마음이 다시 기댈 곳을 찾는 게 느껴졌어요.

나는 그를 우리 집 거실 소파에 눕게 하고 이불을 덮어준 후에 괜찮다고, 우리 집에 잘 왔다고, 얼마나 오랜 시간이 걸리든 나아지도록 돕겠다고 했어요. 질이 거실의 어두운 구석에서 그 모습을 지켜보며 내 말에 찬성하는 걸 알 수 있었죠. 나는 이 일을 해내기 위해 필요한 힘이 어디서 나왔는지 궁금해지기 시작했어요. 내 영혼의 가장 좋은 부분이 앨리를 위해 발산하는 힘을 느낄 수 있었거든요. 마음속에서 경외심이 차올랐어요.

앨리는 눈을 감은 채 막 잠이 들기 직전에 속삭였어요.

"굿게임 선생님, 전 선생님 탓은 하지 않아요."

내가 미처 대답을 하기도 전에 아이는 잠들었어요.

질이 나를 따라 계단을 올라와 속삭였어요. "당신 괜찮아요?"

"혼자 있고 싶어요." 나는 최대한 친절하게 대답한 후 내 방에 들어가서 문을 잠갔어요.

다아시는 이미 창문으로 날아 들어와 날 보며 뿌듯한 미소를 짓고 있었습니다.

"그 아이가 앞으로 나아갈 길이야." 다아시는 전보다 더 기운차게 또다시 이렇게 말했어요.

나는 지칠 대로 지쳐서 대답할 기운도 없었죠. 대신에 천사가 된 그녀의 몸에 쓰러졌고, 다아시가 따뜻하고 거대한 날개로 날 감싸 안아줬고, 그대로 의식을 잃었어요.

다음 날 아침에 일어났을 때 나는 침대 위에 있었고 다아시는 사라졌지만, 이불에서 작은 깃털 열네 개를 발견했어요. 이로써 간밤의 신비로운 만남이 내 상상이 아니란 사실이 입증된 셈이죠.

질은 평소처럼 머제스틱 마을 사람들에게 아침을 제공하고자 이미 시내에 나가 있었어요.

나는 앨리가 소파에서 자는 모습을 보고는 커피를 내리고 스크램블드에그와 토스트를 만들었어요. 따뜻한 음식이 담긴 그의 접시를 식탁에 막 내려놓는 순간 마치 마법처럼 앨리가 발을 질질 끌며 주방으로 들어오더군요. 알고 보니 앨리도 나처럼 블랙커피를 마시더라고요. 우리는 포크와 나이프가 부딪치며 접시를 긁는 소리와 남자들이 요란하게 벌컥벌컥 커피 마시는 소리를 들으며 식사를 했어요. 그 후 앨리가 식기세척기에 접시들을 넣고 나는 프라이팬을 박박 문질러 닦았습니다.

정리를 다 끝냈을 때 앨리가 말했어요. "전 학교로 돌아가지 않을 거예요. 집에도 갈 수 없고요."

"알았다." 난 그렇게 말했어요.

"그 알았다는 말은 정확히 무슨 뜻이에요?"

"알았다는 뜻이야." 나는 최대한 앨리의 뜻을 이해하고 악의가 없다는 뜻을 전달하려고 애쓰면서 다시 한번 그렇게 말했어요. 그러자 분위기가 바뀌는 것 같더군요.

앨리는 내가 잔소리를 하거나 뭔가를 설명할 거라고 예상했나 봐요. 고개를 오른쪽으로 기울이고 반신반의하는 표정을 지으려는 것처럼 눈썹을 추켜올리는 게 보였거든요.

"사람들이 그러는데 선생님이 미쳤대요." 앨리는 그렇게 말하고 한 박자 쉰 후에 다시 입을 열었어요. "그러니까 정말 미쳤다고요."

그런 말은 처음 들어봤지만 놀랍진 않더라고요. 아이의 말에 일일이 대꾸하기보다 그냥 계속 들으면서 최선을 다해 호기심을 유지하려고 애를 썼어요. 그것이 우리가 할 수 있는 최선이라고 당신이 항상 말했으니까요.

"정말이에요?" 내가 어떤 식으로든 자신의 말에 대꾸해서 이 대화를 계속하지 않을 거란 점이 확실해졌을 때 앨리가 물었어요. "선생님은 완전히 돌아버린 건가요?"

"네가 보기엔 내가 미친 것 같니?" 나는 그렇게 묻고 나서 앨리가 고개를 돌릴 때까지 계속 그의 눈을 바라봤어요. 당신의 융 정신분석 기법을 따라 한 거죠.

마침내 앨리가 화를 내며 말했어요. "선생님이 아니라 다른 사람들이 다 미친 것 같아요." 그때 아이의 눈에서 다시 눈물이 솟구치면서 굵은 눈물 한 줄기가 뺨으로 흘러내렸고, 앨리는 손등으로 바로 그 눈물을 닦아냈습니다.

"때로는 걷는 게 도움이 돼. 나랑 같이 걸을래?" 내가 말했어요.

앨리가 고개를 끄덕여서 우린 종일 걸었어요. 적어도 18마일은 걸은 것 같은데 그런 내내 둘이 거의 한마디도 안 했지만, 아이와 나란히 서서 걷는 게 아주 큰 도움이 된 것 같았죠. 하루가 저물어가는 동안 아이도 나처럼, 나보다 더 많이는 아니더라도 같이 걸어서 좋아지고 있다는 게 확실히 느껴졌어요. 그래서 계속 걸으면서 점점 더 기운을 냈어요. 앨리-루카스 연대에 대한 우리의 믿음은 생각하면 생각할수록 늘어났습니다.

질이 저녁으로 라자냐를 가져다줬는데, 종일 걸었던 터라 거실에서 아주 게걸스럽게 먹어치웠어요.

"둘이서 오늘 뭐 했어요?" 질이 묻더군요.

앨리가 간단하게 대답했어요. "아주 긴 산책을 했어요."

"즐거웠니?" 질이 묻자 앨리와 나 둘 다 일제히 고개를 끄덕였습니다.

저녁을 먹은 후 우리 셋이 시내까지 걸어가서 아이스크림을 사 먹자고 충동적으로 제안했어요. 그건 봄이면 다이시가 항상 즐겨 하던 일이었죠. 선물과도 같았던 그날처럼 봄밤은 아주 따뜻하고 기분이 좋아지는 때니까요. 앨리와 질도 좋다고 해서 '우린 모두 아이스크림이 간절해' 가게로 걸어갔어요. 마을 사람들이 다 좋아하는 곳이니까 당신도 분명 그곳을 알 거예요. 다만 다시 생각해보니 거기서 당신을 본 적은 한 번도 없네요. 진료실 말고 당신을 본 곳은 머제스틱 극장밖에 없어요. 우리 둘 다 영화를 아주 좋아했으니까요. 그 비극이 일어났던 밤 기억나요? 그때 1940~50년대 유명한 흑백 영화들의 포스터가 붙어 있는 로비에서 다이시와 나, 당신과 당신 아내인 린드라가 인사를 주고받았잖아요. 그건 좀 흔치 않은 일이긴 했어요. 당신은 항상 우리의 관계를 성스럽게 유지해야 한다고 말했으니까요. 진료실 밖에서는 어떤 식으로든 서로 접촉하지 않아야 한다는 뜻이었죠. 당신은 분명 기억할 거예요. 당신의 진료실 밖에서 우리가 이야기를 나눈 처음이자 유일한 때였으니까. 당신과 나는 미소를 주고받으며 인사했죠. 다아시가 린드라에게 "메리 크리스마스"라고 말하자 린드라는 "즐거운 휴가 보내세요"라고 화답했고요. 그때가 우리의 아내들이 인사를 주고받은 유일한 때였어요. 이제 와서 생각해보면 그 우연한 만남이 불길하게 느껴졌는지 상서롭게 느껴졌는지도 잘 모르겠어요. 그건 어떤 식으로든 표현할 수 있잖아요. 하지만 분명히 의미심장하긴 했어요. 그렇죠?

당신이 아이스크림을 먹든 안 먹든, '우린 모두 아이스크림이 간절해'(사실 다아시와 나는 어느 해 여름에 거기서 같이 일했던 적이 있어요)가 주는 미각의 즐거움을 알든 모르든, 아이스크림을 사러 간 질과 앨리와 나에게 그날 밤 위기가 닥칠 첫 조짐이 보였습니다. 가게에 가려고 시내로 걸어가는 모습을 본 사람들 몇 명이 바로 반대편 도로로 건너갔고, 그걸 보자 내 몸의 모든 뼈가 안 좋은 쪽으로 울리기 시작했죠. 그리고 웬디 루이스(현재 아이스크림 가게 주인)가 단골손님이자 과거에 이곳에서 일했던 나에게 평소처럼 친절하지 않았어요. 내가 가게 문을 열고 들어갔을 때는 활짝 웃으며 봤는데, 앨리를 보자 얼굴이 어두워졌어요. 질이 웬디에게 무슨 문제가 있냐고 물어서 분위기를 가볍게 해보려고 했지만, 머제스틱의 자칭 아이스크림 여왕님은 "아무 일 없어요"라고 짧게 대답하고 우리와 눈도 안 마주치려 하더군요.

따뜻한 봄밤에 가게 밖에 앉아 콘 아이스크림을 핥아 먹고 있는데 지나가는 사람들이 평소와는 다른 눈빛으로 나를 보는 걸 알아챘어요. 평소 나를 영웅처럼 보던 그 눈빛이 아니었죠. 그건 마치 루카스 굿게임에 대한 찬양으로 가득 찬 전기에서 내가 슬쩍 빠져나온 그런 기분이었는데, 어쩐지 이번에는 우연히 그렇게 된 것 같았어요. 대신 그들은 앨리를 마치 전염병을 퍼뜨리고 다니면서 사람들을 죽이는 끔찍한 괴물처럼 쳐다봤어요. 그러더니 대체 이 자식이랑 뭐 하고 있는 거냐고 말하는 것 같은 의문의 눈빛으로 나를 봤죠. 또 아이스크림을 사려던 손님들 몇 명이 가게로 다가왔다가 우리를 보고 돌아서서 가버리더군요. 그건 마치 우리 셋 모두 옷 입는 걸 깜박해서 우리의 나체가 사람들 앞에 전시된 느낌이었어요.

앨리는 그런 분위기를 눈치채지 못한 척했고, 나도 내 머릿속이 이상해서 엉뚱한 상상을 하고 있나 보다고 생각했어요. 하지만 그때 한 무리의 10대들이 앨리를 사납게 째려봐서 이 상황을 더는 부인할 수 없었습니다. 그 아이들의 이름은 알고 있지만 여기서 밝히진 않을게요. 1분 정도 지나자 질이 벌떡 일어나서 소리를 질렀어요. "차라리 사진을 찍지 그래? 그러면 더 오래 갈 건데!" 그때 무리에 있던 한 소녀가 정말 휴대폰을 들어서 우리 사진을 찍으려고 하더군요. 그러자 질이 남은 아이스크림을 그 소녀에게 던졌고, 아이는 민첩한 운동신경으로 피했어요. 아이스크림은 주차된 한 스포츠카의 앞유리에 떨어져 뭉개졌어요. 아이들 모두 휴대폰을 꺼내서 엉망이 된 차와 우리를 찍으며 비난과 잔인한 말을 덧붙였죠. 앨리가 벌떡 일어나 먹고 있던 아이스크림을 쓰레기통에 던져버리고 쿵쿵 소리를 내며 가버렸고, 질과 나도 따라갔습니다.

시내에서 빠져나왔을 때 앨리가 이런 말을 하기 시작했어요.

"전 아무 짓도 하지 않았어요! 그건 제 잘못이 아니라고요! 이건 공정하지 않아요! 선생님과 같이 있으면 사람들이 수그러들 줄 알았는데 아무 소용없어요! 아무도 제 말을 듣고 싶어 하지도 않고! 제 인생은 끝났어요. 끝났다고요!"

질과 나는 계속 앨리에게 말했어요. 우리는 전적으로 네가 하는 말을 듣고 있고 너를 이해하고 싶다고. 그때 질이 앨리를 좋아하게 된 걸 알 수 있었죠. 앨리는 응원하기 쉽고 착하고 마음도 깨끗한 아이예요. 올바른 사람이 올바른 방식으로 잡아주면 현재의 고통을 이겨낼 수 있을 거예요.

"그 소년이 앞으로 나아갈 길이야." 날개 달린 다아시가 내 머릿속에서 하는 말이 들렸어요.

하지만 질과 내가 그를 이해하고 공감한다는 다정한 말을 한 후에도, 집에 도착하자 앨리는 무시무시한 먹구름처럼 뒷마당을 성큼성큼 걸어가 한마디도 하지 않은 채 텐트 속으로 사라졌어요.

"아이 좀 진정시켜요." 질의 말이 맞는 것 같아 나는 집 뒤에 있는 접이식 의자에 앉아 텐트가 오렌지색으로 밝게 빛나는 모습을 지켜봤어요. 앨리가 다시 신음 소리를 내기 시작할 때 개입하기 위해 계속 그 자세로 기다렸습니다.

내가 앨리 감정의 보초병이 되어야지. 그렇게 생각하면서 조금 더 허리를 곧추세우고 앉았어요. 척추를 똑바로 세우고 내 몸 안에서 남성적인 에너지가 일어나 내가 맡은 임무를 수행할 수 있도록, 그래서 내 몸이 그 에너지를 계속 불태우는 동안 목표에 전적으로 집중하도록요. 당신에게 정신분석을 받는 동안 당신이 가르쳐준 바로 그대로 한 거죠.

그때 나는 뭘 해야 할지 정확히 알아차렸습니다.

나는 당신이 그동안 나를 위해 해줬고 앞으로도 해주길 바라는 그 일을 앨리를 위해 해야겠다고 결심했어요. 우리가 해온 정신분석의 이점들을 활용해야 한다는 사실을 불현듯 깨달았죠. 그리고 어쩌면 당신이 지금 날 시험하는지도 모른다는 점도요. 앞으로 날 좀 더 가르치고 지도하고 보살필 만한 가치가 있는지 보려고 시험하는 거죠. 특히 그날 밤 머제스틱 극장에서 일어난 일을 본 후에 더 그런 마음이 들었을 거예요. 그때 당신의 얼굴에 떠오른 충격과 반감 때문에 나는 한동안 심리적으로 발기불능 상태에 빠졌으니까요. 하지만 그게 나의 남성적 발전에 있어 필요한 부분이었던 것으로 이해하게 됐어요. 칼, 나는 당신의 정신분석을 받았다가 실패한 게 아니라 당신이 시간과 공을 들일 만한 사람이라는 사실을 입증하고 말 거예요. 당신이 지금까지 분석한 최고의 융 분석 대상이 돼서 당신의 '정신분석 대상자 명단'에 다시 내 이름을 올릴 겁니다. 나는 나만의 '정신분석 대상자 명단'을 만들어서 그들의 최선을 이끌어낼 거예요. 그러기 위해선 물론 다아시가 제안한 것처럼 이 아이부터 시작할 거고요. 그동안 당신이 내게 가르쳐준 모든 기법을 효과적으로 써보려고 합니다. 그래서 그 공식적인 정신분석 대상자 명단에 앨리의 이름을 올렸고, 이사야도 올릴까 생각 중이에요. 그를 친형제처럼 사랑하니까요. 하지만 적어도 처음에는 한 번에 한 사람씩 해야 겠죠.

다음 날, 그러니까 내가 접이식 의자를 밖에 내놓고 앨리를 지켜보던 그날 밤 이후에 모든 일이 정말 제대로 풀리기 시작했어요. 다아시가 말한 앞으로 나아길 길이란 면에서 말이에요. 하지만 그 부분은 다음번 편지를 위해 아껴둘게요. 이미 오늘 편지를 아주 길게 썼고, 최근엔 거의 오케스트라 지휘자처럼 꽤 바빠지기 시작했으니까요. 다만 음악을 만드는 게 아니라 그보다 더 기상천외한 일을 하고 있지만.

이렇게 말하니까 내가 정신이 나간 것 같나요?

아니요!

내 평생 이렇게 정신이 똑바로 박혀 있던 적은 처음이에요.

처음으로 세상을 선명하고 명쾌하게 보고 있는 것 같아요. 내 생각이 이렇게 확실했던 적은 전무후무했죠. 그런 정신적 확신이 물리적 영역을 초월하고 있습니다.

내 마음이 노래를 부르고 있어요.

당신은 그 노래를 듣고 싶겠죠.

다음에 나를 만나면 당신이 날 엄청 자랑스러워할 거라고 확신해요. 난 일종의 성년식을 시작했어요. 앨리가 성년이 되는 문턱을 넘어갈 수 있도록 도울 거예요. 아주 오랜 옛날, 상처받은 소년들이 성년의 문턱을 넘어갈 수 있도록 마을 사람들이 의식을 치렀던 것처럼 우리 마을 사람들 모두 그가 어른이 될 수 있도록 도울 겁니다.

어쩌면 당신도 앨리의 새 프로젝트에 참여하고 싶을지도 모르겠군요. 누가 아나요?

그러면 앨리와 나는 아주 기쁠 텐데. 우리는 그 비극이 일어났을 때 머제스틱 극장에 있던 사람들 모두 참여하길 바라고 있어요. 산드라 코일조차도 예의 바르게 행동한다면 환영이고요. 사람을 치유하는 일에 누군 선택하고 누군 내치고 그럴 순 없잖아요. 온전해지고 싶은 사람은 다 치유해야 해요. 그것도 온 마음을 다해 완전하고 철저하게요.

　　　　　　　　　　　　　　　당신의 가장 헌신적인 루카스

6

칼에게

지난번 편지는 속이 상할 대로 상한 앨리가 텐트에서 생각을 곱씹고 있고, 나는 마치 감정의 보초병처럼 접이식 의자에 허리를 세우고 앉아 있는 장면으로 끝맺었죠. 당신에게 보낸 편지는 모두 사본을 보관해뒀다가 다음 편지를 쓰기 전에 그전에 보낸 편지를 한 자도 빼놓지 않고 다시 읽어서 알고 있어요. 그렇게 당신을 놀린 건 혹시라도 답장을 해줄까 기대를 품었기 때문이었는데 역시 답장은 오지 않더군요.

그건 괜찮아요. 당신에게 화가 나진 않았어요. 오히려 그 반대죠. 어떤 일이 있어도 절대 당신에게 화내지 않아요.

어쨌든 지난번에 끝내지 못한 이야기로 돌아가볼게요.

그날 밤 나는 내내 뒷마당에 앉아 있었고, 언제고 고개를 들어

하늘을 볼 때마다 다아시가 밤하늘에 8자 모양으로 날아다니면서 무한의 상징을 그리는 모습을 볼 수 있었어요. 마치 영원히 나와 같이 있겠다고 말하는 것 같았죠. 그녀의 날개는 별빛에 환하게 빛나고 있어서 별세계에 온 것 같은 효과를 자아냈어요. 인간의 언어로는 표현할 수 없을 정도로 사무치게 아름다웠습니다. 내 말이 무슨 뜻인지는 바로 그 순간에 느껴야만 이해할 수 있어요. 시간과 공간을 초월한 것 같은 장관을 보다 보니 다아시가 한 번도 나와 이야기하기 위해 내려오지 않고 밤새 하늘을 날아다녔어도 섭섭하지 않더군요.

다아시는 문을 단단히 잠근 우리 침실의 안전한 공간에서만 날 만질 수 있게 다가올 거예요. 그 이유는 나도 모르겠지만요.

하지만 그날 밤 나는 앨리를 지켜봐야 했고 첫날부터 임무를 저버릴 순 없었기에, 잠깐잠깐 고개를 들어 하늘을 슬쩍 보면서 다아시가 끊임없이 날아다니며 나를 지켜주는 걸 느꼈어요. 마치 다아시가 내가 뛰어든 새 모험을 찬성하거나 적극적으로 축복하는 것처럼 보여서 어마어마한 자신감이 솟았죠.

해가 뜨자 다아시는 부드러운 아침 햇살에 섞여 희미해지면서 천천히 사라지고 있었어요. 여전히 그 자리에 있는데 햇살 때문에 안 보이는 건 아닌가 하는 생각도 들더군요. 낮에는 날개 달린 다아시를 한 번도 본 적이 없었기에 지금으로선 가설일 뿐이지만요.

구글에 검색해보긴 했지만 천사에 대한 믿을 만한 정보는 별로 찾을 수 없더라고요. 검색했을 때 제일 먼저 나온 건 메이저

리그 프로야구팀이에요. 그것만 봐도 천사에 대한 정보가 얼마나 없는지 알 수 있죠. 좀 더 깊이 파봤지만 내가 찾아낸 정보 대부분은 모순된 것이었어요. 어떤 글에서 이렇게 말하면 또 다른 글에선 저렇게 말하더군요. 서로 상충되는 정보를 너무 많이 읽어서 그냥 다 버리고 직접 천사에 대해 알아보기로 했습니다. 내가 관찰할 수 있는 점들을 토대로 경험에 따른 증거들을 모으는 거죠. 지금까지 계속 그렇게 해왔고, 그런 내용을 앞으로 당신에게 공유할게요.

"어젯밤에 잠을 자긴 했어요?" 질이 컵 오브 스푼에 출근하러 가기 직전에 내 의자 옆에 서서 물었어요.

해가 이미 중천에 떠 있어서 내가 반문했죠. "지각한 거 아니에요?"

이야기를 들어보니 간밤에 주방 보조인 랜디와 통화를 했대요. 그 사람이 비디오 게임을 하느라 늦게까지 안 자고 있었다나요. 랜디가 식당 문을 열기로 해서 질은 한 시간 더 잘 수 있었다더군요. 그때 내가 앨리를 지켜보는 내내 질은 나를 새벽까지 지켜봤다는 사실을 깨달았어요. 밤새 한 번도 등을 돌려서 집을 본 적이 없는데 아마 질은 줄곧 창문으로 나를 봤겠죠. 난 정말 몰랐어요. 그때 질이 허리를 숙여 내 오른쪽 뺨에 가볍게 키스하고 말했어요. "조심해요. 알았죠?"

왜 그런 말을 했는지 물어보고 싶었어요. 뭐가 위험해서 조심하란 거죠? 하지만 대답이 두렵기도 해서 아무 대꾸도 하지 않고 질을 보냈어요. 나는 거기에 30분 정도 더 앉아 있다가 소리쳤어요.
"앨리?"

큰 소리로 그의 이름을 두 번 더 부르고 난 뒤에도 귀가 먹먹
해질 것 같은 침묵이 이어지자 심장이 조금 더 빨리 뛰더군요.

"나갈게요." 마침내 앨리가 대답하고는 사정없이 헝클어진 머
리에 지치고 피곤한 눈으로 오렌지색 텐트에서 나왔어요.

앨리를 데리고 부엌으로 들어가 아침을 차린 후에 또다시 접
시에 포크와 나이프가 부딪치는 소리를 들으면서 말없이 먹었어
요. 마지막 남은 커피 한 방울까지 다 마신 후에 내가 말했죠. "고
등학교 때 우리 둘이 같이했던 그 일을 계속해보면 어떨까? 이번
에는 네가 학생이고 내가 선생님이었을 때 지켜야 했던 규칙들
은 다 빼고 말이야."

"그게 무슨 뜻이에요?" 앨리는 두 손으로 잡은 커피 머그잔 뒤
에 얼굴을 숨긴 채 물었는데, 그 목소리에서 회의적인 기색이 느
껴졌어요.

그래서 재빨리 융 분석가와 함께한 나의 정신분석 경험으로
화제를 돌려 당신에 대한 이야기를 했어요. 그건 우리가 한 약속
을 깨고, 우리가 비유로 쓰는 밥솥에 있는 밥에 뜸을 들이기도 전
에 증기를 다 빼버리는 도박이었죠. 하지만 절박한 시기에는 극
단적인 대책이 필요하다는 말도 있잖아요. 그리고 앨리에게 융
정신분석의 장점을 꽤 효과적으로 전달했다고 생각해요. 나는 학
교에서 상담교사로 일하던 시절에 그의 동급생 한 명을 상담하
다 갑자기 공황장애가 와서 당황했던 경험을 들려줬어요. 그것

때문에 학교에 구급차가 왔고, 내가 가슴을 움켜쥐면서 들것에 실려 갔다고. 난 그때 심장마비를 일으킨 줄 알았으니까요.

"그럼 그때 선생님은 심장마비를 일으킨 게 아니었어요?" 앨리가 물었어요. 내가 당신에게 처음 정신분석을 받을 때 말했던 것처럼, 난 그때 학생들이 다 그렇게 믿게 했거든요. 나는 앨리에게 칼 당신이 나의 아버지 콤플렉스와 어머니 콤플렉스를 극복하는 걸 어떻게 도와줬는지 설명했어요. 내 마음의 부서진 부분들을 고칠 수 있도록 당신이 그 주위에 임시로 천천히 비계를 세워줬다고요. 그 이야기를 하는 내내 앨리는 계속 나와 눈을 맞추며 적절한 타이밍에 맞춰 고개를 끄덕였죠.

"우린 여기서 처음부터 시작할 거야. 하지만 난 널 도울 수 있다고 믿어. 그리고 넌 네 삶을 일으켜 세워서 어른으로 세상에 나갈 수 있게 될 거야." 나는 앨리에게 말했어요.

앨리가 그게 무슨 뜻이냐고 물어서 남성적 에너지와 목표의 필요성 그리고 세상에 자신 있게 나서는 데 필요한 투지에 대해 설명했고, 현대 이전에 오랜 세월 동안 어른들이 소년들에게 그랬던 것처럼 내가 그를 어른의 세계로 인도하겠다고 말했어요.

"선생님은 현재 어떻게 스스로 세상으로 나아가고 있나요?" 앨리는 비꼬는 투 없이 그렇게 물었어요. 내 대답에 진심으로 관심이 있어 보였습니다.

그래서 내 목표는 무슨 수단이든 다 써서 그의 결핍을 보완해 궁극적으로 그를 구하는 것이라고 말했죠. 앨리의 부활이 내 유일한 사명이고, 그를 다시 온전하게 만들기 위해 뭐든 할 용의가 있다고 했더니 깜짝 놀란 것 같았어요. 자기 무릎을 내려다보면서 얼굴을 찡그렸거든요.

앨리가 1분 정도 아무 말도 하지 않아서 내가 말했죠. "무슨 문제 있니?" 그러자 앨리는 내가 자기 형에게 잘못한 건 없다고 생각하니까 자신을 나의 '핵심 프로젝트'로 삼지 않아도 된다고 하더군요.

"그런데도 넌 내 뒷마당에 텐트를 쳤단 말이지." 내가 무의식적으로 한 말에 나도 놀랐어요. 전에는 내게 있는 줄도 몰랐던 권위와 무게가 내 말에 실린 것처럼 들렸습니다.

전에 내가 당신의 눈을 보며 그랬던 것처럼 앨리는 오랫동안 내 눈을 보며 뭔가를 찾았어요. 내가 뭐든 매달릴 수 있는 구석을 찾아서, 뭐든 내가 당신을 믿을 수 있게 하는 이유를 찾아 헤매던 바로 그런 눈빛으로요.

"운명이 우리를 하나로 묶었어, 앨리." 나는 아까보다 좀 더 권위가 실린 목소리로 말했습니다. 마치 내가 몸에서 슥 빠져나가고 좀 더 고차원적인 힘이 잠시 내 몸을 장악한 느낌이었어요.

그때 좋은 생각이 떠올라 휴대폰을 꺼내 이사야에게 전화했어요. 통화연결음이 울릴 때 버튼을 눌러 방에 있는 모든 사람들이 통화를 들을 수 있게 했고, 내 절친이 전화를 받았을 때 내가 말했죠. "좋은 아침, 이사야."

"루카스! 마침 베스와 내가 차에서 나와 주님의 집으로 들어가는 도중에 전화를 걸었군. 우리는 이 아름답고 축복받은 아침에 자네를 위해 아주 열심히 기도하려고 해."

"고맙네. 지금 스피커폰으로 통화 중이고 앨리가 옆에 있어." 내가 말했어요.

"앨리, 너를 위해서도 기도하마. 내가 좋아하는 청소년 상담가 와 너랑 같이 통화해서 기쁘구나. 두 사람을 위해 내가 뭘 해줄 수 있을까?"

나는 앨리에게 고등학교 졸업장을 줄 수 있는 계획에 관해 재 빨리 설명했어요. 앨리가 고등학교를 졸업하는 데 필요한 학점을 딸 수 있는 졸업 프로젝트에 대해 내게 전권을 위임해달라고 부 탁했어요. 그 프로젝트가 뭐가 될지, 얼마나 걸릴지는 나도 모른 다는 사실을 분명히 밝히면서 학교로 돌아가고 싶지 않은 앨리 의 바람을 이사야에게 전했죠. 앨리는 다시는 학교에 발도 들이 고 싶지 않다지만, 내 감독을 받으며 고등학교 졸업장을 받는 프 로그램에는 관심이 있을지도 모른다고요.

설명을 마치자 이사야가 말했어요. "앨리, 넌 훌륭한 선생님과 같이 있는 거야. 내가 할 수 있는 건 다 처리해주마. 루카스 굿게 임 선생님이 네가 졸업하기에 충분할 만큼 했다고 말하면 넌 졸 업하게 될 거야. 난 아무것도 묻지 않으마. 하지만 네 프로젝트의 진행 상황에 관한 소식을 계속 듣고 싶으니 내가 어떤 식으로든 도울 수 있으면 언제든 망설이지 말고 전화해. 내 말 알겠니, 앨리?"

아이가 놀란 표정으로 날 봐서 나는 테이블 위에 놓인 휴대폰 을 보며 고개를 끄덕였어요. 제발 이사야의 말에 대답하라는 뜻이었 고 그때 앨리가 말했죠. "네, 교장 선생님."

"자네도 마찬가지야, 루카스." 이사야가 말했습니다.

그래서 나도 대답했어요. "네, 교장 선생님."

"일요 예배가 곧 시작하니 하느님에게 두 사람의 프로젝트에 대해 잘 말씀드리겠네." 이사야는 그렇게 말하고 전화를 끊었습니다.

앨리는 내 눈을 빤히 보다가 말했어요. "이제 저의 선생님이 되어주시는 건가요?"

난 생각했죠. 난 너의 칼이 되는 거야. 하지만 그렇게 말하진 않았어요. 대신 점심 만드는 걸 도와달라고 했고, 땅콩버터 젤리를 넣은 샌드위치와 견과류와 말린 과일로 지퍼백을 채운 후 물병과 같이 배낭에 욱여넣었어요. 대체 뭐에 쓴 건지 나도 모르겠지만, 우리는 내 차를 타고 머제스틱을 빠져나왔어요. 그리고 얼마 지나지 않아 랩터 산 밑에 도착했습니다. 우리는 조망대를 향해 바위투성이 산길을 걸어서 올라갔고, 큰 바위 위에 앉아 보이지 않는 기류를 파도처럼 타면서 하늘 높이 솟아오르는 맹금들을 지켜봤어요.

"왜 저를 이 높은 곳까지 데려오셨어요?" 앨리가 물었어요.

나는 다아시와 거의 매주 랩터 산을 등산했다고 말했어요. "이곳은 다아시가 좋아하는 곳 중 하나였지. 매번 여기 올 때마다 우리는 이 거대한 바위 더미 위를 수도 없이 올랐어. 다아시는 항상 날고 싶은 소망에 대해 말했단다. 부러워 이글거리는 눈으로 쌍안경을 통해 새들이 나는 모습을 지켜보곤 했어. 그러면서 내내 이런 말을 했지. '단 한 시간만이라도 저렇게 하늘 높이 날아오를 수 있다면 내 팔을 하나 내줄 수 있을 텐데. 저 새들이 얼마나 위풍당당한지 한번 봐. 인간의 복잡한 감정은 한 치도 없이 그냥 저렇게 하늘에 떠 있는 모습을 보라고. 맹금들의 삶은 단순해.'"

"굿게임 선생님, 사모님 일은 정말 죄송해요." 앨리의 말을 듣자 나는 다아시에 대한 이야기가 그에겐 불편했을지도 모른다는 사실을 깨달았어요. 그의 형이 한 짓을 생각해보면 그렇죠. 그래서 화제를 바꿨습니다.

"졸업 프로젝트로 뭘 하고 싶니?" 내가 물었어요.

"대체 졸업 프로젝트라는 게 뭐예요?" 앨리가 말했어요. 이제 머제스틱 고등학교의 정규 과정엔 졸업 프로젝트가 없거든요. 그래서 옛날에는 모든 졸업반 학생들이 직접 주제를 선택해 발표하고 성적을 받는 제도가 있었다고 설명했어요. 학문의 자유와 창의성을 격려하기 위해 관련된 규칙들은 일부러 까다롭지 않게 정했다고 했죠.

"왜 이제는 학교에서 그런 제도를 활용하지 않는 거죠?" 앨리가 물었지만 나도 마땅한 답을 몰라서 그냥 어깨만 으쓱했더니 앨리가 말했어요. "그러니까 이건 저와 선생님 둘만 하는 거군요? 다른 사람들은 참여하면 안 되는 건가요?"

"뭐든 네가 원하는 방식대로 하면 돼." 나는 한낮의 태양을 피해 눈썹 위에 두 손을 댄 채 하늘 높이 맴돌고 있는 독수리 한 마리를 올려다보며 말했어요. 그러다 만약 지금 날개 달린 다아시가 맹금과 독수리와 같이 날고 있다면, 어떤 면에서 다아시는 아이러니하게도 우리가 이 바위 위에 앉아 있을 때 그렇게 수도 없이 빌었던 소원을 마침내 이룬 게 아닌가 하는 생각이 들었습니다.

앨리와 나는 가져온 음식을 느긋하게 먹으면서 공중에 날아다니는 마법사들처럼 하늘을 지배하는 맹금들을 계속 지켜봤어요.

내려오는 길에 앨리에게 어머니는 네가 어디 있는지 아시느냐고 물었는데 앨리가 욕설을 쏟아내더군요. 보아하니 앨리는 자기 엄마가 뭘 알든 모르든 전혀 관심 없고, 머제스틱 극장에서 일어난 비극은 다 엄마 탓이라고 생각하는 것 같았어요.

"우리가 어렸을 때 엄마는 제이콥 형을 어두운 벽장에 몇 시간씩 가두고 철사 옷걸이로 때렸어요." 앨리는 그런 식으로 어머니가 자기에게도 비슷한 짓을 했으며, 어쩌면 그보다 더 끔찍한 짓도 했다는 점을 넌지시 알렸어요.

내 짐작을 말로 표현하진 않았어요. 대신 어머니가 찾아올 것 같으냐고 묻자 자기는 이제 열여덟 살 성인이니 그건 별 의미가 없는 질문이라고 자랑스럽게 대답하더군요.

칼, 우리가 정신분석을 시작한 초반에 당신이 했던 말이 기억나요. 그때 난 거의 쉰 살이 다 됐는데도 여전히 온전한 어른은 아니었잖아요. 그래서 앨리가 짠했어요. 앨리는 어른이 되기 위해 필요한 일은 하나도 하지 않은 채 어른이 되려고 안간힘을 쓰고 있었으니까요. 나는 여기서 앨리를 도우려고 안간힘을 쓰고 있고요. 사실 그런 나조차 당신과의 융 정신분석을 끝내지 못했기 때문에 피터팬과 진정한 어른 사이 일종의 과도기에서 헤매고 있으면서 말이죠. 하지만 상황이 상황이니만큼 심호흡을 하고 내게 주어진 역할 속으로 뛰어들었어요.

집으로 돌아오는 길에는 우리 둘 다 지쳐 있었어요. 어느 순간 옆을 보자 앨리가 자신의 왼쪽 어깨 쪽으로 고개를 푹 수그린 채 눈을 감고 있더군요. 차 사고가 나지 않도록 아주 조용히 운전하면서 잠들지 않는 데 정신을 집중하려 애를 썼죠.

아이는 집에 오는 내내 잤어요.

우리 집 진입로에 들어섰을 때 앨리가 하는 말을 듣고 깜짝 놀랐습니다. "어쩌면 미친 짓일지도 모르지만, 졸업 프로젝트로 장편 영화를 찍을 수 있을까요?"

차 시동을 끄고 앨리를 바라봤더니 금방이라도 상처받을 것 같은 표정으로 날 마주 보더군요. 마음이 시키는 일을 말하기까지 얼마나 큰 용기를 내야 했을지 이해할 수 있어서 이렇게 말했어요. "아주 환상적인 아이디어 같은데!" 그러고 나서 방금 한 말의 의미를 진실로 깨닫고 덧붙였죠. "그럼 발표는 머제스틱 극장에서 그 영화를 상영하는 걸로 하면 되겠는걸."

앨리는 날 빤히 바라보면서 눈을 깜박여 얼굴에 서린 수심을 떨쳐내려고 했어요. 시간이 좀 흐르고서야 내가 한 제안이 어떤 의미인지 깨달았습니다.

우린 서로를 보며 앉아 있었고, 둘 다 무슨 생각을 하고 있는지 서로에게 말하려 하지 않았어요. 일종의 전능한 존재가 빵 부스러기를 떨어뜨리고 있는데, 아마도 바로 이 순간이 우리가 주운 첫 번째 빵 부스러기이고, 이후 부스러기들로 이루어진 길을 따라가는 데 동의할 거란 생각이었죠.

내가 막 그 생각을 말하려 했을 때 앨리가 조수석 문을 열고 밖으로 나가서 뒷마당을 가로질러 성큼성큼 텐트로 걸어가 지퍼를 단호하게 올려버리더군요.

질이 밤늦게 가게에서 햄버거를 갖고 돌아왔을 때 앨리를 그냥 놔두라고 했어요. 뭘 했는지는 얘기하지 않고 그냥 '남자들끼리의 일'이라고만 했더니 말하더군요. "둘이 동굴에서 살면서 창을 갖고 사냥도 할 건가요?" 아주 다정하고 우스꽝스러운 말투로 말했기 때문에 나는 껄껄 웃고 나서 대답했죠. "어쩌면 그럴지도 모르죠."

이사야가 밤늦게 우리 집에 들렀어요. 앨리의 졸업 프로젝트 첫날이 어떻게 흘러갔는지 들려주자 그가 나와 같이 기도하고 싶다고 말했죠. 우리는 서로의 어깨에 두 손을 올리고 머리를 맞댄 채 눈을 감았고, 이사야는 우렁찬 목소리로 말했어요. "사랑하는 하느님 아버지. 내 친구 루카스가 시작한 이 미친 프로젝트에 축복을 내려주시고, 상처를 치유하면서 고통을 헤쳐나가기 시작한 앨리 옆에 있어주소서. 그래서 마침내 당신이 앨리를 위해 계획해두신 길을 찾을 수 있게 해주소서. 아멘."

그를 따라 같이 "아멘"이라고 말하자 이사야가 날 세게 끌어안고 내 등을 토닥이며 말했어요. "자네가 아이들과 같이 있는 모습을 다시 보니 정말 기쁘군."

그날 밤 내가 방문을 잠갔을 때, 날개 달린 다아시가 날 기다리고 있었어요. 이제 하늘을 날 수 있는 능력이 생겼으니 랩터 산의 새들과 같이 날아다닐 거냐고 물어봤죠. 하지만 다아시는 말없이 나를 자랑스러워하는 마음을 느낄 수 있게 자신의 날개로 폭 감싸 안아주더군요. 잠들기 전에 들은 마지막 말은 이거였어요. "그 소년이 앞으로 나아갈 길이야." 전에도 수없이 했던 말이죠. 내 몸의 뼈라는 뼈가 모두 그 말이 진실임을 입증하며 조화롭게 울리는 걸 느꼈어요.

다음 날 아침, 그동안 모아온 다아시의 깃털에 네 개를 추가할 수 있었어요. 그 하나하나가 우리가 마지막으로 이야기를 나눈 이래 내가 믿게 된 모든 것을 확인해주는 증거처럼 느껴졌습니다.

예전에 당신이 융이라면 이것을 '보상'이라 불렀을 거라고 말한 기억이 나지만, 내 기억이 틀릴지도 모르겠어요. 융 철학에 대해 당신과 이야기를 나눈 지도 아주 오래됐으니까요.

곧 다시 쓰겠지만, 이번 편지는 이걸로 끝맺을게요.

당신의 가장 헌신적인 루카스

7

칼에게

인터넷에서 진짜 깃털을 살 수 있는 거 알아요?

그렇게 놀랄 일은 아니겠지만 나는 깜짝 놀랐어요. 앨리와 나는 천연 꿩의 깃털을 쓰기로 했습니다. 꿩의 깃털들을 모아 제대로 모양을 맞추면 호랑이 줄무늬 같은 시각 효과를 낼 수 있거든요. 아이러니하지만, 앨리는 괴물 영화를 만들고 싶어 해요. 사람들의 오해를 받지만 궁극적으로는 지극히 인간적인 프랑켄슈타인 같은 괴물을 연기할 예정이에요. 단, 우리의 괴물은 정신적으로 건강해서 그 누구도 죽이지 않을 거예요. (앨리는 프랑켄슈타인에 더해서 수많은 괴물 캐릭터들을 읊었지만, 솔직히 말해 나는 괴물 영화엔 문외한이라 설명은 이쯤 할게요.) 앨리와 나는 괴물의 외모에 관해 오랫동안 토론하면서 우리의 예산이 한정적이고, 특수 효과팀이나 분장팀이 없다는 사실을 고려했어요. (앨리는 이 프로젝트를 위해 400달러 조금 넘는 돈을 가져왔고, 우리는 다아시의 가짜 장례식을 치른 후 질이 안전하게 보관하고 있는 보험금으로 나머지 제작비를 댈 생각이었어요.)

앨리는 계속 이렇게 말했어요. "예산도 아주 적고 시간도 별로 없는 상황에서 어떻게 일반 관객의 호기심을 불러일으키는 동시에 혐오감을 느끼게 하는 특이한 외모를 만들어낼 수 있겠어요?"

알고 보니 앨리는 내가 생각했던 것보다 훨씬 더 고전 괴물 영화에 열정을 품고 굉장히 지적으로 그 영화들을 해석하고 있더라고요. 물론 그 영화들을 하나의 은유로 보고 있었어요. 전에 말한 것처럼, 앨리와 그의 형인 제이콥은 주말마다 고전 괴물 영화들을 정주행했다더군요. 앨리의 표현으로는 제이콥의 상태가 '나빠지기' 전에는 그랬대요. 괴물 영화 DVD도 엄청 많이 모았지만 그 비극이 일어나기 몇 달 전에 그들의 엄마가 별다른 이유도 없이 전당포에 팔아버렸다고 했어요. 식료품을 사고 주택 융자금도 내기 위해서라고 말했다지만, 그녀는 도시에서 인기 있는 TV 뉴스 프로그램의 이사인가 매니저로 꽤 괜찮은 직업을 갖고 있는데 말이죠. 프로그램 이름을 말하면 당신도 알아차릴 테지만, 이 편지들을 정치적 논쟁거리로 만들고 싶진 않으니 비밀로 할게요. 당신은 정치란 항상 분열적이고 이원적인 사고로 가는 지름길이라고 했죠. 산드라 코일이 나를 망신시켜서 생존자 그룹에서 나가게 했을 때 당신이 한 말의 의미를 실감했습니다.

걱정 말아요. 난 앨리의 무의식에 자리 잡은 판타지를 잘 알고 있으니까요. 내가 그의 형인 제이콥 역할을 맡는 판타지 말이에요. 그것에 맞서 싸우기 위해 나는 앨리의 아버지나 선도자 역할을 하는 것이 가장 중요하다는 걸 알고 일종의 피터팬 같은 소년들의 모험으로 퇴행하고 싶은 충동을 막았어요. 난 이 일에 진심이거든요. 내 모든 욕구를 제쳐놓고 앨리의 잠재력을 최대한 끌어내는 데 전력을 다할 거예요. 융의 말처럼 앨리가 자신의 개성을 찾아갈 수 있도록 돕는 거죠.

다만 괴물의 외모를 깃털로 뒤덮자고 설득하긴 했어요. 인간의 형상인데 날개 없이 몸에 깃털만 있는 것 자체가 꽤 강력한 은유가 될 거라고 제안했죠. "그건 일종의 날개를 잘린 이카루스 같은 거지"라는 내 말에 앨리가 웃더니 이렇게 대꾸하더군요. "알았어요, 다이달로스." 나는 그 말을 우리의 프로젝트가 한 단계 진전했다는 의미로 받아들였어요. 신화를 연구하는 융 심리학자인 당신은 이미 알고 있겠지만, 다이달로스는 이카루스의 아버지니까요. 또한 깃털을 붙인 인간은 우리가 직접 만들 수 있잖아요. 앨리는 마침내 내 아이디어의 천재성을 받아들였고 우리는 곧 필요한 재료를 주문했습니다.

아까 언급했던 것처럼, 배송료와 세금까지 포함해 인터넷에서 13달러 32센트에 깃털 20개를 살 수 있었어요. 괴물 분장을 하려면 아무래도 깃털이 천 개 정도는 필요할 거라고 생각해서 20개씩 50개를 주문해 총액은 정확히 666달러가 됐죠. 앨리는 아주 기뻐했어요. 처음에 우리 영화가 심리적인 공포 영화가 될 거라고 생각했거든요. 다만 그 점을 아주 영리하게 숨겨서 자신이 생각한 것보다는 훨씬 덜 사악한 영화가 나올 거라고 예상한 거죠. 앨리의 말에 따르면 666은 공포의 비유에 있어 가장 좋은 숫자라고 해요. 칼 당신도 그 의미를 잘 알 거라고 생각합니다.

영화를 찍으려면 출연할 사람들도 있어야 하고, 영화를 만드는 데 도와줄 자원봉사자들도 필요했기에 나는 앨리에게 조금 덜 사악하고 기왕이면 좀 긍정적인 대본을 쓰라고 격려했어요. 우리에게 일어난 비극을 고려할 때 그래야 머제스틱의 선량한 사람들이 기운을 차릴 수 있는 촉매로 쓸 수 있다고 주장했죠. 처음에는 그런 내 아이디어를 거부했어요. 하지만 대본 쓰는 소프트웨어인 파이널 드래프트를 내 컴퓨터에 다운받아서 실제로 스토리에 살을 붙이기 시작했을 때 나는 마음씨 고운 앨리를 그런 쪽으로 유도할 수 있었고, 이제 우리는 올바른 방향으로 나아가고 있다고 생각해요.

장갑과 부츠가 갖춰진 잠수복을 괴물 의상의 토대로 쓰자는 건 앨리의 아이디어였고, 그래서 그것도 인터넷으로 샀어요. 또한 '끝내주는 소품'이 될 거라며 나를 설득해서 괴물의 '등 쪽'에 붙일 스프링복(남아프리카산 작은 영양—옮긴이)의 생가죽도 인터넷에서 주문하게 했죠. 실제로 총알구멍이 하나 있는 생가죽이 우편으로 도착했고, 그걸 보니 그 가죽을 어떻게 손에 넣었는지 확실히 알겠더군요. 당신도 짐작할 수 있듯이 난 이런 세부적인 디테일이 꽤 불편했지만 앨리는 재빨리 내 의견에 반박했어요. 이 총알구멍이 괴물의 은유적 실체를 한층 더 강화해줄 거라고요. 괴물의 이런 생리적 묘사는 머제스틱 극장에서 일어난 비극에 대처하는 집단적 무의식에 영감을 불어넣을 것이고, 따라서 먼저 시각적으로 재현해야 그다음에 '좀 더 심오한 차원의 은유'가 될 수 있을 거라는 게 앨리의 생각이었죠.

앨리가 자신이 직접 정한 목표를 향해 성큼성큼 다가가면서 생기를 되찾아가는 모습을 지켜보자니 힘이 났어요. 그의 뇌에 있는 시냅스가 활발히 활동하고 있었죠. 영화를 만드는 초반의 며칠이 마치 몇 초처럼 순식간에 흘러가는 동안 우리는 돌아가면서 아이디어들을 대본에 옮겼어요. 잠수복에 꿩 깃털을 꿰맬 때도 똑같이 시간이 쏜살같이 흘러갔어요. 우리는 깃털들을 실에 꿰고, 단단하고 두꺼운 합성고무에 바늘을 찔러 넣고, 그보다 더 단단한 은제 골무를 끼고 바느질을 했죠. 주로 거실과 주방에서 돌아가면서 의상의 윤곽을 재단하고 바느질했어요.

질은 우리를 배불리 먹였지만, 그 외에는 멀리 떨어져 있으면서 종종 이렇게 말했어요. "이 방에서 남성 호르몬의 맛이 느껴질 정도예요." 그러곤 밖에 나가 다아시의 해먹에 누워서 휴대폰으로 영화를 보곤 했어요. 그런 식으로 앨리를 집 안에서 재우려고 노력하는 질의 마음을 짐작할 수 있었지만 앨리는 대체로 자기 텐트에서 자더라고요.

가끔은 내가 앨리에게 쏟는 관심 때문에 질이 조금 질투를 하고 어쩌면 위협까지 느낀다는 생각이 들 때도 있었어요. 때로 질이 문간에 서서 우리가 작업하는 모습을 지켜볼 때의 표정이 글쎄요, 내가 자길 지켜보고 있다는 걸 알아차리고 억지로 미소를 짓던 그 얼굴엔 이를테면 어쩔 수 없이 느끼는 분노 같은 감정이 서려 있는 것 같았어요. 마치 질도 앨리에게서 조금은 괴물 같은 모습을 보게 된 표정이라고 해야 할까요. 자신의 동거인을 사로잡아 슬쩍 훔쳐 가는 그런 괴물 말이죠. 그래서 질을 안심시키려고 애쓰면서 다양한 줄거리와 의상 디자인의 선택에 관해 의견을 구했지만, 질은 항상 이렇게 말하면서 퇴짜를 놓더군요. "남자들끼리 괴물 놀이하게 난 물러갈게요." 그럴 때마다 괴물이라는 단어를 지나치게 강조해서 날 슬프게 했어요. 목소리에 우리를 비판하는 느낌이 서려 있어서 답답했죠. 그 충격 사건이 일어났을 때 질은 극장에 없었기 때문에 나와 앨리가 하는 일의 필요성을 이해하지 못한 건 아닌가 하는 생각도 가끔 들었어요. 하지만 앨리도 그때 없었으니까 질이 어떻게 생각하는지는 이해할 길이 없었습니다.

위에 말한 문제들에 대해 다아시에게 여러 번 상의했지만, 요즘 다아시는 "그 소년이 앞으로 나아갈 길이야"라는 말만 하고 또 해요. 질이 힘들어하는 문제를 그녀의 절친이 의논하는 것조차 거부하고 있다는 사실을 알면 질은 정말 죽고 싶을 텐데 말이죠. 아내의 몸에서 날개가 돋아나기 전에 질과 다아시는 서로의 문제와 감정을 하나도 빼놓지 않고 다 상의했거든요. 그런데 이제 다아시는 질의 행복에 대해선 손톱만큼도 관심이 없는 것 같은데, 질이 그동안 날 위해 해준 일을 고려해보면 다아시의 그런 무관심이 냉혹하게 느껴져요.

가끔 다아시에게 이런 말까지 했어요. "질은 나와 함께 모든 장례식에 갔어. 보험 처리도 질이 다 했고. 지금 공과금을 내고 내 은행 계좌를 관리해주는 것도 질이야. 내 빨래까지 해준다고."

하지만 아내가 천사가 된 후 질이 나를 위해 해준 그 모든 일을 수없이 읊어대도, 다아시는 절친이 한 노력을 인정하는 말은 한마디도 하지 않고 그저 같은 말만 하고 또 하죠. "그 소년이 앞으로 나아갈 길이야." 그래서 살짝 돌아버릴 것 같아요.

앨리와 나는 재고로 나온 부기맨 가면을 사서 남아 있는 깃털들을 꿰매 초록색 고무 가면에 하얀 깃털들이 뼛조각처럼 삐죽삐죽 튀어나오게 했어요. 완성되면 괴물은 새 둥지 같은 왕관을 쓰는 거죠.

앨리가 처음 그 의상을 입었을 때 거울을 보고 이렇게 소리쳤어요. "나는 괴물 왕자다!" 그걸 보니 웃음이 나오는 동시에 마음이 조금 어두워졌습니다. 이 점을 인정하기가 수치스럽지만 마음속에 있는 뭔가가 이렇게 소리를 지르더군요. 아니야! 너, 루카스가 진정한 괴물 왕자지! 그렇게 말하는 건 내 영혼의 가장 좋은 부분은 아닌 것 같아 다시 마음속으로 밀어 넣고 삼켜버리려고 애썼어요. 내 영혼의 위장과 간과 창자가 그 어두운 생각을 조각조각 부숴 완전히 없애버리길 빌었죠.

그 시점에서 나는 제이콥이 머제스틱 극장에서 총을 난사했던 그날 밤 거기 있었던 사람들 모두 이 프로젝트에 참여시키고 싶다는 바람을 앨리에게 다시 밝혔습니다. 그러자 앨리는 말했어요. "그 사람들은 절대 저와 같이 작업하려 하지 않을 거예요."

"우리가 물어보기 전까진 결코 모르는 거야." 나는 반박했지만 아이는 괴물 의상을 입은 채 소파에 털썩 주저앉았고, 어깨가 축 늘어져 있는 걸로 봐서 내 말 때문에 다소 기가 죽은 것 같았어요. 그렇게 소파에 주저앉으면 다리 뒤쪽에 꿰맨 깃털들이 구부러진다고 꾸짖고 싶은 충동을 참아야 했어요. 어쨌든 괴물도 언젠가는 결국 자리에 앉아야 할 테고, 그런 장면이 나오지 않는다면 영화가 너무 비현실적일 거라고 생각했죠. 그래서 괴물 의상을 최상의 상태로 유지하고 싶은 욕구를 꿀꺽 삼키고 내가 가진 최대한의 열의를 끌어내서 말했어요. "내 말 잘 들어봐. 우린 우리 영화에서 연기할 사람들이 필요해. 촬영 장비와 카메라를 제대로 쓸 줄 아는 사람도 필요하고. 음식을 공짜로 제공해달라고 질을 설득할 수 있을 것 같아. 이사야와 베스도 도와줄 거고. 교사 동료들 중에 내 신세를 진 사람도 몇 명 있단다. 하지만 좀 더 많은 사람의 도움이 필요해. 안 그러면 방법이 없어. 그리고 괴물을 직접 목격한 사람들보다 우리 영화의 주제와 숨겨진 의미를 더 잘 이해할 사람이 누가 있겠니?"

"그럼 이 영화를 메타로 만들고 싶단 말씀이세요? 그러니까 자각하는 그런 영화처럼?" 앨리가 물었어요.

그때는 앨리가 말하는 '메타'라는 게 무슨 뜻인지 당최 알 수 없었지만, 그 말을 하면서 앨리의 어깨가 다시 올라가기에 나는 괴물의 얼굴을 손가락으로 가리키며 말했죠. "바로 그거야!"

"흠." 앨리는 한마디 하더니 "그래요, 그게 우리 영화의 격을 어떻게 끌어올릴지 알겠어요"라고 덧붙이더군요.

나는 기세를 잃지 않기 위해 안간힘을 쓰면서 아주 조심스럽게 제안했어요. "내가 생존자 모임의 친구들에게 연락해서 분위기도 살필 겸 이 영화를 홍보하는 미팅을 잡아보면 어떨까? 그다음에 이 프로젝트를 전면적으로 공개해서 배우들을 캐스팅하는 거지. 물론 배우들은 그 비극이 일어난 날 밤 극장에 있었던 사람들 혹은 고인이나 생존자들과 관계 있는 사람들을 우선으로 뽑고 말이야."

"저도 그 자리에 나가야 해요?" 앨리가 물었어요.

물론 그래야 한다고 했죠. 주인공이자 감독이자 시나리오 작가이며 그 외에도 십여 가지의 역할을 맡아야 할 테니 이 프로젝트의 초석 같은 그가 빠져선 안 된다고요. 또한 이것은 그의 졸업 프로젝트이니 고등학교를 졸업하려면 이 미팅을 끝내야 한다고 했어요. "난 네가 농땡이를 치도록 놔두지 않을 거다." 내 뜻을 강조하기 위해 이렇게 덧붙였죠.

앨리는 내 제안을 한동안 곰곰이 생각해보더니 일어나서 방안을 왔다 갔다 걸어 다니며 의상이 너무 조여서 숨 쉴 틈을 내야겠다고 말했어요. 원래는 잠수복으로 제조됐지만 어쨌든 건조한 상태로 입게 될 거라면서 "땀이 바다처럼 흐르고 있기" 때문에 열기를 배출할 곳들도 만들어야겠다는 말도 했죠. 그리고 우뚝 서서 나를 보더니 매우 열정적으로 물었어요. "제가 괴물 의상을 입고 홍보 미팅에 가면 어떨까요?" 내가 눈썹을 추켜세우자 앨리가 덧붙였어요. "선생님은 절 괴물들의 왕자나 괴물로 소개하는 거예요. 생각해보니 그걸 우리 영화의 제목으로 해도 되겠어요. 와우! 어떻게 생각하세요?"

앨리를 일으켜 세운 게 뭐든, 앨리의 가장 남성적인 에너지를 끌어낸 게 뭐든, 거기에 동의해야겠다고 마음먹었어요. 아마도 앨리의 마음이 앨리의 구원을 위해 필요한 게 뭔지 가장 잘 알고 있을 거란 생각이 들었거든요. 특히 우리가 그 의상을 디자인하고 만드는 데 얼마나 많은 공을 들였는지 생각할 때, 앨리가 그걸 입는 게 아주 훌륭한 아이디어라고 생각했죠.

다른 생존자들이 실제 괴물 의상을 보고 나면 어떻게 우리의 진심을 의심할 수 있겠어? 그렇게 생각하고 미소를 지으면서 우리가 이미 쌓아올린 그 굉장한 자산에 심적으로 기댔어요.

"제목은 머제스틱 괴물들의 왕자 어때?" 어쩐지 도서관 회의실에 그를 데려가서 진짜 정체를 밝히면 일이 저절로 풀리리라 생각해서 그런 의견을 냈어요. 그리고 생각했죠. 앨리는 아마도 우리가 받게 될 그 따뜻한 반응이 너무 자랑스러운 나머지 의기양양하게 가면을 벗을 거고, 다른 사람들은 마치 영화에서 빠져나온 것 같은 그 장면에 환호하겠지.

앨리는 검지손가락으로 날 가리키며 내가 제안한 제목에 대해 말했어요. "좋아요! 마음에 쏙 들어요. 머제스틱 괴물들의 왕자."

그래서 나는 주머니에서 휴대폰을 꺼내 로빈 위더스부터 시작해서 여기저기 전화를 돌렸어요. 로빈은 예술이 우리의 상처를 치료하는 데 도움이 될 거란 내 주장을 들은 후 바로 다음 주 화요일 저녁 7시에 머제스틱 공립 도서관 회의실을 써도 좋다고 허락했습니다. 로빈이 말하더군요. "우리 모두 산드라의 캠페인 말고 다른 일을 해야 한다고 이야기하던 참이에요. 그 캠페인도 좋고 중요하고 꼭 필요한 일이긴 하지만, 모두 루카스 당신을 그리워하고 있었어요. 당신이 다시 세상으로 나와 우리와 같이하기로 했다는 걸 알게 돼서 기뻐요." 비록 아직 '괴물'이라든가 '영화'나 '앨리'에 대한 말은 한마디도 꺼내지 않았지만 자신감이 더욱 커졌어요.

"우리가 무슨 프로젝트를 하는지 왜 정확하게 말씀하시지 않았어요?" 내가 여기저기 전화를 거는 사이에 앨리가 물었어요. 앨리는 괴물 의상을 벗고 있었는데 땀이 뻘뻘 흐르고 얼굴이 붉게 상기된 모습이 보이더군요.

"우리의 천재적인 활동을 그들에게 직접 보여줘야지." 그렇게 말하면서 앨리의 등을 도닥이며 윙크했더니 앨리가 곧바로 윙크로 화답하더라고요. 그 순간 우리는 완벽한 한 팀이 됐고, 아무도 우리를 이길 수 없다는 느낌이 들었어요.

여러 사람에게 우리 메시지를 전해달라고 부탁한 후(한두 명은 제외하고), 나는 총격이 일어난 그날 밤 머제스틱 극장에서 사랑하는 사람이 살해되는 모습을 목격한 사람들과 거의 다 연락할 수 있었어요. 추가로 그 역사적인 극장 주인이자 머제스틱에서 가장 유명한 영화광인 마크와 토니도 초대했습니다. 우리를 정신적으로 지지해줄 이사야와 베스도 초대했죠.

산드라 코일만 빼고 다 오겠다고 했어요. 산드라의 비서인 윌로우라는 이름의 젊은 여성이 자기 상사는 그때 겹치는 행사가 있어서 아무래도 못 갈 것 같다고 하더군요. 그래서 말했죠. "제발 산드라에게 루카스 굿게임이 개인적으로 초대하는 것이니 꼭 좀 와줬으면 한다고 전해줘요. 나에겐 산드라에 대한 어떤 악감정도 없고, 머제스틱 극장의 비극에서 살아남은 사람들 모두 하나가 되길 원하니까요."

비서는 내가 남긴 메시지 전문을 다시 읽어주면서 하나도 빼놓지 않고 받아 적었다는 걸 확인시켜주더군요. 안도의 한숨이 나왔어요. 이렇게 해두면 산드라가 그 제작 회의에 참석하지 못하게 내가 방해했다거나, 우리 영화에서 그녀를 배제하려 했다고 주장할 수 없을 테니까요. 산드라는 이 어려운 과업을 망치기 위해 그런 말을 아무렇지 않게 할 사람이에요. 산드라는 내 어머니 같은 사람이고, 어쩌면 앨리의 엄마 같은 사람이기도 하기 때문에 알아요. 물론 앨리의 엄마인 한센 부인을 직접 만나본 적은 없지만 말이죠.

그다음 주 내내 질은 앨리가 옆에 있을 때는 영화에 열성적이었지만, 우리 둘만 있을 때는 도서관에서 하는 회의를 취소시키려고 필사적으로 노력했어요.

"하지만 산드라 코일 빼고는 생존자 모임 멤버들 모두 온다고 동의했어요." 나는 이렇게 항의했죠.

"맞아요. 당신은 그들이 사랑하는 사람들이 모두 살해된 총격 사건에 대한 괴물 영화에 출연해달라는 말을 하지 않았으니까요." 질이 대꾸하더군요.

"그건 상처를 치료하기 위한 은유예요!" 나는 울부짖다시피 말했어요.

"가족의 죽음을 비통해하는 사람들은 은유 따위는 신경 쓰지 않는다고요!" 질도 질세라 소리를 질렀죠.

"그 괴물 의상 안 봤어요?" 나는 그렇게 말하고 이제 설득은 그만하겠다는 듯이 그녀를 빤히 바라봤어요. 그 의상 효과 하나만으로도 말이 필요 없었으니까요.

"당신은 정말 미쳤어요, 루카스." 질은 그렇게 말하고 방에서 뛰쳐나갔습니다.

우리는 같은 논쟁을 하고 또 했어요. 나는 화요일 오후, 그러니까 그 중요한 회의가 시작되기 몇 시간 전까지 우리가 교착 상태에 빠져 있다고 생각했어요. 그때 질이 일찍 퇴근해서 이사야와 같이 집에 왔어요. 앨리가 자신의 오렌지색 텐트에서 그날 저녁의 큰 행사를 위해 쉬고 있을 때, 내 절친 두 명이 거실로 와서 잠깐 앉으라고 하더군요.

"오늘 밤 회의에서 괴물 영화에 관해 이야기할 거란 말은 왜 하지 않았나?" 이사야가 말하는 어조로 봐서 질이 나를 배신한 게 분명했어요. 그러면서도 우리 영화에 대해 제대로 설명하지 못한 것 같았죠. 질은 앨리와 내 프로젝트를 잘 알지도 못하고, 점점 발전해가는 우리의 창의적인 토론도 들어본 적이 없었기에 그건 이해할 수 있었습니다.

그 괴물은 그저 은유라고 설명하려 했지만 이사야는 우리가 성취해내려고 하는 예술적 가치에는 아무 관심을 보이지 않았어요. 이사야는 존경받는 교육자이자 누구나 본받고 싶어 하는 모범적인 사람이라 참 안타깝더라고요.

질과 이사야가 돌아가면서 날 설득해 회의를 연기하려고 애썼어요. 다른 생존자들과 프로젝트에 관해 이야기 나누기 전에 먼저 제안서를 써보라고 하더군요. 그러면서 우리가 이 프로젝트를 분명하게 생각해보지 않아서 잠시 옆길로 샌 것 같은데, 앨리의 졸업 프로젝트로는 괜찮지만 심리적 외상 후 스트레스 장애로 아직 고통받고 비통해하는 생존자들의 마음과 영혼을 감당하기엔 적절하지 않다고 했어요. 내 절친들이 앨리와 내 계획의 천재성을 알아봐주지 못해서 좀 놀랐죠. 하지만 모든 창의적인 천재들은 처음에는 세상의 오해를 받았다는 사실이 떠올랐어요. 그러니 이건 예술가의 여정에서 지극히 보편적으로 일어나는 일이자 우리가 넘어야 할 첫 심리적 장벽이란 생각이 들었습니다.

우리 영화 프로젝트의 예술적 가치로 그들을 설득할 수 없다면, 치료적인 측면을 이용해 설득할 수 있을지도 모른다고 생각했어요. 그래서 우리 둘이 대본을 쓰는 동안 앨리가 어떻게 생기를 뿜어냈는지 묘사하고, 10대 아이가 그토록 헌신적이고 열정적으로 노력하는 모습은 처음 봤다고 말했죠.

앨리가 말 그대로 학교를 그만둔 점도 두 사람에게 다시 상기시켰어요. 하지만 앨리는 하루 열 시간에서 열두 시간씩 이 졸업 프로젝트에 에너지를 투입하면서도 시종일관 웃는 얼굴에 걸음걸이에선 힘이 넘친다는 말도 했고요. 그래요. 앨리의 형이 괴물 같은 짓을 하긴 했지만 제이콥은 여전히 인간이에요. 그리고 앨리는 제이콥을 사랑했어요. 정말로요. 그리고 우리 어른들은 제이콥을 사로잡은 병이 세상에 퍼지지 않게 막을 책임이 있어요. 그 병은 아주 쉽게 퍼질 수 있고, 나도 그걸 잘 알고 있으니까요. 나는 그들이 대답할 시간도 충분히 주지 않고 계속 같은 질문을 퍼부었어요. 지금 내가 하는 말이 무슨 뜻인지 알겠어요? 그렇게 하면 두 사람이 마침내 날 이해하기라도 할 것처럼 점점 더 빨리 말했어요. 내 말을 이해하기란 사실 그렇게 어렵지 않다고 그들에게 말했지만 두 사람의 표정을 보니 내 생각과는 다른 것 같더군요. 말을 하면 할수록 두 사람은 점점 더 나를 두려워하는 것 같았어요. 그러다 마침내 세상에서 제일 사랑하는 두 사람 앞에서 괴물로 변해가는 게 아닌가 하는 걱정이 들기 시작했습니다.

내가 귀가 먹을 것처럼 고래고래 소리를 지르고 있다는 사실을 깨닫고는 입을 닫고 눈을 감아버렸어요. 방 안에선 아주 오랫동안 침묵이 흘렀죠.

"무슨 일이에요?" 앨리의 목소리가 들렸어요.

눈을 떴더니 앨리가 거실 가장자리에 서서 이사야와 질의 얼굴에서 대답을 찾고 있었어요. 아이의 눈에 소년처럼 망설이는 표정이 떠올라 있었는데 마치 이렇게 말하는 것처럼 보였죠. 죄송해요.

아무도 앨리의 질문에 대답하지 않았어요.

앨리는 어색한 상황을 무마시키려고 말했어요. "핸더슨 교장 선생님, 오늘 밤 오시는 거죠? 질 아주머니도요. 그렇죠?"

아이의 목소리에 너무나 간절한 열정과 희망이 서려 있어서 두 사람이 아이를 실망시키기라도 하면 맨손으로 두 사람의 목을 조를지도 모른다는 생각이 언뜻 들었어요. 다행히 둘 다 "그럼"이라고 대답하고 자신의 발을 바라보더군요.

앨리가 말했어요. "좋아요. 전 분명 고등학교를 졸업하겠지만, 우린 그보다 더 대단한 걸 해낼 작정이에요. 우린 마을을 치유할 거예요. 우린 긍정적인 일을 해낼 거예요. 굿게임 선생님은 훌륭해요. 전 아주 많이 배우고 있어요. 제가 이런 지도를 받을 자격이 있는지 모르겠을 정도로요. 이런 기회를 주셔서 감사해요, 핸더슨 교장 선생님. 절대 후회하지 않으실 거예요. 우리 학교를 빛내 보일 테니 걱정하지 마세요."

이사야는 앨리와 눈을 마주치기 힘들어했지만 결국 그렇게 했고, 그때 앨리가 말했어요. "굿게임 선생님과 저는 준비해야 할 게 아주 많아요. 그러니까 선생님을 잠깐 빌려가도 괜찮죠?"

앨리는 나와 눈을 마주치더니 뒷문을 향해 고개를 끄덕였어요. 잠시 시간이 걸렸지만 의도를 알아차리고 그를 따라 텐트로 갔습니다. 그곳에서 우리는 앨리의 휴대폰에 있는 '마음을 차분하게 해주는' 음악을 들으며 회의 시간이 될 때까지 숨어 있었어요.

웃긴 게, 나는 앨리에게 내가 고함지르는 걸 들었는지 혹은 내가 왜 그렇게 뚜껑이 열렸는지 아냐고 묻지 않았어요. 하지만 앨리가 그 소리를 들었고, 내가 돌아버린 이유도 확실히 알고 있다는 걸 알 수 있었죠. 텐트에 누워 있을 때 앨리는 이사야와 질에게 소리를 질러도 괜찮다고, 나를 지지하며, 우리 둘이 이 일을 함께 해내고 있다는 말도 하지 않았어요. 하지만 그게 앨리의 진심이란 걸 100퍼센트 확신할 수 있었습니다.

"전에 엄마가 제이콥 형의 머리를 잡고 욕조에 있는 물속에 오랫동안 처박았던 적이 있어요. 우리 둘이 밖에서 놀다가 형이 '너무 더러워졌다는' 이유로 말이죠." 앨리는 자기 엄마가 그에게도 비슷한 짓을 하고, 아마 그보다 더 심한 짓도 했다는 사실을 짐작할 수 있게 말했어요. 위로의 말을 해주려고 애썼지만 결국은 아무 말도 하지 못했는데, 앨리는 그런 내 반응에 고마워하는 것 같았어요.

한 시간 정도 텐트에서 마음을 진정시킨 것 같아요. 두 손으로 머리를 받치고 오렌지색 텐트 천 위에 떠 있는 태양을 바라보다가 내가 말했어요. "우린 모든 괴물 영화들을 끝장내기 위해 괴물 영화를 만들 거야." 그게 바로 앨리가 이루고 싶은 것이니까요.

"사람들을 치유하는 것도 잊지 말아요." 앨리가 말했어요. 그건 아이의 야망을 북돋우면서 건강한 남자다움을 키워주기 위해 내가 지난 몇 주 동안 강조해온 것이었죠.

앨리가 주먹을 들었을 때 내가 거기에 대고 주먹으로 가볍게 쳤고, 우리 프로젝트의 성공은 6월 오후의 머제스틱 교외의 정적 속에서 아주 당연하게 느껴졌어요.

당신의 가장 헌신적인 루카스

8

칼에게

머제스틱 공립 도서관에서 했던 회의에 대해 말하기 전에, 그동안 내가 우리 어머니와 거리를 두고 있었다는 사실을 알려주고 싶어요. 당신이 날 위해 정해준 규칙들을 열심히 따르면서 어머니의 기생충 같은 생각들이 귀로 들어와 '내 인생의 소프트웨어'를 감염시키는 걸 필사적으로 거부한 거죠. 이 행동이 나뿐만 아니라 내 삶에 들어온 다른 사람들, 특히 앨리와 질에게도 이롭다고 생각해요.

심지어 최근에는 당신과 정신분석을 시작했을 때 우리가 토론했던 모든 걸 기억하기 위해 그림 형제의 동화 『강철 한스』까지 다시 읽었어요. 주인공은 엄마의 베개 밑에 있는 열쇠를 훔쳐서 녹슨 쇠 같은 피부의 털이 많은 남자를 따라 숲으로 들어가죠. 하지만 주인공은 남자의 지시를 어겨서 손가락과 긴 머리가 황금으로 변해 더는 숨을 수 없게 돼요. 그래서 남자에게 쫓겨나 가난과 고난을 겪지만, 주인공이 그 이상한 신 같은 남자의 이름인 강철 한스를 세 번 부르면 나타나서 도와주겠다고 약속하는 이야기죠.

칼, 칼, 칼.

나는 하루에 여섯 번씩 당신의 이름을 세 번 불러봐요. 하지만 당신이 나타나 말과 갑옷과 한 무리의 군사를 선물로 주는 법은 없었죠.

그렇지만 또 한편으로는 앨리가 우리 집에 불쑥 나타난 일에 대해 많은 생각을 했고 혹시 그 일이 당신과 어떤 식으로든 관련 있는 게 아닌가 궁금해요.

혹시 앨리가 말과 갑옷에 해당하는 은유적 존재인가요?

머제스틱 극장의 비극에서 살아남은 사람들은 나의 동료 군사들인가요?

걱정하지 말아요.

내가 완전히 돌아버린 건 아니니까요.

말 그대로 당신이 이 모든 일을 일으킨 건 아니란 사실을 깨달았지만, 어쩌면 현재 일어나는 이 모든 일을 하기 위해 당신이 나를 준비시켰다는 생각이 들기 시작했어요. 혼란을 제대로 들여다볼 렌즈를 주고, 그 혼란의 암호를 풀어서 의미와 심지어 목적까지 표현할 수 있게 해준 것이죠.

어머니는 요즘 내 휴대폰으로 수도 없이 전화를 걸어서 음성 메시지를 남겨요. 나를 부담스럽고 불안하고 미치게 만들죠. 어머니가 일상적으로 내 음성 메시지함을 가득 채우는 메시지들은 이사야나 질이 차마 말로 표현할 수 없는 것이어서 그들은 계속 내게 어머니의 횡설수설한 말을 지울 것을 상기시켜주곤 해요.

어머니가 여기서 머나먼 플로리다에 있어서 그나마 다행이죠. 나는 당신이 가르쳐준 대로 어머니가 이런 말들을 할 때마다 주의를 기울였어요. "난 네 엄마니까 지금 너에게 무슨 일이 일어나고 있는지 알 권리가 있다"거나 "네가 나와 통화하길 거부해서 내 은퇴 생활이 엉망이 되고 있다"거나 "네가 전화를 안 해서 잠을 통 못 자고 있다" 같은 말이요. 그런데 이 말은 사실이 아니에요. 난 매주 일요일 저녁 7시에 꼬박꼬박 어머니에게 전화해서 30분 동안 통화하거든요. 어머니는 그 시간을 자신의 모든 걱정을 퍼붓느라 정신없이 떠드는 데 써버리곤 하지만요. 어머니는 내가 어떻게 지내는지 묻지도 않아요. 참 이상한 게, 음성 메시지에서는 항상 "내 아들의 머릿속에서 무슨 일이 일어나는지" 너무나 알고 싶다고 주장하거든요.

"이제 질이 너랑 동거하는 거니? 아예 너희 집에 살림을 차렸어?" 어머니는 안부를 묻는 대신 이런 질문을 하고는 미처 대답을 하기도 전에 이렇게 덧붙입니다. "그 반반한 여자를 조심해, 루카스. 난 그렇게 빨리 살림을 합치는 사람은 믿지 못하겠더라. 말 그대로 다아시가 죽은 지 몇 시간 만에 너의 집에 들어온 거잖니. 네 침대보에 남은 다아시의 온기가 식기도 전에 말이다!"

질은 내 방이 아닌 손님방에서 지내며, 우리는 사귀는 게 아니라고 아무리 말하려고 해도 등대 옆에 있는 메릴랜드 호텔에서 있었던 일 때문에 미처 말이 나오지 않고 깊은 수치심만 밀려와요. 마치 끓는 물이 가득 찬 통 속에 천천히 몸을 담그는 것 같은 기분이에요.

어머니가 현재 남자친구인 하비가 자신에게 얼마나 많은 잘못을 저지르고 있는지 말하기 시작할 때면, 다시 어린 소년으로 돌아가 침대에 어머니와 같이 누워 있는 기분이 들었어요. 어렸을 때 어머니는 그렇게 침대에 누워서 자신의 직장에서 일어나는 문제나 내 아버지 혹은 자신의 아버지, 그러니까 외할아버지가 얼마나 한심한 인간이었나 이런 이야기만 했거든요. 어머니는 외할아버지가 오래전에 죽은 레지나 이모를 사랑했던 것만큼 자신을 사랑해준 적이 단 한 번도 없다고 했어요. 그럴 때마다 아주 구체적으로 어머니를 위로하는 말을 해주길 바란다는 건 알았지만, 아무리 노력해도 대체 뭐라고 해야 좋을지 알 수 없었죠. 그러면 당신이 차크라의 근원이라고 부르는, 척추 맨 아래 부분에서부터 압력이 쌓이기 시작해 마침내 온몸이 따끔거리면서 마치 천만 마리의 벌레들이 내 피부 위를 스멀스멀 기어 다니는 것 같은 끔찍한 느낌이 폭발하곤 해요. 내 유년기를 생각할 때마다 이런 불쾌한 느낌은 더 심해집니다. 그때 어머니는 항상 자기 가슴에 내 작은 머리를 대라고 하고는 내 머리카락을 쓰다듬으면서 조니 미첼의 '강'이란 노래를 불렀죠. 크리스마스 시즌도 아니었는데 말이에요. 어머니는 거의 1년 내내 밤마다 그 노래를 불렀습니다. 그래서인지 지금까지도 나는 아무도 내 머리를 만지지 못하게 해요. 심지어 다아시조차도요. 그리고 조니 미첼의 노래를 들을 때마다 매번 불안 발작이 일어나죠.

매주 일요일 저녁 7시부터 7시 반까지 어머니가 하는 말을 듣고 있는 동안, 나는 당신이 가르쳐준 대로 계속 호기심을 유지하려고 애를 써요. 어머니의 트라우마와 고통을 들으려고 노력하다가 이건 내 고통이 아니고 내 트라우마도 아니라는 사실을 깨닫죠. 대체로 어머니와 나 사이의 거리를 유지하면서 어머니의 문제에 깊이 빠져들지 않는 편이에요. 하지만 어머니가 하는 이야기를 들을 때마다 조니 미첼의 노래 가사처럼 꽝꽝 얼어붙은 강물 위를 스케이트를 타고 도망쳐버릴 수 있다면 얼마나 좋을까 하는 생각이 들긴 해요. 다만 그 강은 현실의 강이 아니라 심리적인 '부정'이라거나 '분리'라거나 다른 용어로 불리겠지만요.

그동안 앨리는 자기 엄마에 대해 말해왔어요. 엄마 이야기를 할 때마다 앨리의 얼굴이 시뻘게지면서 어떤 끔찍한 악마가 그의 두뇌를 통제하죠. 앨리의 눈에서 그게 보여요. 아이의 눈동자가 차츰 작아지면서 내가 아는 앨리, 건강하고 정상적인 사람이 되고 싶어 하는 착한 아이는 사라져요. 그럴 때 앨리는 초조해하며 서성거리고 자신의 손바닥을 주먹으로 치면서 고개를 절레절레 흔들어요. 그걸 보면 불쌍한 강철 한스처럼 앨리의 엄마가 앨리를 몇 년 동안 우리에 가둬놓은 거라고 생각할지도 모르겠어요. 전에도 쓴 것처럼, 한센 부인이 제이콥과 앨리가 어렸을 때 그들에게 미친 짓을 상당히 많이 한 것 같더라고요. 그들이 10대였을 때 부인은 말로 그들의 마음을 오염시켰어요. 그들의 남성적 기상을 억누르기 위해 고안한 마법 같은 주문을 지껄여서 병들게 하고 영혼을 망가뜨린 거죠.

"엄마는 제이콥 형에게 넌 너무 못생기고 게을러서 아무것도 될 수 없을 거란 말을 자주 했어요." 앨리가 어느 날 오후에 이렇게 소리를 지르더군요. "엄마는 형이 동정 상태로 죽을 거라는 말을 수백만 번 했어요. 형이 열 살 때부터 그런 말을 했다고요!"

나는 그들의 아버지에 대해 물었고, 앨리와 제이콥 둘 다 처음엔 아버지가 없다는 말을 들었다는 사실을 알았어요. 다만 제이콥은 앨리가 태어났을 때 '몸에 털이 많은' 남자가 그들과 같이 살았던 희미한 기억이 남아 있다고 가끔 주장했다더군요. 그들이 학교에서 처음 생식에 대해 배워 아이가 생기려면 정자가 필요하다는 사실을 알게 되었을 때 다시 한센 부인에게 물었더니 격노해서 이렇게 말한 것 같더라고요. "너희는 왜 그렇게 엄마의 성생활에 관심을 갖는 건데?"

이 말을 듣자 어머니가 내게 했던 말이 떠올랐어요. 내가 7학년 때 같은 학년인 제나 윈터바텀과 차고 뒤에서 키스하다가 어머니에게 들켰을 때 일어났던 일이죠. 해변에 갈 때마다 어머니가 나를 해시계라고 부르던 시절이기도 했어요. 물에 들어갔다나왔을 때 수영복 바지가 젖어서 축 늘어진 성기가 도드라진 모습을 보고 그렇게 놀린 거예요. 그 별명을 듣고 너무 속상해서 그후로 몇 년 동안 수영을 하지 않았고, 수영장이나 호수나 해변엔 절대 가지 않았어요. 그리고 다아시와 나 둘 다 대학생이었을 때 다아시에게 편지를 쓰기 전까지는 누구와도 데이트를 하지 않았죠.

그러다 7월의 어느 날, 우리가 대학교 1학년에서 2학년으로 올라가던 때 다아시와 함께 해변에 갔어요. 내내 허리에 수건을 두르고 있으려고 했지만 다아시가 계속 장난으로 수건을 잡아당겨서 벗겨버렸어요. 내가 수영복 위로 툭 튀어나온 성기를 두 손으로 감추려고 애쓰는 모습을 봤을 때 다아시의 눈에 뭔가 스쳐 지나갔고, 내 수치심을 다아시가 이해한다는 걸 알았죠. 다아시는 아무 말도 하지 않고 내 손을 잡고 바다로 이끌었어요. 두 다리로 내 허리를 감싸 안고 내 거기가 바위처럼 단단해질 때까지 내 입술에 키스했어요. 너무나 당혹스러운 한편으로 황홀경에 빠졌고 바로 본능에 사로잡혔죠. 이 아름답고 젊은 여성이 내가 성적 매력이 있으며 건강한 남자라는 걸 느끼게 하는 방식으로 내 몸을 좋아하고 즐기는 것 같아 놀랐어요.

그렇게 다아시와 애무를 하던 중간에 너무 긴장한 나머지 발기해서 미안하다는 말을 불쑥 내뱉었던 기억이 나요. 다아시의 눈을 피하면서 내 허리를 껴안은 다아시의 다리를 풀었는데 다아시가 날 향해 다시 헤엄쳐왔어요. 그리고 너무나 다정한 목소리로 이렇게 말했죠. "세상에, 대체 너희 엄마가 너한테 무슨 짓을 한 거니?" 누구도 내게 일어난 일을 그렇게 명쾌하게 알아봐 줄 거라고는 미처 생각하지 못해서 너무 놀랐어요. 내가 온몸을 심하게 덜덜 떠니까 다아시가 날 안고 귀에 대고 "괜찮아"라고 속삭였어요. 다아시는 아주 오랫동안 날 꼭 안아줬고 그동안 내

성기는 다시 고개를 숙였습니다.

이제 다아시와 잘될 기회는 날아가버렸구나 생각했지만 집으로 돌아가는 길에 다아시가 마을 가장자리에 있던 (지금은 캐델 콘도가 있는) 숲으로 드라이브를 가자는 거예요. 그러더니 풀이 무릎까지 자란 곳에서 차 한 대만 한 크기의 직사각형 모양으로 흙이 깔린 곳으로 안내했어요. 마치 최근에 죽은 거인을 위해 새로 판 무덤처럼 보인다는 생각을 했던 기억이 나요. 내가 차의 시동을 끄자 다아시가 곧바로 내 옷을 벗기기 시작하면서 자기 옷도 벗으며 말했어요. "이건 좋은 거야, 루카스. 넌 원래 네 몸을 즐겨야 해. 네 기분이 좋아지게 해줄게. 부끄러워할 필요 없어." 다아시의 손길이 아주 부드러워서 그녀가 하자는 대로 따르면서 이래도 괜찮다고 스스로를 타일렀죠. 머릿속에서 나를 변태새끼라고, 더럽다고 욕하는 어머니의 목소리에 맞서 미친 듯이 싸웠어요. 그게 끝났을 때 다아시는 내 가슴에 머리를 대고 아주 오랫동안 내 심장이 뛰는 소리를 들었어요. 나는 그녀의 검은 머리를 쓰다듬으며 동정을 잃는다는 것이 어떤 의미인지 생각했죠. 7학년 때 제나 윈터바텀과 키스한 걸 빼면 여자의 몸을 만진 적도 없었거든요. 마치 아무 훈련도 받지 않은 채 세발자전거를 타다가 갑자기 우주선을 타게 된 그런 기분이었어요. 이제 중력이라곤 하나도 없는 우주에 둥둥 떠서 지금 내가 어떻게 숨을 쉬고 있는 건지 의아해하는 상태나 마찬가지였던 거죠. 하지만 어쩐지 내가 맡은 과제를 잘 해냈고, 그래도 괜찮다는 걸 알 수 있었어요. 다아시가 내게 만족했고 심지어 나와 사랑에 빠진 것 같은데, 그건 내 인생에서 일어날 수 있는 가장 큰 기적 같은 일이었습니다.

"사랑해." 나는 다아시에게 말했어요. 내 차 앞좌석 바로 그 자리에서 말이죠. 그러고 곧바로 후회했어요.

그 말은 쿨하지 않고

너무 이르고

너무 터무니없게 느껴졌어요.

침묵이 흘러 심장이 마치 돌로 변해버릴 것 같더군요.

그때 다아시가 고개를 들어서 날 보며 생긋 웃었어요. 다아시의 초록 바다 같은 눈을 들여다보면서 또 다른 마법을 봤어요. 날 치유해주고 완성해주고 내 평생 느낀 것보다 더 큰 희망을 느끼게 해줬죠.

"나도 널 사랑해, 루카스 굿게임." 다아시는 그렇게 말하고 아주 진한 키스를 했어요.

하지만 다시 우리 어머니 이야기로 돌아와서.

일요일에 어머니와 통화할 때마다 관심을 갖고 열심히 듣다가도 부엌 시계의 분침이 12에서 6으로 떨어지는 순간 끼어들어서 이렇게 말하곤 해요. "오늘 밤 통화해서 정말 즐거웠어요, 엄마. 하지만 이제 그만 가봐야겠어요." 어머니는 내 말에 항의하면서 내가 자기를 사랑하지 않고 자기와 통화하는 시간까지 재고 있다고 비난하죠. 그리고 나의 죄책감을 유발해서 더 오래 통화하려고 애를 써요. 하지만 그럴 때면 내게 무사히 어른이 될 수 있게 인도해야 할 소년이 있다는 사실을 떠올립니다. 그 임무에서 발산되는 남성적 에너지가 조금 더 허리를 곧추세우고 앉게 하죠. 어머니가 하는 말을 자르고 "다음 주에 또 통화해요"라고 말하고선 전화를 끊고, 어머니가 또 걸어오는 전화를 받으려는 충동을 참고 또 참아요.

가끔 그렇게 통화를 끝내는 순간 질이 부엌에 서 있을 때도 있는데, 항상 경악한 표정으로 날 보면서 말하죠. "저런 여자에게 매주 전화하는 당신에게 누가 메달이라도 줘야 하는 거 아닌가요." 어깨를 으쓱하면서 질의 눈을 피하면 질은 대개 이렇게 말해요. "당신은 좋은 사람이에요, 루카스 굿게임." 그러고는 와인을 한 잔 따라서 방금 한 통화 내용을 나 혼자 삭일 수 있도록 나가죠. 가끔 아무것도 하지 않고 한 시간이나 식탁에 혼자 앉아서 방금 한 통화에서 받은 상처를 회복하려 애쓰기도 한답니다.

어머니와의 통화 후에 내가 좋은 사람이라고 느낀 적은 단 한 번도 없어요.

한 번도.

단 한 번도.

날개 달린 다이시와 이런 통화에 대해 말해보려 했지만, 솔직히 다이시는 요즘 나에게 별말 안 해요. 여전히 나를 날개로 감싸고 꼭 안아주긴 하죠. 여전히 깃털을 흘려서 계속 지퍼백에 모아두고 있어요. 그걸 다이시가 단정하게 개킨 스웨터들이 들어 있는 서랍장 세 번째 칸에 뒀어요. 하지만 다이시가 점점 더 천사로 변하는 걸 느낄 수 있어요. 그러니까 내 말은 점점 더 인간도, 내 아내도 아닌 존재로 변하고 있다는 거죠. 날개 달린 다이시와 함께할 수 있는 시간이 제한되어 있고, 일종의 영적인 카운트다운

이 시작됐다는 걸 이해하기 시작했어요.

질과 이 문제에 대해 이야기하고 싶은 마음이 들었어요. 특히 질이 계속 자기에겐 무슨 말이든 해도 되고, 어떤 비밀이든 다 털어놨으면 좋겠다고 말해서 더 그래요. 질은 내 비밀을 절대 아무에게도 말하지 않겠다고 했어요. 도서관에서 괴물 영화에 대해 공개하기 전에 이사야에게 말해버렸으니 이미 그 약속을 깬 셈이 됐지만. 그에 대해선 다음 편지에 다 쓸게요. 졸리기도 하고, 문을 잠그고 다아시와 시간을 보내야 하니까요.

칼, 칼, 칼.

당신이 강철 한스처럼 갑자기 나타나도록 다시 한번 노력해보자는 마음이 들었어요. 그렇게 하면 언젠가 당신이 내게 답장을 쓰거나 전화를 하거나 아니면 그냥 우리 집 문을 두드릴 날이 오겠죠. 말과 갑옷과 군사 같은 은유적 존재를 데리고 올 필요도 없어요. 그런 건 나와 앨리를 위해 내가 마련하고 있으니까요.

당신이 나를 아주 자랑스럽게 여겨야 한다고 생각해요. 물론 당신 자신도 그렇고요.

하지만 당신이 했던 노동의 결과물을 직접 보고 싶지 않나요?

칼, 칼, 칼.

내가 이렇게 당신을 부르잖아요.

내 말이 들리나요?

당신의 가장 헌신적인 루카스

9

칼에게

생존자들과의 회의가 열리는 밤, 질이 앨리와 나를 도서관까지 차로 데려다줘서 45분 전에 도착했어요. 일찍 온 사람들이 괴물을 보는 사태가 일어나길 원하지 않았거든요. 앨리는 이미 부츠에 장갑에 마스크까지 하나도 빼지 않고 다 입고 있었어요. 거기다 밖을 볼 수 있게 구멍을 두 개 낸 하얀 시트로 몸을 다 가렸죠. 앨리는 고전 영화에 나오는 꼬마 유령처럼 보였어요. 가장 입기 쉬운 할로윈 의상 있잖아요.

앨리는 계속 덥다면서 땀이 부츠에 흘러내려 고이고 있다고 하더군요. 괴물 의상에 구멍을 더 내야겠다면서 "왜 조금 더 일찍 그 생각을 못했을까요?" 물었어요. 그러더니 백만 번은 한 말을 또 했어요. "아무래도 열기가 빠져나갈 수 있는 구멍을 몇 개 내야겠어요. 물론 깃털들로 그걸 가릴 거예요. 어쨌거나 더워 죽을 것 같아요."

질은 앨리가 괴물 의상만 입고 가든 그 위에 하얀 시트를 씌우든 사람들의 시선을 끄는 건 마찬가지라고 계속 말했지만, 앨리와 나는 사람들에게 서프라이즈 효과를 줘야 하고, 우리는 쇼맨십을 동원해서 이 홍보 전략을 성공시킬 거라고 주장했어요. 질이 알았다고 했는데 그 말은 당신들 미쳤어요라기보다는 당신들을 응원할게요라는 느낌에 가까웠다고 생각해요. 앨리와 나 둘 다 질의 긍정적인 답변에 고마워했지만, 도서관까지 차를 타고 오는 길에 내게 자신감을 실어준 건 구름으로 가득 찬 하늘에서 운명으로 가는 길로 인도해준 다아시였어요. 다아시는 거대한 날개를 힘차고 우아하게 펄럭이며 시내 위로 날아올랐어요. 초저녁 하늘에 떠 있는 다아시를 아무도 못 보다니 믿을 수가 없더라고요. 전에는 불가능하다고 생각했는데, 환한 밖에서 다아시를 본 건 처음이었기 때문이죠. 나는 거리에 보이는 사람들마다 이렇게 소리를 지르고 싶었어요. **"저기 위 좀 봐요! 놀랍지 않나요! 당신의 영혼은 치유될 거예요!"** 그 마법과 같았던 시간의 빛 속에서 아내의 모습은 정말 장관이었어요. 하지만 마음속 깊은 곳에 있는 목소리가 어마어마한 권위를 지닌 채 말했어요. "날개 달린 다아시는 너만을 위한 존재야." 그 말에 마음의 중심을 바로잡았죠. 그래서 어떻게든 입을 다물었고, 곧 도서관 주차장에 도착했어요.

"정말 이 일을 하고 싶은 게 확실해요?" 질이 물었을 때 앨리가 좌석 밑에서 깃털을 잔뜩 붙인 주먹을 내밀었고, 나는 그 주먹에 대고 내 주먹을 살짝 쳤어요.

"내 인생에 이보다 더 확실한 일은 없었어요." 내가 대답했죠.

"나도 그래요." 앨리가 그렇게 말하더니 괴물 옷을 입어서 너무 덥다면서 장작으로 불을 때는 벽돌 화덕에 들어간 피자가 된 기분이라고 하더군요.

"알았어요, 루카스." 질은 열기가 빠져나갈 구멍을 내야 한다는 앨리의 반복적인 호소를 무시하고 날 향해 미소 지었어요. "당신의 뒤를 따를게요."

"두 사람은 여기서 기다려요." 난 그렇게 말하고 트럭에서 내렸어요. 머제스틱 공립 도서관으로 걸어가면서 그곳이 호빗의 집과 〈해리 포터〉 영화에서 빠져나온 것 같은 건물을 합친 것처럼 보인다는 생각을 했어요. 도서관은 튜더 양식과 중세 성의 양식으로 자갈을 재료로 지어졌거든요. 건물 왼쪽엔 작고 굵직한 탑이 하나 있었는데, 마치 아서왕의 전설에 나오는 것처럼 보였어요. 마법사 멀린이 그 안에서 마법을 걸 것처럼 말이죠. "자, 들어가볼까." 난 그렇게 말하고 강철이 군데군데 박힌 묵직한 나무 문을 잡아당겨 열었어요.

안으로 들어가자 로빈 위더스가 내 평생 받아본 중 가장 큰 포옹으로 날 맞아주더군요. 로빈은 내 등을 문지르면서 말했어요. "이렇게 다시 만나서 아주 좋아요, 루카스. 우리가 당신을 얼마나 그리워했는지 당신은 모를 거예요." 로빈의 환대가 고맙긴 했지만, 나는 오늘 밤 이뤄야 할 목표에 정신을 집중해야 하는데 거기에 내 동료 생존자들로부터 기나긴 포옹과 칭송을 받는 것은 포함되지 않았죠.

그래서 내 오른쪽 뺨에 로빈이 찬 큼지막한 고리 귀걸이가 눌린 자국이 희미하게 남을 정도의 시간이 흐른 후, 나는 부드럽게 포옹을 풀고 말했어요. "날 믿어요?"

"물론이죠." 로빈은 이렇게 말하고 "내 목숨을 걸고 믿어요"라고 덧붙였는데, 정확한 이유는 모르겠지만 속이 조금 울렁거렸어요.

"주목해주세요! 모두 주목해주시겠어요?" 나는 도서관에 있는 사람들을 향해 소리쳤습니다.

모두 고개를 돌려 나를 바라봤어요.

"오늘 밤 도서관에서 아주 중요한 회의를 하려고 해요. 지금 소품을 가져와서 회의실 창고 벽장에 숨겨야 합니다. 아무도 이 소품을 보면 안 되기 때문에 제가 몰래 옮길 수 있도록 모두 눈을 감고 있어주시길 부탁합니다. 불편하게 해드려서 죄송하지만 이 일은 굉장히 중요해요. 다들 독서하느라 눈이 피곤하셨을 테니 몇 분 정도 눈을 쉬게 해주는 게 좋을 것 같습니다."

로빈을 포함해 다들 나를 빤히 쳐다보더군요.

"금방 끝날 겁니다! 좋아요. 이제 다들 눈을 감으세요!" 나는 그렇게 그들을 안심시켰죠.

사람들은 로빈을 봤다가, 그녀가 고개를 끄덕이면서 손바닥으로 허공을 톡톡 치는 시늉을 하자 로빈까지 포함해 모두 눈을 감았어요.

"좋아요. 다들 훔쳐보면 안 됩니다!" 그렇게 말하고 앨리와 질에게 달려갔죠. 질은 나를 도와서 재빨리 시트를 둘러쓴 괴물을 주차장에서 도서관까지 데려왔어요. "다들 계속 눈을 감고 계세요! 이건 아주 중요한 일이에요!" 나는 사람들이 잊지 않도록 다시 소리쳤고, 모두 눈을 감은 모습을 보며 안심했어요.

일단 앨리를 안전하게 회의실 벽장 안에 데려다 놓고, 다시 사람들이 있는 곳으로 고개를 내밀고 외쳤어요. "이제 모두 눈을 떠도 됩니다. 협조해주셔서 감사해요. 우리의 중요한 프로젝트에 큰 도움이 됐습니다!" 그러고는 회의실 문을 닫고 나서 준비한 메모들을 금속 연단 위에 정리했어요.

"앨리에게 마스크를 벗으라고 해요. 안 그러면 너무 더워서 벽장 속에서 기절할지도 몰라요." 질의 제안에 벽장 문을 열어봤더니 앨리는 이미 마스크뿐만 아니라 깃털 달린 장갑과 부츠까지 다 벗었더군요. 머리는 땀으로 흠뻑 젖었고 피부에서 땀방울이 뚝뚝 떨어졌어요.

"통구이가 됐어요." 앨리가 그렇게 말하며 큰 소리로 헐떡여서 스프링복으로 만든 등판을 들어 올리고 잠수복의 지퍼를 내려 땀이 흐르는 등에 바람을 쐬게 했어요. 등도 벌겋게 달아올랐더군요. 앨리가 말했어요. "아무래도 잠수복이 한 치수 작은 것 같아요. 지퍼를 올리면 숨을 쉬기가 너무 힘들어요. 하지만 촬영이 시작되기 전에 살을 뺄 수 있으니 걱정 마세요. 오늘 입은 것만으로 이미 2킬로그램 정도 빠진 것 같아요."

우리가 이 괴물 의상을 만드는 데 얼마나 많은 공과 시간과 돈을 들였는지 생각하면 의상이 제대로 기능하지 못하는 건 희소식이 아니었어요. 하지만 곧 쇼가 시작될 시간이었기에 그런 생각을 할 겨를도 없었죠.

"로빈에게 에어컨을 더 세게 틀라고 할게." 나는 그렇게 말하고선 로빈에게 부탁했어요.

"대체 오늘 뭘 계획한 거예요?" 로빈은 온도 조절 장치를 톡톡 쳐서 도서관의 온도를 7도 정도 낮추며 물었어요. 지금은 비밀을 말할 수 없지만 기다릴 만한 가치는 있을 거라고 장담했죠. 고맙게도 로빈은 그 대답으로 만족한 것 같았어요.

다시 회의실로 돌아왔더니 질이 서성거리고 있더군요. 내가 문을 닫고 들어오자 질이 내 어깨에 두 손을 올리고 내 눈을 들여다보면서 말했어요. "무슨 일이 일어나든 나는 당신이 앨리와 하는 일을 자랑스러워한다는 점을 알아줘요. 그리고 우리는 오늘 밤 사람들이 어떻게 반응하든 이 일을 계속할 방법을 찾아낼 거예요."

내가 뭐라고 대답하기도 전에 베스와 이사야가 회의실로 들어왔고, 우리 넷은 손을 잡았어요. 이사야는 교회에서만 쓰는 목소리로 그가 믿는 하느님에게 오늘 밤 우리와 함께 해주시고, 이웃들의 마음을 움직여서 우리가 다시 하나가 되어 마을 사람들의 영혼을 치료하고, 부서진 마음들을 다시 이어붙이고, 지친 사람들이 힘을 내는 데 도움이 될 수 있게 해달라고 기도했어요. 이사야는 아름다운 기독교 용어로 계속 기도했는데, 기도 내내 발표

걱정 때문에 잘 못 들어서 내용을 여기 옮길 수는 없을 것 같아요. 하지만 내가 감동한 건 이사야의 말 자체보다는 베스와 이사야의 진실한 믿음 때문이었어요. 그들과 같이 기도할 때, 그들이 온몸으로 나의 최선을 원한다는 걸 의심할 수 없거든요. 이사야는 나의 가장 친한 친구고 나는 그를 형제처럼 사랑해요. 난 베스도 사랑해요. 물론 질도 사랑하고요. 앨리도 사랑해요. 칼 당신도 아주 많이 사랑해요.

이사야는 꽤 오랫동안 기도했어요. 이사야가 "아멘"이라고 말하고 내 손을 놨을 때, 눈을 뜨니 토니와 마크가 근처에서 우리가 기도를 끝내길 끈기 있게 기다리는 모습이 보였어요. 그들의 표정이 이렇게 말하는 것 같더군요. 지난 8분 정도 당신들의 기도를 엿들어 미안해요. 기도 모임에 불쑥 들어오는 건 우리도 처음이지만 달리 어떻게 해야 할지 모르겠더라고요.

이렇게 친밀하면서도 이상한 기도에 익숙해지는 데는 시간이 좀 걸린다는 점을 인정해야 해요. 나도 이 기도가 완전히 편안해지지는 않았기 때문에 마크와 토니가 느끼는 감정에 공감할 수 있었어요. 그래서 그들에게 나도 그렇다는 공감의 눈빛을 보냈어요.

이사야와 베스는 누구 앞에서든 공공연하게 기도하는 사람들이라 그들이 우리의 기도를 듣게 된 걸 신경 쓰지 않았어요. 그래서 모두 악수하고 인사를 나눴습니다. 그때 토니와 마크가 나와 눈을 마주치는 걸 적극적으로 피하고 있다는 것을 눈치챘어요. 이사야, 베스, 질과는 아주 쉽게 마주 봤지만 나는 그렇지 않더라고요. 그때 그들이 복구한 이 극장에서 일어난 일에 대해 일종의 책임감을 느껴서 그렇다는 걸 깨달았어요. 그래서 얼른 말했죠. "그건 당신들 잘못이 아니에요. 어떤 식으로든 당신들에게 책임을 묻지 않을 겁니다." 방 안에 아주 긴 침묵이 흘렀어요.

마침내 마크와 토니가 내 눈을 바라봤을 때, 그들의 입이 살짝 벌어져 있었고 혀가 살짝 떨리는 걸 볼 수 있었어요.

나는 미래를 위한 씨앗을 뿌리는 마음으로 덧붙였습니다. "다 아시는 머제스틱 극장을 아주 좋아했어요. 여전히 내가 아주 많이 아끼는 곳 중 하나죠. 그 극장은 다시 열어야 해요. 머제스틱에는 영화가 필요해요. 우리는 하나의 공동체로서 같이 웃고 울고 기뻐해야 해요. 그 비극 때문에 그런 소중한 것을 빼앗겨선 안 됩니다. 제발요. 오늘 내가 할 이야기 중에 그 사안도 들어 있습니다. 머제스틱 극장을 다시 여는 것 말이에요."

두 사람은 침을 꿀꺽 삼켰고, 토니가 마크의 손을 잡더군요. 둘 다 내게 고개를 몇 번 끄덕여 보이고 자리에 앉았어요.

콧수염을 기르고 턱수염까지 까칠하게 자란 마크는 매일 체육관에서 운동해서 생긴 근육으로 몸매가 울퉁불퉁하지만, 면도를 깔끔하게 한 얼굴에 날씬한 토니의 몸은 주말마다 달리기를 해서 단련한 것처럼 보이더군요. 그럼에도 그들은 마치 구름과 하늘처럼 아주 자연스럽게 잘 어울리는 한 쌍이었어요.

나머지 생존자들이 줄지어 들어왔어요. 아까 말한 로빈 위더스와 존 번팅, 드션 프리스트, 데이비드 플레밍, 줄리아 월코, 트레

이시 패로우, 지저스 고메즈, 락스만 아난드, 벳시 부시, 댄 젠틸
레, 오드리 하트러브, 어니 바움, 크리시 윌리엄스, 칼튼 포터까
지. 모두 기존 생존자 모임 멤버죠.

"시작할까요?" 모두 자리에 앉았을 때 로빈이 내게 말했어요.
나는 벽장 문을 두 번 두드려 앨리가 남은 괴물 의상을 다시 입
어야 한다는 신호를 보냈어요.

로빈도 앉았고 나는 연단 앞에 섰어요. 질이 내게 윙크했고 이
사야는 엄지손가락을 들어 올렸죠. 자신감이 어마어마하게 올라
간 순간 산드라 코일이 들어와 다른 사람들에게서 멀찍이 떨어
져 뒷자리에 앉더군요. 앉자마자 팔짱을 껴 이 모임이 마음에 들
지 않는다는 의견을 노골적으로 드러냈어요. 나는 환영한다는 뜻
으로 친절하게 고개를 끄덕여 보였지만 산드라는 눈에서 레이저
를 뿜어낼 기세로 나를 노려봤죠. 레이저가 어찌나 강력한지 내
살, 두개골, 뇌까지 다 녹아버릴 것 같았어요.

다른 생존자들은 내가 왜 이 모임을 소집했는지 알고 싶어 죽
겠는 표정이었어요. 모임을 지지한다는 느낌보다는 궁금하고 초
조해하는 느낌이 더 강해서 슬슬 걱정되기 시작한 나는 질을 봤
어요. 질은 날 보고 쌩긋 웃었지만 그녀도 초조한 기색을 감추지
못하더라고요. 그때 내가 연단에 선 후로 한마디도 하지 않은 채
1분이란 긴 시간이 흘렀다는 사실을 깨달았습니다.

이사야가 큰 목소리로 아주 다정하게 날 불러서 구해줬어요.
"루카스. 무슨 일인가, 친구? 오늘 밤 왜 모이자고 한 거야? 우리
에게 무슨 말을 하고 싶어서?"

"맞아요." 나는 그렇게 대꾸하고, 무슨 이유에선지 높은 창밖을 내다봤어요. 그 창은 서쪽을 향해 있는지 하늘이 온통 오렌지색과 분홍색으로 물들었더군요. 잠시 시간이 걸렸지만 곧 내 눈이 그 풍경에 적응하기 시작했고, 먼 곳에 집중하자 다아시가 하늘에서 무한을 상징하는 8자 비행을 하는 모습을 볼 수 있었어요. 마치 이렇게 말하는 것 같았죠. 난 당신과 같이 여기 있어요, 루카스. 당신은 이 일을 해낼 수 있어요. 그 소년이 앞으로 나아갈 길이에요. 그때 뭔가가 내 머리와 몸을 장악했고, 내 의식이 몸에서 빠져나와 벽에 기대 서서 내 육신을 바라보는 것 같았어요. 그 순간 내 귀도, 눈도 믿을 수 없을 만큼 아주 인상적으로 내 무의식이 연설을 하는 동시에 놀라운 보디랭귀지를 선보였어요.

나는 회의실에 모인 사람들에게 내가 다아시를 얼마나 그리워하는지, 그리고 몇 달 동안 집에서 혼자 침묵 속에서 얼마나 고통스러워했는지에 대해 말했어요. 누구와 말하는 건 고사하고 집밖으로 나갈 수도 없었다고. 머리가 멍해지고, 영혼이 으스러지고, 심지어 자살 충동까지 일어나는 고통에 대해서도 이야기했어요. 다른 생존자들이 휴지를 꺼내 눈시울을 닦거나 소매로 눈을 문지르더군요. 나는 머제스틱 극장에서 좀 더 빨리 대처하지 못해 미안하다고 사과했어요. 내가 조금만 더 빨리 반응했어도 더 많은 사람들을 구할 수 있었을 거라고, 그 생각 때문에 밤에 잠을 이루지 못한다고, 그 생각이 마치 벌겋게 달아오른 칼날처럼 내 마음을 계속 찔러댄다고 했죠.

그때 드션 프리스트가 외쳤어요. "당신은 할 수 있는 일을 다

했고, 거기다 더 했어요!"

락스만 아난드도 덧붙이더군요. "우리보다 당신이 더 많은 걸 해냈으니 자랑스러워해야죠!"

나는 목소리를 높여 사람들을 조용히 시킨 후 다른 생존자들은 이렇게 느낀 적이 없느냐고 물었어요. 사람들 사이의 분열을 조장하기보다 더 많은 사람을 포용하는 식으로 모두 힘을 합쳐 뭔가를 해야 한다는 느낌을 받은 적이 없느냐고요. 바로 그때 회의실 뒤쪽을 바라보다가 산드라 코일이 불편하게 자세를 바꾸는 모습을 봤어요. 난 말했죠. "그 비극이 일어난 후, 비탄에 젖은 내 일부가 다른 사람처럼 느껴졌어요. 마치 괴물처럼요. 상상도 할 수 없는 운명에 감염된 사람 같았어요. 이웃들이 불과 몇 초도 똑바로 보지 못할 그런 사람이 된 것처럼 말이죠." 회의실 안을 둘러봤을 때 내 말에 공감하는 눈빛이 여럿 보이더군요.

"그리고 아이러니하게도 우리가 괴물로 만든 사람들도 있어요. 아무 잘못도 없는데 사람들이 던지는 비난의 대상이 되고 따돌림을 받은 사람들. 자신이 너무나 비천한 존재라고 느껴 스스로 소외된 사람들. 오늘 밤 그런 사람 중 한 명을 여러분에게 소개하려고 합니다." 나는 오른쪽에 있는 문을 가리켰어요. "그 사람은 지금 여기 벽장 속에 있습니다."

그 순간 내 말 때문에 조용해진 회의실의 침묵이 손에 만져질 정도였죠.

질이 두 손에 얼굴을 묻는 모습이 보였어요. 베스는 아랫입술을 잘근잘근 씹었고, 이사야는 오른발로 바닥을 격렬하게 두드리고 있더군요. 나머지 생존자들은 의자 앞으로 몸을 한껏 기울였어요. "이 무고한 사람에게 우리 마을을 다시 하나로 만들 꿈이자 비전이 있습니다. 치유 계획 말이에요! 그 사람이 여러분 모두를 창의성을 발휘할 기회에 초대한 겁니다! 그와 같이 영화를 만들자고! 우리 모두의 내면에 있는 괴물을 구원한다는 주제의 이 영화에 주연을 맡아달라고 말입니다. 그는 어둠 속에 던져진 소중한 가치들을 다시 완전하게 만드는 프로젝트에 여러분을 초대했습니다." 나는 나의 융 정신분석가, 그러니까 칼 당신처럼 말했습니다. "우리는 대본을 썼고, 첫 의상도 제작했습니다. 그 의상은 우리가 고통받은 비극의 여파를 상징적으로 재현한 것입니다. 신사숙녀 여러분, 머제스틱 괴물들의 왕자를 소개합니다!"

벽장 문이 활짝 열렸지만, 앨리는 아주 극적이게도 그 안의 그림자 속에 숨어 있었어요. 주위를 둘러보자 모두 입을 쩍 벌리고 있었죠. 그때, 괴물이 느릿느릿 벽장에서 나와 사람들 앞에 섰고 모두 헉 소리를 냈어요. 머제스틱 괴물들의 왕자가 깃털 범벅인 끔찍한 모습으로 그들 앞에 똑바로 섰을 때, 나는 장편 괴물 영화를 제작해서 우리 마을을 위해 그 비극의 장소를 부활시키는 방법으로 머제스틱 극장에서 영화를 상영해 그곳을 정화하고, 심지어 축성하는 비전에 대해 설명하기 시작했어요. 노련하게 이야기를 전개해서 마침내 대망의 절정에 이르는 순간 앨리가 마스크를 벗어 던지고 생존자들이 그를 함께 고통받는 사람으로 받아들이도록 도전해보는 거죠. 비록 앨리가 모두가 사랑하는 사람을 죽인 살인자의 친동생이라고 해도요.

하지만 그때 산드라 코일이 일어섰어요. "이 헛소리, 이 바보 같은 짓이 어떻게 우리를 도울 수 있죠? 우리에게 필요한 건 좀 더 엄격한 총기 규제법이에요! 우린 NRA(시민의 총기 소지권을 지지하는 미국 단체인 전미총기협회―옮긴이)에서 뇌물을 받지 않는 정치가들이 필요하다고요! 우린 정의가 필요해요! 우리가 필요한 건―"

바로 그때 온몸이 깃털 범벅인 머제스틱 괴물들의 왕자가 뒤로 기울어지기 시작했어요. 마치 막 자른 나무처럼 뻣뻣한 몸이 뒤로 넘어가다가 금속 연단의 날카로운 가장자리에 뒤통수를 부딪치고 바닥으로 쓰러졌어요.

이사야가 제일 먼저 앨리에게 달려가서 깃털 달린 마스크를 찢어 벗기자 모두 다시 헉 소리를 냈어요. 다만 앨리의 정체를 알고 충격을 받은 건지, 아니면 아이의 목 뒤쪽에서 피가 솟구쳐 바닥에 고이는 모습에 충격을 받은 건지는 분간할 수 없었어요. 그건 운명적인 12월의 그날 밤 머제스틱 극장에서 우리 모두 목격했던 광경과 아주 흡사했습니다.

안타깝게도 내가 그 자리에서 얼어붙었다는 사실을 인정해야겠군요.

"어서 구급차를 불러요!" 이사야가 소리 지르면서 양복 재킷을 벗어 앨리의 상처에 대고 누르며 아이의 머리를 부드럽게 손으로 받쳐 출혈을 멈추려고 애를 썼어요.

응급구조사들이 와 앨리를 바퀴 달린 들것에 눕혀 도서관 밖으로 옮겼어요. 앨리의 머리에 감은 소독된 흰 붕대가 천천히 진한 붉은색으로 물들기 시작했죠. 질이 내 손을 잡고 자기 트럭으로 데리고 갔고, 우리는 구급차의 불빛을 따라 병원으로 향했어요. 의료진이 앨리의 상처를 꿰매며 아이가 탈수증과 극심한 탈진 증상에 시달리고 있었다고 진단하더군요. 앨리는 커튼이 둘러쳐진 침대에 비스듬하게 누워서 팔에 정맥 주사를 꽂고 있었어요.

마침내 병원에서 우리를 병실에 들여보내줬을 때 앨리가 말했습니다. "선생님은 오늘 밤 정말 끝내주는 연설을 하셨어요. 환상적이었어요! 하지만 괴물 의상은 몇 군데 손을 봐야 할 것 같아요."

앨리는 벽장 속이 미친 듯이 더웠고 거기다 너무 긴장돼서 괴물 의상을 일찍부터 입고 있었다고 했어요. 기절하는 바람에 발표를 다 망쳐서 죄송하지만, 내 연설이 사람들에게 아주 강력한 동기부여를 해줬기 때문에 이런 작은 차질은 장기적으로 우리 계획에 큰 손해가 되지 않을 거라고 말하더군요.

"그렇죠?" 내가 아무 대꾸도 하지 않자 앨리가 다시 물었어요.

아이는 내 눈을 보면서 동의를 구했지만, 나는 이미 모든 기운을 다 써버려서 아무 말도 하지 못했어요.

질이 팔꿈치로 나를 몇 번 쿡쿡 찔렀지만 차마 앨리에게 솔직하게 털어놓을 수 없었어요. 생존자들의 도움을 받을 가능성을 우리가 거의 확실히 날려버렸고, 그 과정에서 그들을 다시 고통스럽게 만들었을 가능성이 더 크다고 말할 순 없었죠. 응급실에서 우리의 발표가 그보다 더 처참할 순 없었다고, 괴물 영화를 만들겠다는 우리의 꿈은 시작도 하기 전에 죽어버렸다고 생각했어요. 하지만 아이가 수분 보충을 충분히 하고 퇴원한 후에 현실을 부드럽게 알려주는 게 최선일 거라고 생각했습니다.

내가 아무 대답도 하지 않을 것을 눈치챈 질이 대신 말했어요. "넌 좀 푹 쉬어, 앨리." 그러고는 앨리의 팔을 엄마처럼 토닥인 후 내 팔을 잡고 응급실에서 끌어내 우중충하고 지나가는 사람도 없는 복도로 데려갔어요.

"당신은 꼭 이 영화를 만들어야 해요. 오늘 밤 그런 연설을 해버리는 바람에 저 아이는 희망에 부풀어 터질 것 같은데 이제 와서 그걸 뺏어버릴 수는 없어요." 질은 사나운 목소리로 속삭였어요.

"당신은 이 영화에 반대하는 줄 알았는데요." 내가 반박했죠.

"난 당신이 시작한 일을 끝내길 바라요. 특히 상처받은 소년이 관련된 경우엔 더 그렇고요. 저 아이의 미래가 당신 손에 달렸어요, 루카스. 저 아이에겐 오직 당신밖에 없다고요. 저 아이는 괴물 영화를 만든다는 이 바보 같은 꿈에 모든 걸 걸었어요. 그리고 솔직히 오늘 밤 당신의 연설에 나도 감동했어요. 이제 이 일에 내 감정도 조금은 개입됐단 말이에요."

질의 갑작스러운 태도 변화에 다소 놀랐고 걱정도 됐어요. 오늘 밤 회의에서 발표했던 그 위대하고 강력한 내 모습이 다음번에 나를 구해줄 필요가 있을 때는 나타나지 않을 것 같았거든요. 평소의 나는 지금 병원에서 사람들의 기대에 하나도 부응하지 못하고 있잖아요.

"오늘 밤 당신은 왕처럼 당당해 보였어요, 루카스." 질은 이렇게 말하고 덧붙이더군요. "다이시가 그 자리에 있었다면 정말 자랑스러워했을 텐데."

"왕처럼 당당해 보였다고요?" 나는 아내에 대한 부분은 무시하고 물었죠. 그 말은 다이시가 원한다면 그날 밤 내게 직접 할 수 있을 테니까요.

"나도 잘 모르겠어요. 오늘 당신은 마치 위기를 해결하기 위해 말을 타고 나타난 기사 같았어요. 빛나는 갑옷을 입은 것처럼 보였다고 할까. 당신과 함께 있는 것이 정말 자랑스러웠어요. 당신이 자랑스러워요."

"하지만 오늘 그 난리를 쳐서 다른 사람들은 아무 감동도 못 받았을 텐데요."

"어쩌면 놀랄 일이 있을지도 모르죠, 루카스." 질이 그렇게 말했을 때 이사야와 베스가 도착해서 앨리의 머리와 우리의 프로젝트와 그 밖의 모든 것을 위해 기도해야 한다고 주장했고, 우리는 손을 맞잡고 기도했습니다.

답장해주면 그 후에 어떻게 됐는지 말해줄게요.

어때요?

칼, 칼, 칼.

난 아직 나만의 강철 한스를 포기하지 않았어요.

걱정하지 마세요. 난 아주 인내심이 강한 사람이니까.

당신의 가장 헌신적인 루카스

10

칼에게

앨리와 시간을 보내면서 내 아버지에 대해 많은 생각을 했어요.

당신과 정신분석을 하는 동안 가끔 아버지에 대해 이야기했다는 걸 알지만, 주로 어머니 이야기를 많이 했죠. 그렇지 않나요? 분명히 기억하는 이유는 그것이 내게 미친 영향 때문입니다. 당신은 내게 '아버지 결핍증(father hunger)'이라는 용어를 소개했고 그 말에 깊이 공감했어요. 아마 늘 아버지에 대한 크나큰 결핍을 품고 있어서 그랬나 봐요. 내 자아를 치유해서 결핍을 채워 고통의 악순환을 깰 수 있다는 당신의 이야기에 대해 오랫동안 생각해봤어요. 남자들이 세대를 거듭해 아들에게 고통을 물려주다 어느 순간 한 아들이 나서서 적극적으로 그 고통을 멈춘다는 이야기 말이에요.

이것이 다아시와 내가 아이를 갖지 않기로 한 이유라고 말했죠. 우리가 물려받은 끔찍한 고통을 절대 우리 아이에게는 물려주지 않기 위해 정관 수술을 받았다고요.

당신은 내 말에 서글프게 고개를 저으면서 나와 피를 나눈 남자들, 내 최초의 선조에 이르기까지 거슬러 올라가 그 사람들이 아직도 내 안에 있고, 조상들이 물려준 점점 더 커지는 상처들로부터 풀려나기 위해 안간힘을 쓰고 있다고 말했어요. 내가 나의 일부를 치유한다면, 나 루카스 굿게임의 마음 깊이 깃든 아버지와 할아버지의 상처를 치유하는 거라는 말도 했죠. 내가 사랑을 나누면 그들 모두 다시 사랑을 나누게 되고, 내가 아들과 건강한 관계를 맺으면 내 조상들도 그 치유의 기쁨을 경험한다고요. 그리고 마침내 내가 자신을 사랑하는 법을 배워서 수치심 없이 살아가게 된다면, 그들 역시 마침내 수치심에서 자유로워질 거라고도 했죠. 그때 그들도 치유되어 건강하고 자유로운 조상으로서 필요하다면 나의 내면에서 군대처럼 집결해 내 잠재력을 키워주고 수천 번의 삶을 통해 힘들게 얻은 지혜를 나눠줄 거라고요.

당신의 말을 들었을 때 처음엔 슬펐어요. 내가 아들을 다시 낳아 조상들에게 그 아이를 성인으로 인도하는 선물을 줄 기회를 놓쳤다고 말하는 것 같았거든요. 하지만 그때 당신이 고등학교에 있는 내 상담실에 온 학생들을 도와줄 때마다 내 조상들이 해방되는 거라고 말했죠. 내가 아이들을 돕는 건 맞지만 그와 동시에 나 자신을 치유하고, 따라서 내 조상들을 치유하고 있는 거라고요. 나의 DNA에 박혀 있는 많은 영혼을 구해주고 있는 거라고. 다시 온전해질 가능성이 새롭게 주어지는 거라고.

나는 머제스틱 고등학교에서 학생들과 상담할 때 당신이 말한 모든 이야기를 머릿속에 기억해두기 시작했어요. 그 이야기를 아주 진지하게 받아들여서 내 일을 마치 성스러운 임무처럼 대했죠. 하지만 앨리가 우리 집 뒷마당에 오렌지색 텐트를 치기 전까진 당신이 한 말의 의미를 완전히 이해하진 못했던 것 같아요.

다아시의 부모님은 우리 부모님보다 훨씬 나이가 많아서 다아시가 커갈 때 느긋하고 안정적으로 대해주셨어요. 그리고 우리가 20대 중반이었을 때 장인어른, 장모님 두 분 다 돌아가셨죠. 담배를 많이 피우셨던 장모님이 먼저 뇌졸중으로 돌아가셨어요. 장인어른도 얼마 못 가 관상동맥질환으로 세상을 떠나셨지만, 다아시는 엄마가 죽은 슬픔을 이기지 못해서 아버지가 따라갔다고 자주 말했습니다. 장인어른이 장모님을 너무 많이 사랑해서 아내 없이는 살 수 없었다고 생각하니까 마음이 따뜻해지더군요. 그런 생각 덕분에 다아시는 좀 더 빨리 슬픔을 극복할 수 있었고요. 아버지가 아이스크림과 붉은 고기와 튀긴 음식을 너무 좋아해서 혈관이 막혀 돌아가셨다는 잔인한 현실에 생각을 집중했더라면 그럴 수 없었겠죠. 내가 지금 여기서 말하고자 하는 요지는…… 음, 나도 잘 모르겠어요. 내 마음 깊은 곳에서 항상 부러진 것처럼 느껴지는 부분이 다아시에겐 없었다는 말이 하고 싶은 것 같아요.

정신분석을 할 때 당신에게 하지 않은 이야기가 하나 있는데 왜 그랬는지 이유는 잘 모르겠어요. 그냥 떠오르지 않았거나, 아니면 이제야 그걸 기억해도 된다고 스스로 허락했는지도 모르겠어요. 어쩌면 앨리와 보낸 시간 때문인지도 모르고요. 괜찮다면 그 이야기를 당신과 나누고 싶습니다.

그 일은 내가 대학교 1학년 때 일어났어요. 당신에게 이미 수도 없이 한 이야기지만 난 매사 서툴고 어쩌면 이상하기까지 한 청년이었어요. 우리 기숙사에 있던 학생들은 모두 외향적인 데다 미래로 나아가는 거대한 물결에 속하길 간절히 바라는 청년들이었지만 나는 왠지 과거로 돌아가고 싶은 지독한 갈망을 느꼈어요. 어쩌면 어렸을 때 성취해야 할 뭔가를 이루지 못한 느낌이 들어서 그랬나 봐요.

새로 입학한 대학교에 부모님이 데려다주기로 한 날 아침에 어렸을 때부터 자란 집 밖을 걸었던 기억이 나요. 짐은 차에 다 실었고 어머니는 집 안에서 화장을 하고 있었어요. 아마 아버지는 옷을 입고 있었을 거예요. 난 집 주변을 빙빙 도는 걸 멈출 수 없었어요. 수십 번, 어쩌면 수백 번을 그렇게 돌았던 것 같아요. 수년이 지난 후에, 그때 내가 시계 반대 방향으로 돌고 있었다는 사실을 깨닫기 전까지는 그 충동이 뭔지 이해할 수 없었어요. 이제 와 생각해보면 그때 난 말 그대로 어떻게든 시간을 되돌리려고 애썼던 것 같아요. 상상 속의 분침을 상상 속의 다이얼 위에서 계속 거꾸로 돌려 어떻게든 내 인격이 형성되는 시기에 받아야 했을 뭔가를 받아내려 애썼다는 사실을 깨달은 거죠. 성인이 된 후 아주 오랫동안 타인의 아이들에게 주려고 했던 바로 그것을 내가 받고 싶었던 거예요.

그다음 기억나는 건 아버지가 기숙사 앞에 차를 세우고, 옷과 이불과 학교에서 쓸 물건들을 새 기숙사 방으로 옮기는 걸 부모님이 도와주셨던 거예요. 혼자 지낼 공간이 있으면 학교생활을 더 잘할 수 있을 것 같아 룸메이트 없이 혼자 쓰는 방을 미리 요청했어요. 부모님과 나는 승합차 한 대만 한 크기의 기숙사 방에 들어와 있었고, 어머니는 자신은 그럴 기회조차 받지 못했던 곳에 나를 보내기 위해 아버지랑 얼마나 돈을 들이붓고 있는지 말했어요. 어머니는 통학을 했거든요. 그때 아버지가 20달러 지폐 한 장을 내 손에 밀어 넣었고, 눈 깜짝할 사이에 나 혼자 기숙사 방에 남았어요.

나는 작은 방 안을 서성이면서 북적거리는 복도에서 다른 학생들이 웃고 소리를 지르며 서로 소개하는 소리를 들었어요. 그 모든 게 그들에겐 아주 쉽게 들리더군요. 하지만 난 방문을 열기조차 두려워서 며칠 동안 방 안에만 있었어요. 혼자 남겨진 그 시간 동안 마치 심장이 흉곽에서 튀어나와 통통 튀어서 필라델피아 머제스틱 외곽에 있는 우리의 작은 집으로 돌아갈 것처럼 느껴졌어요. 다른 학생들은 분명 그 설명을 들은 것 같은데 어떻게 나 혼자 듣지 못했는지 궁금했습니다. 서로의 눈을 바라보고, 등을 도닥이면서, 금방이라도 머리가 폭발할 것처럼 느끼지 않고도 공동욕실에 들어갈 방법에 대한 설명을 마치 나만 못 들은 기분이었어요.

나와 같은 층에 사는 학생들 여럿이 내 방문을 노크하고 자기소개를 하려고 했지만, 나는 머리를 푹 숙인 채 거의 말을 하지 않았어요. 많은 초대를 거절해서 나중엔 아무도 날 초대하지 않았죠.

나는 수업을 들을 때마다 매번 뒤쪽에 앉아서 머리 위로 후드를 뒤집어쓰고 있었어요.

몇 주 동안 비참했고, 온몸이 마비되는 것 같은 불안과 심각한 우울증에서 벗어나려 애쓰면서 솔직히 말하면 자살하고 싶다는 생각을 많이 했어요. 비록 계획을 세운 적은 없고, 구체적으로 상상할 만한 배짱도 없었지만요.

점점 고통이 커져서 부모님에게 주말에 집에 가도 되냐고 물어봤어요. 어머니가 보고 싶다고 했죠. 그러면 어머니가 기뻐하면서 내 말을 따라줄 거란 걸 알았고 과연 그렇게 했어요.

아버지가 금요일 밤에 날 데리러 왔는데 아주 퉁명스러워 보였어요. 항상 뚱한 사람이었고 평소에도 내게 별 관심이 없는 편이었지만, 그날 집으로 가는 길에 아버지는 뭔가 불편한 게 있었는지 도로에서 다른 운전자들에게 소리를 지르고 차가 막힌다고 혼자 중얼거리며 거칠게 운전했어요.

무슨 일 있냐고 묻자 일에 대해 툴툴거리기만 할 뿐 제대로 말을 안 해주더군요. 아버지가 외아들과 다정하게 대화하는 건 꿈도 못 꿀 일이었죠. 아버지와 차 안에 있는 시간이 길어질수록 집에 가는 게 실수였다는 것을 더 확신했습니다.

어머니는 날 봐서 기쁜 것 같았어요. 근사한 저녁을 차려놓고 심지어 어머니의 장기인 애플파이까지 구웠더라고요. 하지만 그 날 밤 어렸을 때부터 썼던 내 침대에 누워서 저녁 먹을 때 어머니가 나를 보던 눈빛을 떠올렸어요. 내가 대학은 "괜찮고" 수업도 "괜찮고" "아직 여자는 한 번도 만나보지 못했다"고 했을 때 나를 보던 눈빛을요. 뭘 전공하고 싶은지는 모르겠지만, 내 또래 청년들은 대부분 일하는데 나는 대학에 갈 수 있게 돼서 감사하다는 말을 했을 때의 눈빛을요. 저녁 식사를 다시 떠올리자 어머니의 미소가 늑대의 미소와 비슷해 보이기 시작했고, 어머니의 입술에서 피가 뚝뚝 떨어지는 게 보였어요. 제가 생각해도 터무니없었죠. 그래서 그 이미지는 머릿속에서 지워버리고 실제로 어머니가 어떻게 보였는지 상상해보려고 노력했어요.

내가 떠올린 말은 "의기양양하다"였습니다.

아니면 "만족스러웠다"거나요.

어머니의 질문에 대답할 때마다 어머니는 히죽히죽 웃었어요. 마치 내 실패를 즐기는 것처럼, 마치 봉봉 캔디를 음미하듯 내 실수를 하나하나 집어삼키는 표정이었죠.

아버지는 식사 내내 단 한 번도 고개를 들지 않았고, 나를 격려하거나 동정하는 말은커녕 내게 아는 척조차 하지 않았어요. 마지막 한 입을 삼키고 곧바로 식탁에서 일어나 거실로 가서 TV를 켰고, 어머니와 내가 남은 음식을 플라스틱 용기에 넣고 그릇들을 설거지하고 말리고 정리했죠. 그런 내내 어머니는 자신의 직장과 친구들에 대해, 식료품점이 식품을 진열하는 방식과 동네

세븐 일레븐에 주차할 자리가 부족한 것에 대해 불평했어요. 머리를 잘라도 눈치도 못 채는 아버지의 둔감함에 대해 투덜거렸죠. "루카스, 넌 절대 저 소파에 앉아 있는 멍청하고 골 빈 남자처럼 되지 마라. 내가 의지할 사람은 이 세상에 너 하나밖에 없단다." 어머니는 말했어요.

그 후에 나는 잠자리에 들었습니다.

한밤중에 공황이 와서 일어나 화장실을 찾으려고 애썼어요. 하지만 오랜 집은 미로로 변해 있었고, 나는 치즈를 찾는 실험실의 쥐처럼 정신없이 헤매고 다녔죠. 그러다 내 머리 위에 천장이 없다는 느낌이 들어 고개를 들자 한낮의 태양처럼 거대해진 어머니의 얼굴이 날 내려다보며 비웃고 있더군요. 어머니의 이글거리는 시선이 내 입속에 있는 모든 침을 말려버렸고, 목구멍이 막혀서 숨을 쉴 수 없었어요.

침대에 일어나 앉아 숨을 쉬려고 헐떡거리면서 이건 그저 꿈일 뿐이라고 계속 되뇌었어요. 마침내 숨을 돌리게 됐을 때 밖은 여전히 미로일 거라고 반쯤 의심하면서 방에서 나왔어요. 복도는 늘 그랬듯이 계단으로 이어져 있어서 계단을 내려와 현관문으로 나가 집 주위를 시계 반대 방향으로 돌았어요. 다음 날 아침 해가 뜰 때까지 계속 돌았죠. 그러고는 아버지에게 다시 학교로 태워다달라고 부탁했어요.

어머니는 차 기름값도 그렇고 집에 온 지 열두 시간도 안 돼서 다시 학교로 돌아가느라 돈 낭비를 한다고 엄청나게 불평했지만, 아버지가 곧 운전석에 앉고 나는 조수석에 앉았어요. 이번에야말로 아버지가 내게 이야기를 하기로 마음먹으셨더군요.

아버지는 말했어요. "루카스, 난 지쳤다. 넌 이제 어른이니 우리 솔직하게 터놓고 말해보자. 네 엄마 때문에 지칠 대로 지쳤어. 난 최선을 다했다. 네가 집을 떠날 때까지는 어떻게든 버텼지만 더는 내 마음을 숨기며 살고 싶지 않다."

이어서 이제 집을 나갈 거니까 내가 "집안의 가장"이 되어야 한다고 했어요. 아버진 더는 그럴 수 없으니 내가 어머니를 보살펴야 한다는 뜻이었죠. 충격을 받아 아무 말도 할 수 없었어요. 아버지는 아주 진지했고, 엄청난 짐을 내려놔서 홀가분한 걸 알 수 있었거든요. 아버지가 날 사랑하지 않는다는 사실을 처음부터 알고 있었지만 마침내 완전히 인정한 거죠.

아버지는 날 기숙사 앞에 내려주고 빳빳한 백 달러 지폐 다섯 장을 준 후에 건강 조심하라고 하더군요.

나는 돌아버리기 전에 간신히 기숙사 방으로 갔어요.

그다음에 기억나는 거라곤 침대에 앉아서 왼쪽 허벅지 안쪽이 보라색으로 변할 때까지 계속 주먹으로 친 거예요. 그때부터 다리 위쪽이 다 멍들 때까지 두 주먹으로 사정없이 쳤어요.

오후가 되자 누군가 친절하게 방문을 노크했어요. 무시하려고 했지만 계속 노크하는 바람에 마침내 일어나 누가 됐든 보내버리려고 절뚝거리며 걸어갔어요.

문손잡이를 돌려서 열자 키가 크고 마른 체격에 어색한 표정을 한 청년이 문 앞에 서 있었어요. 곱슬거리는 붉은 머리칼이 왼쪽 눈 위로 흘러내렸죠. "네가 루카스 굿게임 맞지?"

나는 고개를 끄덕였어요.

"사람들은 날 스미시라고 불러. 네 옆옆 방이 내 방이야."

다시 고개를 끄덕였죠.

"넌 말이 별로 없구나. 그렇지?"

나는 어깨를 으쓱했어요.

"쿨한데."

이런 말엔 뭐라고 대답해야 할지 몰라 얼빠진 얼굴로 그를 빤히 바라봤어요.

그때 그가 봉투를 쥔 오른손을 들어 올렸어요. "이걸 내 우편함에서 발견했어. 여자 글씨체던데. 여자 향기도 나고. 이건 항상 좋은 신호지. 살짝 열어보고 싶은 마음이 들었지만 봉투에 네 이름이 적혀 있더라. 축하해, 로미오."

그는 내게 편지봉투를 내밀었지만 너무 긴장해서 바로 열어보지는 않았어요. 혼자 있고 싶었죠. 스미시가 얼른 나갔으면 좋겠는데 워낙 친절하게 대해줘서 차마 가란 말을 할 수 없었어요.

"있지, 솔직하게 말할게. 너 상태가 별로 안 좋아 보여. 그건 괜찮아. 별일 아니야. 하지만 이따가 피자를 주문하고 맥주도 좀 마시면서 비디오 게임을 할까 생각 중인데 같이 할래?"

아무 대답도 하지 않자 그가 말했어요. "한번 생각해봐. 내 방은 엎어지면 코 닿을 데 있잖아. 난 밤새 내 방에 있을 거야. 어쩌면 네 여자친구에 대해서 말해줄 수도 있잖아."

스미시는 내 팔을 싹싹하게 툭 치더니 마침내 방을 나갔고, 나는 문을 꼭 닫고 손에 든 편지를 물끄러미 바라봤어요.

그건 다아시가 보낸 편지였습니다.

우리는 지난여름에 디툴리오 가족이 소유하고 있던 '우린 모두 아이스크림이 간절해'에서 같이 일했거든요. 내가 주로 아이스크림을 뜨는 동안 다아시는 손님들의 마음을 사로잡았죠. 계산하고, 엄마들과 수다 떨고, 가게에 들어오는 남자 손님들과 자연스럽게 농담을 주고받는 일을 하면서 마치 마법을 부리는 것처럼 우리가 공유하는 팁 깡통을 몇 번씩이나 채웠답니다. 손님이 없어서 한가할 때면 특수교육이 필요한 아이들을 돕는 일을 하고 싶다는 다아시의 꿈에 대한 이야기를 들었어요. 당시에 다아시가 데이트하던 남자들이 얼마나 그녀를 실망시키고 좌절하게 만드는지에 대한 이야기도 들었죠. 질과 함께 벌이는 무모한 모험들에 관한 이야기도요. 다아시가 하려고 하는 이야기는 다 들었어요. 그녀의 목소리는 영원히라도 들을 수 있었죠.

여름이 끝날 무렵 작별 인사를 했을 때, 다아시가 내 뺨에 키스하더니 내 대학교 주소를 물어보더군요.

"왜?" 내가 물었어요.

"너랑 펜팔하려고. 너처럼 내 이야기를 잘 들어준 남자는 없었거든. 그리고 네가 편지도 꽤 잘 쓸 거라는 감이 와서 말이야. 너의 그 작고 귀여운 머릿속에 근사한 말들이 숨어 있을 것 같아."

난 평생 누구에게도 편지를 써본 적이 없지만, 어쨌든 고개를 끄덕이며 그날 밤 다아시가 전화해서 대학 주소를 물어볼 수 있게 땀이 흠뻑 밴 손으로 우리 집 전화번호를 적어줬어요. 다아시는 정말 전화를 걸었어요. 나는 수화기에 대고 두 번이나 주소를 확실하게 읽어주면서도 다아시가 진짜로 편지를 쓸 줄은 몰랐어요. 다아시가 주소를 다시 정확하게 읽었는데, 날 홀리는 그녀의 마법 덕분에 마치 시나 노래처럼 감미롭게 들렸답니다.

작은 기숙사 방에 서서 내 평생 처음 받은 편지를 보면서 다아시의 여성적이고 둥글둥글한 필체를 찬찬히 살펴봤어요. 보라색 잉크로 주소를 썼더군요. 다아시가 잡지에서 오려 봉투 바깥면에 예술적으로 붙여놓은 사진들의 의미를 해석해보려고 안간힘을 썼어요. 그중에는 젊고 아름다운 커플이 키스하는 사진도 있었죠. 마치 성스러운 유물을 들고 있는 느낌이었어요. 봉투 안에 있는 편지가 날 구원할 것이란 사실은 열어보지 않아도 알 수 있었어요. 난 이미 구원받았으니까요. 내 몸에 있는 뼈라는 뼈가 구원을 확신하며 아름답게 울렸습니다.

마침내 나는 관만 한 크기의 작은 침대 위에 누워서 봉투를 열어 다아시가 쓴 말들을 집어삼켰어요.

그날 밤 내가 스미시의 열린 방문 안으로 머리를 쏙 들이밀었을 때 그가 외쳤어요. "루카스! 왔구나!" 그러더니 기름이 번들거리는 피자 한 조각을 내밀더군요.

그 주 일요일은 종일 다아시에게 답장을 쓰면서 보냈어요. 다아시에게 내 부모님에 대해 말했어요. 스미시와 비디오 게임을 한 이야기도 했는데, 그는 정말 운명이 인간의 모습으로 나타난 것 같았죠. 지난여름에 그녀와 같이 일한 게 아마 내 인생 최고의 경험일 거라고, 그녀의 이야기를 듣는 게 너무 좋았고, 그녀는 놀라울 정도로 친절했으며, 미래에 수많은 아이를 도울 거란 말도 했어요. 이렇게 편지를 쓰게 돼서 설렌다는 말도요. 편지지를 계속 넘기면서 내 안에서 아주 오랫동안 부글부글 끓어오르던 감정들의 단편을 슬쩍슬쩍 보여줬죠. 그렇게 내 평생 그 누구에게도 하지 못했던 이야기를 아주 많이 했어요. 그리고 노점상에서 값싼 장미를 한 송이 사서 잎을 다 떼어 책 속에 꽂아 말렸어요. 나중에 그 꽃잎들을 편지 페이지마다 넣어서 새 페이지로 넘어갈 때마다 향기 나는 붉은 눈물방울 같은 꽃잎이 그녀의 무릎에 떨어지도록요. 처음으로 다른 학생들에게 말을 걸며 잡지가 있으면 달라고 부탁했어요. 그렇게 모은 잡지에서 단어들과 사진들을 오려내 편지지에도 붙이고 봉투에도 붙여서 다아시가 내게 보낸 창의적인 편지와 어울리는 결과물을 만들려고 노력했어요.

월요일에 교내 매점에서 우표를 여러 장 사서 봉투에 세 장을 붙였어요. 다아시에게 확실히 배송되게 하려는 마음에서 그랬죠. 캠퍼스의 사각형 안뜰에 있는 우체통에 편지를 집어넣었을 때, 이제부터 내 인생이 근본적으로 변하게 될 것 같은 어마어마하게 따뜻한 느낌을 받았어요.

그 느낌은 틀리지 않았습니다.

내가 신입생일 때 받은 다아시의 편지가 내 인생을 새롭게 하고 심지어 구원하는 느낌까지 들었다고 말하는 이유는 앨리와 시간을 보낼 때마다 그렇게 느끼기 시작했기 때문이에요. 이제는 매일 그런 시간을 보내고 있답니다.

아침을 먹으면서 앨리가 날 보며 싱긋 웃을 때마다, 비유하자면 내가 그에게 보내는 첫 번째 편지를 우편함에 넣은 것 같은 느낌이 들어요.

마치 아직은 완전히 이해하지 못하지만, 내 인생을 강력하게 그리고 좀 더 낫게 변화시킬 뭔가를 시작한 것 같아요. 운명적으로 말이죠.

요즘은 모든 날이 눈부시게 아름답고 새로운 시작처럼 느껴져요.

다아시가 여전히 내게 말을 걸어주던 때, 날개 달린 다아시는 내가 당신에게 편지를 쓰는 것이 건강한 일이라고 했어요. 난 그게 맞는 말이라고 생각해요.

다아시 말고 편지로 이렇게 친밀한 대화를 나누는 사람은 당신밖에 없어요.

이 사실의 중요성을 당신은 알고 있을 거라는 걸 알아요.

칼, 칼, 칼.

제발 답장해줘요.

당신의 격려 몇 마디가 내겐 큰 힘이 될 거예요. 단 한두 문장이라도 좋아요. 그걸 끄적거려서 부치는 데 1분도 걸리지 않을걸요.

최소한의 노력으로 최대한의 효과를 거두는 거죠.

당신은 이미 내 주소를 쓰고 우표까지 붙인 봉투를 발견했을 거예요. 당신이 편하게 답장을 보낼 수 있도록, 최대한 빨리 그렇게 할 수 있도록 내가 동봉한 봉투랍니다. 좀 더 일찍 그런 방법을 생각하지 못해서 미안해요. 내가 사려 깊지 못했어요. 하지만 당신을 불쾌하게 하려고 한 건 아니에요. 그저 전에는 그런 생각이 들지 않았을 뿐이에요. 어쩌면 외상 후 스트레스 장애 때문일 수도 있어요. 아니면 요즘은 앨리를 가장 먼저 생각하느라 그랬을지도 모르고요. 다른 사람은 몰라도 당신은 내가 그렇게 한 이유를 분명 잘 이해할 수 있겠죠.

당신의 가장 헌신적인 루카스

11

칼에게

도서관에서 그 모임을 한 후 처음에는 질의 낙관론에 설득되지 않았다는 사실을 인정해야겠네요. 그날 밤 나는 잠을 이루지 못하고 내내 뒤척였어요. 날개 달린 다이시는 못마땅한 표정으로 날 지켜보면서 팔꿈치를 베개에 대고 주먹을 쥔 손 위에 얼굴을 기댔죠. 아우, 이 믿음 없는 양반아. 다이시의 뿌루퉁한 표정이 이렇게 말하는 것처럼 보였지만, 나는 자신감이라곤 손톱만큼도 나오질 않아서 그날 밤을 하얗게 새웠어요. 하지만 다음 날 아침을 먹고 설거지하고 있는데 현관문을 노크하는 소리가 들리더군요.

"그 사람들이에요." 앨리가 말했어요. 앨리는 우리 계획의 천재성을 단 1초도 의심하지 않았어요. 그것 때문에 응급실까지 실려 갔는데도 말이죠.

"그 사람들이 누군데?" 나는 주철 프라이팬에서 뚝뚝 떨어지는 베이컨 기름을 박박 문질러 닦으면서 기름이 어느 정도 남아 있어야만 양념으로 쓸 수 있을지 생각했어요.

"누구든 우리가 설득해낸 사람들이겠죠!" 앨리는 그렇게 대꾸하고 누가 우리 집 현관에 서 있는지 보러 달려갔어요.

앨리가 현관문을 열었을 때 마크와 토니가 다소 수줍게 서 있더군요. 두 사람은 파스텔 폴로 셔츠에 카키색 반바지를 입고, 가죽 로퍼를 신고, 가벼운 여름용 스웨터를 망토처럼 완벽하게 등에 걸치고 있었어요.

앨리는 거봐요라는 표정으로 나를 보고는 손님들에게 거실 소파에 앉으라고 권했어요. 두 사람은 조금 망설이면서도 침착하게 앉았어요. 마크가 오늘 아침에 우리를 찾아오는 게 좋은 생각이라고 토니를 설득한 것 같더라고요. 토니가 마크를 미심쩍은 눈빛으로 볼 때마다 그가 고개를 끄덕였거든요. 마크의 표정은 마치 이렇게 말하는 것 같았어요. 우린 이미 이 문제를 의논했잖아. 우린 이 일을 할 거야. 아니면 그가 토니의 무릎을 꼬집었거나요.

앨리는 리클라이너 의자에 털썩 앉았고 나는 손님들을 마주 볼 수 있도록 목제 식탁 의자를 끌어와 앉았어요. 그러다 내가 왼발로 바닥을 탁탁 치고 있는 걸 알아차렸고, 그걸 멈추기 위해 입고 있는 리넨 바지의 주름을 손으로 쓰다듬어서 폈어요. 이 바지는 다아시에게 날개가 돋아나기 전해에 여행 갔던 하와이에서 다아시가 사준 거예요. 그 비극이 일어난 후로 이 편한 바지를 입고 자기 시작해서 엄청 쭈글쭈글해졌죠.

"어젯밤 두 사람의 발표는 대단했어요." 마크가 먼저 입을 열었는데, 그 말을 하는 그의 얼굴에 아주 친절하고 믿음직스러운 미소가 떠올라 있었어요. 우리를 놀리려고 한 말이 아니었죠. 앨리와 질과 내가 병원으로 갔을 때 마크와 토니는 생존자 그룹과 남아서 핏자국을 청소하고 도서관 회의실을 소독했다고 하더군요. 그 일을 다 끝낸 후 생존자들은 앨리와 내가 제안한 프로젝트의 장점들에 대해 의논하기 위해 또 다른 회의를 했다더라고요.

"산드라 코일이 일장 연설을 했어요." 마크는 얼굴을 찌푸리며 말했어요. "솔직하게 말해서 산드라는 당신들의 모든 제안을 반대하기 위해 최선을 다했어요. '우리의 정서적 자원과 재정적 자원을 좀 더 나은 곳에 쓸 수 있다고요! 좀 더 나은 곳에 할당할 수 있다니까요!' 계속 그렇게 소리를 질렀죠."

"하지만, 산드라는…… 둔감하죠." 토니가 날이 선 목소리로 말했어요.

"특히 구급차를 타고 병원으로 간 앨리에게 말이에요." 마크가 말했죠.

"전 괜찮아요." 앨리가 말했어요.

그리고 어색한 침묵이 흘렀습니다.

"우리 둘 다 영화를 전공했어요." 토니가 끼어들어서 다시 대화의 초점을 우리에게 돌렸어요. "그 바닥에서 다년간 일했는데 주로 프로듀서로 활동했죠. 그러다 돈을 좀 벌어서 머제스틱 극장에 과거의 영광을 돌려줄 수 있게 된 거고요."

"우린 일종의 재건 전문가라고 할 수 있어요. 건물과 페르소나를 재건하는 전문가. 다만 이렇게 마을을 재건하는 경우는 우리도 처음이에요." 마크가 말했어요.

"난 디지털카메라를 갖고 있어요." 토니가 덧붙이면서 슬슬 이야기의 본론으로 들어가더군요.

"단편 영화 찍을 때 그걸 종종 써요. 편집 장비도 있어요. 필라델피아와 뉴욕 영화 산업에서 일하는 친구들도 있고요."

"주인공은 우리가 연기할 거예요." 앨리가 의자에서 몸을 앞으로 내밀면서 방어적인 눈빛을 번득이며 말했어요. "굿게임 선생님과 저는 공동 감독도 할 거고요. 대본을 통제하는 권한도 우리에게 있어야 해요."

"그리고 그 영화의 최초 상영은 머제스틱 극장에서 해야 합니다. 그건 절대 타협할 수 없어요." 나도 덧붙였죠.

"그건 당연하죠." 마크가 말했어요.

"바로 그러려고 우리가 오늘 아침 두 분과 여기 앉아 있는 거랍니다." 토니가 덧붙였어요.

"우리가 원하는 건…… 어젯밤 당신은 그걸 어떻게 표현했죠?" 마크가 물었어요.

"그 공간을 축성하는 거요?"

마크와 토니가 고개를 끄덕였어요.

하지만 이 프로젝트에 뛰어들기 전에 두 사람이 대본을 먼저 읽어봐야겠다고 고집했을 때 다시 긴장된 분위기가 흘렀어요. 우리의 운명이 걸린 상황에서 앨리와 나는 내 노트북에 있는 PDF 문서를 열고 토니와 마크가 읽을 수 있게 거실을 내줬죠.

우리는 밖으로 나가 텐트와 우리 집 뒷마당 사이에 있는 공간에서 프리스비를 던지며 시간을 때웠어요.

앨리는 마크와 토니의 칭찬과 관심 덕분에 자아가 좀 비대해졌어요(융 분석가들의 표현을 빌리자면 말이죠). 아이가 계속 프리스비로 묘기를 부리려 하는 걸 보며 알 수 있었죠. 아이는 자신의 두 다리 사이에 한 손을 끼운 채 프리스비를 던졌다가 받으려고 시도해서 40퍼센트 정도 성공했는데, 그런 내내 신이 나서 어쩔 줄 몰라 하더군요. 우쭐하기도 하고요.

"걱정하지 마세요, 굿게임 선생님. 저 두 사람은 우리 대본에 완전히 반할 거예요. 어떻게 안 그럴 수 있겠어요?"

"하지만 저들이 그 의미를 이해할까?"

"영화 학교를 나왔다면서요. 그렇죠? 그리고 역사적인 머제스틱 극장을 갖고 있고! 그들이 아니라면 누가 우리 대본을 이해하겠어요?" 앨리는 그렇게 말하면서 마크와 토니가 영화광이라는 점을 입증하기 위한 여러 사실을 열거하며 그래서 우리가 쓴 이야기를 감당할 수 있다고 날 설득했어요. 우리 모두 창의적인 이야기를 하면서 잘 지낼 수 있다는 뜻이었죠.

하지만 그러고 나서 얼굴을 찌푸리며 말하더군요. "저 사람들이 우리 대본이 진부하다고 생각하진 않겠죠? 제 말은 모든 괴물 영화는 기본적인 구성 방식을 따르거든요. 그건 대중에게 사랑받는 비유들에 대한 경의를 표하는 거지 표절은 아니잖아요. 그렇죠?"

앨리는 계속 그 장르에 대해 이야기하면서 구체적인 장면과

줄거리 포인트와 내가 들어봤고 몇 개는 보기도 한 괴물 영화들
(예를 들어 〈드라큘라〉, 〈해양 괴물〉, 〈늑대 인간〉, 〈프랑켄슈타인〉, 〈킹콩〉
같은)의 주제를 늘어놨어요. 〈고질라〉, 〈캣 피플〉, 〈표범 인간〉, 〈심해
에서 온 괴물〉처럼 들어보지도 못한 영화 이야기도 하더군요. 괴
물 영화에 대한 앨리의 이런 강의는 항상 흥미롭고 워낙 열정적
이어서 생동감이 넘치기도 했지만, 나는 토니와 마크가 우리가
쓴 이야기의 서브 텍스트를 알아차리지 못할까 봐 점점 걱정됐
어요. 서브 텍스트란 맨 처음 읽었을 땐 확실하게 와닿진 않지만,
작품 밑에서 아주 큰 생명력을 지닌 채 끝없이 울려 퍼지는 숨은
의미라고 해두죠.

　우리가 대본에 심어놓은 숨은 의미를 완벽하게 이해하려면 몇
주, 혹은 심지어 몇 달 동안 깊게 읽어봐야 해요. 단 한 번, 그것
도 급하게 대충 읽어선 이 영화가 단순히 '괴물'에 대한 영화가
아니라 실제로 상처받은 소년의 심리를 섬세하게 탐구하는 이야
기라는 걸 알아차릴 수 있을까요? 자신을 괴물처럼 느끼는 소년
을? 저들은 생각지도 못할 정신적 사랑의 연대가 우리 마을 사람
들에게 다시 인간이 되는 법을 가르칠 수 있다고 하는 메시지를
이해할까요? 우리 마을은 문제의 괴물 소년과 사실은 아무 관계
도 없는 비극 때문에 큰 불행을 겪고 나서, 그 소년에게 모든 증
오와 수치심과 불만을 투영하고 있잖아요? 마크와 토니는 날개
달린 다아시가 내 어깨에 내려놓은 임무를 완수하는 데 얼마만
한 어려움이 따를지 진정으로 이해할까요? 내 몸의 모든 뼈를 황
홀경으로 떨리게 한 그 성스러운 임무를 말이에요.

나는 마크와 토니가 대본을 다 읽고 나서 복잡한 마음으로 이런저런 추가 제안을 한다면 죽고 싶은 기분이 들 거라는 사실을 잘 알고 있었어요. 예를 들어 영화 속에 자동차 추격전이나 선정적인 정사 장면 혹은 광고를 넣자고 제안하거나 심지어 연기 수준을 올려야 한다는 말을 한다면 말이에요. 특히 앨리나 나나 연기 경력이 전혀 없는 초보니까요. 하지만 무명이었던 벤 애플렉과 맷 데이먼이 〈굿 윌 헌팅〉이라는 수백만 달러 영화의 주연을 맡을 수 있었다면, 분명 앨리와 나도 우리 마을에서 만든 〈머제스틱 괴물들의 왕자〉의 주연을 맡을 수 있겠죠. 마크와 토니는 이제 할리우드 제작자도 아니고, 나는 우리 집에 와서 처음으로 영화를 만들자고 제안한 동네 촌사람들 때문에 우리 영화의 핵심적인 원칙을 저버리지 않을 거니까요. 아니요, 난 우리의 뜻을 고수할 겁니다! 그리고 명성과 돈과 지역 영화계의 인정까지도 초월하는 부동의 품위와 자부심으로 절대 흔들리지 않을 거예요.

뒷마당에서 이런 생각으로 마음을 다지는 한편 프리스비를 던지며 우리 대본의 운명을 기다렸죠.

그때 앨리가 집 뒤쪽을 손으로 가리켰어요. 돌아서자 마크와 토니가 우리에게 엄지손가락을 들어 올리고 있더군요. 우리는 악수를 하고 영화 제작 방법에 관한 이야기를 나눴어요. 영화를 만드는 데 필요한 현실적인 실현 계획의 윤곽을 그렸는데, 나는 그런 사항들을 고려하는 건 둘째치고 그런 게 있다는 사실조차 몰랐어요.

"생존자들에게 제일 먼저 배역을 맡을 기회를 줄 겁니다. 그건 타협할 수 없어요." 내가 다시 말했어요.

"물론이죠." 마크는 마치 뿌듯해하는 아버지 같은 미소를 지으면서 덧붙였어요. "이 프로젝트는 정말이지 우리 마을의 아주 큰 일이 될 겁니다."

"모든 걸 초월하는 프로젝트가 되겠죠. 예술이 승리할 겁니다." 토니가 파트너의 말을 따라 하더군요.

우리는 컵 오브 스푼에 가서 질에게 기쁜 소식을 알렸어요. 질은 축하한다는 뜻으로 우리에게 BLT 샌드위치와 토마토 수프를 만들어줬죠. 우리 넷은 그곳에 앉아서 수프를 홀짝홀짝 마시고 샌드위치를 우적우적 먹고 웃고 영화에 관해 이야기를 나눴어요. 음식을 절반 정도 먹었을 때, 앨리나 나를 빤히 쳐다보는 사람들이 있는지 식당 안을 둘러보는 걸 잊어버렸다는 사실을 깨달았어요. 앨리를 보니 앨리 역시 그런 건 완벽하게 잊었다는 걸 알 수 있었죠. 뒷머리를 빡빡 밀어버리고 머리에 큼지막한 흰색 붕대를 감았는데도 말이에요. 거기다 바지 뒷주머니에서 휴지가 길게 삐져나와 있어 상당히 눈에 띄는 차림새였거든요.

질이 음식값을 받지 않으려고 해서 질도 이 소식을 듣고 흥분했다는 걸 알 수 있었어요. 그때 마크와 토니가 질이 영화 제작팀의 식사를 맡아주면 좋겠다고 했어요. 그걸 "기술 서비스"라고 부르더군요. 마크가 말했어요. "물론 보수도 두둑이 줄게요!"

"음, 적어도 시세에 맞춰서 말이죠." 토니가 덧붙였어요.

그때 앨리가 자신의 400달러와 다아시의 가짜 죽음으로 인해

질이 보험 회사에서 받아낸 보험금으로 모은 제작 예산에 대해 얘기했어요. 마크는 눈을 몇 번 깜박이더니 말하더군요. "당신들은 영화 사업이 어떻게 돌아가는지 정말 모르는군요?"

앨리와 내가 우리의 무지를 인정하는 눈빛을 주고받았을 때 토니가 말했어요. "당신들은 재능이 있어요. 우린 프로듀서고요. 이 말은 자금을 확보하고 관련된 모든 사람들에게 보수를 지급하는 건 우리가 해야 할 일이라는 뜻이에요."

"그럼 우리는 보수를 받나요?" 앨리가 물었죠.

"흠, 그건 아니야. 하지만 네 돈은 한 푼도 쓸 필요가 없다는 뜻이야." 마크가 대답했어요.

"뭐에 대한 대가로요?" 다시금 우리 프로젝트의 창작권에 대한 걱정이 들었어요. 우리가 원래 생각한 취지를 잃고 싶지 않았으니까요.

토니가 테이블 너머로 손을 뻗어 내 손을 잡고 다독이면서 대답했어요. "우린 당신들이 쓴 대본대로 영화를 만들길 바라요. 우린 생존자들을 위해 이 일을 하고 싶어요. 우린 당신들을 돕기 위해 이 자리에 있는 거예요."

"마치 선량한 스폰서처럼 말이죠." 마크가 그렇게 말하면서 껄껄 웃자 토니가 고개를 절레절레 흔들면서 눈동자를 막 굴리더군요. "하지만 이건 진심으로 하는 말이에요." 마크는 좀 더 진지하게 다시 입을 열었어요. "우리는 하나의 공동체로서 같이 볼 영화들이 필요해요. 우리는 같은 공간에서 웃고 울 필요가 있는데, 이 영화는 우리의 신성한 공간을 되찾을 완벽한 방법이에요. 어젯밤 당신이 도서관에서 아주 유려하게 표현했던 것처럼 말이죠. 그리고 우리는 상처를 치유해야 해요."

"맞아, 정말 그래요." 토니가 또다시 파트너의 말에 장단을 맞췄어요.

"촬영은 언제부터 시작해요?" 마침내 앨리가 입을 열어서 활기가 넘치는 대화에 잠시 흐르던 침묵을 끝냈어요. 그 시점에서 우리는 다음 단계들을 의논했습니다.

앨리와 내가 우리가 쓴 대본을 사람들에게 나눠 주기로 했어요. 아무도 우리의 지적 재산을 몰래 빼돌리지 못하게 대본마다 받는 사람의 이름을 적고 비침무늬를 넣어서요. 토니와 마크는 당장 작업을 시작할 수 있는 의상 담당자를 안다고 했어요. 그들은 괴물 의상도 원래 괴물과 정확히 똑같은 모양으로, 통풍이 좀 더 잘되고 안전하게 만들겠다고 약속했죠. 당분간 그들이 괴물 의상을 맡아서 관리하는 데 우리도 동의했어요. 촬영에 필요한 소품들을 확보할 또 다른 지인이 있다고 하더군요. 그 일에는 경찰의 협조를 받는 절차도 포함되어 있었어요. 대본에 여러 대의 순찰차가 나타나서 경광등을 번쩍이고 사이렌을 울리고 경찰복을 입은 남자들이 수십 명 나온다고 썼거든요. 나는 경찰인 바비에게 연락해보라고 했어요. 과거에 내 학생이었기 때문에 우리 프로젝트에 공감할 게 확실하니까요. 두 사람은 마크의 휴대폰에 바비의 이름을 저장하고 바로 연락해보겠다고 하더군요.

"우린 뭘 해야 해요?" 앨리가 물었더니 그들은 대본을 나눠 준 후에 대사를 암기하고 자신이 맡은 등장인물에 익숙해지라고 했어요. 그건 쉬워 보였어요. 우리가 그 대사를 다 썼고, 괴물과 그의 아버지 같지 않은 인물의 캐릭터는 전적으로 우리를 토대로 쓴 것이니까요.

"완벽해요." 마크가 회의를 끝냈고, 우리는 모두 악수했어요.

집으로 돌아오는 길에 앨리와 나는 허공에 둥둥 떠다니는 기분이었어요. 어젯밤에 그런 엄청난 재앙까지 일어난 마당에 우리에게 찾아온 행운을 믿을 수 없었죠. 하지만 우리 집이 있는 거리로 들어서자 한 여자가 고래고래 소리를 지르고 있었고, 그렇게 우리의 행운은 거기까지란 사실을 알았어요.

"숨어요!" 앨리가 소리를 지르더니 내 팔을 붙잡고 덤불 뒤로 끌고 가서 언더우드 씨의 뒷마당으로 들어갔어요. 담장을 훌쩍 뛰어넘은 후에 쭈그리고 앉아 몸을 최대한 낮춰서 몰래 우리 집으로 들어갔어요.

뒷마당에 있던 오렌지색 텐트가 망가진 게 보이더군요. 나는 재빨리 뒷문을 열쇠로 열고 앨리와 집으로 들어갔어요. 아무도 들어오지 못하게 문에 걸쇠를 채운 후, 군인들처럼 바닥에 배를 깔고 엎드려서 정신 나간 여자가 포동포동 살찐 손으로 우리 집 현관문을 쾅쾅 두드리며 소리 지르는 걸 들었어요. "내 아들을 하나 뺏어가놓고, 남은 하나까지 뺏을 순 없어! 어떤 미치광이가 생판 남인 10대 사내아이를 집에 들인단 말이야? 내가 죽는 한이 있어도 당신을 죽이고 말겠어!" 이런 말이었죠.

"저 밖에 있는 사람은 누구니?" 앨리에게 물었어요.

앨리는 약간 놀란 표정으로 날 오랫동안 보더군요.

마침내 자기 엄마라고 했을 때 가슴이 철렁했어요. 마치 누군가가 내 배꼽에서 영혼을 잡아 빼려고 하는 것 같았어요. 우리가 거실이 아니라 부엌에 있었으면 좋았을 거란 생각이 들었습니다. 그래서 시계 분침이 내가 그냥 전화를 끊어버릴 수 있는 곳으로 서서히 움직이는 모습을 지켜볼 수 있고, 그렇게 융 분석가들이 말하는 '어둠의 여신', 그러니까 우리 어머니가 쳐놓은 끈적끈적한 거미줄을 피해 적어도 남은 한 주는 또 자유롭게 보낼 수 있기를 바랐어요.

"보험 때문에 병원에서 엄마에게 전화한 것 같아요." 앨리의 설명을 들으니 상황이 이해됐어요. 다만 아들이 그렇게 심하게 다쳤는데도 반나절이 넘게 지나서야 우리 집에 찾아온 이유는 이해가 되지 않았죠.

"그럼 너희 어머니는 네가 내내 어디에 있었다고 생각한 걸까?" 내가 물었어요.

앨리는 어깨를 으쓱하더니 자기 엄마는 머리가 정상이 아니라고 하더군요.

이웃이 경찰에 신고한 모양이에요. 갑자기 밖에서 바비의 굵은 목소리가 들렸어요. 한센 부인에게 진정하고 집 밖으로 나가라고 하면서 부인이 그동안 겪은 고통을 생각해서 무력은 쓰고 싶지 않다고 했어요. 그런 내내 그 여자는 고함을 지르면서 경찰이 하나도 무섭지 않다고 하더군요. 그러면서 자기를 총으로 쏠 거냐고 묻더니 그래서 모두가 요즘 경찰을 증오하는 거라고 쉴 새 없이 떠들었어요.

"선생님은 저 사람이 우리 엄마인 걸 정말 모르셨어요?" 앨리
가 물었어요.

서로 몸을 딱 붙이고 거실 러그 위에 엎드려 있었기에 앨리의
얼굴을 똑바로 볼 수 없었어요. 그때 바비가 초인종을 누르면서
말했어요. "굿게임 선생님, 안에 계세요?"

앨리와 내가 아주 오랫동안 입을 다물고 있자 내 휴대폰이 울
리기 시작했어요.

휴대폰 화면에 바비의 이름이 뜨더군요.

바비는 순찰차에 나를 태울 때부터 줄곧 내 휴대폰 번호를 갖
고 있었고, 머제스틱 극장의 비극이 일어난 직후 받은 경찰 조사
에서도 갖고 있었어요. 바비에게 음성 메시지를 보내자 바비가
긴 메시지를 남겼지만, 난 들어보지도 않고 나중에 삭제해버렸습
니다.

앨리와 나는 또다시 30분 정도 더 바닥에 누워 천장을 멍하니
보고 있었는데, 갑자기 앨리가 침묵을 깨고 말했어요. "굿게임 선
생님, 부탁 하나 드려도 되나요?" 그러라고 하자 아이가 말했죠.
"우리 형이 죽던 날 밤 진짜로 일어났던 일은 절대 저에게 말하
지 말아주세요. 알았죠?"

심장이 뛰기 시작했고 마치 주먹을 꽉 쥔 것처럼 목이 조여들
었어요. 그 순간 목숨이 걸린 일이라 해도 말할 수 없었을 거
예요.

"알고 싶지 않아요. 평생." 앨리는 그렇게 말하더니 일어나서

뒷문으로 나갔어요.

미친 듯이 뛰던 심장박동이 느려지면서 천천히 숨을 쉴 수 있게 되기까지 20분 정도 걸린 것 같아요.

부엌으로 나가서 싱크대 위에 있는 창문으로 보자 앨리의 텐트가 원래 모습대로 다시 세워진 게 보이더군요. 왠지 모르겠지만 앨리가 그 텐트 안에서 우리가 세운 안식처를 향한 엄마의 공격으로부터 회복하고 있다는 사실을 알 수 있었어요. 고독에서 나오는 치유의 힘에 종종 위로를 받는 사람으로서 지금은 저 아이를 혼자 놔둬야 한다는 사실도 알았죠.

그게 앨리를 위한 최선이고

나를 위한 최선이자

영화를 위한 최선이었어요.

바비가 질과 함께 우리 집으로 돌아온 걸 보니 컵 오브 스푼을 찾아갔었나 봐요. 질이 바비를 집에 들이고 식탁에 바비와 내가 마주 앉게 했어요. 바비는 질과 내가 어떻게 앨리와 같이 살게 됐는지에 대해 많은 질문을 했어요. 처음에 질은 날 대신해서 바비의 질문에 대답하려 했지만, 바비는 내 이야기를 직접 들어봐야겠다고 했죠. 그 말을 들으니 질이 이미 바비에게 이야기했다는 걸 알 수 있었어요. 마침내 입을 열고 모든 걸 솔직하게 말했어요. 내가 그동안 당신에게 쓴 편지들을 통해 말한 것과 정확히 똑같았죠. 이야기를 끝냈을 때 바비가 말하더군요. "저 아이는 열여덟 살이니 공식적으로 성인이에요. 하지만 가서 이야기를 좀 나

뒤봐야겠어요. 단둘이서만."

우리는 바비를 뒷문으로 안내하고 얼른 부엌으로 돌아와 싱크대 위 창문으로 그 광경을 지켜봤습니다. 우리가 좋아하는 경찰인 바비가 잔디밭을 가로질러 텐트로 가면서 내내 앨리의 이름을 부르더군요. 앨리가 대답하지 않자 바비는 허리를 숙이고 천천히 텐트의 지퍼를 내렸어요. 그는 텐트 앞에서 한 1분 정도 포수처럼 쭈그리고 앉아 있다가 안으로 들어갔어요.

질이 속사포처럼 말하기 시작했어요. 앨리가 바비에게 무슨 말을 할지 짐작하는 한편, 자기가 나나 아무 잘못도 하지 않았다며 나를 안심시켰죠. "오히려 그 반대지!" 질은 잔뜩 흥분해서 외쳤어요. "다아시가 당한 일을 생각해보면, 저 애를 받아줬으니 오히려 상을 받아야 한다고요." 질은 이런 식으로 떠들면서 점점 얼굴이 시뻘게지고 목소리도 점점 더 커지고 불안해했어요. 이러다 텐트에 들어가서 바비를 우리 뒷마당에서 끌어내는 게 아닐지 걱정되더군요. 나는 바비가 앨리만 한 나이였을 때 내가 도와준 적이 있다는 사실을 질에게 일깨워주며 말했죠. "바비는 착한 경찰이에요." 그러니까 바비는 지역사회를 보호하고 진심으로 봉사하려는 것처럼 보인다는 뜻이었죠. 바비가 제복을 입고 누군가에게 말을 걸 때면 언제나 그런 마음이 보였는데, 마치 바비가 이렇게 말하려고 매우 노력하는 것 같았어요. 그래요, 나에겐 배지와 총이 있어요. 하지만 좋은 일에만 쓸 것이고, 절대 당신이 하찮은 존재라고 느끼게 하지 않겠어요.

20분 정도 지난 후 바비가 텐트에서 나와 돌아왔어요.

"저기서 무슨 이야기 했어요?" 질이 냉랭한 목소리로 물었어요. 날 보호하느라 그런 건 알지만 그래도 바비 입장에서 들으면 움찔하게 되는 목소리였죠.

"앨리가 정말 원해서 여기 있는지 확인했어요." 바비가 대답하자 질이 더 화가 나서 "바보 같다" "주제 넘는다" "굴욕적이다" 같은 말을 하기 시작하더군요.

바비는 질의 장황한 비난을 묵묵히 들으면서 그녀가 분노를 한껏 쏟아내는 동안 고개를 끄덕이며 자연스럽게 그녀와 눈을 맞췄어요. 정신 건강 업계에 종사하는 전문가도 부러워할 만큼 침착한 태도였죠. 심지어 칼 당신도 객관적인 자아라고 하는 그런 자질을 보유한 그에게 감탄했을 거예요.

마침내 질이 바비에게 실컷 분노를 쏟아내고 나자 그가 말했어요. "저 아이는 두 분이 말 그대로 자신의 목숨을 구했다고 했어요." 그러면서 그는 경찰 모자를 벗고 이야기를 이어갔습니다. "난 누가 됐든 시민이 한 모든 신고와 고발을 조사해야 합니다. 우리는 한센 부인이 자신만의 방식으로 슬퍼하고 있는 걸 알아요. 하나밖에 남지 않은 아이가 자기와 말도 섞으려 하지 않는 상황이 부인에게도 쉽진 않을 거예요. 두 분도 분명 이해하시겠죠." 그 말에 질의 모든 부정적인 기운이 빠져나간 것처럼 보이더군요. 질은 재빨리 태도를 바꿔서 바비에게 아이스티 한 잔 마시겠냐고 물어봤고 바비는 고맙게 수락했어요.

모두 식탁에 앉자 바비가 말했어요. "그 괴물 영화 이야기는 뭡니까? 경찰이 참여해야 한다는 건 또 뭐고요?" 나는 우리의 새 프로듀서들이 신속하게 일하고 있다는 사실을 알았어요. 바비는 마크와 토니가 음성 메시지를 남겼다고 했어요. 알고 보니 바비는 이미 텐트에서 앨리에게 도와주겠다고 약속했다더군요.

나는 두 손에 사탕을 가득 쥔 아이처럼 미소가 새어져 나오는 것을 참을 수 없었어요.

그때 바비가 우리 마을 경찰들은 시민들의 긍정적인 평가를 받을 수만 있다면 모두 앞다투어 뛰어들 거라고 했어요. 요즘처럼 사람들이 경찰을 다소 가혹하게 대하는 태도를 고려하면 더 그렇다고 하더군요. 특히 앨리가 머제스틱 장편 영화 제작에 경찰이 가벼운 마음으로 협조하면 시민들이 감탄할 거라고 장담해서 그런 것도 있더라고요.

바비가 우리 영화에 나오는 지역 경찰에 대한 묘사에 우려를 표했을 때, 앨리가 영화의 줄거리에 대해 많이 털어났다는 걸 알고 놀랐어요. 그동안 내게 아주 친절했던 바비를 안심시켜야 한다고 생각했죠.

"우리 영화에 나오는 사람은 좋지도 나쁘지도 않아." 그렇게 말하고 나서 괴물마저도 좋거나 나쁜 게 아니라 좋기도 하고 나쁘기도 하다고 설명했어요. 우리 영화가 만들어낸 우주에서는 선과 악으로 편을 가르지 않는다는 점을 바비가 확실히 이해하게 만드는 게 중요하다고 느꼈어요. 사람들의 모습을 있는 그대로 완전하게, 그들의 빛과 그림자를 모두 묘사할 거라고 설명했죠. 바비가 그 말을 들으며 고개를 끄덕였을 때, 이 이야기는 융 심리학에 깊이 뿌리내린 것으로 칼 당신에게 바치는 헌사라고 말했어요.

이 말을 들으니 뿌듯한가요?

바비는 공손하게 미소를 지으며 칼 당신의 집에서 멀찍이 떨어져 있어줘서 고맙다고 인사하더군요. 최근에는 내가 당신 집 앞을 걸어가다 그에게 잡힌 일이 없었으니까요. 그러고 나서 우리는 차가운 이슬이 맺힌 컵에 든 아이스티를 1분 정도 말없이 홀짝거리며 마셨어요. 바비는 머제스틱 거리를 순찰하러 가봐야겠다며 다시 경찰 모자를 눌러쓰고 나갔어요.

질은 다시 컵 오브 스푼으로 돌아갔고, 나는 텐트로 갔어요. 다만 앨리에게 그가 바비에게 한 이야기나 〈머제스틱 괴물들의 왕자〉 제작에 지역 경찰을 다 참여시킨 이야기에 대해선 아무 말도 하지 않았어요. 그냥 앨리 옆에 누워서 말했죠. "너희 어머니 이야기를 하고 싶니?"

앨리가 대답하지 않아 내 어머니에 대해 털어놓았어요. 내가 당신에게 정신분석을 받을 때, 그리고 요즘 보내는 편지에 했던 여러 이야기를 했죠. 앨리의 얼굴을 봤다간 계속하지 못할 것 같아서 아이를 보지 않은 채 말했어요. 하지만 아이가 묵묵히 이야기를 들으면서 받아들인다는 걸 느낄 수 있었죠. 그리고 내 마음속의 뭔가가 지금 내가 이 아이를 잘 자라도록 보살피고 있다는 걸 확인시켰어요. 아이가 지금 이 순간 들어야 할 이야기를 정확히 내가 해주고 있다고. 그렇게 앨리를 덜 외롭게 해주고 있다고.

이야기를 마쳤을 때 앨리가 말했어요. "왜 그들은 우리를 사랑하지 않을까요? 우리 엄마들 말이에요."

"자기에게 없는 걸 줄 수는 없으니까." 그렇게 말한 후 우리는 방금 내가 말한 진실의 묵직한 무게를 느끼며 누워 있었어요.

앨리가 말했어요. "다른 아이들은 다 자기를 사랑해주는 엄마가 있잖아요. 사람들은 대부분 괜찮은 엄마가 있는 것 같던데요. 우리는 그냥 운이 없는 걸까요?"

어떻게 대답해야 할지 몰라 그냥 입을 다물고 있었어요.

"우리가 어렸을 때 엄마는 종종 제이콥 형에게 드레스를 입히고 립스틱을 칠했어요. 아무도 우리를 볼 수 없는 집 안에서만 그랬죠. 벌을 주려고 그런 거예요." 앨리는 엄마가 물론 자기에게도 비슷한 짓을 했다는 걸 암시하더니 다시 말했어요. "전 제이콥 형과 달라요." 하지만 두 문장 사이에 하나의 의문이 떠도는 것 같았어요.

그래서 나는 앨리가 미처 말하지 못한 의문에 대답했죠. "그럼. 넌 제이콥과 정반대야. 넌 제이콥의 그림자와 같아."

그게 무슨 뜻인지 앨리가 이해하지 못했다는 걸 알 수 있었어요. 앨리는 지난 14개월 동안 매주 금요일 밤마다 당신과 두 시간씩 이야기를 나누는 그런 혜택을 누리지 못했으니까요. 하지만 앨리가 설명해달라고 하지 않았기 때문에 나는 아무 말도 하지 않았어요.

마침내 우리는 다아시의 사무실로 가서 우리가 쓴 여러 개의 대본에 비침무늬를 넣기 시작했어요. 내 낡은 노트북은 상태가 좋지 않았는데, 수십 개의 대본에 그 작업을 해야 하다 보니 놀랄

만큼 시간이 오래 걸리더군요. 하지만 그런 단순 노동 덕분에 사악한 엄마들과 살인을 저지른 형제에 관한 생각을 잠시 멈출 수 있었어요.

어느새 질이 페스토 파스타 요리를 갖고 집에 돌아와 있었고, 우리 모두 식탁에 모여 앉아 정신없이 먹어 치웠어요.

저녁을 먹은 후 우리는 종이가 부족하다는 사실을 깨달았어요. 종이를 새로 구하려면 아침까지 기다려야 했죠. 다음엔 잉크가 떨어졌고, 그다음엔 마닐라 봉투가 아주 많이 필요하다는 걸 알았어요. 그래서 그 후 이틀 동안 문구점을 왔다 갔다 하며 시간을 보냈답니다. 각 생존자가 받을 마닐라 봉투에 그들의 이름을 적은 후 비침무늬를 넣고 생존자의 이름을 적은 대본을 넣어서 그 모든 작업을 끝냈어요.

칼 당신도 당신의 이름이 적힌 비침무늬가 들어간 대본을 이미 받았을 겁니다. 당신이 우리의 지적 재산권을 도용할까 걱정돼서 그런 건 아니에요. 그랬다면 당신에게 우리 대본에 대해 시시콜콜 다 말하지도 않았겠죠. 하지만 영화 세계는 우리의 정신분석 세계와는 상당히 다르니 당신만 편애할 순 없어요. 아무도 내가 우리의 친분으로 당신을 캐스팅했다고 비난하진 못할 거예요. 그건 내가 보장할게요. 당신에게서 아직 아무 연락이 없는 걸 보니 대본을 읽지 않은 것 같군요. 특히 내가 뮤즈에게 영감을 받아 구체적으로 당신을 염두에 두고 쓴 역할이 하나 있는데 말이죠. 대본을 읽어보면 어떤 역할을 말하는지 당신도 알 겁니다. (힌트를 드리자면 영화 속에서 괴물의 아버지 같은 존재인 융 정신분석가가 나와요.) 우린 최대한 빨리 캐스팅하려고 해요. 머제스틱 마을 사람들이 간절히 필요로 하는 치유를 최대한 빨리하기 위해 여름이 끝나기 전에 영화를 상영하고 싶거든요.

내가 당신 집으로 직접 대본을 배달해도 개의치 않았으면 좋겠어요. 당신 집 현관문에 있는 우편함에 슥 집어넣고 왔지만, 당신 집 창문을 들여다보지도 않았고 다시 그럴 일도 없을 거예요. 약속할게요. 앨리와 나는 우리 대본이 엉뚱한 집에 배달되거나 우편 배송 중에 사라지는 일이 없길 바라거든요. 다른 대본도 다 직접 배달했으니까 당신만 특별 대우를 받은 것도 아니에요. 내가 이걸 기회로 당신을 몰래 훔쳐본다거나 그런 소름 끼치는 짓을 하려는 것도 아니고요.

그러니 그 일로 바비에게 신고했다면, 그럴 필요는 없었는데 말이죠.

하지만 걱정하지 말아요. 난 회복력이 강한 사람이니까요.

그리고 내 영혼의 가장 좋은 부분이 여전히 당신 영혼의 가장 좋은 부분을 사랑하고 있어요.

내 마음이 계속 나에게 말해요. 칼에게 연락해. 칼이 이 프로젝트에 참여하게 해. 그를 자유롭게 풀어줘. 그를 치유해.

정신분석가도 사람이에요.

제발 우리와 같이해요.

당신의 가장 헌신적인 루카스

12

칼에게

아무래도 좋은 소식을 전하기 전에 먼저 나쁜 소식부터 해치
워야겠죠?

바비가 당신의 대본이 든 마닐라 봉투를 나와 앨리에게 가져
와서 난 당신 집 근처에 가면 안 된다고 말하더군요. 당신의 사생
활을 존중해서 요 몇 주 동안 당신 집 창문은 들여다보지도 않았
는데 말이죠. 바비에게 그렇게 설명했지만, 그건 중요하지 않다
고 대꾸하더라고요. 심지어 앨리는 자기 혼자 당신의 대본과 내
마지막 편지를 당신 집에 배달했다는 말을 하려고 했어요. 앨리
는 접근 금지 명령 같은 건 받은 적 없으니 그건 불법이 아니잖
아요. 그때 바비가 나와 앨리 둘 다 당신 집 현관 앞에 서 있고 내
가 그 마닐라 봉투를 우편함에 집어넣는 모습이 찍힌 비디오가

있다고 했어요.

언제 카메라를 설치했나요? 왜 그랬어요?

내 눈에 보이는 카메라 렌즈는 없었지만, 앨리 말로는 요즘 그런 렌즈들은 아주 작게 나온다고 하더군요. 어쩌면 초인종에 카메라가 달렸는데 우리가 쉽게 놓쳤을 수도 있다고 했어요. 거기서 카메라를 찾아볼 생각도 안 했으니까요.

당신을 해칠 생각은 눈곱만큼도 하지 않는데 요즘 나를 왜 그렇게 두려워하는지 모르겠어요. 하지만 나는 다시 한번 "당신 집 근처에는 가지 않기로" 했어요. 바비가 자신은 도저히 날 체포할 마음을 먹을 수가 없는데 내가 계속 법을 어기면 곤란해질 수 있다고 해 맹세하고 또 맹세했죠. 질은 나 때문에 바비의 커리어가 위험에 처할 수 있는 심각한 일이라고 강조했어요. 그래서 이 편지와 함께 당신의 대본을 우편으로 보냅니다.

곧 당신도 보겠지만, 그 정신분석가 역할을 빼고 나머지 캐스팅은 다 끝났어요. 혹시나 당신이 나중에라도 하고 싶어 할지 몰라서 그 역할은 잠정적으로 비워둔 참이에요. 하지만 이사야가 아주 너그럽게도 당신의 대역을 맡겠다고 자원했어요. 처음에 다 같이 모여 대본을 읽는 자리에서 이사야가 당신의 대사를 읽었는데, 감히 이야기하자면 융 정신분석가 연기를 꽤 잘하더라고요. 종교적으로 훈련을 받은 데다 하느님과 개인적으로 연결되어 있어서 그런가 봐요.

질은 우리가 산드라를 위해 쓴 역할을 연기했는데, 대사가 좀 적다는 걸 인정할게요. 우리는 산드라를 머제스틱 시장으로 캐스팅해서 그녀의 관심을 끌어보려 했지만, 그 캐릭터는 모든 등장인물이 여전히 괴물이 사악하다고 생각할 때 "이 마을은 구원할 가치가 있어요!"라든가 "신이 머제스틱을 구하소서!" 같은 대사만 외쳐요. 그러고 나서 영화 끝부분에 "두 사람은 머제스틱의 진정한 아들입니다"라고 하며 괴물 소년과 그의 아버지 같은 존재에게 수여식에서 메달을 걸어주죠. 질은 그 역할을 맡을 정도로 거들먹거리는 사람은 아니지만, 대본을 읽는 내내 전력을 다해 연기하더군요. 그 시장의 이름은 사라예요.

그래서 나쁜 소식이란, 당신에게 아주 만만찮은 경쟁자가 생겼다는 거예요. 리허설을 딱 한 번 했는데도 앨리와 나를 포함한 다른 배우들은 이사야의 융 정신분석가 연기에 익숙해졌어요. 그 인물의 이름은 칼이에요. 당신의 이름인 K가 아니라 C로 시작하는 칼이요. 이사야는 이 배역에 열정을 보였지만, 당신이 빨리 움직인다면 원래 당신 역할을 낚아챌 수 있어요. 대본 마지막 페이지에 있는 전화번호 중 하나로 연락하면 돼요. 동료 배우들이나 감독보다 프로듀서들과 상대하는 게 더 편하다면 마크나 토니에게 전화해도 되고요.

하지만 당신은 평생 단 한 번 찾아오는 이 기회, 당신을 위해 특별히 쓴 역할을 연기하는 기회를 놓치고 싶지 않을 거예요. 그와 동시에 엄청난 충격을 받은 마을을 치유하는 데 도움이 될 수도 있고요. 나머지 생존자들도 지금까지는 프로젝트에서 가치 있는 뭔가를 얻어가고 있는 것 같아요. 이런 유쾌한 기분은 우리가 의상을 입고 분장하고 촬영을 시작하면 분명 몇 배로 늘어날 거예요.

양쪽으로 갈라진 빨간 커튼으로 테두리가 아름답게 장식된 머제스틱 극장의 큰 화면에 당신의 얼굴이 비치는 모습을 보고 싶지 않나요?

똑딱, 똑딱. 시간이 흐르고 있어요, 칼.

두 번째 나쁜 소식은 며칠 동안 날개 달린 다아시를 보지 못했다는 거예요. 다아시가 창문을 통해 날아오지 않은 첫날은 (이런 말 하기 슬프지만) 눈치도 못 챘어요. 그날은 처음으로 대본 리딩을 한 날이었거든요. 그건 밑에서 이야기할게요. 대본 리딩이 끝난 후 마크와 토니가 우리 집 거실에서 앨리와 나와 함께 혹시라도 있을지 모르는 마지막 순간의 역할 변경에 대해 논의하고, 모든 배우들이 실제로 큰 목소리로 대사를 읊은 걸 들은 후 대본에서 수정이 필요한 곳이 있는지 상의했어요. 그러다 토니가 이제 새벽 3시라고 말했을 때 모두 믿을 수가 없었죠. 목표했던 일을 다 마치지도 못한 상태였거든요. 우린 다음 날 아침에 컵 오브 스푼에서 만나 아침을 먹으며 그 일을 계속하기로 했고, 나는 계단을 올라 내 방으로 갔어요. 베개에 얼굴을 대자마자 그대로 곯아떨어졌어요. 다음 날 아침이 되어서야 전날 밤 날개 달린 다아시를 보지 못했다는 사실을 깨달았고, 그때부터 마음이 텅 빈 것처럼 허전해지더군요.

어쩌면 내가 침대에 왔을 때 아내가 구석에 서 있었을지도 모른다고 나를 설득했어요. 다만 너무 지쳐서 눈치채지 못했던 거라고요. 다아시는 정말이지 내가 앨리와 같이 영화를 만들기를 원했으니까 그 정도는 이해해주리라는 걸 알고 있었어요. 그래서 나는 그 일은 건강하고 신비로운 우리의 관계에서 어쩌다 일어난 이상하고 사소한 문제에 불과하다고 생각하고 털어버렸어요. 하지만 다아시가 그다음 날 밤에도, 그다음 날 밤에도 오지 않아 이제는 걱정되기 시작했어요. 아무래도 다아시가 빛을 향해 날아가고 싶은 마음을 참지 못한 게 아닌가 하는 생각이 들었거든요. 다아시가 작별 인사도 하지 않고 떠나지 않을 거란 확신이 있었지만, 그 가능성도 생각해보고 조금 겁이 났다는 점은 인정해야겠어요. 천사들이 다치거나 병이 나거나, 설마 지상에서 살해되는 그런 일은 없겠죠? 하지만 악마도 한때는 천사가 아니었나요? 그런데 악마가 어떻게 됐는지 보란 말이에요!

나는 날개 달린 다아시가 날 시험하고 있을지도 모른다고 계속 되뇌었어요. 아니면 그녀와 떨어져 있을 수 있게 참을성을 기르도록 도와주는 것일 수도 있다고요. 다아시가 지상에 영원히 머무를 수 없다는 사실은 처음부터 알았으니까요.

하지만 다아시가 오늘 밤 나타나서 모든 게 다시 원래대로 잘되지 않을까요?

그렇게 가정을 해보자고요. 알았죠?

그럼 다음 화제로 넘어가서……

생존자 그룹의 원래 멤버들은 모두(당신과 당신이 아는 그 사람만 빼고) 이 영화를 만드는 데 참여하기로 했어요. 하지만 드션 프리스트가 의사 역할은 맡고 싶지 않다고 하더군요. 이 의사는 극중에서 어린 딸의 4기 암 치료제로 발명하려는 약의 부산물로 우연히 방사능이 들어간 네온 그린색의 진흙 같은 걸 만들었다가 하수구에 버려요. 문제는 동네 10대 중 한 명이 마을의 지하 하수관을 비밀 은신처로 삼고 있었다는 걸 그 의사는 몰랐던 거죠. 그곳에서 소년은 새를 아주 좋아했던 죽은 형을 애도하는 의미로 비둘기들을 키웠어요. 그 방사성 물질과 하수구 바닥에 떨어진 새 깃털들 속에 있는 DNA와 우리의 주인공인 어린 소년의 DNA가 합쳐지는 일이 발생해요. 그래서 소년의 몸에 깃털들이 자라나서 결국 그는 힘이 무지무지하게 센 깃털 소년이 된 거죠.

우리 마을의 소아과 의사인 드션은 그가 미국 식품의약국(FDA)의 승인도 받지 않은 물질로 실험하는 장면이 화면에 나오면 (설사 그게 영화라 해도) 환자들이 보고 오해할까 봐 걱정했어요. 앨리와 내가 그럴 일은 없을 거라고 설득했지만 그는 요지부동이었고, 결국 어니 바움(모두가 좋아하는 우리 마을 정육점 주인)을 설득해서 역할을 바꿨어요. 우리는 처음에 어니를 에다라는 이름의 정육점 주인으로 캐스팅했어요. 그러면 그 역할이 실감 날 것 같았거든요. 하지만 알고 보니 어니는 '미친 과학자' 역할을 좋아해서 대본 리딩 자리에 매리 셸리가 쓴 『프랑켄슈타인』까지 가져왔더라고요. 에디가 도서관에 와서 영화에 나오는 역할을 준비하는 데 도움이 될 책을 권해달라고 하니까 로빈 위더스가 그 고전 소설을 줬대요. 어니는 드션에게 섬세한 도축 기술을 잘 가르쳐서 칼싸움하는 장면을 실감 나게 연기할 수 있도록 하겠다고 약속했어요. 우린 어쩔 수 없이 두 사람이 역할을 바꾸는 데 동의했죠. 솔직히 말하면 우리가 한 캐스팅에 사람들이 이의를 제기해서 기분이 썩 좋지는 않았지만, 새 역할을 맡아 만족스러워하는 어니와 드션이 대본 리딩 자리에서 아주 열정적으로 연기하는 모습을 보고 그 결정이 옳았다는 걸 알았죠. 가끔은 부러지지 않기 위해서 휘어져야 한다는 말이 있잖아요.

대본 리딩을 하느라 모두 다시 도서관 회의실에 모였고, 이번에는 앨리가 연설을 했어요. "모든 걸 공개하겠다"고 말한 후 앨리는 우리 영화가 공식적으로는 그의 고등학교 졸업 프로젝트가 될 거라고 했죠. 졸업하기 위해 이 영화를 꼭 완성해야 한다고요. 그는 모두 다 짐작하는 이유로 졸업식에 가지 않았다고 했어요. 아이들 모두 그가 그 자리에 있는 걸 원치 않았으니까요. 앨리의 그 말 때문에 생존자들 모두 안타까워해서 우리가 이제부터 시작하게 될 프로젝트에 더 큰 동기부여가 됐어요.

앨리는 우리가 찍을 괴물 영화의 최종 편집본을 영화 학교에 제출해서 겨울 학기 입학 허가를 바란다고 했어요. 목표는 1월에 머제스틱을 떠나는 것이라고요.

그 말은 처음 들었어요.

앨리는 반바지 주머니에 두 손을 깊숙이 찔러 넣고 있었고 목소리는 살짝 떨렸어요. 그의 연설에는 "그러니까"와 "음" 같은 말이 자주 나왔지만 아무도 신경 쓰지 않았습니다.

하지만 사람들이 나를 계속 흘끔흘끔 봐서 당황스럽더군요. 난 앨리 오른쪽에 앉아 있었고, 모두 커다란 원을 지어 앉았기에 처음에는 천사들이 내 눈에 장난을 치고 있나 보다 생각했어요. 지금 연설을 하는 사람은 앨리니까 사실 모두 앨리를 보고 있는 거라고요. 하지만 지켜볼수록 사람들이 마치 정말 자랑스럽겠다는 표정으로 나를 보며 미소 짓고 있는 건 확실했는데 당최 왜 그러는지 이유를 알 수 없었어요.

모두 앨리의 연설이 끝났다고 생각하고 공손하게 박수를 쳤지만, 사실 그의 연설은 끝난 게 아니었어요.

박수 소리에 묻히지 않게 앨리가 불쑥 소리를 질렀어요. "전 제 형인 제이콥과 달라요." 그러자 모두 박수를 멈췄죠.

아주 심각한 침묵이 흘렀습니다.

앨리가 그 말을 입 밖으로 내려던 건 아닌 것 같아요. 공황에 빠진 눈빛으로 나를 보더니 갑자기 울음을 터뜨리며 밖으로 뛰쳐나갔거든요. 이사야가 본능적으로 벌떡 일어났지만, 내가 이미 아이를 따라 달려가면서 내가 해결하겠다는 뜻으로 한 손을 들어 흔들었어요.

앨리를 따라 도서관 밖으로 나가 주차장 너머에 있는 숲으로 들어갔어요. 마침내 앨리를 따라잡았을 때, 그는 떨어진 나뭇가지 하나를 집어서 그걸로 참나무를 때리고 있더군요. 마치 거인의 야구방망이처럼 죽은 나뭇가지를 사정없이 휘둘렀어요.

앨리는 그 총들에 대해 알았다면서 누군가에게 그걸 말했어야 했다고, 그런데 이제 그 사람들은 저 안에서 미소를 지으며 자기를 도와주고 있다고 소리를 질렀어요. 형이 무기와 탄환을 점점 더 많이 모았다고, 점점 더 어두워지고 있는 사실을 누군가에게 말했더라면 그 비극을 자기가 막을 수도 있었다고 말했어요. 형이 점점 불길한 말들을 해댔고, 우울한 음악을 들었고, 머제스틱에서 한 시간 정도 떨어진 숲속에서 오랫동안 시간을 보내면서 불법으로 동물들을 쏴 죽였다고요. 그렇게 모은 너구리와 여우 두개골들이 점점 늘어났고, 항상 자기의 사격 실력이 얼마나 좋아졌는지에 대해 자랑했다고, 심지어 "아무 감정도 느끼지 않고 목숨을 빼앗을 수 있다"는 말까지 했다고요.

앨리가 통제 불능 상태가 되기 시작했을 때 나는 아이를 꽉 껴안아서 나뭇가지를 억지로 손에서 떨어뜨리게 했어요. 숲 바닥에 쿵 소리를 내며 떨어지더군요. 내가 말했어요. "넌 네 형이 아니야. 넌 아무것도 잘못하지 않았어."

"하지만 제가 뭐라고 말할 수도 있었어요! 경찰에 신고해야 했어요! 그런 제가 어떻게 사람들에게 도와달라고 할 수 있겠어요?"

아이의 눈물과 콧물로 내 가슴이 축축해지는 동안, 나는 도서관에 있는 저 사람들에게 우리는 아무것도 요구하지 않았다고 말했어요. 오히려 우리가 그들에게 예술적인 시도를 할 기회를 주는 거라고 했죠. 그렇게 모두 교감하고 치유하고 고통을 초월할 수 있는 가능성을 주는 거라고요.

"저들은 여기에 있기를 원해." 나는 앨리의 어깨에 두 손을 얹은 채 눈을 마주 보며 말했어요. "나도 여기 있고 싶어. 내 아내에게 무슨 일이 일어났는지 너도 알잖니. 그래도 난 여전히 여기 있어. 여기 있다고."

"왜요?" 앨리가 물었어요.

"음, 난 항상 괴물 영화의 주인공을 맡고 싶었거든. 그리고 이게 내 유일한 기회가 될 것 같고." 나는 분위기를 가볍게 하려고 그렇게 말했어요.

앨리는 내 품에서 나와 나뭇가지와 돌을 차기 시작했어요. "저들은 이제 저를 아마추어라고 생각할 거예요. 아무도 이렇게 호들갑 떠는 감독과 일하고 싶지 않겠죠."

"너 지금 농담하니? 일류 감독들은 다 정서 불안이야." 내가 대꾸했어요.

앨리가 싱긋 웃더니 촬영 현장에서 신경 쇠약을 일으킨 감독들을 줄줄이 읊으며 이따 밤에 그런 내용을 다룬 유튜브 클립을 보내주겠다고 하더군요. 그리고 정말 밤에 보내줬어요.

나는 앨리를 데리고 도서관 화장실로 가서 세수하게 했어요. 앨리가 숲속에서 감독으로서 최초의 불안을 맛보고 있는 동안 바비와 그의 동료 두 명이 대본 리딩에 참여한 모습을 보고 놀랐어요. 앨리는 그런 식으로 개성파 영화감독이 되는 첫걸음을 내디딘 셈이죠.

"우리 경찰은 모두 이 대본에 반했어요." 앨리와 내가 회의실에 들어갔을 때 바비가 말했어요. "하지만 오늘 대본 리딩에 올 수 있는 경찰은 세 명뿐이에요. 촬영을 시작하면 머제스틱 경찰들이 다 출동할 겁니다. 약속하죠."

그리고 나서 바비가 내게 윙크했는데 조금 이상했어요. 난 정말 그가 촬영장에 경찰들을 다 데리고 올 거라고 믿거든요.

그러자 마크가 프로듀서로서 이 대본 리딩을 어서 끝내야 한다고 말했어요. 여기 온 사람들 대신 아이를 봐주는 베이비시터들이 기다리고 있고 다음 날 아침에 출근해야 하는 사람들도 있으니까요.

그래서 앨리와 나는 우리 자리에 앉아서 현실보다 훨씬 안전한 괴물 영화라는 허구의 세계로 들어갔어요. 첫 대본 리딩이 으레 그렇듯 불안한 순간도 있었지만, 모두 자신이 맡은 역할에 익숙해졌고 언제든 앨리가 자신의 대사를 읽은 후 고개를 들면 방 안에 있는 어른들 모두 고개를 끄덕이면서 허공에 대고 의기양양하게 주먹을 흔들어 보였어요. 그걸 본 아이는 몹시 뿌듯해했죠.

위에 언급한 이 모든 일이 내면을 뜨겁게 달궈 내 속을 시커멓게 좀먹어가던 음울한 생각을 깨끗이 태워버렸어요. 당신이 내가 보낸 대본을 돌려보내고, 날개 달린 다아시가 더는 침실 창문으로 날아오지 않는 일로 인한 우울한 생각 말이에요.

요즘은 정말이지 일관성이 절실하게 필요했거든요.

당신이 실제로 그 대본을 읽었다면, 내가 다시 한번 당신을 위해 여기에 동봉하는 이 대본을 읽었다면, 괴물의 아버지 같은 인물의 이름이 루이스란 걸 알 겁니다. 그는 제정신을 유지하기 위해 매주 한 번씩 정신분석가와 이야기를 나누죠. 따라서 칼이 깃털 달린 괴물에게 납치됐을 때 루이스의 정신은 무너져갔어요. 한편 방사성 물질이 몸에 침투해서 미쳐버린 깃털 괴물은 칼에게 쉴 새 없이 헛소리를 늘어놔요. 하지만 놀랍게도 2막에서 반전이 일어나서 칼은 그 슬픔에 빠진 깃털 괴물을 도와 그가 자신이 생각하는 그런 괴물이 아니란 진실을 보게 만들어요. 칼은 깃털 괴물이 하는 이야기를 들어주고 필요하면 가끔 대답도 하고 친절한 말도 해줄 뿐만 아니라 융 심리학이란 렌즈를 통해 그 깃털 괴물이 이상하고 새롭게 분열된 세계를 제대로 보고 이해할 수 있도록 도와줘요. 그다음에 깃털 소년과 칼은 루이스를 광기에서 구원하고, 그 후 그들 셋이서 세상을 구해요.

물론 이 대본의 스토리가 그렇게 노골적이진 않아요. 내가 위에서 말한 내용은 대부분 이면에 숨겨져 있지만 읽어보면 금방 알아차릴 겁니다.

이건 환상적인 영화가 될 거예요.

관객을 즐겁게 하는 영화죠.

3막에 나오는 반전을 읽을 때까지 기다리세요.

그때쯤이면 극장에서 울지 않은 사람이 없을 테니까.

당신은 절대 이 기회를 놓치고 싶지 않을걸요.

당신의 가장 헌신적인 루카스

13

칼에게

다아시가 지난 12월 초 천사로 변신하긴 했지만, 어쨌든 그녀
를 위해 크리스마스 선물을 사서 포장해놨어요. 제이콥 한센이
그 운명적인 날 밤 머제스틱 극장에서 우리를 향해 총격을 가하
기 전에 나는 이미 크리스마스 쇼핑을 대부분 마친 상태였죠. 하
지만 비극이 일어난 후 장례식에 다니느라 하루에 18마일 정도
를 걸었던 그때, 우연히 머제스틱 서점 앞을 지나다 진열창에서
아내를 위한 완벽한 선물을 발견했어요.

서점에 들어가서 매기 스티븐스에게 다아시를 위해 그걸 꼭
사야겠다고 했어요. 매기는 내가 고른 물건을 종이봉투에 넣으면
서 "공짜예요"라고 말했어요. 나는 물론 물건값을 치르려고 현금
을 꺼내 내밀었지만 그녀는 계속 손사래를 쳤어요. "당신 돈은 받

을 수 없어요, 루카스." 그러더니 이렇게 말했어요. "메리 크리스마스. 그런 일을 해줘서 고마워요." 심지어 이런 말까지 하더군요. "당신은 영웅이에요."

마지막 말을 듣는 순간 그녀가 마치 날카로운 스테이크 나이프의 칼날을 내 목젖에 대고 푹 찌른 것 같은 통증을 느꼈어요. 그래서 홱 돌아서서 서점을 나와버렸죠. 집으로 가면서 날개 달린 다아시가 이 선물을 미리 볼 수 없게 포장해야겠다는 생각을 하며 내 속에 있는 그 끔찍한 기분을 사라지게 하려는 필사적인 마음으로 계속 침을 삼키기 시작했어요.

당시엔 매일 밤 그랬던 것처럼, 날개 달린 다아시가 크리스마스이브에 날 찾아왔어요. 나는 밤에 잠을 자려고 애쓸 때마다 그녀가 종종 서서 날 지켜보는 침실 구석에 그녀에게 줄 선물들을 작은 피라미드처럼 쌓아놨답니다. 선물 상자들은 모두 흰 종이로 싸서 황금색 리본으로 매듭지었어요. 다아시는 창문으로 날아 들어왔다가 선물 피라미드를 보고 서글픈 미소를 짓더군요. 그러더니 천사들은 인간이 주는 선물은 받을 수 없다고 말했어요. 그 천사가 비록 선물을 준 사람의 아내이고, 그 선물은 천사가 인간이었을 때 준비한 거라고 해도요.

나는 그 말에 이의를 제기했어요. "그걸 받는다고 해서 무슨 해가 되겠어?"

하지만 다아시는 계속 고개를 흔들면서 안 된다고 하더군요. 믿을 수 없었어요. 이 선물들을 포장하느라고 내가 얼마나 애를 썼는데. 상자 크기를 일일이 자로 재고 포장지를 가위로 자르고

접느라고 얼마나 공을 들였는데. 그 선물 더미는 윤기가 흐르는 화려한 잡지나 호화로운 맨해튼 상점 진열창에 나와도 손색없을 만큼 멋졌어요. 그야말로 완벽한 선물이었죠.

"이것들은 질에게 줘요." 날개 달린 다아시가 말했어요.

그녀의 눈을 빤히 쳐다봤을 때, 이렇게 말하는 것 같았어요. 질은 크리스마스에 당신이 혼자 있지 않도록 노스캐롤라이나에 있는 부모님을 보러 가는 걸 포기했어요. 질은 그동안 당신을 보살펴온 최고의 친구예요. 거기다 당신 어머니까지 당신 가까이 오지 못하게 막았죠. 그런 질이 크리스마스 아침에 아무 선물도 없이 눈뜨게 하지 말아요.

나는 딱 하나만 둘이 같이 열어볼 수 있겠느냐고 물었어요. 그 중에서 가장 조그만 거 하나만요. 그러면서 조심스럽게 납작하고 하얀 상자, 머제스틱 서점에서 매기 스티븐스가 내게 준 것을 선물 더미 가운데서 끌어내며 말했죠. "자, 이 선물은 공짜로 받았어."

날개 달린 다아시는 얼굴을 찡그렸지만, 어쨌든 그녀를 위해 포장지를 풀어서 천사로 분장한 열두 마리의 고양이 사진들이 있는 달력을 꺼냈어요. 다가올 해의 열두 개의 달에 실린 열두 마리의 고양이였죠. 나는 하프, 후광, 구름, 깃털 달린 날개가 있는 고양이 사진들을 넘겼어요. 우리는 지난여름에 다아시가 무척 사랑했던 늙은 얼룩 고양이 저스틴을 어쩔 수 없이 안락사시켜야 했어요. 다아시의 상심이 깊어서 새로운 새끼 고양이를 들일 마음의 여유가 없었죠. 그래서 달력이 다음 단계로 넘어가는 완벽한 발판이 될 거라고 생각했어요. 아내는 달마다 나오는 새 고양이 사진을 보며 미소 지었지만, 그 얼굴엔 뭔가 새롭고 낯선 표정이 비쳤어요. 그때 다아시에게 고양이는 고사하고 이제 이런 세속적인 달력이 필요 없을 거라는 사실을 깨달았죠. 나의 어리석은 인간적 동기와 추론에 대해 너무 속상해하지 않기를, 내가 어떤 선물을 주든 좋아해주기를 바라는 마음을 배려하기 위해 지금 내 기분을 맞춰주고 있다는 걸 알았어요.

"부엌에 걸어놓을게. 이걸 보면 당신 생각이 날 거야. 당신은 항상 귀여운 동물 달력을 좋아했잖아." 나는 가까스로 체면을 살리기 위해 이렇게 말했죠.

다아시가 거대한 날개를 벌렸을 때 나는 그 속에 쓰러졌고, 다아시는 마치 갓 태어난 아기를 껴안는 것처럼 나를 꼭 안아줬어요.

다음 날 아침 늦잠을 자고 일어났을 때 질은 이미 크리스마스 음악을 틀어놓고 있었어요. 커피 냄새를 따라 계단을 내려와 거실로 향했는데, 어떻게 했는지 모르겠지만 전날 밤엔 분명 없었던 작은 트리 하나를 질이 혼자서 세워 장식해놨더군요. 올해는 어떤 식으로든 크리스마스를 거하게 보내고 싶은 마음이 절대 없다고 수없이 말했거든요. 계단 중간쯤에 서서 질이 만든 축제 분위기를 천천히 받아들이고 있을 때, 질이 부엌에서 나와서 나를 주의 깊게 살폈어요. 내가 분노를 터뜨리며 폭발하지 않을까 염려한 거죠. 사실 그러고 싶은 마음도 있었어요. 이런 건 하나도 원하지 않았으니까요. 하지만 그때 전날 밤 다아시가 했던 말이 떠올랐어요. 그래서 질에게 소리를 지르며 그 작은 크리스마스 트리를 거리로 내던지는 대신, 다시 내 방으로 돌아가서 선물들을 안고 계단을 내려왔어요. 그리고 포장한 선물 하나하나를 트리 주위에 동그랗게 늘어놓으며 완벽한 동그라미를 만들었죠. 그때 질이 말하더군요. "난 트리 말고는 아무 선물도 준비하지 못했는데." 그래서 이 선물들은 다아시를 위해 샀는데, 다아시는 분명 자기 절친이 이걸 가지길 원할 거라고 말했죠.

질이 입술을 깨물며 휙 돌아서서 화장실로 가버리더군요. 한 20분쯤 지나 나왔을 때는 이미 정오였기에 내게 아침 겸 점심을 차려줬어요. 질은 소시지와 와플을 만들었고, 와플 위에 딸기와 크림을 올렸어요. 입맛은 별로 없었지만 최선을 다해 억지로 먹었어요. 맛있어서 그렇게 먹은 건 아니에요. 물론 맛있긴 했지만, 이것이 질이 나에게 주는 크리스마스 선물이란 사실을 깨달았으니까요. 그리고 날개 달린 다아시가 내 선물을 거절했을 때 내 기분이 얼마나 처참했는지 기억났으니까요.

질이 부엌을 치울 때 나는 숙제를 해치우는 기분으로 어머니에게 전화했어요. 어머니는 다아시 없이 처음 맞는 크리스마스에 내가 뭘 하고 있었는지 묻지 않았어요. 사실 어머니는 내게 질문을 하나도 하지 않았죠. 대신 크리스마스이브에 지금 살고 있는 해변의 고급 주택가에서 모든 보트에 불을 밝힌 풍경이 얼마나 아름다웠는지에 대해 이야기하더군요. 그리고 남자친구인 하비가 크리스마스 선물로 준 다이아몬드 테니스 팔찌가 얼마나 '숨 막히게 근사한지', 그것과 한 쌍인 '몇 캐럿이나 나가는' 다이아몬드 귀걸이가 얼마나 환상적인지 끝도 없이 말했어요. 그 후엔 하비의 아들과 그 손자들과 함께 얼마나 재미있게 지내고 있는 지에 대해 귀가 아플 정도로 떠들어대더군요. 이야기를 들어보니 해 질 녘에 다 같이 하비의 낚싯배를 타고 바다로 나갔던 모양이 에요. 그렇게 15분 정도 일방적으로 수다를 떤 후에 어머니는 파티로 돌아가봐야겠다면서 내가 오지 않아서 정말 창피하다고 덧붙였어요. 하비의 아들인 헌터가 아주 유능한 사람이라 내가 그에게서 세상 물정을 배울 수 있을 텐데 안 와서 그렇단 뜻이었죠. "메리 크리스마스, 어머니." 난 그렇게 말하고 전화를 끊었어요.

거실에서 질을 설득해 다아시에게 준 선물 대부분을 풀어보게 했는데 질은 마지못해서 하더군요. 내가 산 가죽 재킷은 입겠지만 거기에 어울리는 신발은 한 사이즈 작다고 했어요. 다행히 영수증을 다 챙겨놨다고 말했죠. 질은 얼굴에 바르는 크림과 핸드 크림과 보디로션과 목욕용 소금과 머제스틱 젠에서 마사지를 받을 수 있는 상품권도 잘 쓸 수 있겠다고 말했어요. 그 외에도 분홍색 면도기와 여성용 면도 크림과 대용량 트위즐러 츄잉 캔디 같은 소소한 선물들이 남아 있었어요. 그건 다아시가 영화 볼 때 즐겨 먹는 간식이었죠. 그때 질이 플라스틱으로 만든 머제스틱 극장 1년 이용권이 든 작은 상자를 열었어요. 질의 얼굴이 하얗게 질리더니 왜 그걸 포장했느냐고 물어보더군요. 눈이 휘둥그레지고 온몸이 벌벌 떨리기 시작했기 때문에 질이 정말 불편해한다는 걸 알 수 있었어요.

"머제스틱 극장이 다시 열렸을 때를 대비해서요." 내가 설명했죠.

다아시가 영화 보러 가는 걸 정말 좋아해서 우리는 거의 매주 극장에 갔어요. 그래서 1년 이용권을 샀는데 그 돈이 아깝지 않을 만큼 즐겁게 시간을 보냈고요. 우리는 매년 크리스마스에 서로에게 그 이용권을 선물로 줬어요. 그건 깰 수 없는 전통이었죠. 질도 영화를 아주 많이 좋아해서 다아시와 나와 함께 머제스틱 극장에 천 번은 갔어요. 어쩌면 그보다 더 많이 갔을 거예요. 그래서 나는 질이 분명히 그 이용권을 쓸 거라는 사실을 알았어요. 비록 머제스틱 극장 대형 상영관 천장에 그려진 것의 진가를 나와 다아시만큼 알아보지는 못하더라도 말이죠. 그러고 보니 그 극장에 대해 내가 제대로 기억하지 못하는 뭔가가 있을지 모른다는 생각이 들어요. 어쩌면 중요하고 심지어 신성하기까지 한 뭔가가 있을 것 같은데.

질은 그 이용권을 손에 쥔 채 입을 떡 벌리고 앉아서 덜덜 떨기만 했어요.

왜 그런지 모르겠지만 내가 질의 크리스마스를 망쳐버렸다는 사실을 깨달았어요. 하지만 정말 왜 그랬는지, 어떻게 그랬는지는 알 수 없었죠. 질은 정말로 극장에서 단 한 번의 비극이 일어났다는 이유만으로 마크와 토니가 그 역사적 건물을 허물어버릴 거라고 생각했을까요? 영화가 사라지고 그렇게 성스러운 공간을 잃는 것은 우리를 두 번 벌주는 것과 같아요. 그건 이치에 맞지 않죠. 하지만 질의 표정으로 봐서 내가 한 주장이 전혀 말이 안

된다고 생각하는 게 확실했고, 그걸 깨닫는 순간 이유는 모르겠
지만 버럭 화가 났어요.

그래서 벌떡 일어나 코트를 거칠게 낚아채서 바로 현관문 밖
으로 나가버렸습니다.

코트 주머니에 주먹을 깊숙이 찔러 넣은 채 아주 빨리 걸었어
요. 거의 뛰다시피 했죠. 주위에 보이는 크리스마스 전구들과 장
식들이 흐릿하게 섞여서 아주 길게 이어진 환희의 흐름처럼 보
이더군요. 하지만 그 어느 것에도 공감할 수 없었어요. 김이 무럭
무럭 솟아오르고 맛있는 즙이 흐르는 호화로운 성찬이 차려진
거대한 식탁을 앞에 두고도 절대 깨지지 않는 유리 벽에 가로막
혀 고통스러워 하는 굶주린 사람이 된 것 같았어요. 기분이 내키
면 그 유리 벽을 주먹으로 치고 발로 차고 머리로 들이받을 수는
있지만, 절대 그 반대편에 있는 음식을 맛볼 수는 없는 거죠. 그
저 성찬을 보며 군침만 흘릴 수 있었어요.

당신의 집 현관문을 주먹으로 탕탕 쳤지만 물론 당신은 대답
하지 않았죠. 그리고 한센의 집 앞을 여러 차례 지나갔어요.

내가 그날 얼마나 많이 걸었는지는 재보지 않았지만, 순찰차를
탄 바비가 내 옆에 차를 세웠을 땐 이미 해가 지고 난 후였어요.

"여긴 아주 따끈따끈해요, 굿게임 선생님. 타세요." 바비는 창
문을 내리고 그렇게 말했어요.

그때쯤 됐을 때 귀가 꽝꽝 얼어서 이러다 동상 걸리는 게 아닌
가 걱정되기 시작했어요. 그래서 바비가 시키는 대로 순순히 차

에 올라탔죠.

그가 나를 태우고 집으로 가는 동안 온몸이 떨리는 걸 멈출 수 없었어요. 어느 순간 바비가 한 손을 뻗어 내 왼쪽 어깨 위에 올려놓더군요. 내 몸을 따뜻하게 해주려고 그랬는지 아니면 그저 모든 게 괜찮아질 거라고 말하려 그랬는지는 잘 모르겠어요. 어쨌든 오른손을 들어서 그의 손 위에 올려놨어요. 그때 난 이렇게 말하려 했던 것 같아요. 고맙네. 어쨌든 우리는 결국 집까지 그 자세로 왔어요.

순찰차가 우리 집 앞에 섰을 때 바비에게 들어와 커피 한잔하겠냐고 물었어요. 하지만 가족이 기다려서 집에 가야 한다고 하더군요. 그때 그가 비번 날인데도 질의 부탁을 들어준 것이란 사실을 깨달았어요. 휴일인 그의 시간을 더는 뺏고 싶지 않아서 고개를 끄덕이고 집으로 들어갔어요. 바비는 내가 집으로 들어갈 때까지 기다렸다가 시동을 걸었고, 그가 차를 몰고 떠날 때 우리는 서로에게 손을 흔들었습니다.

집에 들어가니 크리스마스 음악은 흐르지 않았고, 거실 바닥에 놔뒀던 포장지들은 이미 치워졌더군요. 동그랗게 놓여 있던 선물들도 사라졌고, 그중 어떤 것도 다시 본 적이 없어요. 그래서 정말 그 선물들이 어떻게 됐는지는 잘 모르겠어요. 하지만 질이 식탁에 앉아서 다아시와 내가 매년 기억하려고 노력했던 중요한 날짜들을 달력에 옮기고 있는 모습을 봤어요. 생일, 기념일, 난방장치와 에어컨 필터를 교환하는 날짜 등을 해안 구조대로 분장한 올해 강아지 달력에서 천사로 분장한 내년 고양이 달력으로 옮기고 있었죠. 참 이상한 일이었어요. 난 새 달력을 방에서 갖고 나온 기억이 없었거든요. 그렇다면 내가 밖에 나갔을 때 질이 내 방에 들어가서 그 달력을 찾아냈다는 뜻이잖아요. 질에게 그러라고 허락한 적도, 그 달력에 나온 날짜들을 옮겨 적으라고 허락한 적도 없는데 말이죠. 그러자 누군가가 내 동의도 없이 내 물건을 건드렸을 때 가끔 그런 것처럼 피부가 따끔거리기 시작했어요.

"지금 뭐 하는 거예요?" 질이 고개를 들어 나를 보지 않을 거라는 점이 분명해졌을 때 내가 물었어요.

질은 대답하지 않았고 나는 방에 올라가서 밤새 거기 있었어요. 나중에 날개 달린 다아시가 와서 질에게 시간을 좀 주라고 하더군요. 질은 엄청난 충격을 받았고, 그 비극이 일어난 후 그걸 극복하게 이끌어줄 천사 친구도 없다고 했는데 일리가 있는 말이었어요. 다음 날 아침, 거실에 있던 크리스마스 트리는 사라졌고 질과 내 사이는 원래대로 돌아갔어요. 음, 그러니까 봄에 질과 함께 메릴랜드에 가기 전까진 그랬어요. 그 이야기는 내가 이미 당신에게 했죠.

당신에게 그 크리스마스 이야기를 하는 이유가 있어요. 앨리가 어떻게 질의 생일이 7월 초인 것을 알았는지 설명하기 위해서입니다. 앨리는 식탁 위에 걸린 천사 고양이 달력에서 보고 알았어요. 앨리가 날개 달린 새끼 고양이가 하프를 연주하는 6월 달력을 넘겨서 턱시도를 입은 성묘 천사가 햇빛이 비치는 구름으로 날아가는 모습이 나왔을 때 말했어요. "질 아주머니 생일이 다음 주인 거 아셨어요? 7월 7일이에요." 알고는 있었지만 그만 깜박했다고 대답하자 앨리가 말하더군요. "그럼 아주머니를 위해 선생님이 뭔가 해야죠."

"내가? 우리가 아니고?" 내가 말했어요.

앨리가 고개를 절레절레 흔들며 말했어요. "질 아주머니는 항상 우리와 머제스틱 촬영팀을 위해 요리하잖아요. 그러니까 아주머니를 시내에 있는 근사한 레스토랑에 데려가면 어때요? 하루 쉬게 해주세요. 기분 전환 삼아 다른 사람이 만든 음식을 드시라고요."

"넌 같이 안 가고 싶어?" 내가 물었더니 앨리가 대체 질과 나는 정확히 어떤 사이냐고 반문하더군요. 그래서 다년간 아주 좋은 친구였다고 말했죠. 질과 다아시와 내가 지금 그가 다니는 고등학교 동창이란 말도 했어요. 앨리와 내가 만난, 힘들어하는 10대 학생들을 도와줬던 바로 그 학교 말이에요.

앨리는 우리 모두 같은 고등학교를 나왔다는 사실엔 별 관심이 없어 보였어요. 그보다는 질이 우리를 위해 얼마나 많은 일을 해주는지 말하면서, 질이 요리와 청소와 빨래를 다 하는 데다 이제는 우리 괴물 영화 제작팀에게 음식까지 제공하는 사실을 지적하더군요. 그것도 커피숍에서 종일 일하면서 말이죠. 마지막으로 앨리가 말했어요. "그러니까 질 아주머니 생일에 아주 근사한 곳으로 모시고 가서 저녁을 사세요."

무슨 일이 있어났는지를 알기도 전에, 나는 카키색 바지와 버튼다운 셔츠를 입고 질이 운전하는 트럭의 조수석에 타서 필라델피아 센터 시티로 가고 있었어요. 질은 탄탄한 다리가 돋보이는 하얀 원피스를 입고, 최근에 칠한 매니큐어를 뽐내는 가죽 샌들을 신고, 두 갈래의 금발 머리 사이로 샹들리에처럼 반짝거리는 금귀걸이를 하고 있었죠. 이 특별한 밤을 위해 머리도 새로 했더라고요.

우리는 리튼하우스 광장 근처에 있는 주차장에 트럭을 주차하고 215라는 레스토랑으로 걸어갔어요. 앨리가 인터넷에서 찾았는데 '새로 생긴 핫 플레이스'라고 하더군요.

레스토랑에 들어갔을 때 질은 직원에게 '머제스틱 영화사' 이름으로 예약했다고 말했어요. 앨리가 우리에게 법인 카드를 줬는데, 그건 마크가 이런 경우에 쓰라고 준 카드였죠.

"이쪽으로 오세요." 직원이 우리를 구석에 있는 아주 좋은 자리로 안내했어요. 남의 방해를 받지 않을 수 있는 조용한 자리였죠. 직원이 메뉴판을 주며 말했어요. "우리 식당에 영화계 손님이 자주 오시진 않는데." 그러면서 질에게 윙크했는데, 왜 그런지 영문을 모르겠더라고요.

그곳은 타파스 식당이었어요. 작은 요리를 많이 시켜야 하는 곳이었는데 질이 나를 위해 다 주문했어요. 요리가 금방 나오기 시작해 근 한 시간은 계속 나왔던 것 같아요. 질은 마치 천국에 온 것처럼 신나서 계속 이렇게 말했어요. "이거 너무 **좋지 않아요?**" 질이 우리 테이블에서 서빙하는 직원에게 음식에 대한 구체적인 질문을 하도 많이 해서 마침내 요리사가 직접 나와 주방을 구경시켜주겠다고 제안하더군요. 질은 아주 기쁘게 그 제안을 받아들였어요. 우리보다 열 살 정도 어린 남자 요리사가 질에게 반했다는 걸 알 수 있었어요. 질이 주방에서 끓는 냄비나 쉭쉭 소리가 나는 프라이팬이나 커다란 은색 오븐 안에서 구워지는 요리를 집중해서 볼 때마다 그 요리사가 계속 그녀의 뒷모습을 지켜보는 게 눈에 띄었거든요. 게다가 자기 작업 공간을 구경시켜주면서 가볍게 그녀의 팔을 건드렸고, 그런 와중에 나와는 단 한 번도 눈을 마주치지 않더라고요. 나는 마치 까맣게 잊힌 수행원처럼 두 사람을 졸졸 따라다녔죠. 그러는 동안 점점 배 속에서 이상한 감정이 일기 시작했어요. 마치 뜨거운 불덩어리를 삼킨 것 같은 느낌이었는데, 그 후엔 이유도 모른 채 질에게 화가 났어요.

계산하고 나와 질이 시내를 걷겠냐고 물었어요. 밤공기는 뜨거웠지만 걷지 못할 정도는 아니었죠. 아주 습해서 피부가 후끈하고 폐가 조금 묵직해지는 그런 더위였어요.

리튼하우스 광장 공원의 벤치에 앉았을 때 질이 말했어요. "내가 마흔아홉이라니. 어쩌다 이렇게 됐을까요?" 어깨를 으쓱하자 질이 덧붙였어요. "다아시가 여기 있었으면 좋겠어요." 그러면서 내 손을 잡고 자기 무릎 위에 놓더군요. 내가 왜 그러느냐는 눈빛으로 보자 질이 말했어요. "괜찮아요." 그러더니 지나가는 사람들을 보면서 내 손등을 가볍게 쓰다듬었어요. 살짝 간지럽기도 했지만 점점 최면에 걸린 것처럼 멍해졌어요. 30분처럼 느껴지는 시간 동안 손끝 하나 까딱하지 못한 채 가만히 앉아 있었죠.

질이 고개를 돌려서 아주 오랫동안 내 눈을 들여다보더니 말했어요. "당신과 나, 루카스, 우린 괜찮을 거예요. 앨리도 괜찮을 거예요. 당신도 그거 알죠? 내 생일에 내가 원하는 건 바로 그거예요. 우리 셋이 괜찮아질 거라는 걸 당신이 아는 거."

내가 아무 대꾸도 하지 않자 질이 내 오른쪽 뺨에 키스하고 내 손을 잡은 채 주차장으로 이끌었어요.

운전하는 질 옆에 타고 집으로 오는 길에 땀이 나고 속이 울렁거렸어요. 뭔가 용서받을 수 없는 짓을 한 것 같은 느낌이 들더군요. 내가 한 거라곤 앨리의 지시대로 질을 데리고 그녀의 49번째 생일에 저녁을 먹으러 갔고, 그녀가 앨리와 날 위해 한 모든 일에 감사하는 마음을 표현한 것뿐인데 말이죠.

하지만 그날 밤은 왠지 마음이 한없이 불편했어요.

질이 우리 집 진입로에 트럭을 세웠을 때 앨리의 텐트가 다시 호박등처럼 오렌지색으로 환하게 빛나고 있었어요. 앨리가 우리의 저녁이 어땠는지 물어보러 나오지 않아서 기뻤죠.

집에 들어와 작은 현관에 서서 질이 날 오랫동안 바라보더니 말했어요. "내 방으로 올라올래요?"

나는 침을 꿀꺽 삼켰고, 내 얼굴이 하얗게 질리는 걸 느꼈어요. 내가 몸을 떨기 시작하자 질이 날 껴안고는 좀 전과는 아주 다른 목소리로 말했어요. "괜찮아요, 루카스. 오늘은 정말 근사한 생일이었어요. 고마워요."

몸이 떨리는 게 그쳤을 때, 질이 이번에는 내 왼쪽 뺨에 키스하고 계단을 올라가 손님방으로 들어갔어요.

나는 현관에 서서 방금 일어난 일을 이해해보려고 안간힘을 썼어요. 그 순간 바닥에 시멘트를 바른 것처럼 발이 딱 붙어버리고 내 주먹이 각각 200킬로그램은 되는 것처럼 느껴졌어요. 그 마법이 풀린 후에야 계단을 올라갈 수 있었죠. 문을 잠근 채 다시 내 방에 있었어요. 창문을 활짝 열어놨지만 날개 달린 다아시는 오지 않았죠.

정말로 다아시가 걱정되기 시작했어요.

내가 뭔가 잘못한 걸까요, 칼?

공원 벤치에서 질이 내 손을 잡았을 때 가만히 있었던 게 잘못이었을까요?

다른 여자의 손길을 좋아하고 심지어 필요로 한 게 잘못이었을까요?

린드라가 세상을 떠난 후 당신은 다른 여자를 만져본 적이 있나요?

이런 질문에 대한 당신의 대답을 들을 수 있다면 정말 도움이 될 텐데요.

당신의 가장 헌신적인 루카스

14

칼에게

출연진이 전원 참석해서 대본 리딩을 하기 직전에 머제스틱 도서관 주차장으로 '의상 차량'이 들어왔어요. 간단히 말해서 이건 뒤쪽을 개조해 의상 보관창고 겸 작업장으로 사용하는 미니 트랙터 트레일러로, 그 안은 각종 천과 재봉틀과 의상과 소품으로 가득 차 있었어요.

마크와 토니는 활짝 웃으면서 출연진에게 트레일러 기사이자 주인을 소개했어요. 데님 스커트를 입고 카우걸 부츠를 신은 그 여자의 이름은 알린이었어요. 알고 보니 알린은 우리의 의상 디자이너이자 매니저를 자원했더라고요. 알린은 싱긋 웃으며 자기 조수인 리버라는 사람을 소개했어요. 리버는 젊고 갈색 피부에 중성적인 외모에다 긴 머리를 여러 갈래로 땋았더군요.

"여러분이 하는 이 프로젝트의 기운이 정말 마음에 들어요." 알 린이 트레일러 뒤쪽에서 말했어요.

"일종의 러브크래프트(미국의 공포 소설가이자 크툴루 신화의 창 조자—옮긴이) 작품 같은 대본도 정말 좋았어요. 1940년대 자크 투르뇌르(공포영화 감독—옮긴이) 분위기가 완벽하게 섞인 느낌이 랄까."

나는 그게 사람 이름인지도 몰랐지만, 그 칭찬에 앨리의 얼굴 이 불꽃놀이 피날레처럼 환하게 빛나더군요.

그리고 우리 생존자들은(질과 이사야까지 함께) 교대로 의상 차 량 뒤쪽에 갔다가 몇 분 후에 완벽하게 변신한 모습으로 나왔답 니다.

의상팀은 내게 청바지와 '머제스틱 마법사들'이라는 문구가 쓰인 추리닝 상의를 입혔어요. 나는 그들에게 우리 학교 마스코 트는 괴짜들이라고 했지만, 리버가 '마술사들'이 훨씬 더 힙하고 좀 더 정확하다고 했어요. 우리가 이 프로젝트로 마법을 부리려 하고 있으니까요. "나를 믿으세요." 리버가 이렇게 말해서 나도 믿기로 했죠. 내가 의상 차량에서 나왔을 때 앨리가 고개를 끄덕 이며 동의했어요.

그들은 이사야에게 흰색 리넨 정장을 입히고 밀짚 중절모를 씌웠어요. 내 눈엔 '융 정신분석가'처럼 보이진 않았지만 내 절친 은 그 의상을 아주 마음에 들어 해서(완전 할리우드 풍이라) 진짜 와는 거리가 멀다는 말은 하지 않았죠.

질은 재미있게도 청록색 슈트를 입었는데 그 모습이 중년의

힐러리 클린턴처럼 보이더군요. 물론 질이 훨씬 더 아름답지만
요. 질은 무슨 의상이든 잘 소화해서 영화배우처럼 근사해 보였
고, 의상 차량 뒤쪽에서 모델처럼 걸어서 모두 환호했어요.

알린과 리버는 마지막을 위해 최고의 의상을 아껴놨어요. 앨리
가 머리부터 발끝까지 꿩 깃털로 뒤덮인 모습으로 차에서 나오
자 모든 사람들이 우리가 스포츠 경기에서 우승한 것처럼 박수
갈채를 보냈어요. 심지어 괴물 의상에는 호랑이 줄무늬까지 있더
라고요. 우리의 새 의상 디자이너들이 모든 깃털을 아주 세심하
게 디자인했다는 뜻이죠. 비결은 잘 모르겠지만 알린과 리버는
우리가 상상한 괴물, 그러니까 머제스틱 괴물들의 왕자의 모습을
완벽하게 재현해냈어요. 심지어 스프링복으로 만든 등판까지 있었어
요! 하지만 그들의 탁월한 바느질 솜씨로 우리가 만든 것보다 훨
씬 더 부드럽게 휘어지고 가볍고 숨도 자유롭게 쉴 수 있는 스판
덱스 밑판을 댔더군요.

"새처럼 날렵하면서도 시원하네요." 앨리는 그렇게 외치면서
의상 차량 바닥을 발판으로 써서 공중으로 높이 뛰어올랐어요.
날개가 달린 팔을 퍼덕이며 날개가 달린 다리를 쫙 벌렸죠.

우리는 대본 리딩을 하러 다시 도서관 회의실로 돌아왔는데,
의상 덕분에 연기가 훨씬 더 좋아진 느낌이었어요. 처음부터 끝
까지 대본을 읽는 90분 동안 중간에 일어나 화장실에 가거나 전
화를 받거나 산만해진 사람은 한 명도 없었어요. 리딩을 마쳤을
때는 다들 전에 읽어본 대본이었는데도 눈이 젖어 있었어요. 뭐,

나도 마찬가지였고요.

마크와 토니와 함께 동그랗게 둘러앉은 자리의 상석에 앉아 있던 리버와 알린도 엉엉 울더군요.

"그런 일을 겪고도 모두 어떻게 이 일을 해내고 있는지 모르겠어요." 알린이 말했어요.

"나라면 정말 못할 텐데." 리버가 말했죠.

질, 앨리, 마크, 토니와 내가 뒤에 남아서 알린과 리버가 의상들을 옷걸이에 걸고 탈취제를 뿌리고 장면별로 정리하는 걸 도왔어요. 의상 준비와 관리에 이토록 많은 시간과 노력이 들어가는지 처음 알았죠.

그러다 어느 순간 나와 리버만 있을 때 리버가 말하더군요. "그러니까 당신이 여기서 진짜 영웅이죠?" 그 말을 듣자 그가 마치 내 눈알을 빨아서 뽑아내려고 하는 것 같은 느낌이 들었어요. 나는 그 자리에 그대로 얼어붙었는데, 리버는 그걸 겸손의 표시로 받아들였는지 이렇게 말했어요. "난 당신이 그때 했던 일이나 지금 하는 일이나 둘 다 절대 못할 것 같아요."

나는 대꾸도 없이 돌아서서 걷기 시작했어요. 리버와 알린이 우리 영화를 성공시키기 위해 애쓰고 있는 걸 생각하면 무례한 행동이었죠. 하지만 그때 나는 무의식적으로 그렇게 해버렸어요. 내가 볼 수도 없고 이해할 수도 없는 뭔가가 조종하는 끈에 팔다리가 매달린 꼭두각시가 된 것 같았어요. 세 집만 더 가면 우리 집이 나오는 곳에 이르렀을 때 질과 앨리가 탄 트럭이 내 옆에 멈춰 서더군요.

"무슨 일 있었어요?" 질이 열린 차창 너머로 물었어요.

고개를 흔들어서 아니라고 했어요.

"리버가 뭐라고 했든 사과를 끝도 없이 했어요. 정말 속상해하더라고요."

나는 고개를 끄덕였어요. 괜찮다는 뜻이었죠.

질이 앨리를 텐트로 보냈는지 우리를 따라 집 안으로 들어오지 않았어요. 내가 소파에 앉자 질이 내 옆에 털썩 주저앉더니 오랫동안 입을 다물고 있다가 물어보더군요. "필요한 거 있어요?"

"마지막으로 한 번 더 산드라 코일에게 연락해보고 싶어요." 그 말에 나도 놀랐어요.

"내가 그 시장 역할을 못 해낼 것 같아요?" 질은 농담 반 진담 반으로 대꾸하더군요.

나는 질이 분명 산드라보다 훨씬 더 사라 연기를 잘할 거라고 말하며 질의 연기에 관해 이야기했어요. 하지만 그 후에 진실을 말했죠. "다만 그날 밤 당신은 그 극장에 없었잖아요. 음…… 산드라는 있었고요."

"알았어요." 질이 그렇게 말하고선 나를 혼자 남겨둔 채 손님방으로 올라갔어요.

나는 휴대폰을 꺼내서 12월에 처음 만난 후 저장해둔 생존자들의 전화번호를 훑어봤어요. 거기서 산드라의 번호를 찾아 누르고 휴대폰을 귀에 갖다 댔죠.

벨이 다섯 번 정도 울린 후에 산드라가 받더니 말했어요. "루카스 굿게임 씨, 지금이 몇 시인지 알아요? 밤 12시가 다 됐어요!"

"그렇게 늦은 시각인지 몰랐습니다." 나는 솔직하게 말했어요. 긴 침묵이 흐르자 산드라가 용건이 뭐냐고 물어보더라고요.

그때 다시 평소의 내가 몸 밖으로 빠져나오는 걸 느꼈어요. 평소의 지루한 나는 방 반대편으로 걸어가 벽에 어깨를 기대고 서서 그보다 훨씬 나은 루카스가 산드라의 질문을 재치 있게 받아넘기는 모습을 지켜보더군요.

나는 산드라에게 우리 영화에 출연해주면 좋겠다고 했어요. 산드라가 우리 영화를 감정적이고 재정적인 자원의 낭비로 생각한다는 점도 안다고 했죠. 나는 대본 리딩 현장을 거의 시적으로 들릴 만큼 아주 강렬하게 묘사하면서 도서관 회의실에서 모두 어떻게 웃는지 말했어요. 얼마나 큰 소리로 웃었는지 로빈이 책장의 책들이 흔들릴 정도라고 말했다고도 했죠. 나만 빼고 모두 몇 번이나 울었다고 말했어요. 이 괴물 영화 프로젝트는 정말 치유 효과가 있다고, 이것이 기적적으로 생존자들을 도와주고 있는 것 같다고, 그러니 산드라도 같이하면 도움이 될 거라고, 혼자 숨어서 외톨이가 되는 건 좋지 않다고요. 예술은 확실히 치유력이 있고, 그래서 애초에 그날 밤 남편 그렉과 함께 극장에 간 것 아니냐고 말했어요. 그녀는 영화가 사람들을 하나로 묶어주고 그들의 마음을 달래주는 힘이 있다는 걸 아니까요. 나는 내 그늘 어딘가에 숨어 있는 위대한 변화의 열정을 그 순간 한껏 쏟아냈어요. 이렇게 계속하면 산드라를 설득할 수 있을지도 모른다는 생각이 들더군요. 그래서 산드라가 다음 날 아침 8시에 자기 집에 방문해달라고 했을 때 놀라지 않았어요. 바로 그러겠다고 수락했죠.

하지만 전화를 끊었을 때, 어쩐지 정신적인 덫에 빠진 것 같은 느낌이 들기 시작했어요. 뾰족뾰족한 강철 이빨이 난 입이 내 다리뼈를 콱 깨물어 으스러뜨렸고, 피가 뚝뚝 흐르는 다리는 아무리 용을 써도 풀려날 수 없는 거대한 사슬에 묶여 있었어요.

항상 그렇듯 내 방으로 올라가 창문을 열었지만 날개 달린 다아시는 나타나지 않았어요. 다아시가 마지막으로 두 날개로 안아준 후 놀라울 만큼 오랜 시간이 흘렀죠. 침대에 누워서 산드라와 당신이 우리 영화 프로젝트에 참여하지 않는 이유에 대해 생각해봤어요. 당신의 관점에서 이 일을 중립적으로 보려는 시도도 하면서 이유를 짐작하려고 애썼습니다. 당신과 산드라가 영화를 끔찍이 싫어했다면 이 프로젝트에 참여하고 싶지 않은 마음을 이해할 수 있었겠죠. 하지만 둘 다 다른 생존자들처럼 그 비극이 일어난 날 밤 극장에 있었잖아요. 그리고 둘 다 마크와 토니의 영화판 성당과도 같은 그곳에 가는 걸 수도 없이 봤고요. 당신이 영화관에 있을 때 내가 멀찍이 떨어져서 손을 흔들었더니 당신도 고개를 끄덕이며 나를 아는 척했던 그때 기억나요? 당신은 우리가 그런 은밀하고 신비한 관계를 맺고 있다는 사실을 아무도 모르게 아주 살짝 고개를 끄덕였죠. 어쨌든 당신과 산드라가 적어도 영화를 좋아한다는 사실을 알아요. 그래서 더더욱 이 상황이 이해되지 않더라고요. 당신이 그 의문을 풀어줄 의향이 있다면 열심히 들을게요. 아니면 지금 우리가 하는 소통의 형태로 봐서 편지로 써준다면 열심히 읽을게요.

새벽 5시가 됐을 때, 잠을 자기는 글렀다는 사실을 깨닫고 일어나서 샤워한 후 출근하려고 나가는 질을 봤어요.

"왜 그렇게 일찍 일어났어요?" 질은 오른손에 든 트럭 키를 달랑거리면서 물었어요.

"잠이 안 와서요." 나는 대답했죠.

질은 잠시 내 얼굴을 살펴보더니 "미안하지만 내가 지금 늦어서"라고 말하고 바로 나가버리더군요. 그녀에게 준 배역을 다시 산드라에게 맡기고 싶다는 말 때문에 받은 상처가 아직 가시지 않았다는 걸 알았죠. 하지만 내 마음은 계속 산드라에게 연락하라고 말했고, 당신은 항상 마음이 하는 소리에 귀를 기울이라고 가르쳤잖아요.

아주 길게 산책을 하고 싶었지만 그러다 온몸에서 땀 냄새를 풍기며 산드라를 만날 것 같아 걱정됐어요. 대신 커피를 한 잔 끓여서 홀짝홀짝 마시며 이른 아침 햇살이 간밤이 남기고 간 어둠을 조금씩 쓸어내는 풍경을 지켜봤죠.

부엌 시계로 7시 20분이 됐을 때 심호흡을 한 번 하고 집을 나섰어요.

머제스틱 시내를 가로질러 가는 동안(그러니까 소형 주택 단지를 지나 중형 주택 단지도 지나 마침내 대형 주택 단지로 들어갔을 때) 산드라의 눈을 똑바로 봤을 때 정확히 내가 이뤄내고 싶은 목적이 뭔지 분명하게 해두려고 노력했어요.

나는 그저 그 모임을 완성하고 싶은 걸까? 그러니까 생존자 열일곱 명 모두가 완전해지기 위한 목적 하나로 이 프로젝트에 참여하길 바라는 걸까?

그건 아니라고 생각했어요. 특히 당신은 절대 참여하지 않을 거라는 점을 확신했으니까요.

자아도취적인 욕구를 채우기 위해 산드라를 통제하고 싶은 걸까?

그것도 아니었어요.

산드라의 목소리에서 흘러나오는 날카로운 냉기(그것만으로도 모두 자기 신발끈만 쳐다보고 싶게 만드는)가 날 움직이게 한 거죠. 마찬가지로 그녀가 가까이 있을 때 뿜어져 나오는 고통도 그렇고요. 나는 산드라가 느끼는 그 불편한 느낌을 없애주고 싶다는 답을 내렸어요.

그 정도면 추구할 만한 가치가 있는 목표라고 되뇌면서 저택 앞 철문을 열고 현관문으로 이어지는 길옆의 장미 정원을 지나 초인종을 눌렀죠.

아주 짧게 자른 적갈색 머리에 완벽하게 화장하고 옷을 세련되게 차려입은 젊은 여성이 나와서 맞아주더군요. "굿게임 씨, 안에서 기다리고 계십니다."

집으로 들어가면서 이 젊은 여성이 내가 산드라에게 전화했을 때 통화한 비서일 거라는 사실을 깨달았어요. 도서관에서 하는 영화 관련 첫 모임에 와달라고 산드라에게 전화했을 때 통화한 사람 말이죠. 그래서 물었어요. "당신이 윌로우인가요?"

"맞아요." 그녀는 낭랑하게 대답하고는 일종의 응접실을 가리키며 말했어요. "곧 나오실 겁니다." 그러고는 가버리더군요.

나는 잠시 복도에 서서 산드라의 아이들이 내는 소리를 들어 보려고 했지만 침묵만 흘렀어요. 산드라가 아이들을 친척들과 같이 지내라고 보냈는지, 아니면 기숙학교에 보냈는지 궁금해지더군요. 그런 생각만 해도 얼굴이 절로 찌푸려져서 어쩌면 아이들은 동네 친구 집에 하룻밤 자러 간 건지도 모른다고 애써 생각했어요.

응접실로 들어가자 그랜드 피아노, 아름다운 돌 벽난로, 지도에선 찾을 수 없을 별세계처럼 보이는 풍경화 몇 점, 한쪽 팔걸이가 있는 빅토리아 시대풍의 긴 황금색 소파와 가죽과 목재로 된 큰 의자 두 개가 보였어요. 하지만 정말로 내 시선을 사로잡은 건 죽은 그렉 코일이 목재 이젤 앞에 앉아 있는 모습의 거대한 초상화였어요. 방의 어느 곳에 있든 그의 시선이 나를 따라다니는 구도의 그림이었죠. 자신만만하면서도 어쩐지 겸손해 보이기도 하는 미소 띤 얼굴에 터무니없이 하얀 치아가 드러나 있더군요. 코는 길고 툭 튀어나왔지만 당당하면서 매력적이기도 했어요. 짧게 자른 머리는 한가운데서 가르마를 탔는데, 모자를 쓴 것처럼 정수리만 희끗희끗했죠. 그렉은 미남에 꽤 뛰어난 골프 선수로 친절한 사람이라는 평판이 널리 나 있었어요. 그는 종종 시간을 내서 우리 학교 골프팀 선수들을 코치해주기도 해 선수들 사이에서 인기가 좋았죠.

산드라가 줄무늬 정장을 입고 찻잔을 받친 도자기 잔에 든 뜨거운 차를 홀짝이며 들어왔어요. 그녀는 황금색 소파에 앉았고,

나는 목재 의자에 앉았습니다.

"그렉에게 인사는 했죠?" 산드라가 말했어요.

어떻게 대답해야 할지 모르겠는 이상한 질문이어서 입을 다물고 있자 산드라가 피식 웃더군요.

"잘 들어요, 루카스." 산드라는 우리의 정강이뼈 사이에 있는 커피 테이블 위에 찻잔을 올려놓으며 말했어요. "난 당신에게 감동했어요. 당신이 도서관에서 한 연설도 그렇고 어젯밤 전화로 내게 한 말도 그렇고요. 그건 그렇고 다시는 밤에 전화하지 말아요."

나는 고개를 끄덕이며 사과했어요. 어젯밤 전화했을 때는 정말 시간이 그렇게 늦은 줄 몰랐거든요.

"당신은 사람들의 마음을 아주 잘 움직여요. 재주가 있다고도 볼 수 있겠어요."

그 말을 듣는 순간 피부가 불쾌하게 따끔거리기 시작했어요.

"작은 비밀 하나를 알려드리죠. 난 공직에 출마할 건데, 선거 자금도 꽤 많이 확보했어요." 이어서 자기가 출마할 공직과 그녀를 후원하는 유명인사들의 이름을 읊더군요. 적어도 그건 인상적이었어요. 그러고 나서 산드라가 말했어요. "우리 팀에 합류하는 게 어때요, 루카스? 내 연설문을 작성하는 걸 당신이 도울 수 있을 것 같은데. 가끔 당신도 나와 같이 무대에 설 수 있을지 누가 알아요? 그리고 내가 당선되면 당신처럼 재능이 넘치는 사람을 위해 더 많은 일을 알아봐줄 수 있어요. 물론 경제적인 보상도 충분히 해드리죠."

산드라는 최소 1년 동안 자신의 컨설턴트로 일하는 대가로 지급할 용의가 있는 액수를 말했는데, 내가 머제스틱 고등학교의 상담교사로 받는 보수의 몇 배였어요.

"내 목표는 진정한 힘이에요. 의미 있는 변화를 이뤄낼 힘. 당신과 내가 지난 12월에 겪었던 일을 다른 사람들은 절대 겪지 않게 할 힘. 그건 당신도 바라던 바잖아요. 안 그래요? 지난 몇 달간 우리가 겪은 상실과 공포로부터 다른 사람들을 보호하는 일 말이죠."

나는 원래 이 대화를 하러 온 목적도 까맣게 잊어버린 채 고개를 끄덕이고 있는 걸 깨달았어요.

"그럼 내 팀에 합류해요, 루카스. 실질적인 성과를 이뤄내봅시다. 옳은 방향으로 정책을 추진해보자고요. 책에 대한 더 엄격한 법안들도 통과시키고요. 사람들의 목숨을 구하는 겁니다!"

내가 대답하지 못하자 산드라가 말했어요. "당신은 이해하지 못하는군요. 알았어요. 내 패를 다 보여드리죠. 당신은 진짜 영웅이에요, 루카스. 당신에겐 정치적인 매력이 있어요. 하지만 그것도 그 사이코패스의 동생과 괴물 영화를 만드는 식으로 당신이라는 브랜드를 망치면 말짱 헛것이 되죠. 까놓고 말해서, 그 아이도 아마 사이코패스일 거예요. 당신이 진짜 해결책의 일원이 되고 싶다면, 정말 다아시를 기리고 싶다면, 그런 유치한 짓은 그만집어치우고 어른답게 행동해요. 당신의 의도가 좋다는 건 알아요. 하지만 산드라 코일이 머제스틱 극장에서 일어난 비극에 대한 진정한 해결책을 찾겠다고 말하면 그걸 좀 믿어줘야 해요. 그리고 난 지금 당신에게 내 팀에 합류할 기회를 주는 거예요. 어떻게 생각해요?"

이 이상한 제안에 머리가 좀 멍해져서 눈을 몇 번 깜빡였어요. 그러고 나서 말했죠. "앨리는 사이코패스가 아니에요."

"당신은 친절한 마음으로 그 아이를 구하고 싶겠지만, 그 엄마가 아들들에게 어떤 짓을 했건 당신이 그걸 없었던 일로 만들 수 있다고 생각해요? 당신이 그 DNA를 바꿀 수 있어요? 그 아이는 분명 가망이 없어요. 모두 그걸 알고 있어요. 그리고 정치적인 시각에서 보면 그 아이는 방해만 돼요. 나는 대중이 그 아이를 동정하는 상황은 원치 않아요. 우리에겐 깔끔하고 명쾌한 이야기가 필요하다고요. 그래서 당신이 내 팀에 들어왔으면 하는 것도 있어요."

순간 그렉의 거대한 얼굴을 흘낏 보고 다시 산드라를 보며 말했어요. "하지만 난 우리 영화 프로젝트에 참여해달라고 당신을 설득하기 위해 여기 온 겁니다. 거기 참여한 사람들이 많고, 그건 지금까지 모두에게 긍정적인 경험이었어요."

"좀 전에 제시한 보수를 두 배로 올리면 어떨까요? 그 비극이 일어난 후로 당신이 근무하던 학교에 발도 못 들인다는 말을 들었어요. 요즘 은퇴한 교사들에게 주는 퇴직금으로 먹고살기에 당신은 너무 젊잖아요."

그건 사실이었어요. 질의 말에 따르면 그 돈으로 남은 인생은 고사하고 앞으로 2년도 버티지 못할 거라고 하더군요. 하지만 나는 돈 이야기를 하러 온 게 아니었고 그래서 말했죠. "우리가 타협할 여지가 있을까요? 달리 내게 할 부탁은 없나요? 당신이 정말 우리 영화에 참여해주면 좋겠는데요."

산드라는 차가운 눈으로 날 노려봤어요. 날 분석하면서 다음수를 놓기 전에 뭔가를 알아내려고 하는 눈빛이었죠. 그러다 그녀의 눈이 가늘어지면서 묵직한 중압감이 방의 공기를 빨아들이기 시작했습니다.

"12월에 그런 일이 일어난 후 영화는 생각도 하기 싫어졌어요. 팝콘 냄새조차 맡기 싫어졌다고요." 산드라가 마침내 그렇게 말하더군요.

산드라의 시선이 날 두 동강 내듯 지나갔어요. 다시 입을 열었을 때 그녀가 나를 얼마나 증오하는지 느낄 수 있었죠. "그 한센네 아이가 당신을 실망하게 할 거예요. 내 말 명심해요. 그 씨가 어디 가나요."

그 말에 멋지게 반격하거나 적어도 앨리 편을 들었어야 했는데, 난 그냥 산드라 집에서 나왔어요. 그런 내내 산드라가 내 등에 대고 소리를 질렀어요. "내 제안을 생각해봐요, 루카스! 48시간 동안 유효하니까!"

집으로 걸어오면서 그 일을 결정하기 위해 단 1초도 필요 없다는 걸 알았어요. 10대 소년에게(산드라가 말 한마디 나눠본 적도 없는) 사이코패스라고 꼬리표 붙이는 정치가와는 절대 한 편이 되지 않을 겁니다. 그녀의 제안에 대한 내 답은 거절이었어요. 수천 번을 물어봐도 '아니오'였어요.

집에 도착했을 때 앨리는 텐트에도, 집 안에도 없었어요. 그러다 식탁 위에서 토니와 같이 하루를 보내겠다고 적은 앨리의 쪽지를 발견했어요. 토니가 앨리에게 디지털카메라 사용법과 촬영 구도 잡는 법과 블로킹을 포함한 다양한 카메라 기법에 관해 속성 과외를 해주기로 했거든요. 전날 밤에 토니는 그걸 "영화 수업 101"이라고 불렀는데, 그 표현을 듣자 싱긋 웃음이 나더라고요. 앨리가 더 밝은 미래로 향해 갈 수 있도록 가르치고 싶어 하는 어른들이 점점 늘어나는 것처럼 보여서요. 질과 내가 어떻게 그런 일이 일어나게 했는지는 나도 잘 모르겠지만, 한편으로 마음이 놓이더군요. 이젠 나 혼자 앨리를 책임지지 않아도 돼서 한결 부담을 덜었어요.

전날 밤을 꼬박 새우다시피 해서 아주 피곤했기에 침실로 올라가 침대에 누워 그대로 곯아떨어졌죠.

잠이 깼을 때는 사방이 칠흑처럼 새까맸지만, 얼굴에 규칙적으로 스치는 바람을 느꼈어요. 그때 다아시가 날 보러 돌아와서 내가 자는 동안 시원하게 해주려고 날개를 펄럭이고 있었다는 걸 퍼뜩 깨달았어요. 아무것도 볼 수 없어서 불을 켜려고 했지만 스위치를 눌렀는데 불이 들어오지 않았어요. 그래서 다아시의 이름을 불렀지만 대답하지 않았죠. 하지만 규칙적으로 고동치는 바람이 내 얼굴을 계속 스쳐 지나갔어요. 그 바람을 따라 방구석으로 갔는데, 거기서 뭔가가 날 거세게 움켜쥐자 폐에서 공기가 서서히 빠져나갔어요. 그리고 깃털이 내 온몸을 부드럽게 간질이는 걸 느꼈죠.

"다아시?" 나는 마지막 남은 숨을 그러모아 불렀지만, 깃털들이 날 더 세게 눌러서 의식을 잃었고 그때 아이러니하게도 잠에서 깼어요.

내 방 창문으로 햇빛이 흘러 들어오는 걸 보니 늦은 오후라는걸 알 수 있었어요. 나는 침대에 누워서 오랫동안 숨을 돌리려고 애를 썼고, 그동안 햇살 속에서 미세한 먼지 덩어리가 둥둥 떠다니며 춤을 췄어요. 대체 다아시가 어디 있는지 궁금해지기 시작했습니다. 다아시와 헤어져 있다는 불안이 그 어느 때보다 강하게 느껴지며 배 속에서 요란하게 펄럭였어요. 마치 까마귀 한 마리를 통째로 삼켜버렸는데 날개를 퍼덕이면서 부리로 내 배를 쪼아 밖으로 나오려는 것 같은 느낌이었죠. 그 트라우마가 내 몸의 모든 혈관에 독을 퍼부어서 매트리스 위에서 손가락 하나 까닥할 수 없었어요. 그렇게 해가 질 때까지 꼼짝 못 하고 있었는데, 앨리라는 해독제가 아래층 현관문을 박차고 들어와 기쁨에 겨워 소리를 질렀어요. "굿게임 선생님! 선생님에게 할 말이 너무 많아요!"

순간 나를 사로잡고 있던 어두운 마법이 깨지면서 벌떡 일어나 앉아 소리쳤습니다. "어서 듣고 싶구나! 당장 내려갈게!"

그렇게 우리는 거실 소파에 앉았고, 앨리가 토니와 함께 우리 영화의 모든 장면을 특대형 노트패드 위에 어떻게 스케치했는지 보여주더군요. 우리의 이야기가 한 프레임씩 펼쳐지는 걸 보니 마치 거대한 만화를 보는 것 같았어요. 앨리는 속사포처럼 이야기를 쏟아내면서 두 손을 열심히 흔들며 중간중간 소파 구석에 있는 쿠션을 마치 가라테를 하는 것처럼 내려치기도 했어요. 그렇게 끝도 없이 말하는 아이를 보며 생각했죠. 어떻게 이 아이를 사랑하지 않을 수 있겠어?

"굿게임 선생님, 괜찮으세요?" 앨리가 말했을 때 나는 살짝 멍해져 있었다는 걸 깨닫고 미소를 지으며 고개를 끄덕였어요.

아이도 싱긋 웃더니 다시 이야기를 시작했어요. 그렇게 앨리가 하고 싶은 이야기를 다 마쳤을 때 질이 저녁으로 링귀니에(납작하게 뽑은 파스타—옮긴이) 위에 치킨 파마산을 올린 음식을 갖고 왔어요. 설거지하고 그릇을 닦아서 정리한 후에 우리 셋은 뒷마당에서 프리스비를 던지며 놀았죠. 그러고 나서 앨리는 텐트에서 "쉬기로 했고", 질과 나는 다아시의 해먹에 나란히 앉아 바람을 쐈어요. 그때 질에게 이제 그녀가 공식적으로 사라 역을 맡게 됐다는 소식을 전했습니다.

"그러니까 산드라가 당신 부탁을 거절했나요?" 질이 물었고, 나는 산드라에게 우리 영화의 치유 효과를 주려는 인간적인 시도는 다 해봐야 할 것 같았다고 설명했어요. 하지만 예술적인 측면에서 이제 질처럼 똑똑하고 재능이 넘치고 아름다운 여자가 머제스틱 시장 역을 맡아서 안도했다고 했죠. 질이 해먹 밑에 내려놓은 두 다리를 마치 가위질하는 것처럼 동당거렸기에 기뻐하고 있다는 걸 알 수 있었어요.

30분 정도 지나자 질이 하품을 하기 시작해 나도 피곤하다고 했어요. 그러고 내 방으로 올라와 당신에게 이 편지를 쓴 거예요.

편지를 마무리하면서, 당신이 우리 영화에서 연기할 기회가 슬프게도 공식적으로 끝났다는 사실을 알려야 할 것 같아요. 내일 촬영을 시작할 건데 이 시점에서 이사야가 맡은 융 정신분석가 역할을 뺏는 건 불공평한 것 같거든요. 이사야는 이미 의상도 맞췄고 그동안 대본 리딩도 빠지지 않고 참석했으니까요. 또한 이사야는 나를 자주 옆으로 불러내서 생존자들에게서 떨어진 곳으로 데려가요. 그렇게 우리 둘만 있는 조용한 곳에서 내 이마에 자기 이마를 대고, 내 눈을 똑바로 보면서, 내가 아주 자랑스럽다고 말하죠. 그러고는 내 등을 세게 탁탁 치면서 소리쳐요. "고맙습니다, 주님. 루카스 굿게임 같은 좋은 사람을 보내주셔서 고맙습니다! 아아멘!" 그럴 때마다 난 항상 웃음을 터뜨려요. 표정뿐만 아니라 정말 진심으로 행복하다는 걸 알 수 있게 노래하듯이 아멘이라고 하거든요.

이렇게 다정한 사람들이 있는 머제스틱에 사는 난 행운아란 느낌이 들어요.

당신의 가장 헌신적인 루카스

15

칼에게

극히 다사다난했던 우리 영화 촬영 초반의 며칠에 대해 말하고 싶지만, 그 재미있는 일화들을 말하기 전에 내가 꾼 꿈 이야기를 꼭 해야만 할 것 같아요. 당신의 분석적인 통찰력이 내 정신적 안정에 도움이 될 거라 생각해요.

유감스럽게도, 그 비극이 일어난 후로 당신이 매일 쓰라고 권했던 꿈 일기를 쓰지 않았다는 사실을 인정해야겠어요. 날개 달린 다아시와 같이 시간을 보내느라 잠을 포기했고, 그런 상태에서 꿈을 꿀 순 없으니까요. 다만 내 아내는 여전히 행방불명 상태고, 그래서 이제는 아내가 어디 있을까 걱정하느라 잠 못 이루고 있는 형편이에요. 발견되길 원하지 않는 천사를 찾아낼 수는 없잖아요. 그러니 내가 할 수 있는 게 없어요. 안 그래요? 나는 다아시와 내 사랑이 모든 장애물을 초월할 것이라고 굳게 믿으면서 평정을 유지하며 인내심을 발휘하려고 매우 애쓰고 있어요.

다시 내 꿈 이야기로 돌아와서, 괴물 영화의 첫 촬영 전날 밤, 당신에게 보내는 지난번 편지를 다 쓰고 나자 고맙게도 선물처럼 잠이 찾아왔어요.

꿈에서 나는 3학년이었어요. 수학 시험을 보는데 모든 문제의 답이 13으로 나와서 걱정하고 있었죠. 내가 푼 답을 확인하고 또 확인해봤지만 계속 13이 나왔어요. 도저히 그럴 리 없는데 말이에요. 뭔가 속임수에 넘어간 건지 아니면 내 답을 베낄지 모르는 아이들을 잡기 위해 특별히 고안된 다른 문제지를 나만 받은 건지 의아했어요. 다른 친구들은 불안해하는 기색이 없어 보였거든요. 친구들의 답을 훔쳐봤는데 그 어디에도 13이라고 쓴 답을 찾을 수 없어서 이러다 시험에서 낙제할까 걱정됐어요.

"루카스 굿게임!" 팔라나 선생님이 소리쳤어요. "친구들 답안지 보지 말고 당장 네 답안지 가져와."

다른 아이들이 다 같이 나를 놀리기 시작했어요. 창피해서 고개를 푹 숙인 채 시험지를 손에 들고 교실 앞쪽으로 걸어가는 동안 마치 그리스 합창단처럼 "우우우우우우!" 하고 소리를 질러댔어요.

팔라나 선생님 책상 앞에 도착해 13이란 숫자로 가득 찬 답안지를 내밀었는데, 고개를 들어보니 선생님이 벌거벗은 해골로 변해 있는 거예요. 꿈속의 내가 무서워 펄쩍 뛰었을 거라고 생각하겠지만 그렇지 않았어요. 그 해골이 말했어요. "당장 케이스 선생님에게 가봐."

그때 잠이 깼어요.

당신은 항상 꿈에서 어떤 감정들을 느꼈는지 물었죠. 그래서 그 감정들을 여기 적을게요. 꿈에서 나는 아주 큰 수치심을 느꼈고, 마치 이 세상에 나 혼자 있는 것처럼 외로웠어요. 내가 원하지 않는 뭔가를 받은 것 같은 기분도 들었고요.

어떤 상황에서 그런 기분을 느꼈는지 설명하려면 실제로 3학년 때 내게 어떤 일이 있었는지 기억나는 대로 말해야 할 것 같네요.

어느 가을 할로윈 즈음에 팔라나 선생님이 나를 따로 불러서 말했어요. "넌 이제부터 금요일 오전마다 저쪽 복도 방에서 케이스 선생님과 시간을 보낼 거야."

그때 내가 뭔가 잘못했거나 아니면 어떤 시험에서 낙제했다고 생각했던 기억이 나요. 그래서 보충 수업을 받으러 가는 줄 알았죠.

그 첫 금요일 오전에 텅 빈 복도를 따라 케이스 선생님의 방으로 갔어요. 그때 몇 주 전에 팔라나 선생님이 우리에게 이상한 시험을 치르게 했던 기억이 나더군요. 이 특별한 시험지에는 철자법이나 수학이나 지리나 독해 문제 같은 건 없었어요. 대신 이상한 그림들이 줄줄이 있었죠. 우리는 그림 세 개를 선택해 그 이유를 적어야 했는데, 그런 시험은 정말이지 난생처음이었어요. 우리 반 아이들 모두 그 시험이 이상하다고 생각했어요. 그보다 더 이상한 건, 그날 학내식당에서 그 시험에 대해 오랫동안 이야기를 나눴는데도 모두 금방 싹 잊어버리고 다시는 말하지 않았다는 점이에요.

그날 아침, 복도 끝에 있는 케이스 선생님(전에 학교에서 본 적이 있는지도 기억이 안 나더라고요) 교실에 들어갔을 때 길고 검은 머리에 피부가 창백한 여자가 원형 테이블 앞에 앉아 있었어요. 그 사람이 케이스 선생님이었죠. 지금 내 기억에 선생님은 짙은 초록색 원피스를 입고 손가락에 여러 개의 은반지를 끼고 있었어요. 목에도 긴 은목걸이를 걸었는데 그 목걸이 끝에, 그러니까 선생님의 가슴골에 역시 은으로 만든 아주 작은 공처럼 보이는 것이 달려 있었어요. 그 공에 내 뒤틀린 모습이 거꾸로 비치더군요.

"들어오렴, 루카스. 여기 테이블 앞에 앉아." 선생님이 말했어요.

"여기에 혼나러 온 건가요?" 내가 물었죠.

선생님이 웃더니 말했어요. "아니, 그 반대야."

"그러면 제가 왜 온 거죠?"

그때 케이스 선생님은 내가 재능 있는 초등학생 프로그램에 추가로 선정됐다고 말했어요. 난 그럴 리가 없다고 했어요. "전 시험에서 단 한 번도 A를 받은 적이 없어요. 똑똑하지도 않고요. 뭔가 오해가 있는 것 같아요."

"세상엔 다양한 종류의 지능이 있단다." 선생님은 그렇게 말하고 내가 앉은 테이블 위에 카드 한 벌을 죽 펼쳐놨어요. 이게 뭔지 아느냐고 물어서 어깨를 으쓱하자 선생님이 말했어요. "이 카드들이 내가 너를 더 잘 이해할 수 있도록 도와줄 거야. 한번 보렴."

그 카드에 나온 사람들이 중세 시대 사람처럼 보인다고 생각했던 기억이 나요. 물론 그때 나는 중세라는 말을 몰랐지만요. 하지만 거기 놓인 여러 장의 카드에 왕과 여왕과 탑과 마법사와 천사와 태양과 달이 있었어요. 모두 아버지가 모은 레코드 컬렉션에서 본 레드 제플린 앨범 표지와 좀 비슷하더라고요.

그때 케이스 선생님이 카드를 하나로 모아서 야무지게 섞더니 동그란 테이블 위에 그림이 보이지 않게 엎어놓았어요.

"하나만 골라봐." 선생님이 말했죠.

"어떤 거요?" 내가 묻자 선생님은 의미심장한 표정을 지으면서 씩 웃으며 말했어요. "그게 바로 문제 아니겠니?"

난 카드들을 훑어보면서 대체 이게 무슨 상황인지 몰라서 막막해했던 기억이 나요. 하지만 그때 피부가 따끔거리기 시작하면서 갑자기 왼손과 가장 가까이 있던 카드에 관심이 쏠리더라고요. 그걸 뒤집자 큰 낫을 지팡이처럼 짚은 해골 그림이 보였어요. 해골 발치에 잘린 머리 두 개가 있었는데 왼쪽은 여자 머리였고 오른쪽은 왕관을 쓴 남자의 머리였어요. 카드 밑부분에 13이란 숫자가 있었고 그다음에 '죽음'이란 말과 함께 이상한 상징이 있었어요.

"이건 나쁜 거예요?" 내가 물었죠.

하지만 케이스 선생님은 싱글싱글 웃었어요. "여기 있는 카드 중에 나쁘거나 좋은 건 하나도 없어."

"그게 무슨 뜻이에요?" 내가 물었어요.

"그 말은 네가 착한 아이란 뜻이야." 선생님은 다시 카드를 한데 모아서 카드 상자에 넣었어요.

그 후로 다시는 선생님의 타로카드를 보지 못했어요. 지금 내 기억 속에는 복도 끝 교실에 앉아서 매주 금요일 아침마다 케이스 선생님과 이상한 이야기들을 읽던 내 모습이 보여요. 당신이 동화라고 부를 만한 이야기들이었죠. 선생님과 나는 차례로 소리내서 마녀와 트롤과 공주와 거인과 마법사에 관한 이야기들을 읽었어요. 이야기 하나를 읽고 나면 선생님은 거기에 무슨 의미가 있는지 물었고, 난 최선을 다해 솔직하게 대답했죠. 내가 정답을 말하는지 틀린 답을 말하는지 알 수 없었지만, 케이스 선생님은 그 이야기들을 생각해보고 그걸 우리 몸에 체화시키는 게 이수업의 요지라고 했어요. 그렇게 우리 몸에 들어온 이야기들이 평생 거기 남아 있다가 최악의 시련이 닥쳐왔을 때 우리를 도와줄지도 모른다고요.

"어떻게 이야기가 저를 도와줄 수 있어요?" 내가 물었죠.

그러면 선생님은 항상 이렇게 대답했어요. "너도 알게 될 거야. 네가 죽기 전에 백만 번은 그 답이 네 눈앞을 스쳐 지나갈 거야."

팔라나 선생님의 교실에는 일주일에 한 번 케이스 선생님과 함께 시간을 보내는 학생이 나 말고 두 명 더 있었어요. 나는 그 아이들에게 복도 끝 교실에 있는 그 이상한 선생님과 뭘 했냐고 물어봤어요. 제이슨 바흐만은 팔라나 선생님이 내는 수학 시험에서 항상 가장 높은 점수를 받았어요. 그래서 제이슨은 케이스 선

226

생님과 수학 문제만 푼다고 했어요. 칼라 나소는 우리 반에서 철자법을 가장 잘 아는 아이여서 케이스 선생님의 교실에서 사전을 공부한다고 했죠. 그 둘이 나한테 넌 뭘 하냐고 물어봐서 '독해' 수업을 받는다고 했어요. 케이스 선생님과 했던 건 팔라나 선생님의 독해 수업과는 별로 비슷하지 않았지만요. 게다가 나는 그 독해 시험에선 종종 낙제했거든요.

"선생님이 레드 제플린처럼 생긴 카드를 펼쳐놨을 때 너희는 어떤 카드를 선택했어?" 제이슨과 칼라에게 물었어요.

하지만 둘은 멍한 얼굴로 날 빤히 보더니 말하더군요. "대체 지금 무슨 소리를 하는 거야?"

나는 그 타로카드를 좀 더 자세하게 묘사했지만, 아이들은 어깨만 으쓱하더니 이렇게 말하는 것 같은 표정으로 서로를 쳐다봤어요. 루카스 굿게임은 정말 괴짜야!

내가 왜 케이스 선생님과 그 특별한 수업을 받게 됐는지 이유는 알아낼 수 없었지만, 그 시간이 좋아서 더는 그런 질문을 하지 않게 됐죠.

일주일에 한 번 케이스 선생님을 만나던 걸 언제부터 그만뒀는지는 기억나지 않아요. 우리의 만남이 초등학교 내내 이어졌다고 말하고 싶지만, 사실은 수업에서 빠졌던 처음 몇 번의 기억과 제이슨과 칼라와 몇 번 이야기를 해보고 그들이 나와 완전히 다른 경험을 하고 있다는 사실을 알게 된 기억만 나요. 그 후론 다른 누구와도 케이슨 선생님에 관해 이야기하지 않아서 내 뇌가 그 일에 관련된 기억을 더는 기록해두지 않았나 봐요.

지난주에 일요일에만 전화한다는 규칙을 깨고 어머니에게 전화했어요. 어머니는 전화를 받자마자 당신 이야기만 하더군요. 거의 30분이나 지난 후에야 마침내 어머니의 독백을 중단시키고 케이스 선생님에 대해 기억나는 게 있는지 물었어요. 어머니는 웃더니 머제스틱 초등학교에 케이스란 선생님은 없었다고 대답하더군요.

"네가 일주일에 한 번씩 팔라나 선생님 교실에서 나와서 보충 수업을 받았다면 내가 확실히 기억하겠지. 그런 일을 당했다면 끔찍하게 굴욕스러웠을 테니까. 난 학부모회 회장이었잖니." 어머니가 말했어요.

나는 케이스 선생님과 보충 수업을 한 게 아니었다고 말했지만, 어머니가 그 케이스라는 선생님이 정확히 뭘 가르쳤냐고 물었을 때는 아무 말도 할 수 없었어요. 그때 겪은 일이 뭔지 정말 기억이 나지 않았고, 또 한편으로는 그 수업은 나만을 위한 사적인 것처럼 느껴졌거든요. 그나마 기억나는 그 일의 일부를 말해선 안 될 사람에게 털어놨다가는 그것마저 잃게 될까 걱정되기 시작했어요. 어머니가 바로 그런 사람이란 게 온몸으로 절실히 느껴졌어요.

칼, 우리가 정신분석을 할 때 당신이 죽음 카드는 영적인 부활과 전갈자리 기호와 연관되어 있다고 말한 게 기억나요. 그리고 전갈자리는 바로 내 별자리예요. 그것은 하나의 끝을 나타내면서 동시에 뭔가 새로운 것의 시작을 나타낼 수도 있어요. 우리 영화가 시작된다는 사실을 고려해보면 그건 적절한 해석 같아요. 영화에 대해선 곧 말해줄게요.

위에 말한 내용이 정말 내게 일어난 일에 대한 기억인지 아니면 내가 상상한 건지 그것도 확실하지 않아요. 만약 정말로 현실에서 일어난 일이었다면 당신과의 정신분석에서 케이스 선생님에 대해 말했을 것 같은 느낌이 들더라고요. 그래도 갑자기 그게 기억나서 당신에게 편지를 썼어요. 내가 이런 꿈을 꾸고 상상하는 이유가 뭐라고 생각해요? 당신은 이걸 어떻게 해석하나요? 당신이 타로와 유대교의 신비주의를 공부한 건 나도 알고 있어요.

이런 대화를 마음 편히 할 사람이 당신 말고는 내 인생에서 아무도 없어요. 질이나 이사야와도 못해요. 앨리에게 이런 이야기를 하는 건 불공평하고요. 앨리는 요즘 자신의 정신적인 문제만으로도 감당하기 벅찰 테니까요. 현재 진행하는 창의적인 프로젝트의 무게도 버거울 테고요. 그 프로젝트는 눈 깜짝할 사이에 우리의 상상을 초월해서 어마어마하게 커졌거든요.

아마 당신도 알 테지만, 영화는 이야기 순서대로 찍는 게 아니고 각 장면에 나오는 배우들 일정에 따라 찍더라고요. 그래야 모두 시간 내서 촬영할 수 있으니까요. 가끔은 날씨에 따라 찍기도 해요. 자연이 대본에 나온 대로 협조해줄 때 야외 촬영을 하고, 그렇지 않을 때 실내 촬영을 하는 거죠. 앨리와 토니는 영화에 나오는 모든 장면을 물류에 관련된 어려움에 따라 등급을 나누고, 제일 까다로운 장면들부터 찍는 걸 목표로 하고 있어요. 거기서 뭔가 문제가 발생하면 좀 더 쉬운 장면으로 옮겨가고, 힘든 장면은 다음 날 찍는 전략인 거죠.

나는 사실 이런 점들을 이해하지 못하고 있다가 첫날에 질문을 퍼부었어요. 그날 영화의 제일 마지막 장면을 찍어서 놀랐거든요. 앨리는 머제스틱 경찰과 순찰차를 다 모으는 것이 물류 문제로 봤을 때 가장 큰 악몽 같은 일이라고 설명하면서 하늘을 가리키며 말했어요. "자동차 추격전을 찍기에 완벽한 날씨예요. 그 장면은 비 올 때는 찍을 수 없잖아요. 그리고 도로를 폐쇄해야 하니까 아침과 저녁 출퇴근 시간대 사이에 찍어야 해요. 오늘 드론 촬영도 해야 하고요."

"드론 촬영이라고?" 내가 물었어요.

마크와 토니가 공중 촬영을 하기 위해 드론 촬영기사를 고용했다고 앨리가 설명하더군요. 나중에 비 오는 날이나 한밤중에 YMCA 체육관에 초록색 스크린을 설치하고 괴물 의상을 입은 앨리를 천장에 매달아서 그가 비행하는 장면을 찍을 거라고 했어요.

"우리가 언제 비행 장면을 썼니?" 앨리에게 묻자 내가 정신을 가다듬느라 시간을 좀 들이는 동안 토니와 함께 대본을 약간 수정했다고 했어요. 그 말을 듣자 내 몸에서 다시 빠져나오고 싶더군요. 특히 지난번에 앨리가 나보고 정신 좀 차리라고 아주 사무적으로 말했거든요. 지난 2주를 돌이켜보자 내가 전처럼 앨리와 많은 시간을 보내는 대신 새로 합류한 동료들이 그 빈자리를 메우게 했다는 사실을 깨달았어요. 솔직히 말하면 나는 영화 제작에 관해선 아는 게 별로 없어요. 그래서 나는 그런 변화를 원래 있던 자리에서 물러난다기보다는 다른 사람들에게 방해가 되지 않게 옆으로 비켜선다는 정도의 의미로 생각하면서 우울해하지 않으려고 애를 썼죠. 마크와 토니는 위대한 사람들이에요. 앨리는 내가 본 중 요즘 가장 행복해하고 있으니까요. 그런데 난 왜 이렇게 우울할까요? 마치 내가 조금씩 사라지는 느낌이 드는 건 왜일까요?

다행히 그런 나쁜 감정을 곱씹어볼 시간이 별로 없었어요. 곧 바비와 다른 경찰들이 순찰차를 타고 머제스틱 시내 주위를 제한 속도보다 조금 더 빨리 도는 모습을 촬영해야 했으니까요. 토니와 앨리는 편집 과정에서 경찰들이 차를 모는 장면을 실제보다 더 빨리 보이게 만들 거라고 설명했어요. 바비가 실제로 비상 상황이 아닌 한 제한 속도를 초과할 순 없다고 했거든요. 영화 촬영이 비상 상황은 아니니까요. 토니와 앨리가 카메라들을 거리와 여러 대의 순찰차 안에 설치하고, 심지어 나뭇가지 위와 가게들의 지붕 위에서 촬영하는 걸 보는 건 아주 흥미로웠어요. 우리는 오전 내내 순찰차들이 경광등을 번쩍거리고 급커브를 돌고 사이렌을 울리는 장면과 경찰들이 대화하는 장면을 찍었어요. 모두 연기를 끝내주게 잘했어요. 특히 앨리가 진짜로 머제스틱 시내 하늘을 날아다니는 건 아니었기 때문에 바비와 그의 동료들이 손으로 구름을 가리키면서 초자연적인 현상을 보는 표정으로 파란 하늘을 봐야 했거든요. 경찰들이 어찌나 실감 나게 하늘을 쳐다보던지 고개를 젖혀서 하늘을 보면 정말로 깃털 달린 괴물이 하늘을 날아다니는 모습이 보일 줄 알았다니까요.

앨리는 계속 배우들에게 쪽지를 나눠 주면서 말했어요. "이건 여러분이 매일 보는 그런 게 아니에요. 깃털 달린 괴물이 날아다니고 있다고요! 여러분은 지금 겁이 나는 한편 궁금해서 참을 수 없을 지경이에요. 마치 영화〈E.T〉에 나오는 경찰들처럼 말이죠."

모두(심지어 거리를 지나가는 사람들까지) 앨리의 지시를 존중하는 모습을 보니 힘이 나더군요. 마크와 토니가 고용한 음향기사가 현장에 마이크를 설치할 때마다 앨리가 이렇게 말했어요. "세트장 사람들 다 조용히 하세요." 그러면 어찌나 조용해지는지 내 심장이 뛰는 소리까지 들을 수 있을 것 같았어요.

그다음에 우리는 내 역할(괴물의 아버지 같은 역할)이 괴물 의상을 입은 앨리와 같이 숲속을 뛰는 장면을 촬영했어요.

"그냥 날아올라!" 나는 괴물에게 소리를 지르면서 그와 함께 나무 사이를 지그재그로 달렸고 우리 뒤를 카메라맨과 음향기사들이 쫓아왔어요.

"제 비행 능력이 아저씨를 안고 날아갈 수 있을 정도로 강하지 않아요!" 괴물이 이렇게 소리쳤죠.

"난 노인이야. 넌 앞날이 창창하고. 세상엔 너 같은 청년을 위한 자리가 있어야 해. 아주 크고 위대한 세상 어딘가에. 분명 그런 곳이 있을 거야."

"난 절대 아저씨를 떠나지 않을 거예요. 절대!"

우리가 시내에 이르렀을 때, 그곳은 대본에 나온 것처럼 물살이 거센 강은 아니었지만, 앨리는 편집 과정에서 사람이 건널 수 없을 정도의 모습으로 보이게 할 거라고 나를 안심시켰어요.

최종적으로는 물살이 무시무시하게 거센 강처럼 보이게 될, 물이 졸졸 흐르는 작은 시내를 등진 채 괴물과 그의 아버지 같은 존재는 머제스틱 경찰 여덟 명과 대치했죠. 경찰들은 진짜처럼 보이는 가짜 총을 우리에게 겨눴어요.

바비가 말했어요. "이제 너희는 갈 곳이 없다. CIA가 인간은 전부 사살하고 괴물만 실험 대상으로 살려두라고 하더군. 실험이 끝나면 새 소년을 해부해서 연구해 다른 사람의 몸에서 깃털이 자라나는 일이 없게 할 거야. 실험 대상에 총알구멍이 나면 중요한 정보가 망가질 수 있으니 조심해. 모두 내 말 알아들었나?"

"어이, 배신자. 이쪽으로 건너오시지. 그래야 우리가 이 상황을 자살로 꾸밀 수 있지." 경찰인 베티가 내 얼굴에 가짜 총을 겨누면서 말했어요.

대본에 나온 대로 앨리가 대사를 쳤죠. "안 돼애애애애애!" 그러면서 베티를 향해 달리기 시작했어요. 베티는 반사적으로 괴물에게 가짜 총을 쏘고, 내가 깃털 달린 소년 앞으로 나와서 가슴 한복판에 총을 맞아요. 난 실제로 둘 사이에 뛰어들면서 두 팔과 다리를 쫙 벌렸어요. 나중에 편집 과정에서 앨리와 토니가 그걸 아주 근사하게 느린 동작으로 만들겠죠. 여기서 컷 했어요. 마크와 토니가 고용한 분장 및 특수 효과팀이 내 의상을 총에 맞아 피범벅이 된 것으로 보이게 하고, 내 몰골을 가슴에 총을 맞아 곧 죽을 것처럼 분장해야 하니까요.

대본을 읽을 당시 생존자 몇 명이 우리 영화에 총상 장면이 나왔을 때 일어날 수 있는 정서적 파문에 대해 거론하더군요. 머제스틱 극장 비극에서 우리가 겪었던 총격의 충격 때문에 그럴 수 있다는 거였죠. 나는 그 핵심적인 장면을 유지해야 한다고 봤기 때문에 이렇게 말했어요. "우리가 허구에서조차 마주하지 못하는 대상을 어떻게 극복할 수 있겠어요?" 나는 예술적 자유와 이야기가 지닌 치유 효과를 옹호했어요. "몸에 좋은 약이 입에는 쓰지만, 몸을 낫게 하죠!"

내가 피투성이가 된 채 강둑에 있는 잔디밭에 누워 있는 동안 경찰들은 여전히 괴물에게 가짜 총을 겨눈 채 우리를 포위해오기 시작해요.

바비가 소리쳐요. "잊지 마. 과학자들이 실험할 수 있도록 괴물은 살려둬야 해. 사살은 안 돼! 가능하면 총은 쏘지 마."

이때 괴물이 목이 터져라 비명을 지르며 자신도 있는 줄 몰랐던 힘과 재능을 이용해 두 팔을 힘껏 내미는 순간, 경찰들이 뒤에 있는 나무들로 날아가버려요.

특수 효과팀이 경찰들의 허리에 보이지 않게 처리한 밧줄을 묶어놨어요. 여러 사람들이 그 밧줄을 잡아당겨서 경찰들이 숲의 잔해더미 밑에 숨겨둔 매트리스 위로 날아가게 하죠.

그때 괴물이 날 안아서 일으켜 세우면서 말해요. "꼭 잡으세요, 아저씨. 제가 도움을 청할 수 있는 곳으로 모셔 갈게요."

"하지만 넌 날 안고 날 수 있을 정도로 강하지 않잖니." 내가 말해요.

"지금은 강해요." 소년은 그렇게 대답하죠.

그러고는 앨리와 내가 공중으로 뛰어올라요. 하지만 우리의 비행은 나중에 초록색 스크린 앞에서 촬영할 거예요.

괴물은 날 안고 사라 시장의 집까지 날아가요. 거긴 사실 마크와 토니의 집이랍니다. 전에 말한 것처럼 시장은 질이 연기해요. 사라 시장은 CIA가 불법으로 우리 경찰을 끌어들인 걸 알고 경악하고, 재빨리 내가 치료받게 해요. 나는 수술대에서 죽을 뻔하지만 결국 외상 외과 의사 덕분에 목숨을 구해요. 그 의사 연기는 생존자인 줄리아 월코가 능숙하게 해냈어요. 촬영 후 제작 과정에서 가슴 절개 수술 장면을 끼워 넣을 거라고 앨리가 설명했어요. 콧구멍에 산소 튜브를 낀 채 마취해서 잠들어 있는 내게 '반짝거리는 심장'을 넣는 장면을 삽입하겠다는 거죠.

다음 날 우리는 나머지 병원 장면을 촬영했어요. 이사야와 나는 침대 옆에서 수술이 끝난 후의 아주 감정적인 장면을 연기했어요. 이사야는 당신의 역할인 융 정신분석가(C로 시작하는 칼)를 맡아서 내가 수술에서 깨어나면 이렇게 말해요. "정말 자네를 잃는 줄 알았어." 그러고 나서 "세상의 그늘에 있는 괴물들과 친구가 되어준" 내가 자랑스럽다고 말하죠. 융이 말한 것처럼 "우리의 그늘에는 황금이 있으니까요." 영화를 보면 당신은 여기저기에 뿌려진 융의 말들을 금방 찾아낼 거예요. 그걸 보며 자랑스러운 미소를 지으면 좋겠군요.

전에 말한 괴물과 내가 질이 맡은 사라 시장에게 메달을 받는 장면에서, 사라는(영화 〈스타워즈〉의 결말과도 좀 비슷한데) 촬영을 시작한 지 사흘째가 될 때까지 모습을 드러내지 않았어요. 오늘은 실제로 촬영을 시작한 지 엿새째 되는 날이에요.

당신과 산드라를 제외하고, 생존자들은 모두 그들이 그날 촬영하는 장면에 나오든 그렇지 않든 촬영장에 와서 그날 연기하는 배우들을 응원하고, 세트를 설치했다가 해체하는 것뿐만 아니라 조명과 음향과 의상과 카메라 설치까지 도왔어요. 촬영 현장에 나오기 위해 직장에 휴가까지 쓴 사람들도 있었고요.

좀 웃긴 게 애초에 날 이 방향으로 이끈 사람은 날개 달린 다아시였거든요. "그 소년이 앞으로 나아갈 길이야." 다아시는 이 말을 수도 없이 했지만, 촬영하는 동안 다아시가 하늘을 나는 모습은 단 한 번도 보지 못했어요. 나는 다아시를 위해 이 영화를 만들고 있고, 영화가 시작할 때 "다아시 굿게임에게 이 영화를 바칩니다"라는 말이 나올 거예요. 머제스틱 극장에서 살해된 열여덟 명의 희생자 명단과 함께 그들을 추모하는 내용도 나올 거고요. 거기엔 제이콥 한센의 이름도 있어요. 반발도 심했지만, 내가 영화 제작 자체를 접어버리겠다고 위협하면서 도서관 회의실에서 다시 소리를 지르기 시작하고 심지어 연단까지 주먹으로 쳐서 넘어뜨리자 생존자들은 내 결정을 따랐어요. 산드라 코일이 영화에 참여하지 않기로 한 건 아무래도 좋은 일이었던 것 같아요. 산드라에게도 발언권이 있었다면 추모 명단에 제이콥의 이름을 절대 넣을 수 없었을 테니까요.

그러니 모든 일에는 아무래도 그럴 만한 이유가 있나 봐요.

최근에 앨리는 마크와 토니 집에서 지내고 있어요. 거기에 편집 장비가 다 있는 데다, 최종 편집 과정을 자신이 완전하게 통제

하고 싶은가 봐요. 나는 앨리에게 편집에 참여하지 않아도 되느냐고 물으면서 요즘은 촬영장에서 연기하는 게 내가 감당할 수 있는 전부인 것 같다고 했어요. 앨리는 곧바로 내 몫까지 맡는 데 동의하면서 말하더군요. "토니는 정말 대단해요. 토니에게서 아주 많이 배우고 있어요. 믿을 수 없을 정도예요."

집에 들어와 당신에게 이 편지를 쓰기 전에, 질과 나는 한 시간 정도 다아시의 해먹에 앉아 흔들거리며 시간을 보냈어요. 우리 둘 다 영화를 촬영하느라 아주 긴 하루를 보냈기에 말은 별로 하지 않았어요. 그러다 한 시간이 다 될 무렵 질이 날 불렀어요. "루카스?" 내가 대답했죠. "네?" 그러자 질이 말하더군요. "당신 괜찮아요? 요즘 상태가 좀 안 좋은 것 같아서요." 심술궂은 말투가 아니라 애정과 걱정이 서린 느낌으로 물었어요. 그 질문은 이렇게 들렸죠. 내가 당신을 위해 뭘 할 수 있을까요? 내가 당신을 어떻게 도울 수 있을까요?

하지만 질이 날 위해 할 수 있는 일은 단 하나도 생각해낼 수 없었어요. 질에겐 천사를 찾을 수 있는 능력이 없었고, 내 이상한 꿈에 대해 나와 이야기하고 싶을 것 같지도 않았어요. 내가 이야기하면 질이 들어줄 거란 건 알아요. 내가 하고 싶어 하는 말은 뭐든 들어줄 거예요. 하지만 내가 해야 할 말을 들어줄 만한 능력이 있을지는 모르겠어요. 질은 내 이야기를 이해할 수 없을 것 같아요. 나를 아끼는 사람들과 어떤 식으로도 의미 있는 소통을 하지 못하는 것만큼 큰 고통은 없을 거예요.

그래서 질의 질문에 대답하는 대신 그녀의 손을 잡고 붉은색과 오렌지색이 섞인 태양이 서쪽으로 서서히 지는 모습을 바라봤어요.

"당신은 괴물의 아버지 같은 존재의 연기를 아주 실감 나게 했어요. 특히 총에 맞을 때 말이죠." 질이 말했어요.

그래서 그녀보다 시장을 더 잘 연기한 사람은 없다고 말했죠. 찍어야 할 장면이 아직 몇 개 남았지만요.

"날 놀리지 말아요." 질이 말하더군요.

"놀리는 거 아니에요." 난 그렇게 말하고 그녀의 표정을 좀 더 잘 살펴볼 수 있게 허리를 곧추세우고 앉았어요.

질이 입술을 깨물면서 검지손가락으로 내 갈비뼈를 가볍게 찔렀을 때 그녀가 날 놀리고 있다는 걸 깨달았어요. 그래서 미소를 지으며 몸의 긴장을 풀고 두 손으로 내 머리를 받친 채 밤하늘에 떠오르는 첫 번째 별을 찾아 바라봤어요.

"난 아무 데도 안 가요. 이 일이 끝나는 걸 지켜볼 거예요, 끝까지. 그 끝에서 우리가 어떻게 되든." 질이 말했어요.

"그 끝에서 우리가 어떻게 되든"이란 말이 무슨 뜻인지 잘 이해되지 않았어요. 어쩐지 좀 어둡게 느껴지는 말이었지만, 그녀가 옆에 있으니 좋더라고요. 질이 내 어깨에 자기 어깨를 기대서 꼼짝 않고 그대로 있었어요. 우리는 밤하늘에 몇 개의 별이 떠서 반짝일 때까지 그렇게 있었어요.

내가 피곤하다고 하자 질이 고개를 끄덕였고, 우리는 집에 들어가 각자의 침실을 향해 계단을 올라갔어요. 그때 질의 집이 어떻게 됐는지 궁금했어요. 이제 질이 우리 집으로 이사 왔으니 그곳엔 다른 사람이 사는 걸까? 질문에 대한 답을 모른다는 사실에 겁이 났지만, 그런 생각은 제쳐두고 당신에게 편지를 쓰기 시작했어요. 그러자 마음이 꽤 진정되더군요.

당신에게 정신분석을 받으면 정말 도움이 될 것 같은데.

정신분석을 쉬어야 할 만큼 힘든 상황이 당혹스럽다면, 그런 안식 기간이 필요하다고 해서 당신을 부끄러워하지 않겠다고 약속할게요. 난 그저 당신이 돌아와준 것에 감사할 겁니다. 당신의 공백에 대해 언급조차 하지 않을 거예요. 그저 마지막 분석에서 중단됐던 부분을 다시 이어가면서 아무 말 없이 지나갈 거예요.

나는 내 안의 모든 빛을 몰아내는 어둠에 빠져들지 않기 위해 앨리와 영화를 이용하는 게 아닌가 하는 걱정이 들어요. 난 정말 내가 걱정되기 시작했어요, 칼.

정말 솔직히 말하면, 앨리와 영화에 관한 생각을 하지 않을 때면 너무 겁이 나서 숨을 쉴 수가 없어요. 나의 이런 점을 아는 사람은 당신뿐이에요. 난 당신을 믿고 있어요. 내 신경증으로부터 휴식이 필요한 당신의 상태는 이해해요. 하지만 제발 지금은 날 실망시키지 말아요. 당신만이 내 유일한 희망이에요.

고맙다는 말을 미리 전할게요.

당신의 가장 헌신적인 루카스

16

칼에게

오랫동안 편지를 못 써서 미안해요. 몸이 별로 좋지 않았어요. 앨리의 괴물 영화를 끝내느라 남은 기운을 다 썼거든요. 촬영이 끝나고 몇 주가 지난 이제야 앉아서 편지를 쓸 기운을 낼 수 있었어요.

앨리와 토니는 우리가 촬영하는 내내 계속 편집했어요. 영화는 이제 공식적으로 후반 작업에 들어갔고, 갑자기 나도 이해할 수 없는 이유로 여름이 끝나기 전에 상영하자고 어마어마하게 서두르고 있어요. 그래서 이제는 해가 져도 우리 집 뒷마당에 있는 오렌지색 텐트에 더 이상 불이 들어오지 않아요. 앨리는 일주일 내내 토니와 마크 집에서 살아서 질과 나는 앨리 얼굴도 보기 힘들어요.

이유는 나도 모르겠지만, 요즘 내 머릿속에서 '마법의 용 퍼프'란 노래가 계속 떠오르면서 아무리 애를 써도 멈출 수가 없어요. 아버지에게 피터 폴 앤 메리의 레코드판이 있었는데 내가 어렸을 때 그 노래를 자주 틀었어요. 들으면 항상 슬퍼졌는데 아직도 그래요. 하지만 그 노래를 좋아하기도 해요. 어쩌면 날개 달린 다아시는 마법의 용 퍼프고, 나는 재키 페이퍼가 아닐까 생각했어요. 그 고귀한 용과 친구가 되는 소년 말이에요. 그러다 깨달았어요. 내가 퍼프고, 앨리가 재키 페이퍼란 걸 말이죠. 최근에는, 그러니까 앨리가 내 인생에서 사라진 후 내가 일종의 심리적인 동굴에 빠져버린 것 같아서 그런가 봐요. 난 더 이상 즐겁게 뛰어놀지 않아요. 용기를 내기가 힘들어요. 요즘은 따라 놀 만한 벚나무 길도 없고요.

아버지가 피터 폴 앤 메리 레코드판을 틀어 그 노래가 흘러나올 때마다 언젠가는 나만의 마법 용을 찾을 수 있을까 궁금했어요. 마법의 용이 내 절친이 되길 얼마나 간절히 원했는지 몰라요. 너무 간절해서 그 가사를 들을 때마다 눈에 눈물이 고였어요. 그때 난 끔찍하게 외로웠거든요.

앨리가 토니와 같이 지내는 건 괜찮아요.

질은 여전히 여기서 나와 같이 살고 있으니까요.

솔직히 말해서 나는 이제 우리의 창의적인 프로젝트에 앨리만큼 설레고 흥분할 수 없어요. 그동안 나를 대신할 더 강하고 자신감 넘치는 또 다른 루카스를 불러낼 수 없었어요. 날개 달린 다아시는 분명 작별 인사도 하지 않고 하얀빛이 있는 곳으로 날아가버렸나 봐요. 그런 그녀를 탓하진 않아요. 어쨌든 다른 열여섯 명의 피해자들은 그 유혹을 잠시도 참지 못했지만 다아시는 내가 괜찮은지 확인하려고 몇 달이나 참아냈으니까요.

전에 이 이야기를 했는지 모르겠지만, 매일 밤 잠들기 전에 다아시와 나는 우리 침실의 안전한 어둠 속에서 우리가 감사하게 여기는 것들에 관해 이야기를 나눴습니다. 고양이 저스틴은 종종 우리의 머리 사이에 몸을 동그랗게 말고 누워서 자기도 고맙다고 골골대곤 했죠. 다아시는 항상 자신의 학생들이 고맙다고 했어요. 그들이 그녀에게 삶의 목적과 미래의 희망을 준다고요. 다아시는 언어치료사여서 아이들이 발음하기 까다로운 모음과 자음을 제대로 발음할 수 있도록 도와줬죠. 자신이 가르치는 어린 학생들에 대해 항상 아주 열정적으로 이야기했던 내 아내와 사랑에 빠질 수밖에 없었어요. 이제는 누가 다아시의 학생들을 도와주는지, 그 교사는 내 아내처럼 너그러운 마음으로 아이들을 사랑하는지 종종 생각해봐요. 머제스틱 초등학교에 가서 새로 온 언어치료사에게 그가 맡은 일이 얼마나 중요한지 말해줄까 생각했지만 그래 봤자 학교 주차장까지 가는 게 고작이랍니다. 마치 누군가가 머제스틱에 있는 모든 학교 주위에 역장을 설치해놓은 것 같아요. 내가 들어갈 수 없게 보이지 않는 힘이 작용하는 구역 말이에요.

밤에 침대에 누워 그날 있었던 고마운 일을 얘기할 때면, 나도 내 학생들이 고맙다고 말했어요. 그들의 문제를 해결하도록 도우면 기분이 좋았거든요. 우리 마을의 누구도 앨리에게 관심을 기울이지 않았을 때 내게 앨리를 도울 기회가 생겨서 고마웠던 것처럼요.

다아시는 항상 공감을 잘하는 남편이 고맙다고 했고, 나도 아내가 친절하고 현명해서 감사하다고 말했어요.

우리는 음식과 집, 우리 친구들, 긴 산책을 할 수 있는 건강과 안전하고 사랑이 넘치는 공동체와 당뇨병을 앓고 있는 다아시에게 필요한 약과 시력이 약한 내가 잘 볼 수 있도록 하는 콘택트렌즈가 있어서 감사하다고 했어요. 그리고 항상 당신의 이름도 말했답니다. 당신이 내 어머니와 아버지 콤플렉스, 그리고 유년기에 받은 상처를 치유하는 데 아주 큰 도움을 주고 있었으니까요. 당신의 치유는 나뿐만 아니라 다아시에게도 도움이 되었어요. 당신은 날 어른의 세계에 들어가게 해줬어요. 내 아버지는 그 방법을 몰랐거든요. 그래서 당신에게 정신분석을 받기 시작한 지 얼마 후 우리가 어둠 속에서 고마운 일들을 하나씩 읊을 때, 다아시는 매일 밤 당신의 이름을 말하기 시작했어요. 고양이 저스틴은 우리의 머리맡에서 골골 송을 불렀죠.

여기 앉아서 당신에게 이 편지를 쓰는 동안, 질은 옆방에 있어요. 고작 6인치의 벽이 나와 내 아내의 절친 사이를 갈라놓고 있죠. 아마 2인치 두께의 석고판이 절연재로 들어 있겠죠. 주먹으로 치면 그 벽을 뚫고 나갈 수 있을 거예요. 그런데도 난 고통스러울 정도의 외로움을 느끼고 있습니다. 이런 말을 하는 게 배은 망덕하다는 건 나도 알아요. 얼마나 많은 머제스틱 마을 사람들이 앨리의 괴물 영화를 만드는 데 힘을 합쳤는지 생각해보면 더 그렇죠.

촬영을 시작하기 전에 토니가 우리에게 경고했어요. "처음 영화 세트장에 선 몇 분간은 아주 많이 설렐 겁니다. 하지만 그 후 몇 주 동안은 너무 지루해서 눈물이 날걸요." 어떻게 그럴 수 있는지 그때는 이해하지 못했어요. 하지만 30초짜리 촬영조차 세팅하는 데 얼마나 오랜 시간이 걸리는지 실제로 경험해보니 알겠더군요. 통행을 차단하고, 세트장에 조명을 달고, 음향기사들을 제자리에 배치하고, 카메라 각도들을 결정하고, 배우들이 제대로 의상을 입고 분장을 했는지 확인하는 그런 일 말이죠. 그다음엔 같은 장면을 찍고 또 찍으면서 같은 대사를 한 번에 백만 번씩 하고 나니 영화를 만드는 건 아주 힘든 일이고 보통 사람들이 상상하는 것처럼 절대로 화려한 일이 아니란 사실을 조금씩 이해하게 됐어요.

그리고 재미있는 일이 일어나기 시작했어요. 모두 아주 협조적이고 친절한 태도를 유지하는 한편, 우리가 슬퍼하는 그 비극을 잠시라도 잊을 수 있게 뭔가를 하게 돼서 기쁜 눈치였어요. 이런 강력한 유대감이 촬영장 곳곳에서 발산되기 시작했죠. 사람들은 서로 껴안고 웃고 심지어 노래를 부르고 춤도 췄답니다. 이게 말이 되는지 잘 모르겠지만, 마치 우리 모두 다시 아이가 돼서 보이지 않는 우리의 부모를 기쁘게 하려고 열심인 것 같았어요. 우린 모두 착한 아이처럼 앨리와 토니가 내리는 지시를 즐겁게 따랐어요. 지저스 고메즈는 가슴 한복판에 "머제스틱 극장을 되찾자" 라는 황금색 문구가 쓰인 하얀 티셔츠까지 만들었어요. 알린과 리버의 의상 차량에 있는 의상을 입지 않을 때는 모두 그 티셔츠를 입었죠. 그 차는 우리가 촬영하는 동안 머제스틱 주위를 충실하게 따라다녔어요. 심지어 그 비극이 일어난 날 밤 극장에 없었던 사람들도 와서 호기심 어린 눈빛으로, 하지만 예의를 갖춰 촬영 현장을 지켜봤어요. 우리를 도와주겠다고 제안한 사람들도 있었고, 점점 불어나는 제작비에 보태라고 토니와 마크에게 현금을 기부하는 사람들도 있었답니다.

하지만 사람들이 앨리를 위해 응원하고 우리 마을의 상처도 아물기 시작했을 때, 나는 더 외로워졌어요. 정말 내가 사라지고 있는 기분이 들었습니다. 더는 거울에 비친 내 모습을 볼 수 없을 것 같아 두려워져 거울을 피하기 시작했어요. 고맙게도 촬영하느라 모두 너무 바빠서 내가 슬슬 뒤로 빠지고 있는 사실을 눈치채지 못했어요. 그 점에 대해 뭐라고 말한 사람은 질 한 명뿐이었어요. 질은 매일 저녁 다아시의 해먹에 앉아 있을 때마다 질문했어요. 어찌 된 일인지 서로 어깨를 기댄 채 해먹에 나란히 앉아 저녁 시간을 보내는 게 우리의 의식이 되었죠.

"당신 정말 괜찮아요, 루카스?" 질은 이렇게 묻곤 했어요.

"그럼요." 난 대답했죠.

그러면 질은 내 손을 힘주어 잡았는데, 마치 이렇게 말하는 것 같았어요. 당신이 거짓말하는 거 알아요. 하지만 괜찮아요. 내가 이렇게 옆에 있으니까.

하지만 질이 그렇게 해도 외로움은 가시지 않았어요.

질은 자신의 주방 보조인 랜디에게 촬영팀의 식사를 맡겼어요. 수많은 머제스틱 마을 사람들이 그 식사를 만들기 위해 장을 보고 요리를 하고 촬영팀에게 서빙하겠다고 자원해서 질은 날 최우선으로 돌볼 수 있었어요. 이 창의적인 프로젝트를 하는 동안 커피숍 문을 닫기로 해서 더 그랬죠.

"질이 끝까지 자네를 돌봐줄 거야." 이사야가 거대한 영화 촬영 현장의 그늘 속에 숨어 있는 내 모습을 볼 때마다 이렇게 말하더군요. 그다음에 내 뺨을 가볍게 톡톡 치면서 덧붙였어요. "질이 자네 옆에 있어, 내 친구. 하느님도 자네 곁에 계시고."

하지만 이사야가 기도하고 질이 해먹에서 내 손을 잡아도 별로 도움이 되지 않았어요. 이런 말이 배은망덕하고 추하다는 건 알지만, 그게 진실인걸요.

좀 우습기도 한 게, 최근에 아버지 생각을 많이 했어요. 어느 해 봄에 아버지는 내가 속한 리틀 리그 야구팀의 코치를 맡겠다고 자원했어요. 우리는 어두운 청록색 유니폼과 모자를 썼어요. 팀명은 켄타우루스였는데, 이제 와서 생각해보면 야구팀 이름치고는 이상하죠. 아버지가 고른 이름은 아니었던 것 같지만요. 다른 야구팀들은 라이언스, 베어스, 타이거즈 같은 평범한 이름이었지만 우리는 무슨 이유에선지 반인반마를 팀 이름으로 정했어요.

나는 야구를 썩 잘하지 못했고 아버지는 야구에 별 관심이 없어 보였어요. 그래서 아버지가 우리 팀 코치가 되겠다고 했을 때 놀랐죠. 그리고 나서 아버지가 제일 먼저 한 일은 날 데리고 스포츠용품점에 가서 야구글러브와 방망이를 고른 것이었어요.

"현명하게 골라야 해. 야구 선수답게 보여야 하니까." 아버지가 그렇게 말씀하시던 게 생각나요.

어떤 글러브와 방망이를 골라야 야구 선수처럼 보일지 알 수 없었어요. 아무거나 골라도 되나? 지금은 스타벅스가 됐지만, 전에는 머제스틱 스포츠용품점이었던 곳의 거대한 벽에 걸린 야구용품들을 보며 극도로 긴장했던 기억이 나요. 황금색 글자가 찍힌 검은 글러브가 눈에 들어와 그걸 가리켰지만, 아버지는 얼굴을 찌푸리며 말했죠. "야구 글러브는 갈색이어야 해, 아들아. 야구 좀 한다고 허세를 부리는 애들이 검은색 글러브를 끼는 거야." 아버지는 벽에 걸린 갈색 글러브를 떼어서 내게 건네며 말했어요. "맞는지 껴봐." 손에 꽉 끼어서 아팠지만, 아버지가 "잘 맞네"라고 했을 때 아니라고 말하지 못했어요.

방망이도 같은 장면이 반복됐어요. 이번에는 방망이들이 죽 걸린 벽 앞에 섰어요. 나는 금속 방망이로 치면 공이 더 멀리 날아갈 거라고 짐작했는데, 기술적으로는 그게 맞지만 아버지는 이렇게 말했어요. "진짜 남자들은 나무 방망이를 쓴다." 그러고는 아버지 마음에 드는 방망이를 고르더군요. 그건 내가 제대로 휘두르기엔 너무 무거웠지만 아버지는 이렇게 말했어요. "일주일 정도 팔굽혀 펴기를 하면 잘 칠 수 있을 거야."

그날 오후 앞마당에서 아버지와 공을 주고받았어요. 아버지에게는 머제스틱 고등학교 선수 시절에 쓰던 낡은 1루수 글러브가 있었어요. 너무 오래 써서 너덜너덜해진 글러브를 보고 깜짝 놀랐던 기억이 나요. 아버지와 나는 한 번도 같이 캐치볼을 해본 적이 없었거든요. 무슨 이유에선지 긴장해서 피부가 사정없이 따끔거리기 시작했어요. 게다가 새 글러브가 너무 작아 왼손에 피가 통하지 않아 아파 죽을 것 같았어요.

나는 같은 학년의 다른 아이들과 야구할 때는 아무 문제 없이 공을 던질 수 있었어요. 아이들이 낀 글러브 속으로 제대로 던져 넣었는데, 이상하게 아버지에게 던질 때는 아무리 정신을 집중해도 공이 항상 아버지 머리 위로 날아가버렸죠. 그럴 때마다 아버지는 훌쩍 뛰어서 공을 잡으려고 했지만 내가 너무 높게 던져서 도저히 그럴 수 없었어요. 아버지는 소리쳤어요. "대체 넌 뭐가 문제냐, 루카스? 정말 이해가 안 된다. 가서 주워 와!" 심장이 미친 듯이 뛰는 상태로 이웃집 앞마당을 거쳐서 거리로 달려가 그 공을 주워 돌아오면 아버지는 이렇게 말했죠. "네가 내 아들이라고 그냥 팀에 넣어주진 않을 거야. 경기하고 싶으면 네가 노력해서 따내야 해. 그런데 넌 시작부터 엉망이잖아."

그때 아버지가 낀 글러브에 공을 제대로 넣기만 하면, 다시는 죽을 때까지 아무것도 바라지 않겠다고 빌었던 기억이 나요. 내 손을 떠난 야구공이 아버지의 1루수 글러브에 쏙 들어가는 것만큼 간절히 바랐던 일은 없었어요. 하지만 매번 공을 던질 때마다 너무 일찍 내 손을 벗어나서 아버지 머리 위로 날아가버렸죠.

"루카스! 그만하자!" 그렇게 네 번인가 다섯 번 정도 실패한 후에 아버지가 고함을 질렀어요.

아버지는 노발대발하면서 집으로 들어가 그 후 일주일 동안 나와 눈도 마주치지 않으려고 했죠.

야구 시즌이 시작됐을 때, 아버지가 다른 팀원들에게는 훨씬 더 인내심이 많다는 걸 알았어요. 실제로 그들은 우리 아버지를 좋아하는 것처럼 보이더군요. 아버지는 학부모들에게도 아주 친절했어요. 그리고 머제스틱 리틀 리그 관계자들과 같이 있을 때는 나에게 단 한 번도 소리를 지르지 않았어요. 다른 아이들을 격려하는 만큼 나를 격려해주진 않았지만, 내게 소리를 지르지 않는 것만으로도 좋았어요. 아버지의 관심이 내가 아닌 다른 것을 향해 있을 때가 항상 더 나았죠.

아버지는 나를 좌익수로 뛰게 했어요. 거의 모든 상대 팀 선수들이 오른손잡이였고 아무도 공을 반대쪽으로 던질 수 없었기 때문에 나에게 공이 온 적은 한 번도 없었는데, 그건 아주 좋은 일이었죠. 난 외야 좌측에 서서 일종의 투명 인간이 됐어요. 그리고 아버지는 누가 공을 치든 항상 모두 일어나 손뼉을 치며 응원하게 했어요. 그래서 그 모든 소음 뒤에 숨을 수 있었죠. 사람들이 나를 본 유일한 순간은 모두 공을 치고 9번 타자가 나올 때였어요. 나는 거의 매번 삼진 아웃을 당했기 때문에 늘 마지막에 공을 쳤어요. 대기석에 있는 사람들 모두 손뼉을 치며 날 응원했지만, 아버지는 단 한마디도 하지 않았어요. 그러다 집에 가는 차 안에서 "야구 선수가 지녀야 할 잠재력"과 "낭비해버린 기회들"과 "죽기 살기로 목숨을 잡는 것"에 대해 소리를 질렀죠. 너 때문에 창피해 죽겠다는 말을 하고 난 후에는 항상 내게 자신감을 불어넣으려 한 것뿐이라고 말했어요.

그 야구 시즌에 내면으로 숨어들었던 기억이 나요. 그때 우리 팀은 챔피언십에서 우승을 했어요. 미네티 씨가 아버지에게 샴페인을 뿌려댔고 우리 팀원들 모두 모자와 글러브를 공중으로 던지고 있을 때, 내게 아주 심각한 문제가 있는 것 같다는 걱정이 들기 시작했죠. 나중에 아버지는 리틀 리그 결승전에서 이긴 게 일생에서 가장 위대한 순간 중 하나였다고 말했어요. 많은 팀원들이 아버지에게 진심으로 감사하다는 말과 함께 켄타우루스 유니폼을 입은 자신의 사진을 넣은 편지를 보냈어요. 아버지는 사진 한 장 한 장을 서재에 걸어놨는데, 내가 대학교 1학년 때 아버지가 어머니와 날 버리고 떠날 때까지 그 자리에 그대로 남아 있었어요. 어머니가 그 사진들을 버렸는지 아니면 아버지가 가져갔는지 모르겠지만, 아무래도 후자일 것 같다는 데 내 돈을 걸겠어요.

영화를 촬영하는 동안 아버지가 야구팀 코치를 맡았던 시즌에 그랬던 것처럼 날 대한 사람은 없었어요. 아무도 나에게 소리를 지르지 않았고 아무도 날 창피하게 여기지 않았죠. 난 이 영화에서 주연을 맡았기 때문에 아무도 비유적으로 날 외야석에 그대로 세워두거나, 내가 9번 타자가 되게 하지 않았어요. 하지만 나는 내 팀원들처럼 각 장면의 촬영이 끝나거나 제작을 마칠 때마다 큰 소리로 환호할 수 없었어요. 이 팀의 진정한 일원이란 느낌도 전혀 들지 않았죠. 아무래도 자발적으로 왕따가 된 것 같아요. 다시 혼자 외야석에 서 있고, 그들이 날 삼진 아웃 시키기 위해 타석으로 불러들이는 순간이 두려웠어요. 앨리와 토니는 항상 내 연기에 만족스러워했지만요. 어느 순간 어니 바움은 이렇게 말하기도 했어요. "루카스, 그 공원에서 당신 연기 정말 죽여줬어요. 완전 홈런이었다니까!"

우리는 다시 우승하고 있었고, 이번에는 나도 진정한 팀원이었지만, 어쩐지 나는 그런 축하를 받을 만한 가치가 없는 인간처럼 느껴졌어요. 투명 인간이 되고 싶지 않았어요. 내 동료 배우들, 내 이웃들, 내 인생에 있는 사람들과 연결되고 싶은 마음이 그 어느 때보다 컸지만 갑자기 늪에 빠져버렸고, 내 목숨을 구해주는 어떤 덩굴도 잡을 수가 없었어요. 내가 숨 막히는 미지의 늪으로 빠르게 사라지고 있는 걸 알아챈 사람은 아무도 없는 것 같아요.

이 편지는 당신이 보면 아주 실망할 것 같아 미리 사과해야 할 것 같네요. 다아시와 고양이 저스틴이 오늘 밤 나와 같이 있었다면, 둘에겐 분명 감사할 일이 많을 거예요. 저스틴은 골골거릴 테고 다아시는 내가 가진 것이 많다는 사실을 상기시켜주겠죠. 이토록 많은 친구와 이웃들이 기꺼이 나와 함께 괴물 장편 영화를 만들려고 한다는 점이 얼마나 행운인지 일깨워줄 거예요. 선한 힘을 위해 머제스틱 극장을 되찾고, 인류애와 목적의식을 공유해 모두 하나가 될 수 있게 하자는 우리의 운동을 돕고 싶어 하는 사람들이 이렇게 많다고 말이죠.

당신에게 해야 할 말이 또 있는데, 그게 쉽지 않네요.

당신이 내 편지에 단 한 통도 답장하지 않아서 좀 충격받았어요. 이 문제에 대해 뭐라고 말하길 오랫동안 미뤄왔습니다. 당신 기분을 상하게 하고 싶지 않았고, 당신에게 부당한 요구를 하고 싶지도 않았으니까요. 하지만 최근에 내가 당신에게 화가 난 게 아닌가 하는 생각이 들기 시작했어요.

가끔 당신이 내게 한 행동이 잔인하다는 생각이 들어요. 당신에게 마음을 열고 당신을 정말로 믿게 한 것 말이에요. 난 과거에 모두에게 숨긴 마음을 당신에겐 그토록 다 보여줬어요. 심지어 다아시에게조차 숨겼던 마음을요. 그런데 이렇게 애타게 당신을 필요로 하는 때에 당신은 내가 마음을 정리할 기회조차 주지 않은 채 나와의 정신분석을 끝내겠다는 아주 무정한 편지 한 통만 보냈죠. 당신 아내가 살해당한 건 나도 알아요. 하지만 나도 같은 일을 당했잖아요. 그리고 다른 생존자들은 모두 나와 서로를 위해 아주 적극적으로 나섰는데 당신은 아무것도 하지 않았죠. 그걸 보니 당신이 늘어놓은 융 정신분석에 대한 이론들이 당신이 주장하는 것처럼 그렇게 강력한 것인지 의심이 듭니다.

당신에게도 당신만의 상처와 악마가 있다고 말했던 기억이 나요. 모든 치유자는 처음에 상처받은 사람이었다고요. 그들의 목표는 그 고통을 감당하는 것이고, 다른 사람들에게 도움이 되는 방식으로 그 고통을 의미 있게 만드는 것이라고요. 그러다 보면 고통이 스스로 치유된다고 했죠. "고통을 의미 있게 만드세요." 당신은 아주 자신 있게 말했어요. 난 정말 당신을 믿었어요. 그 말에 설득됐다고요. 내가 지금까지 당신에게 보낸 모든 편지가 그 점을 분명하게 보여준다고 생각해요.

그런데 침묵을 지키는 이유가 뭔가요?

왜 내게 한 번도 답장하지 않나요?

왜 날 버렸나요?

내 마음속에 있는 어둠이 이기고 있는 것 같아 두려워요.

몇 마디라도 좋으니 답장을 해주면 내가 버티는 데 아주 큰 도움이 될 것 같아요. 그렇게 조금 더 버티면, 빛이 돌아오지 않을까요?

앨리와 같이 영화를 만들면 이 모든 문제가 해결될 줄 알았는데, 보아하니 그렇지 않은 것 같아요.

이제 또 뭘 해야 할지 모르겠어요.

난 두려워요.

그리고 너무나 외로워요.

제발 도와줘요.

당신의 가장 헌신적인 루카스

17

칼에게

질이 우리 괴물 영화 개봉일에 내가 입을 턱시도를 빌려왔어
요. 질은 화려한 드레스와 거기에 어울리는 구두를 샀다고 했지
만, 그날이 되기 전까지는 보여주지 않겠다고 하더군요. 그날은
우리 마을 사방에 붙어 있는 광고 전단에 나온 것처럼 이번 주말
이에요. 질은 컵 오브 스푼 전면 유리창에 영화 개봉일과 그다음
날 문을 닫겠다는 표지판을 붙여놨어요. 마크와 토니 집에서 열
리는 성대한 애프터파티에 질이 음식을 제공하기로 했는데, 행사
가 아주 늦게 끝날 테니 다음 날 아침 일찍 일어나 가게 문을 열
지 못할 것 같다고 판단한 거죠. 질은 심지어 개봉일에 받을 헤어
와 메이크업까지 예약해놨어요. 내 생각에 그건 좀 과한 것 같지
만요. 우리는 마이클의 리무진 회사가 무료로 제공하는 리무진을

타고 극장으로 가서 레드카펫 위를 걷고, 우리 영화의 공식 포스터 앞에서 포즈를 취하며 사진을 찍은 다음 영화 업계 기자들과 지역 TV 뉴스 기자들과 인터뷰를 할지도 몰라요.

마크는 자신이 아는 인맥을 총동원해서 "우리의 이야기"가 "중요한 사람들"의 레이더에 들어가게 해놨다고 하더라고요. 영화 개봉이 "아주 큰 행사"가 될 거란 이야기죠. 그런 걸 다 상상하긴 힘들었지만, 한편으로 생각해보면 그 비극이 일어난 후 언론사 기자들이 날 몇 달 동안이나 쫓아다니면서 괴롭히긴 했었어요. 마크는 아무도 내게 "부적절한 질문"은 하지 않을 것이며, 심지어 그날 밤 그의 영화 홍보 담당 지인 중 한 명이 날 "관리할" 것이라고 했죠. 어떤 기자도 날 나쁘게 보이도록 만들거나, 내 마음을 어둡게 할 주제는 꺼내지 않도록 홍보 담당자가 관리할 것이란 뜻으로 해석했어요.

마크는 앨리에게도 사람이 붙어서 기자들로부터 그를 보호할 것이라고 했어요. 나는 생존자 모두에게 그런 사람이 붙어야 한다고 생각했어요. 그러면 모두 레드카펫 위를 걸어가는 거창한 행사에 주눅 들지 않을 테니까요. 하지만 요즘엔 내가 사람들과 통 이야기를 나누지 않으니 확실한 건 알 수 없었죠.

여전히 앨리는 자주 못 보지만, 그래도 몇 번 우리 집에 들러서 같이 저녁을 먹기도 했어요. 이제 계속 토니와 마크 집에서 지내서 가끔은 우리가 찾아가기도 했고요. 다들 내가 최종 작품을 보면 얼마나 자랑스러워할지 모른다고 그러더군요. 마크와 토니는 내가 먼저 그 영화를 볼 수 있게 해주겠다고 제안했지만, 나는 다른 생존자들과 머제스틱 마을 사람들과 같이 보고 싶다고 했어요. 지저스 고메즈의 티셔츠에 있는 문구처럼 머제스틱 극장을 되찾는 운동을 그날 밤 거기 있었던 사람들과 같이하는 거죠.

머제스틱 대형 상영관의 그날 밤 표는 매진됐어요. 어마어마하게 큰 공간인 데다 마크와 토니가 좌석당 250불을, 발코니 좌석은 150불을 받았는데도요. 수익금은 모두 총기 폭력 희생자들을 돕는 국가 자선 단체에 기부하기로 했어요. 어느 단체에 기부할지 투표했는데 만장일치로 정해져서 기뻤죠. 아무도 그 현금이 사용되는 곳에 기분 나빠하지 않았다는 뜻이니까요. 물론 생존자들은 공짜 티켓을 받았고, 내가 이 편지봉투에 당신 것도 넣었어요.

산드라 코일의 티켓을 직접 갖다 주려 했지만 그녀의 비서인 윌로우가 날 집 안에 들이려 하지 않더군요. 윌로우는 친절하면서도 다소 미안해하는 투로 말했어요. "산드라 씨가 선생님 시계의 시간이 지났다고 하십니다." 대체 그게 무슨 뜻인지 모르겠지만 말이에요.

그녀의 상사에게 무료 티켓을 전하고 싶은 것뿐이라고 설명하자 윌로우가 말하더군요. "제가 대신 그 표를 받을 순 없습니다."

나는 얼른 머리를 굴린 후에 그럼 윌로우에게 이 표를 주면 받을 수 있느냐고 물었죠. 그녀는 뺨을 부풀리면서 잠시 생각에 잠겼다가 답했어요. "전 선생님을 좋아해요, 루카스 씨. 선생님이 하시는 일도 좋아합니다. 선생님이 산드라 씨에게 아주 친절하게 대하시는 것도 좋아요. 하지만 산드라 씨는 제 상사입니다."

마침내 나는 졌다는 의미에서 그녀와 악수하고 싶은 것처럼 손을 내밀었어요. 하지만 윌로우가 손을 내밀었을 때, 그녀의 손바닥에 그 봉투를 올려놓고 얼른 도망쳤죠. 산드라 저택의 철문을 닫을 때 힐끗 돌아보니 그 젊은 여성이 봉투를 움켜쥔 손을 가슴에 대고 남은 손으로 입을 가리고 있더군요. 그녀를 조금은 내 편으로 끌어들인 것 같은 기분이 들었어요.

혹시 알아요?

어쩌면 윌로우와 산드라가 궁금해서 혹은 내 학생들이 즐겨 쓰는 표현처럼 포모 증후군(다른 사람은 모두 누리는 좋은 기회를 놓칠까 봐 걱정되고 불안한 마음—옮긴이) 때문에 개봉일에 나타날지도 모르죠. 영화를 보러 오는 건 산드라 코일의 영혼에 좋을 것 같다는 생각이 들어요. 그녀의 죽은 남편인 그렉도 동의할 거라고 확신합니다.

나와 같은 생존자인 트레이시 패로우가 행동심리학자와의 모임을 주선했어요. 그 심리학자가 우리 모두 머제스틱 극장, 그러니까 그 비극의 현장에 다시 들어갈 수 있도록 마음을 준비하는 걸 도와주겠다고 자원했어요. 우리는 도서관에서 다시 만났어요. 나는 도움이 될지도 몰라 첫 상담에 참석했지만, 그건 주로 인지 행동 치료에 초점을 맞췄더군요. 당신이 그 치료를 경시하는 걸 알아요. 그 방법은 근본적인 문제는 건드리지 않고 증상만 치료하는 셈이니까요. 내가 모임 중간에 자리를 나와서 다시는 돌아가지 않았다는 사실을 알면 당신은 기쁘겠죠. 그 친절한 심리학자는 자원해서 자기 시간을 냈기 때문에 생존자들은 한 푼도 내지 않아도 되는 기회긴 했지만 말이에요. 그들은 그렇게 매일 밤 만났고, 개봉일까지 그렇게 하기로 했다더군요. 생존자 몇 명이 다시 돌아오라고 나를 설득했지만, 그들이 결국 포기할 때까지 계속 정중하게 거절했어요.

내가 치료 모임에 돌아가지 않겠다고 하자 질이 화를 냈어요. 질은 지난 12월 이후 처음으로 머제스틱 극장에 다시 들어가는 건 심리적으로 힘들 수 있다고 계속 주장했죠. 하지만 질은 한 번도 융 정신분석을 받아본 적이 없으니 그것이 다른 모든 종류의 심리 치료보다 우월하다는 사실을 모르는 거예요.

어느 한 시점에서, 우리가 진짜 말다툼하는 것처럼 느껴지던 순간 질이 물었어요. "융 정신분석이 그렇게 치료 효과가 좋다면 칼은 대체 그동안 어디 있었는데요?"

그 순간 반박할 좋은 대답이 떠오르지 않았지만, 조금 생각한 후에 당신이 적절한 시간에 다시 예약을 잡을 거라고 되뇌었어요. 그리고 당신이 갑작스럽게 내 인생에서 물러난 것조차 치료의 일부일지도 모른다고 생각했죠. 내 말은, 그것 때문에 내가 이 편지들을 쓰게 됐잖아요. 이 편지 쓰기는 확실히 치료 효과가 있었으니까요. 만약 그 비극이 일어난 후 당신이 나와 정신분석을 재개했다면 머제스틱에 괴물 영화가 개봉하는 일은 없었을 테죠. 분명 산드라가 자기 뜻대로 좌지우지해서, 생존자들은 행복하게 예술 작품을 만들며 치유하는 대신 그녀가 이끄는 정치 캠페인에 참여했을 거예요.

처음에는 당신의 그런 천재적인 생각을 이해하지 못했지만, 지금은 알겠다는 점을 인정해야겠어요. 당신은 임무를 달성했어요. 그러니 이제 그만 숨어 있는 곳에서 나와 영화 상영회에 참석해 줘요. 당신이 내게 그토록 가르치려고 했던 걸 내가 힘들게 배웠으니까요.

방금 이 편지를 쓰는 도중에 누군가 우리 집 현관문을 두드렸어요. 아래층에 내려가서 문을 열었더니 놀랍게도 토니가 서 있더군요. 밤 10시가 다 된 시간이었고 질은 이미 잠들었거나 적어도 누가 그렇게 문을 두드리는지 보러 내려오지 않았어요. 깨어 있었다면 분명 내려왔을 텐데 말이죠. 토니는 빗속을 걸어와서 옷 속까지 다 젖었더라고요. 그래서 들어오라고 하고 욕실에 있는 수건을 몇 장 가져다줬어요. 울었는지 눈이 벌겋게 부은 게 보이더군요.

나는 무슨 문제가 있느냐고 물었어요. 그에게 몸을 기울이면서 문제가 있는 10대 청소년들에게 종종 쓰는 나의 타고난 경청 기술로 아주 친절하게 물었죠. 토니가 다시 울음을 터뜨려서 손을 뻗어 내가 여기 있으니 괜찮다는 뜻으로 그의 어깨를 다독였어요. 그러자 엄청난 말이 거세고 빠르게 강물처럼 쏟아져 나오더군요.

그는 그 비극이 일어난 후 마크와 함께 머제스틱 극장을 팔 생각을 하고 지역 극작가와 협상까지 한 적이 있다고 했어요. 극작가는 우리의 역사적인 극장을 라이브 공연장으로 개조하고 싶었다고 하더라고요.

"매매 가격도 아주 진지하게 의논했어요. 하지만 그때 당신들이 그 괴물 영화를 만들겠다는 미친 아이디어를 내놨죠. 그리고 그렇게……"

계속해서 그 비극 때문에 처음에는 마크와의 관계에도 중압감이 있었다고 말했어요. 토니는 너무 화가 나서 머제스틱을 완전히 떠나고 싶었다더군요. 그 충격 사건을 사람들의 마음이 근본적으로 사악하다는 의미로 받아들였던 거예요. 그래서 "분노한 젊은 백인 남자들이 너무 많은" 이 교외 지역을 떠나는 게 최선이라고 생각했대요. 그런데 마크는 머제스틱 극장이 이 마을에 변화를 일궈낼 수 있다는 걸 입증할 기회로 봤대요. 토니가 정확히 그렇게 표현하진 않았지만, 당신의 융 정신분석이 치유 효과가 있으니까요.

"우리의 의견 충돌은 부수적이고 사소한 위기였어요. 우리는 그 비극에 대해 아주 다른 식으로 반응했으니까요. 난 현금을 챙겨서 떠나고 싶었고, 마크는 다시 극장을 열고 싶어 했으니까……" 토니는 말끝을 흐렸어요. 지금까지 한 말을 이해한다는 뜻으로 고개를 끄덕여야만 할 것 같았죠. 그러자 계속 이야기할 용기가 났는지 이어서 말했어요. "하지만 그때 당신이 우리에게 앨리를 데려왔어요. 처음에는 앨리가 의심스러웠어요. 제이콥의 동생이니까요. 하지만 어떻게 했는지 방법은 잘 모르겠지만 당신이 모두를 설득했죠. 당신이 해냈어요, 루카스. 지난 몇 달간 앨리와 같이 일하다 보니…… 앨리는 정말 착하고 놀라운 아이예요. 그 아이는 정말 극과 극인 것처럼……"

토니가 기침을 많이 하기 시작했고 눈물이 쉴 새 없이 쏟아져서 비에 젖은 청록색 셔츠의 칼라 색이 더 진해졌어요.

내 마음속 깊은 곳에 있는 뭔가가 움직이더니 어느새 토니를 끌어안고 있었고, 토니는 내 품에 안겨 어깨에 얼굴을 대고 엉엉 울었죠.

그때 질이 계단을 반쯤 내려와 있는 모습을 봤어요. 거기 있은 지 좀 됐다는 느낌이 들었고, 그래서 토니가 한 말을 대부분 들었을 거라는 것도 알 수 있었어요. 하지만 나와 눈이 마주친 순간 그녀는 돌아서서 계단을 올라가 자기 방으로 들어가버렸어요. 손님방 문이 닫히는 소리가 들렸죠.

토니도 그 소리를 들었는지 내게서 몸을 빼고 손등으로 눈을 닦으면서 말했어요. "미안해요, 루카스. 여기 오면 안 되는 거였는데. 내 말은, 오히려 내가 당신을 위로해야 하는 상황인데 난 그저…… 와야 할 것 같았어요. 내 말이 웃기게 들리는 거 아는데 그냥…… 고맙다는 말을 하러 와야 할 것 같았어요."

그러고는 일어나서 현관문을 나가 빗속으로 사라졌어요. 아까보다 비가 더 심하게 오더군요.

난 그대로 소파에 앉아서 앨리와 나눈 마지막 대화를 생각했어요. 하루인가 이틀 전에 앨리가 공식적으로 텐트를 정리하러 왔을 때 나눈 이야기였죠. 내가 가방에 앨리의 물건을 넣는 걸 돕는 동안 아이는 마크와 토니가 그들의 인맥과 우리 영화를 이용해서 늦었지만 영화학과가 있는 대학에 입학할 수 있게 애쓰고 있다는 이야기를 했어요.

듣고 보니 이사야는 내가 아직 앨리의 졸업 프로젝트를 평가하지 않은 상태였는데도 이미 앨리의 졸업장에 서명한 모양이었어요. 이사야가 그 모든 과정을 직접 처리했다고 앨리가 말했을 때 나는 교육자로서 내가 책임지고 처리해야 할 일들을 회피했다는 사실을 깨달았어요. 언제부터 그런 일이 시작됐는지 궁금했지만, 내가 더는 앨리를 위해 최선을 다하고 있지 않다는 걸 부인할 수 없었죠. 아이는 그런 나에게 화가 난 것처럼 보이진 않았고, 그보다는 나 때문에 슬프고 나를 걱정하는 것처럼 보였어요. 그런 심정을 대놓고 표현하진 않았지만요.

앨리는 짐을 싸서 갈 준비를 끝낸 후 자기 샌들을 내려다보며 말했어요. "선생님은 절 위해 아주 많은 일을 해주셨어요. 우리가 해낸 모든 게 놀라워요. 하지만 이제는 선생님 자신에게 필요한 걸 위해서라기보단 오로지 저를 위해 이 괴물 영화를 만들어주셨다는 걸 알아요."

그때 햇빛이 너무 강해서 내가 계속 눈을 깜박거리던 게 기억나요.

"사모님 일은 정말 죄송해요." 앨리가 계속 말했어요. "하지만 선생님에겐 제가 드릴 수 있는 것보다 더 큰 도움이 필요하신 것 같아요. 전 고작 열여덟 살이거든요."

아이는 침을 꼴깍 삼켰고, 마침내 내가 아이의 눈을 바라봤을 때 아이가 두 팔을 벌려서 내 목을 꼭 끌어안더군요. 나도 아이를 안았어요. 앨리는 그렇게 아주 오랫동안 날 안고 내 몸을 좌우로 흔들었어요.

"나도 네 형 일은 정말 미안하다." 내가 그렇게 말하자 아이는 토니가 며칠 후에 그렇게 한 것처럼(위에 쓴 것처럼) 내 가슴에 얼굴을 파묻고 울더군요. 앨리와 나는 그렇게 몇 분 동안 서 있었어요. 그러다 아이는 단 한 번도 돌아보지 않고 말 한마디 하지 않은 채 떠났어요. 그 후로 앨리를 보지 못했고, 마음속으로 다시 한번 확인했죠. 나는 정말 마법의 용 퍼프고, 앨리는 재키 페이퍼라고.

마크가 나를 우리 마을 최고의 연설가라고 하면서 영화 개봉일에 연설을 해달라고 부탁했어요. 붉은 커튼이 열리고 영화가 시작되기 직전에 말이죠. 난 적어도 다시 한번은 그 강력하고 유창하게 말 잘하는 내가 부활하길 간절히 바라고 있어요. 머제스틱 극장에 들어가면 그 루카스가 나타나지 않을까 생각해요. 그곳에는 그 멋진 루카스가 영감을 줘서 마음의 상처를 치유하고 전반적인 마음의 평화를 얻길 바라는 사람들이 무수히 많을 테니까요.

또한 날개 달린 다아시가 나를 지지하러 나타나길 바라고 있어요. 이미 위대한 하얀빛을 향해 날아가버리긴 했지만, 어쩌면 마지막으로 다시 한번 지구로 돌아올 수도 있잖아요. 아마 천사들도 종지부를 찍을 필요가 있을지도 몰라요. 어쩌면 천사가 된 다른 사람들도 머제스틱 극장의 붉은 좌석과 대형 상영관의 천장 사이에서 둥둥 떠다닐지도 모르죠. 그곳 천장에는 하늘처럼 보이는 멋진 그림이 그려져 있어요. 솜털처럼 푹신해 보이는 하얀 구름을 배경으로 청록색 하늘과 태양까지 있는데 꽤 장관이에요. 다아시와 나는 그 아름다운 그림을 보러 극장에 일찍 가곤 했어요. 머제스틱 극장에서는 영화가 시작되기 전에 광고는 절대 틀지 않고, 예고편도 한두 편 정도만 나와요. 마크와 토니가 항상 오페라 음악을 틀어놔서 다아시와 내가 붉은 좌석에 머리를 기대고 천장에 그려진 예술 작품을 감상할 때면 현실이 아닌 좀 더 오래된 세계에 와 있는 듯한 느낌이 들곤 했죠.

"머제스틱의 천장화는 미켈란젤로 작품 같아." 다아시는 그때마다 그렇게 말했어요.

영화가 시작되기 직전, 우리가 마지막으로 같이 보낸 밤에 아내의 손을 잡고 대형 상영관의 천장을 올려다봤던 기억이 나요. 다만 그날은 오페라가 아니라 크리스마스 음악이 흘러나왔죠. 지금 생각해보면 엘라 피츠제럴드가 부르는 '천사들의 노래'였어요. 엘라 피츠제럴드는 다아시가 늘 좋아하는 가수였죠. 다아시의 따뜻한 입술이 내 뺨에 살짝 닿았던 게 생각나요. 다아시가 천사로 변했을 때 입술에 바르고 있던 립글로스가 박하 향이었기에 기억 속에서 박하 냄새도 나고요.

저녁마다 다아시의 해먹에 앉아 있을 때면, 질은 계속 내가 원하지 않으면 상영회에 참석하지 않아도 된다고 말했어요. 전에 내가 얘기한 것처럼 질은 이미 드레스도 샀고 날 위해 턱시도도 빌려놨지만요.

"우린 떠날 수 있어요. 다른 곳에 호텔을 예약해서 한동안 사라지는 거죠." 나도 그러고 싶은 마음이 철석같았어요. 하지만 한편

으로 다른 사람들의 기대에 부응해서 머제스틱 극장을 되찾자는
운동을 이끌어야 할 빚이 남아 있다는 사실을 깨달았죠.

"난 연설을 해야 하잖아요." 질에게 말했어요.

"아뇨, 안 해도 돼요. 무엇보다 당신이 준비가 안 됐다면 더 그
래요." 질이 대답했어요.

"정확히 뭐에 대한 준비요?" 그렇게 반문하면 질은 항상 입을
다물었죠.

당신은 어떻게 생각해요, 칼?

내가 준비가 됐을까요?

정말 솔직하게 내 마음 깊은 곳을 들여다보면 (명상을 할 때나
당신이 가르쳐준 것처럼 내 꿈속으로 다시 들어가보려고 노력할 때면
이런 일이 종종 일어나는데) 알아들을 수 없는 아주 조용한 소리가
들려요. 가끔은 나무 사이를 지나가는 바람 소리 같기도 한데 아
주 먼 곳에서 들리죠. 정확히 무슨 소리인지 알아차릴 때까지 정
신을 집중해서 더 열심히 그 소리를 들어봐요. 소리가 더 커지고
더 가까워질 수 있게. 마음으로 그 소리를 찾기 위해 점점 더 가
까이 다가가지만, 그걸 찾아내기 직전에 내면의 깊은 곳에서 방
어적인 마음이 소리를 지르며 내 코를 냅다 걷어차 다시 단조로
운 일상으로 돌아오게 돼요. 거기서는 아무 소리도 들리지 않
아요.

그런데 머제스틱 극장의 대형 상영관에 가서 인간이었던 내
아내가 마지막으로 앉은 자리를 가리키는 검은 띠가 달린 좌석
옆에 앉으면, 마침내 마음속 그 소리를 들을 수 있을 것 같다는

느낌을 떨쳐버릴 수 없어요. 내가 듣기론 마크와 토니가 극장에 있는 모든 좌석의 덮개를 교체해서 누구든 핏자국 같은 것으로 다시 트라우마를 일으킬 가능성은 없다고 하더군요. 하지만 그 공간에 다시 들어가는 모습을 마음속에 그려보려고 할 때마다 매번 피부가 따끔거리고 모든 세포가 떨리기 시작해요. 그다음엔 내 마음 깊숙이 갇혀 있는 그 의문의 소음이 들릴까 걱정되고요.

솔직히 말하면 나는 그 숨겨진 소리가 뭐든 날 죽일 정도로 강력하다는 걸 알았어요. 내게 날개가 자라나서 천사로 변신해 하얀빛을 향해 날아가는 그런 죽음은 아니고요. 그보다는 땅이 흔들리기 시작하면서 내 발밑의 땅이 벌어져 용암과 마그마와 연기가 끓어오르는 곳, 상상도 할 수 없는 그런 지옥에 떨어질 것 같아요.

다시 솔직해지자면 그러길 바라는 마음도 일부 있고, 이 시점에서 그런 일이 안 일어날 수 있겠느냐는 마음도 있어요. 내 마음속에 우리는 영원한 벌을 받을 만하다는 생각이 숨어 있거든요.

이런 내 마음이 이상한가요?

아니면 이건 인간으로 살아가는 조건의 일부에 불과한가요, 칼?

융이라면 이런 상황에서 어떻게 말할까요?

어쩌면 또 다른 루카스가 나타나서 그날 끝내주게 잘 해낼지도 모르잖아요?

그럼 정말 좋지 않겠어요?

또 다른 루카스가 등장할 때 당신이 그 자리에 있으면 좋겠어요. 하지만 내가 지옥으로 떨어지는 모습을 보길 바라진 않아요.

그동안 내가 당신에게 보낸 편지에 차마 말하지 못한 일들이 남은 것 같은 느낌이 들어요. 당신에게 말하고 싶었지만 일일이 다 기억이 나진 않거든요. 이제 당신에게 그 일부를 말했어요. 이게 첫걸음인 셈이죠. 하지만 내게 무슨 일이 일어났는지 기억나지도 않는데 어떻게 당신에게 더 많은 걸 털어놓을 수 있겠어요?

요즘 난 악몽을 많이 꿔요.

한밤중에 비명을 지르기 시작할 때마다 질이 뛰어와서 날 깨우지만, 아무리 노력해도 무슨 꿈을 꿨는지 기억이 나지 않아요.

아무래도 이게 당신에게 보내는 마지막 편지가 될 것 같아요, 칼. 특히 당신이 우리 괴물 영화 상영회에 참석하지 않는다면 말이죠. 눈치챘는지 모르겠지만, 난 지난 12월에 머제스틱 극장에서 살해된 사람 한 명당 편지 한 통을 당신에게 보냈어요. 제이콥 한센만 빼고요. 이것이 열일곱 번째 편지예요. 열여덟 번째 편지도 쓰려고 했지만 우리의 큰 행사가 열리는 밤이 되기 전에 그걸 완성할 시간도, 감정적 에너지도 없을 것 같아요. 그리고 당신이 상영회에 참석할 거란 생각도 정말 안 들고요. 어쩌면 이렇게 말하는 게 좀 더 정확한 표현일지도 모르겠어요. 큰 기대는 하지 않겠다고요.

내가 그동안 보낸 편지들이 조금이라도 가치가 있었다면 당신은 이미 지금쯤 답장을 보냈을 테니까요. 안 그래요?

영화 티켓과 동봉한 사진은 괴물 영화의 추모석에 나온 당신

아내의 이름을 찍은 겁니다. 토니에게 사진을 찍으라고 시켰어요. 이름의 철자가 정확한지는 내가 직접 확인했죠. **린드라 존슨.** 이게 내가 가장 좋아하는 융 정신분석가를 위해 할 수 있는 최소한의 일이었어요.

마지막으로, 상영회에서 혹은 그것이 끝난 후 내게 무슨 일이 일어나든 당신이 정말로 그동안 날 도와줬다는 말은 꼭 하고 싶어요. 당신이 생각하는 것보다 훨씬 더 금요일 밤 당신과의 정신분석을 고대했답니다. 그런 시간 덕분에 나는 좀 더 나은 교육자, 친구, 아들, 남편이 됐어요.

당신에게 분석을 받는 동안 별 진전이 보이지 않는 것 같을 때가 많았어요. 심지어 이런 말도 했었죠. "바가지 쓰고 있는 건 아닐까, 다아시? 모르겠어. 그런 돈을 낼 만한 가치가 있을까?"

그러면 아내는 내 눈을 똑바로 보면서 이렇게 말하곤 했어요. "당신은 정신분석을 받기 시작한 후로 훨씬 더 밝아지고 재미있는 사람이 됐어. 완전히 다른 사람이 된 것 같다고. 그렇다고 예전의 당신을 사랑하지 않았다는 말은 아니야. 하지만 당신이 전과 달리 마침내 자신의 인생을 즐기게 된 걸 보며 얼마나 좋은지 몰라."

그리고 난 정말로 내 인생을 즐기기 시작했어요. 어쩌면 난생처음으로 말이죠.

그건 정말이에요.

내가 당신에게 다시는 말하지 않을 때를 대비해서, 당신이 날 도와줬다는 사실을 부디 알아주세요. 당신이 내 치료를 거부했을 때조차 당신은 여전히 날 도와주고 있었어요. 당신이라는 존재를 떠올리기만 해도 도움이 됐어요. 오늘 밤 여기서 이렇게 편지를 쓰는 것도 도움이 돼요. 당신이 없었다면 분명 지금까지 버티지 못했을 거예요.

그러니 고마워요. 고맙습니다. 정말 고맙습니다.

당신은 훌륭한 사람이에요, 칼 존슨.

당신의 가장 헌신적인 루카스

3년 8개월 후

18

칼에게

정말 오랜만입니다.

마음 단단히 먹으세요. 이 편지는 여러 번에 나눠 쓴 거라 아주 긴 편지가 될 테니까요.

그리고 당신에게 쓰는 마지막 편지가 될 겁니다.

이 편지에 서명하고 나면, 다시는 당신에게 편지 쓸 일이 없을 거예요. 물론 좀 덜 직접적인 방식으로 우리의 중요한 관계를 기리는 일은 계속되겠지만요.

아무래도 이 은유의 방에 우리와 함께 있는 거대한 보라색 코끼리 두 마리의 존재를 인정하는 것으로 편지를 시작해야겠죠. 이 마음의 공간을 방이라고 불러야 할지 뭐라고 해야 할지 잘 모르겠지만 말이에요. 솔직히 이걸 뭐라고 해야 할까요? 연애편지

컬렉션? 일기장? 고통스러울 정도로 느린 고백? 비탄에 젖은 미친 남자의 횡설수설? 내가 아는 거라곤 당신에게 편지를 쓰는 것이 내 인생에서 믿을 수 없을 정도로 암울한 시기에 나를 가라앉지 않게 해준 유일한 힘이었다는 것뿐이에요. 적어도 당신이 이 편지들을 읽거나 내가 하는 말을 듣고 있다는 생각마저 없었다면, 내 모든 의지는 결국 무너져 내렸을 거라는 걸 알아요. 난 어두컴컴한 심연에 빠져 죽었을 겁니다.

거대한 보라색 코끼리 1번:

당신은 이미 죽었고, 내가 당신에게 편지들을 보내는 내내 죽은 사람이었다는 사실을 명확하게 받아들이고 나니 이제 당신에게 편지를 쓰는 것이 조금은 으스스하고 심지어 정서적으로 불안한 일이 될 수도 있겠다는 느낌이 들어요. 내가 당신 집 앞을 계속 지나가고 또 지나가는 동안 당신은 이미 이 세상 사람이 아니었죠. 그리고 아직도 당신 집 현관문이라고 생각하면서 그 집 문을 두드릴 때조차 당신은 살아 있는 사람이 아니었어요. 그 당시에 내가 본 광경을 받아들일 수 없었어요. 당신이 살아 있기를 너무나 간절하게 바랐으니까요. 그때 당신을 일종의 심리적 신기루로 만들어버린 것 같아요. 내가 있었던 그 외로운 사막에서 당신을 향해 계속 나아갈 수 있도록 말이죠. 당신을 향한 충족될 수 없는 갈망에 내 마음은 절절 끓었답니다.

다행히 지금 나는 그때만큼 아프지 않고 더는 현실과 분리되어 있지 않아요. 나는 내 모든 추한 기억을 되찾아서 그것을 의식에 받아들여 하나로 합치기 위해 부단히 노력하고 있어요. 내가 뭔가 잘못했다고 생각하는 사람은 한 명도 없지만 나를 용서하려고도 열심히 노력하죠.

이제 두 개의 트라우마를 다 소화한 것 같아요. 머제스틱 극장에서 일어난 학살뿐만 아니라 모든 장례식이 끝난 후 당신을 그 상태로 발견한 트라우마까지도요. 이제 마지막 편지를 쓸 만큼 충분히 치유되었는지도 모릅니다. 아주 아팠을 때 시작한 일을 마침내 마무리 짓는 거죠. 여러 이유로, 내 인생의 그 어두운 시기를 자연스럽게 마무리하는 게 아주 중요하게 느껴져요. 그 시기를 기리기 위해서요. 당신이 전에 말했을 것 같기도 하지만 신에게 감사하는 의미로 간직하는 거예요.

그래서, 맞아요. 난 당신과 다이시 그리고 다른 희생자들 모두 정말로 이 세상을 영원히 떠났다는 사실을 받아들였어요.

당신이 전에 했던 말이 기억나요. 그런데 아무래도 그 말을 잘못 인용하게 될 것 같아서 미리 사과드립니다. 융은 신경증이 우리에게 당면한 위기에 대해 마음이 할 수 있는 최선의 반응이라고 믿었다고 했죠. 우리는 항상 마음을 치유하고 안정되길 바라지만, 그와 동시에 우리를 보호하려는 마음의 용감한 시도를 존중하거나 적어도 인정해야 한다는 그 말 말이에요.

당신에게 보낸 그 미친 편지들을 다 읽어봤어요. 아직도 내 노트북에 보관하고 있거든요. 처음에는 이렇게 횡설수설하는 고백을 누가 갖고 있을까 걱정됐어요. 이름도 모르는 사람들이 내 헛소리를 어떻게 할까? 내 정신병의 결과물을 인터넷에 올릴 만큼 잔인한 사람이 있을까? 그런 일이 일어난다면 머제스틱 고등학교에서 다시 상담교사로 일할 수 있을까? 나는 현실과 분리된 내가 당신에게 쓴 편지들을 심지어 이사야나 질이 읽는 것마저도 원하지 않을 것 같거든요. 이 점에 대해 생각하느라 그동안 잠도 못 잤어요.

이제 당신 집에는 젊은 부부가 어린 두 딸을 데리고 살아요. 한 1년 전에 그 앞을 걸어서 지나쳤을 때, 목수들이 당신의 진료실을 온실과 사방이 유리문으로 둘러싸인 테라스의 중간쯤으로 보이는 공간으로 개조하는 모습이 보이더군요. 그 커다란 유리 너머로 그 앞을 지나는 사람은 다 볼 수 있는 키가 큰 초록 식물들과 야외에서 쓰는 가구들이 보였어요. 당신이 보면 마음에 들어 할 거란 생각이 들어요. 감청색 실내복을 입고 흰색 슬리퍼를 신은 아이 엄마가 종종 아침에 거기서 커피를 마셔요. 떠오르는 햇살을 얼굴에 받으며 노트북으로 이메일을 쓰더라고요. 그녀가 당신 집에 사는 걸 아주 좋아한다는 걸 알 수 있어요. 가끔 앞마당의 잔디 위에서 아이들이 노는데 행복해 보여요. 그들은 당신이 그 목가적인 집에서 마지막으로 한 일에 대해선 전혀 모르는 것 같아요.

이 가족이 그 집을 샀을 때 현관문 뒤쪽 바닥에 내 편지들이 쌓였을까 봐 걱정됐어요. 그 젊은 엄마와 아빠가 내 모든 은밀한 생각을 다 읽었을까요? 그랬다면 무슨 생각을 했을까요? 날 정신병자라고 불렀을까요? 첫 편지나 제대로 다 읽긴 했을까요? 소인에 찍힌 날짜를 보고 순서대로 읽었을까요, 아니면 그냥 닥치는 대로 읽었을까요? 아니면 보자마자 다 쓰레기통에 버렸을까요? 그 젊은 가족을 시내에서 본 적이 있어요. 내가 손을 흔들면서 인사하며 미소를 지을 때면 항상 망설이지 않고 바로 내 인사에 화답했는데, 그걸 보면 좋은 신호 같기도 해요.

어쩌면 바비가 내 편지들을 다 가져갔는지도 모르겠어요. 질혹은 친절하고 신중한 부동산 중개업자가 챙겨 갔는지도 모르고요. 그 사람은 내가 고등학교에서 수십 년 동안 근무하면서 알게 된 사람인데 내가 그의 자식들을 도와줬거든요. 왠지 내가 쓴 편지들을 다른 사람들도 읽은 것 같은 느낌이 들지만, 지금까지는 아무도 내게 그에 대해 한마디도 하지 않았어요. 내가 여러 번 말했던 것처럼 이 마을 사람들은 모두 인정이 많으니까요.

거대한 보라색 코끼리 2번:

당신을 두고 바람을 피우고 있어요.

난 지금 3년 넘게 다른 융 정신분석가를 만나고 있어요. 일주일에 세 번씩 만나요. 화요일과 목요일에는 오전 8시, 일요일에는 밤 9시에요. 그의 이름은 피니어스예요. 융 정신분석가들이 참석하는 여러 번의 학회와 직업적 모임을 통해 당신과 잘 알고 지냈다고 하더군요. 당신과의 관계에 대해선 거기까지만 말하겠다고 하면서 더 밝히는 건 부적절하다고 했어요. 그건 이해할 수 있었죠.

피니어스는 일반적인 융 정신분석가들에 관해 이야기하는 걸 당신보다는 편하게 여겼어요. 그는 정신분석을 받는 사람들이 흔히 저지르는 실수로 그들의 정신분석가가 인생의 모든 해답을 다 알고 있으며, 현실의 어두운 면에 전혀 취약하지 않을 거라고 생각하는데 그건 분명 사실이 아니라고 했어요. 그와 나는 상처받은 치유자라는 개념에 대해 아주 길게 토론했는데 그건 내게도 적용되는 이야기였죠. 나는 유년기에 아주 많은 상처를 받았고 내면엔 부서진 구석들이 많았지만, 덕분에 내가 맡은 고등학생들의 고통을 그들의 부모들보다 더 잘 느끼고 이해할 수 있었죠. 그 부모들은 나보다 상처가 적거나 아니면 다른 방식으로 자식들의 고통에 대처했을 거고요.

피니어스는 내가 당신에게 보낸 편지들을 다 읽었어요. 내가 공개했거든요. 이 편지를 마치면 이것도 읽는 데 동의했어요. 편지들을 읽게 해준 내 마음의 창의성과 회복 탄력성을 존경한다고 해서 덜 창피하더군요.

"우리 모두 기적을 일으킬 수 있어요." 피니어스는 종종 이렇게 말해요.

내가 당신에게 화가 났거나 당신이 해야 한다고 느꼈던 일에 대해 실망하지 않았다는 점을 이 자리에서 바로 밝히는 게 중요하다고 생각해요. 나는 당신이란 사람을 잘 알기 때문에 흥분한 상태에서 충동적으로 그 결정을 내리지 않았음을 알거든요. 아뇨, 그보다는 자신에게 주어진 모든 선택지를 철저하게 따져본 후 신중하게 선택했다고 생각해요. 피니어스가 당신이 그 일을 행동으로 옮겼을 때 당신 마음과 머릿속에서 무슨 일이 일어나고 있었는지는 아무도 모른다고 했지만 말이죠. 한동안 당신에게 화가 났고 심지어 당신을 증오하기도 했지만, 그런 추악한 시간은 지나갔어요. 물론 여전히 당신이 그리워요. 하지만 내 안에는 지금도 칼이 살아 있고, 그 칼은 영원히 나와 함께일 거라고 피니어스가 여러 번 말해줬어요. 그런 면에서 지금 쓰는 이 편지는 그 내면의 칼과 영원히 존재하는 칼을 하나로 합치려는 나의 시도라고 할 수 있겠죠.

피니어스는 내가 이 마지막 편지를 쓰게 하려고 3년 넘게 노력했어요. 그와 함께 치료를 시작한 순간부터 피니어스는 "칼이라는 원을 닫아야 한다고" 단호하게 말했어요. 즉 내 마음이 시작하라고 명령한 일, 내가 믿을 수 없을 정도로 아팠을 때 시작했던 일을 끝내라고 한 거죠. 피니어스는 이것이 "영혼의 약"이 될 거라고 믿고 있어요. 처음부터 낫고 싶은 마음은 아주 간절했지만, 이 순간이 오기 전까지는 이 편지를 쓸 수 있을 거라고 생각하지 못했어요. 정말이지 내가 심리적으로 할 수 있는 가장 빠른 시기에 이 마지막 편지를 쓰게 됐습니다. 요 몇 년은 험난한 시간이었다는 말로도 부족해요. 그 이유는 앞으로 읽게 될 겁니다.

당신은 영화 개봉이 어떻게 됐는지 궁금하겠죠?

간단하게 대답하면, 피니어스와 내가 3년 반 동안 일주일에 세 번씩 정신분석을 해서 마침내 그때 일어난 일을 완전히 밝힐 수 있게 됐어요. 내가 실제로 그날 일어난 일을 다 기억하는지는 잘 모르겠어요. 그때부터 아주 심하게 현실과 분리되기 시작했거든요. 아무래도 내가 기억하는 걸 정확히 쓴 후에 남은 공백은 당신의 그 훌륭한 직관과 날카로운 통찰력으로 메우는 게 좋을 것 같아요.

영화 상영회 날 오후에 베스와 질은 미용실에 갔고, 이사야는 날 데리고 골프를 치러 갔어요. 우리 둘 다 골프를 썩 잘 치진 못하지만, 이사야에게 파인스 컨트리 클럽 회원권이 있거든요. 친절한 그렉 코일이 프로 골퍼로 일하던 바로 그 클럽이죠. 가끔 그곳에서 이사야와 골프 카트를 타고 다니며 근처에 있는 창문을 부수지 않으려고 최선을 다했어요. 그 특별한 8월의 오후에(어찌나 더운지 마지막까지 남아 있던 매미들이 소리를 질러대던 기억이 나요) 좀처럼 정신을 집중할 수 없어서 이사야에게 괜찮으면 나는 골프는 안 치고 그의 점수만 기록해주겠다고 했어요. 처음에는 날 설득해서 골프를 치게 하려고, 그러면 "내 머리가 맑아질 거라고" 말하던 이사야도 마침내 내 뜻을 따라줘서 자연스럽게 그의 캐디가 됐죠. 난 우리가 탄 카트를 운전하고, 그가 공을 잘 치면 나이스 샷이라고 환호하면서 점수를 기록했어요. 이사야는 평소와 다르게 조용히 게임에만 정신을 집중했어요. 그러다 15번 홀인가 16번 홀에 이르렀을 때 말했죠. "루카스, 자네가 걱정된다는 말을 해야 할 것 같아."

이사야는 계속해서 내가 한 이상한 행동들을 읊었어요. 예를 들어 내가 필요한 장면인데 갑자기 세트장에서 사라진 일, 한밤중에 동네를 걸어서 돌아다닌 일, 밥도 먹지 않고, 팔에 딱지가 앉을 정도로 긁어댄 일과 몇 가지 다른 일들도요. 그러고 나서 말했어요. "오늘 밤 행사를 감당할 수 없다면, 아무도 자네를 탓하지 않을 거야. 나도 빼먹을 수 있어. 다 같이 자네 집이나 어디든 자네가 좋아하는 곳에서 놀면 돼. 해변을 드라이브하거나 뭐 그런 거 말이야. 잠깐 이곳을 떠나 있는 거지."

"앨리를 생각해서라도 상영회에 가야지. 연설도 해야 하고." 내가 말했어요.

"자네가 꼭 하지 않아도 돼." 이사야는 그렇게 말하면서 붉은 수건을 써서 자신의 5번 아이언에 묻은 흙덩어리를 닦아냈어요.

"하지만 내가 해야 한다고 생각해."

"왜?"

이사야에게 대답할 순 없었어요. 난 그냥 머제스틱 극장에 돌아가야 한다고 느꼈고, 날개 달린 다아시가 거기서 날 기다리고 있기를 정말 간절히 바랐거든요. 또 내 마음속 깊은 곳에 있는 소리의 정체도 알고 싶었고요. 하지만 이런 생각을 하나라도 말하면 정말 나쁜 일이 벌어질 거라는 것 정도의 정신은 있어서 그냥 아무 말도 하지 않았어요.

"내 생각에 자네는 이 일에 준비가 안 된 것 같아, 친구. 우리 모두 준비가 안 된 것 같지만 루카스 자네는 특히…… 이거 뭐라고 해야 할지 모르겠군."

"이사야, 나는 아주 건강해." 나는 그렇게 말하면서 최선을 다해 그와 눈을 마주치려 했지만, 걷잡을 수 없을 정도로 심해지는 정신적 압박감에 결국 그가 내 눈을 보기도 전에 고개를 돌려버리고 말았어요.

이사야가 그 정도 말로 날 믿어주지 않은 건 확실해요. 하지만 지금 떠올려보면, 그때 나는 말없이 친구가 골프 치는 걸 끝낼 수 있도록 도운 후에 샤워하고 탈의실에서 옷을 갈아입었던 게 생각나요. 그러고 나서 이사야는 최소한의 용돈은 써야 한다고 말하면서 내게 이른 저녁을 사줬어요.

그런 내내 이사야에게 한 번도 정신을 집중하지 못했고, 이사야도 내 정신이 딴 곳에 가 있는 걸 감지한 기억이 나요. 하지만 그런 나를 대체 어떻게 대해야 좋을지 알 수 없어 난감해하는 모습도 보였죠. 사람들의 정신 건강 문제를 도와준 사람은 그가 아니라 나였으니까요. 이사야는 고등학교를 운영하고 나머지는 자신의 하느님이 다 처리해줄 거라고 믿는 사람이니까. 이른 저녁을 먹기 전에 그는 하느님에게 "용감하고 선한 루카스가 상영회를 무사히 치를 수 있도록 도와달라고" 기도했어요. 하지만 이 특별한 기도는 그가 전에 했던 기도들보다는 별 효과가 없어 보였어요. 내 피부는 따끔거리지 않았고 몸이 떨리지도 않았어요. 사실 아무것도 느껴지지 않았어요. 내가 음식을 하나도 먹지 않아서 속상했는지 이사야가 계속 이렇게 말하더군요. "뭘 좀 먹어야해, 루카스." 이사야와 나는 우리 집으로 돌아와 턱시도로 갈아입고 에어컨을 튼 거실에 앉아 TV로 필라델피아 필리스의 야구 경기를 보면서 한껏 예쁘게 치장하러 간 베스와 질이 돌아오길 기다렸어요. 마침내 두 사람이 문을 열고 들어왔을 때 몰라볼 뻔했죠. 화장도 아주 진하고 머리도 한 번도 본 적 없는 스타일이었거든요. 하지만 이사야와 나는 아주 바보는 아니라서 그들에게 정말 근사해 보인다고 말했어요. 두 사람은 드레스로 갈아입으려고 계단을 올라갔죠.

"취소할 수 있는 마지막 기회야." 이사야가 말했지만 나는 고개를 저었고, 그걸로 그 이야기는 끝냈어요.

리무진이 우리 집 앞에 와서 섰을 때 질과 베스는 아직도 드레스를 갈아입고 있었어요. 마크와 토니와 앨리가 우리를 기다리고 있었기에 이사야가 그만 가야 한다고 소리를 질렀죠. 그리고 어느새 우리는 아주 긴 리무진 뒷좌석에 타고 있었어요. 토니가 모두에게 비싼 샴페인을 한 잔씩 따라줬어요. 앨리는 마치 크리스마스 아침에 선물을 기다리는 아이처럼 싱글벙글 웃었어요. 베스, 이사야, 질은 우리가 탄 차의 호화로운 내부를 보며 감탄했죠. 마크가 모두에게 계속 축하 인사를 건네서 토니가 말했어요. "대체 샴페인을 몇 잔이나 마신 거야?" 그러자 마크의 얼굴이 새빨개지더군요.

"선루프 열어도 될까요?" 다아시가 하늘에서 날아오면서 이미 우리와 같이 있을지도 모른다는 생각이 들어 물었어요.

마크는 선루프를 열기엔 너무 덥다고 말했지만, 토니가 기사에게 "에어컨 세게 틀고 햇빛이 들어오게 선루프 열어요!"라고 소리쳤어요.

극장까지 가는 내내 하늘을 올려다봤지만 날개 달린 다아시는 보이지 않았어요. 마음속으로 그녀를 떠올려보려고 매우 애를 썼지만 아무 소용이 없더군요. 너무 외로워져서 금방이라도 울음이 터질 것 같아 왼쪽 엄지와 검지 사이의 살을 꼬집으면서 손톱으로 힘껏 눌렀어요. 이러다 피부를 뚫고 뼈에 닿는 게 아닌가 싶은

생각이 들더라고요. 그 통증이 너무 커서 서글픈 감정을 자제할
수 있었습니다.

그때 질이 내 귀에 대고 준비가 안 됐으면 이 일을 하지 않아
도 된다고 속삭이더군요. 그래서 내가 말했어요. "난 준비됐어
요!" 리무진에 탄 사람들의 얼굴이 순간 하얗게 질렸다가 이내
침묵이 흘렀기에 질처럼 속삭인 게 아니라 소리를 꽥 질렀다는
걸 알았죠. 앨리의 찡그린 얼굴을 보고서야 정신을 가다듬고 말
할 수 있었어요. "이건 나에게 아주 버거운 일이지만, 동시에 정
말 특별하고 중요한 일이기도 해요."

모두 나를 안심시키려고 고개를 끄덕였지만 내가 흥겨운 분위
기를 망쳐버린 걸 알았어요. 안 그래도 외로웠던 마음이 더 힘들
어졌습니다.

리무진이 극장에 도착했을 때, 머제스틱 경찰서에서 이미 주변
교통을 다 차단해놨더군요. 제복을 입은 경찰들이 사방에 좍 깔
려 있었어요. 그리고 반짝거리는 황금색 기둥에 연결된 붉은 벨
벳 끈이 주위에 둘러쳐져 있고 진짜 레드카펫이 깔려 있었죠. 기
자들이 질문을 외치며 포즈를 취하게 하려고 소리치자 생존자들
이 사진을 찍기 위해 줄을 섰습니다.

우리는 리무진에서 내려서 레드카펫에 선 다른 사람들과 합류
했다가 산드라 코일을 보고 기분 좋게 놀랐어요. 산드라는 우아
한 검은색 야회복을 입고 그에 어울리는 검은 장갑을 꼈더군요.
달랑거리는 다이아몬드 귀걸이와 다이아몬드 초커로 의상을 돋

보이게 했더라고요. 윌로우는 그 옆에서 그렉 코일의 커다란 얼굴 사진을 들고 있었어요. 코일 응접실의 이젤 위에 놓여 있던 바로 그 사진이었죠. 마침내 그녀의 목소리가 들릴 만한 거리에 다다랐을 때, 산드라가 세상을 바꿀 수 있는 영화의 힘에 대해 잘난 척 말하는 소리가 들리더군요. 이 프로젝트를 시작할 때부터 얼마나 우리 작업을 전적으로 지지했는지도 말했어요. 이 자리에 서게 됐을 뿐만 아니라 이 프로젝트에 자금을 댈 수 있어 영광이란 말도 했죠.

"때로 우리는 우리의 돈으로 표를 행사하죠." 산드라는 카메라 렌즈를 똑바로 보며 그렇게 말하고선 활짝 미소를 지어 보였어요. 기자는 산드라의 말 한마디 한마디에 매달리면서 그녀를 향해 내민 작은 녹음기로 부지런히 녹음했어요.

나는 의아한 눈빛으로 마크와 토니를 바라봤어요.

"산드라는 뒤늦게 우리 프로젝트에 돈을 댔어요." 마크가 말했어요.

"바로 어젯밤에 말이죠." 토니가 내 옆구리를 쿡 찌르며 얘기하더군요.

"모두 승자를 사랑하는 법이니까." 이사야가 말했죠.

이런 말을 당신에게 일일이 보고하는 게 냉소적으로 들린다는 건 알지만, 영화 상영회에서 산드라를 봐서 정말 기뻤어요. 모든 생존자들이 모여 우리가 다시 완전해졌으니까요.

하지만 그때부터 정신없이 땀이 나기 시작했어요. 우리를 시원하게 해주기 위해 대형 선풍기가 곳곳에 놓여 있긴 했지만 8월의 열기 때문이라고 생각했죠. 내 사진을 찍는 사람들이 너무 많았어요. 사방에서 플래시가 터졌고, 젊은 여자 한 명이 나를 안내해서 기자들이 있는 곳을 통과하게 하면서 유감스럽지만 오늘 밤 나는 어떤 질문도 받을 수 없다고 대신 말해주더군요. 질이 그 기회를 고대하고 있었다는 걸 알았지만 우리는 사진 촬영 장소를 지나쳐 갔어요. 그때 질이 우리 자리에서 날 기다리겠다고 말했어요. 다아시가 총을 맞아서 마크와 토니가 검은 띠를 둘러놓은 자리 바로 옆이었죠. 나는 마크와 토니의 개인 화장실에 갇혀 거울에 비친 내 얼굴을 보며 지금 나와 눈을 마주치고 있는 사람이 정말 여전히 나인지 궁금해했어요.

시간이 얼마나 흘렀는지 모르겠어요. 그러다 내 수행원이 화장실 문을 두드리면서 이제 연설을 할 때가 됐다고 소리치더군요. 하지만 그 말을 듣는 순간 현실과의 접점을 잃어버리고 말았어요. 갑자기 스파이크 리가 초기에 만든 영화에 출연한 것 같은 느낌이 들었죠. 발도 움직이지 않은 채 보이지 않는 스케이트보드를 타고 죽 앞으로 나가버리는 느낌이랄까요. 어느 순간 나는 거대한 붉은 커튼 뒤에 서서 마크와 토니와 앨리가 사람들을 구원하고 하나로 단결시키는 영화의 힘에 대해 그리고 우리 머제스틱이 놀라울 정도로 회복 탄력성이 강한 곳이고 앞으로도 항상 그럴 것이라는 이야기를 하는 모습을 지켜보고 있었어요.

갑자기 그들이 내 이름은 거론하지 않은 채 내 이야기를 하더군요. 나도 이젠 사실인지 확신할 수 없는 나에 관한 일들을 이야기하면서 마침내 마크가 말했어요. "신사 숙녀 여러분, 루카스 굿게임을 소개합니다!" 대형 상영관에 있는 사람들 모두 일어나서 벽에 금이 갈 정도로 우레와 같은 소리로 손뼉을 쳤어요. 수행원이 날 앞으로 살짝 밀어서 붉은 커튼 앞에 서게 됐죠. 다시 한번 내 발조차 들지 않은 채 무대 한가운데로 미끄러지듯 나아가서 다른 사람들 앞에 서게 된 거예요. 무대 한가운데 섰을 때 앨리가 나에게 마이크를 넘겨주고 무대 왼쪽으로 나갔어요.

박수 소리가 한동안 계속되다가 마침내 멈추고 모두 자리에 앉았어요. 수백 명의 사람이 일시에 자리에 앉는 소리가 들리더군요. 그리고 죽은 듯이 침묵이 흘렀어요. 스포트라이트가 내 눈을 비추고 있어서 객석에 있는 누구의 얼굴도 알아볼 수 없었고 날개 달린 다아시가 있는지 찾아볼 수도 없었죠. 슬슬 걱정되기 시작했다가 다아시가 오면 좌석에 앉는 게 아니라 허공을 맴돌고 있을 거라는 생각이 들더군요. 나는 사람들이 내게 요구하는 연설을 하고, 고인들을 기리고, 우리 마을 사람들을 정신적으로 고양하기 위해 강한 루카스를 불러내야 한다는 걸 알았지만, 이 기적이게도 마지막으로 한 번만이라도 천사가 된 아내를 보고 싶은 마음에 완전히 사로잡혔어요.

고개를 뒤로 젖히고 얼굴을 들어. 내 마음속 깊은 곳 어딘가에서 이상하고 수상쩍은 목소리가 말했어요.

그게 바로 무엇보다 하고 싶은 일이었지만, 갑자기 너무 겁에 질려서 온몸이 마비된 것 같았어요.

고개 들어! 그렇게 하란 말이야! 그 목소리가 명령하자 나는 온몸을 걷잡을 수 없이 떨기 시작했어요.

"괜찮아요, 루카스! 내가 갈게요." 객석에서 질이 외치는 소리가 들렸어요.

질이 대형 상영관 가운데서 내가 서 있는 무대로 오는 동안 사람들이 비켜주는 소리가 들렸어요. 그녀의 발소리가 들렸고, 그러다 달려오는 소리를 들었어요. 내게 시간이 별로 없다는 걸 알 수 있었죠.

이걸 끝내! 지금 당장! 그 어두운 목소리가 말하더군요.

뭔가가 내 뒤통수에 있는 머리채를 잡고 끌어올려서 어쩔 수 없이 내 얼굴이 위로 들려져 강제로 천장을 보게 됐어요. 다아시가 항상 미켈란젤로의 그림 같다고 했던 영화관 천장에 있는 그림을요. 이 극장에서 다아시와 영화를 보기 전에 매번 고개를 들어 경탄하며 바라봤던 그 천장을요. 나는 태양과 파란 하늘과 구름을 봤습니다. 하지만 그걸 보고 나는 무릎을 꿇게 됐어요. 그리고 비명을 지르면서 머리와 가슴과 허벅지를 주먹으로 쳤고, 손톱으로 얼굴의 피부를 다 후벼 파려고 안간힘을 썼어요. 얼굴에 꽤 큰 상처를 입힌 후에야 선량한 머제스틱 사람들이 날 제압할 수 있었죠. 그런 내내 질은 계속 울면서 미안하다고 했어요.

그 직후 나는 온몸을 속박당한 채 구급차 뒤쪽에 탔어요. 젊은 응급구조사 두 명이 나에게 괜찮을 거라고 계속 말해주더군요. 내가 괜찮아지지 않을 거라는 건 확실했고, 난 그 사실을 알았어요. 그래서 계속 비명을 질렀죠.

머제스틱 극장에 여러 번 가봤을 테니 당신도 이미 그 천장에 아주 아름답게 그려진 그림을 봤을 거예요. 내 마음이 내 기억 속에서 지워버린 그 풍경 말이에요. 거기에 날개를 펼친 천사들이 위풍당당하게 날아다니는 모습도 그려져 있었어요. 그걸 다시 보자 그 비극이 일어난 직후 내가 피투성이 손을 내려다보던 순간, 내 무의식이 내게 건 마법이 풀려버린 거예요. 그 무대에서 극장의 천장에 영원히 얼어붙은 천사들을 올려다본 순간(원래는 객석을 보며 연설을 해야 할 순간에), 그 전해 12월에 통로 쪽 좌석에 앉아 있던 순간이 떠올랐어요. 그때 내 아내의 생명이 무서울 정도로 빠르게 몸에서 빠져나가고 있었어요. 그리고 거대한 스크린속 흑백의 지미 스튜어트가 소리를 지르고 있었죠. "메리 크리스마스, 극장이여!" 그때 나는 다아시의 몸에서 흘러나오는 피를 멈추게 하려고 필사적으로 노력했어요. 하지만 내 손만으로는 그녀의 머리와 목에서 흘러나오는 그 보라색 액체를 멈출 수 없었고, 아내의 눈을 보니 이미 생명이 빠져나간 걸 똑똑히 알 수 있었죠. 아내의 눈에 마치 두 개의 작고 차가운 거울처럼 영화 조명이 비쳤어요. 내 이웃들이 비명을 지르고 신음했어요. 그러는 동안 제이콥 한센의 총에서 추악한 **탕! 탕! 탕!** 소리가 울려 퍼졌어요. 제이콥은 총을 들어서 사람들의 머리와 목구멍에 총구를 대고 한명씩 처형했죠. 후에 나는 그게 '접촉 사살'이라고 한다는 걸 알았어요.

우리가 초반에 받은 그룹 치료에서, 제이콥이 우리가 사랑하는 사람들을 죽이기보다는 그들이 살아서 고통받길 원했다는 이론을 내놓은 사람들이 많았어요. 다양한 정신 건강 전문가들과 이야기하면서 우리는 또한 자신이 있는 곳이 보이지 않는 영화관의 어둠과 극단적인 폭력이 합쳐져 앉은자리에서 그대로 얼어붙은 사람들도 있고, 비상구를 향해 달려간 사람들도 있었다는 것도 알게 됐어요. 그런데 비상구는 이미 제이콥이 몇 분 전에 자신의 차로 막아놨던 거죠. 제이콥이 자기 좌석에 그대로 굳어버린 관객들을 처형하는 건 아주 쉬웠어요. 막힌 비상구를 향해 달려가다가 살인자에게 등을 보인 사람들은 더 쉬운 먹잇감이었고요.

이건 100퍼센트 확실하진 않지만, 다아시가 제이콥에게 첫 번째로 살해된 것 같아요. 제이콥이 내 아내의 목숨을 끊어놓기 전에는 그 어떤 총성이나 비명도 들은 기억이 없거든요. 다른 관객들처럼 다아시도 항상 뒤쪽에 앉아서 지나다니는 사람이 없는 통로 쪽으로 발을 뻗고 영화를 보길 좋아했어요. 그런데 그날 밤은 우리가 평소보다 조금 더 늦게 가는 바람에 로비로 통하는 입구와 가장 가까우면서 마지막으로 남은 가운데 좌석 두 개에 만족해야 했는데, 바로 그 입구로 제이콥이 들어온 거죠.

12월 초의 비극이 일어났던 밤, 내 정신이 무너지고 있다고 생각했던 그 순간, 다아시의 영혼이 제일 먼저 그녀의 몸을 떠나고 있을 때, 내 안에 있는 강하고 확신에 찬 또 다른 내가 벌떡 일어나 주도권을 잡았어요. 나는 불꽃이 번쩍이는 총구를 향해 달려갔어요. **탕! 탕! 탕!** 허공으로 몸을 날려서 체중을 실어 그 어린 살인자의 등을 쳤어요. 우리 둘 다 바닥에 떨어졌을 때, 내가 그의 머리채를 움켜쥐고 그의 얼굴을 콘크리트 바닥에 쾅쾅 내려치기 시작했죠. 계속 내려쳐서 내 오른손이 밑으로 향할 때마다 그의 두개골이 조금씩 함몰되는 걸 느낄 수 있었어요. 그건 마치 내가 내 몸에서 빠져나와 악마에 사로잡힌 남자가 하는 짓을 쳐다보는 느낌이었죠. 강하고 또 다른 나인 루카스는 멈출 수 없었어요. 그렇게 10분 정도 지난 후 마침내 바비가 축 늘어지고 피투성이가 된 제이콥의 몸에서 날 끌어냈어요.

왜 그런지 모르겠지만, 괴물 영화를 상영하는 날 밤 턱시도를 입고 무대에 혼자 무릎 꿇고 앉아 비명을 지르며 나를 주먹으로 때리면서 무수한 관객 앞에서 그 트라우마를 다시 체험하고 있던 순간, 나는 당신 집의 1층 창문을 들여다보고 있었어요.

그날은 크리스마스 사흘 전이었을 거예요. 모든 장례식이 끝났죠. 아마 마지막 장례식을 치른 직후 같아요. 그때 나는 당신의 몸이 공중에 매달린 모습을 보고 있었어요. 식탁은 한쪽으로 밀쳐져 있었고 당신 밑에 있는 의자는 걷어차여서 옆으로 넘어져 있었죠. 당신의 축 늘어진 상반신을 눈으로 훑어 올라갔을 때 오렌지색 전기 코드가 목에 돌돌 감긴 채 그 위에 있는 샹들리에에 고정되어 있었어요. 그때 나는 당신의 집 뒷문을 걷어차고 안으로 들어갔고, 이웃 사람들이 경찰에 신고했어요. 당신을 내리려고 애를 썼지만 그건 성인 남자 두 명이 달려들어야 할 수 있는 일이었죠. 그때 내가 할 수 있었던 최선은 당신의 딱딱하고 차가운 몸을 안고 추켜들어서 당신의 목에 더는 압력이 가해지지 않게 하면서 도와달라고 소리를 지르는 것뿐이었어요. 내 등과 다리 근육에 쥐가 나서 힘이 빠지기 전까지 당신의 몸을 받쳤어요.

목소리가 나오지 않을 때까지 소리를 질렀어요. 난 정말 당신을 살리려고 최선을 다했어요, 칼. 당신이 생각하는 것보다 훨씬 더 많이 당신을 사랑했으니까요.

피니어스는 자신의 정신분석가를 사랑해도 괜찮다고 했어요. 그건 심지어 자신에게 다시 부모가 되어주는 연금술적인 과정이 성공하는 신호일 수도 있다고 했죠. 당신이 나에게 벌을 주기 위해 그런 일을 한 게 아니라는 사실은 알아요. 그보다는 린드라 없이 살 수 없었거나 그날 밤 머제스틱 극장에서 고통받은 사람들 모두 겪고 있는 비극의 여파를 감당하지 못해서 그랬겠죠. 이런 말을 해도 된다면, 그 비극에 극단적으로 그리고 무의식중에 대처한 나는 인간의 마음이 어떻게 부서질 수 있는지 잘 이해해요. 당신의 행동을 판단하지 않을 겁니다. 하지만 그날 조금 더 일찍 당신의 집 창문을 들여다봤더라면 좋았을 거라는 생각은 했어요. 그러면 당신이 하려고 했던 일을 봤을 텐데 말이죠.

상상 속에서 나는 항상 당신이 그걸 하고 있을 때 잡아요. 대개는 당신이 샹들리에에 전기 코드를 감을 때 잡죠. 내가 당신의 거실로 뛰어 들어가면 당신은 내 품으로 떨어져서 수치스러워하죠. 나는 당신의 등을 토닥이며 괜찮다고, 우리는 도움을 청할 수 있다고 말해요.

당신이 그 고비를 이겨냈더라면 피니어스가 당신을 도와줄 수도 있었겠죠. 누가 알겠어요?

영화 상영회에서 공개적으로 신경 쇠약을 일으킨 후, 응급구조사들이 날 정신병원으로 데려갔어요. 그곳에서 시체처럼 잘 수 있을 정도로 어마어마한 분량의 주사를 강제로 맞았어요. 의식을 잃기 직전에 내 마음 깊은 곳에 숨겨져 있던, 그 황량한 나무들 사이로 불어오던 바람 소리는 바로 내 영혼이 비명을 지르는 소리였다는 사실을 깨달았어요. 기절하기 직전에 기억나는 건, 내 영혼이 처참하게 지르는 비명을 다시는 듣고 싶지 않다는 걸 확실하게 알았다는 거예요.

그래서 병원에서 지내는 동안 주는 약은 다 먹었어요. 때문에 정신이 멍해져서 침을 질질 흘리며 TV가 있는 방에 앉아 금방 잠이 들곤 했죠. 그 방에서 산드라 코일의 정치 캠페인 광고를 처음 봤어요. 산드라는 이제 펜실베이니아 주지사랍니다. 그래서 이제는 그녀가 TV에 나와서 이야기하는 모습이며, 옥외 광고판에 붙은 그녀의 얼굴을 보는 데 익숙해졌어요. 하지만 그때 그 병원에 있을 땐 마치 내가 또 다른 우주로 이동한 것 같은 느낌이 들었어요. 그리고 산드라는 어떻게 비명을 지르는 자신의 영혼을 그렇게 빨리 정치적 황금으로 바꿔놓았는지 궁금해지더군요. 나는 정신병원의 폐쇄 병동에 갇혀 플라스틱 의자에 앉은 내 몸 하나 제대로 들어 올릴 수 없는 처지가 됐는데 말이죠.

거기엔 나처럼 갇혀 있는 사람들이 많았지만, 나는 그중 누구와도 의미 있는 관계를 맺을 수 없었어요. 공정하게 말하면, 그들도 대부분 나와 관계를 맺을 수 없는 상태였고요. 상대적으로 평범해 보이는 극소수의 환자들은 특혜를 받아서 병동 안에 있는 잔디가 깔린 아트리움(현대식 건물 중앙 높은 곳에 유리로 지붕을 덮은 넓은 공간—옮긴이) 안에서 시간을 보낼 수 있었어요. 그곳은 말하자면 사면이 유리로 된 일종의 유리 상자 같은 곳으로, 상태가 좋지 않은 환자들은 허락 없이는 그 안에 햇볕을 쬐러 들어갈 수 없게 설계됐죠. 나는 정상인 사람들이 그 안에서 마치 천국으로 올라가려는 신처럼 햇살을 받는 모습을 바라봤어요. 나는 계속 이렇게 생각했어요. 내가 저 빛나는 공간 안에 들어갈 수만 있다면 이 모든 게 끝날 거야. 하지만 내가 먹는 약들 때문에 사실상 이 새로운 정신 건강 생태계에 존재하는 계급에서 올라가기는커녕 제대로 서 있을 수도 없는 지경이었죠.

분명 질과 이사야가 날 거기서 빼내려고 하거나, 적어도 날 보러 오려고 노력한 건 확실히 알아요. 하지만 병원에서 최소 5일 동안은 면회 금지라고 말했고, 친구들의 휴대폰 번호가 하나도 기억이 나질 않았어요. 내 휴대폰에 저장되어 있었지만 처음 이곳에 도착했을 때 병원에서 압수했거든요. 그러니 벽에 설치된 시대착오적인 공중전화는 아무짝에도 쓸모가 없었죠.

매일 아무 의미도 없는 질문을 쏴부어대는 사회 복지사들과 의사들을 만났어요. 당신의 정신 건강 목표는 뭔가요? 미래에는 어떻게 생활비를 벌 계획인가요? 당신을 지원해주는 믿을 만한 사람들이 있나요? 당신 아내의 죽음을 제대로 애도했나요? 이런 질문들이었죠. 전에 내가 칼 당신을 얼마나 그리워했는지 잘 알고 있다고 생각했지만, 여기 갇히고 나서야 내 비탄의 무게가 얼마나 무거웠는지 비로소 실감이 나더군요.

"난 융 정신분석가가 필요해요." 나는 그들에게 계속 이렇게 말했어요. 내가 까다로워서 이런 요구를 하는 건 아니라고 했죠. 그

293

의사들이 취리히에 있는 C. G. 융 연구소에서 공부했는지 그런 건 따지지 않았지만, 다만 융 정신분석가가 아닌 사람의 치료는 단호하게 거부했어요. 그런 행동이 이 정신병원에 있는 전문가들을 크게 모욕했다는 생각은 들었어요. 한번은 나와 이야기하던 젊은 사회 복지사(엘리보다 별로 나이가 많아 보이지 않았던 젊은 여성)가 날 보며 눈동자를 데굴데굴 굴리더군요. 하지만 난 그곳에서 대체로 TV가 있는 휴게실에 앉아 금방 잠이 들거나 침을 질질 흘렸고, 그런 내내 산드라 코일의 얼굴이 계속 TV 화면에 등장해 규제되지 않은 총기 소유의 위험에 대해 늘어놓았어요. 나는 잠들어도 괜찮다고 계속 되뇌었어요. 정서적으로 그리고 심리적으로 기진맥진한 상태였기 때문에 주변 사람들과는 내일, 좀 더 쉰 후에 친해지려고 노력해도 된다고 말이죠.

하지만 그때 이사야와 질이 와서 이제 나갈 때가 됐다고 했어요. 난 이곳에 온 지 하루나 이틀 정도밖에 되지 않았으니 그럴 리가 없다고 대꾸했죠. 하지만 두 사람은 이미 3주나 됐다고 말하더군요. 병원에서 나와서 이사야의 차로 걸어가는 와중에도 그 말을 믿기 힘들었어요. 그러다 나뭇잎들의 색이 변한 걸 눈치채고 조금 겁이 났어요. 내가 상당히 긴 시간을 잃어버렸다는 사실을 증명하는 것처럼 보였거든요. 이사야가 운전하는 동안 질이 나와 같이 뒷좌석에 앉아서 갔고, 그때 나는 마법의 햇빛으로 가득 찬 그 아트리움에 한 번도 들어가지 못했고 그래서 절대 하얀 빛을 타고 천국으로 갈 수 없다는 사실을 깨달았어요. 그러자 어찌나 우울하고 슬픈지 참을 수 없을 정도였죠. 친구들이 날 거기서 빼낸 게 훨씬 더 좋은 일이긴 하지만요.

그다음에 기억나는 건 질의 무릎에 머리를 댄 채 잠에서 깬 것이었어요. 뒷좌석에 태아 자세로 몸을 구부리고 누워 있더군요. 질은 손가락으로 내 머리를 쓸어내렸어요. 질과 이사야가 속삭여서, 내가 아직도 잔다고 생각한다는 걸 알고 눈을 감고 계속 자는 척했어요.

"이게 잘하는 건지 모르겠어요." 내 절친이 운전하면서 말했어요.

"그이를 저기에 놔둘 순 없잖아요." 질이 말했죠.

"루카스의 정신이 또 무너지면 당신이 제지할 수 없을 거예요."

"그럴 일은 없어요."

"그걸 당신이 어떻게 알아요?"

더는 기억나는 게 없는 걸 보면 거기서 다시 잠든 것 같아요.

질과 이사야가 차에서 내리는 걸 도와줬어요. 주위를 둘러봤을 때, 앞마당이 무수히 많은 표지판과 카드와 꽃다발과 봉제 동물 인형으로 뒤덮여 있어 깜짝 놀랐어요. 수백 명의 사람이 날 지지한다는 개인적인 메시지를 놔두고 간 것처럼 보이더군요. 우리 집 전면에 마치 미소처럼 보이는 커다란 현수막이 걸려 있었어요. 금색 글자가 찍힌 흰색 현수막을 보니 혹시 지저스 고메즈가 만든 게 아닐까 하는 생각이 들었죠. 그가 우리를 위해 만든 티셔츠와 똑같았는데, 거긴 이렇게 적혀 있었어요. "머제스틱이 당신 옆에 있어요, 루카스!"

2주 후, 이제 매주 일요일 아침마다 열리는 축구 시합 직후에 지저스가 내게 흰색과 황금색이 섞인 새 골키퍼 장갑을 줬어요. 기적적으로 그 팀의 골키퍼가 돼서 4년째 뛰고 있답니다. 내가 고맙다고 했을 때, 그 장갑은 그가 날 위해 할 수 있는 정말 별것 아닌 일이라고 했어요.

"존경하는 친구를 위해 더 많은 걸 해줄게요." 그는 이를 다 드러내고 활짝 미소 지으며 말하고선 주먹으로 내 가슴을 툭툭 치더군요. 마치 복싱장에서 치는 스피드 백처럼 내 오른쪽 가슴을 치면서 덧붙였어요. "당신의 목표는 아주 쉬워요. 공이 골문에 들어오지 못하게 지키면 돼요. 하지만 오늘 나쁜 놈들이 공을 넣었다고 해서 너무 걱정하진 말아요. 우린 이제부터 일요일마다 계속 이 연습을 할 거고, 점점 더 나아질 거니까요. 알았죠, 루카스? 내 말 이해하죠?"

내가 고개를 끄덕이자 이번에는 그가 내 왼쪽 가슴을 툭툭 쳤어요. 그러더니 경기를 시작하러 축구장 한가운데로 달려가면서 소리치더군요. "난 일요일 아침을 사랑해요!" 지저스는 우리 센터 포워드일 뿐만 아니라 리그에서 압도적으로 골을 많이 넣는 선수니까요.

정신병원에서 퇴원해서 우리 집 앞마당에 왔을 때로 다시 돌아가보죠. 난 내게 온 메시지 하나하나를 다 보고 싶었어요. 그래서 주위를 돌아보다가 내가 써야 할 답례 카드의 양이 어마어마하다는 사실을 깨닫고 걱정되기 시작했죠. 이제부터 카드와 우표를 사고 모든 사람들의 주소를 알아봐야겠다는 생각을 하고 있을 때 질이 말했어요. "이렇게 큰 사랑을 받았으면 웃어야지 인상 쓰면 안 돼요." 그래서 억지로 미소를 지으며 친구들과 같이 집으로 들어갔어요.

집 안에는 먼지 한 톨 없었어요. 유리창은 깨끗하게 청소되어 있었고 카펫에는 아직도 진공청소기 자국이 남아 있었어요. 모든 것에서 신선한 리넨과 소나무 향기가 풍겼어요. 냉장고와 냉동고가 수십 가지 요리로 꽉꽉 차 있었는데, 모두 각각 다른 용기에 담겨 있었어요. 뚜껑에는 그걸 보내준 머제스틱 마을 사람들의 이름이 매직펜으로 적혀 있었죠. 생존자들 모두 음식을 보냈고, 다른 사람들이 보낸 것도 있었어요. "이제 음식은 그만 받겠다고 해야 했어요." 질의 말에 동의해서 고개를 끄덕였어요. 냉장고엔 더 이상 공간이 없었으니까요.

갑자기 엄청난 피로가 몰려와 다아시와 같이 쓰는 침실로 들어가서 침대에 쓰러졌어요. 바로 잠이 들었고 아무 꿈도 꾸지 않았어요.

질이 날 깨웠을 때는 사방이 어두웠어요. 이사야가 나랑 대화하고 싶어 한다고 질이 알려주더군요. 통화를 하려나 보다 생각했는데 질이 내 노트북을 여는 걸 보고 깜짝 놀랐어요. 노트북 화면에 이사야와 베스의 얼굴이 밝게 빛나고 있었어요. 둘 다 활짝 웃더군요.

"앨리자가 아이를 낳았어." 베스가 그렇게 말하는 순간 그녀의 왼쪽 눈에서 눈물이 주르륵 흘러내렸어요.

"딸이야. 걔들이 머제스틱이라고 이름을 지었어. 줄여서 마지.

이름 어때?" 이사야가 말했어요.

"3.2킬로그램 나가는 복덩이야. 아주 건강하고."

"내 절친에게 제일 먼저 알려주고 싶었어."

"우리가 캘리포니아에 도착하면 영상통화 하자고."

나는 분명 가까스로 그들에게 축하한다고, 사랑한다고 말했을 거예요. 하지만 확실히 기억나지 않아요. 여전히 너무 지쳐 있었거든요. 다시 눈을 감고 열네 시간 동안 한 번도 일어나지 않고 계속 잤어요. 질이 점심을 차리면서 계속 "당신은 열네 시간이나 잤다고요"라고 말했기 때문에 알아요.

그날 오후, 수염을 뾰족하게 기르고 희끗희끗한 머리를 어깨까지 길게 늘어뜨린 키가 큰 남자가 맞은편 소파에 앉았어요. 자신의 이름을 피니어스라고 소개하고 이렇게 말하더군요. "나와 연금술의 과정을 시작하시겠어요?" 그건 그가 융 정신분석가라는 뜻이었죠. 나는 또다시 좋은 정신분석가에게 분석을 받게 됐어요.

피니어스가 이제부터 우리는 증상뿐만 아니라 근원적인 문제들을 치료할 거라고 짧게 말했어요. 그 말을 듣자 나를 한없이 재우는 약이 아니라 마침내 실질적으로 낫게 해줄 약을 받게 됐다는 느낌이 들었어요. 하지만 그에게 물어보고 싶은 충동을 참을 수 없었어요. 질이 분명 내가 나 자신과 다른 사람들에게 한 모든 일을 말했을 텐데 두렵지 않느냐고요.

그러자 그는 내 친구들과 가족을 죽이려 하지 않는 누군가를 육체적으로 해하려 한 적이 있느냐고 물었어요.

물론 그런 적은 없다고 대답했어요.

그다음에 머제스틱 극장의 비극이 일어나기 전 3년 동안 몇 번이나 자해를 했느냐고 물었어요.

솔직하게 한 번도 없다고 대답하자 그가 알았다는 뜻으로 고개를 끄덕이면서 영화 상영회를 하기 전에 내가 한 자학 행위는 금단 증상이었을 수 있다고 말했어요. 정신분석이 갑자기 중단됐고 그 후에 정신 건강을 관리할 수 있는 어떤 조치도 취해지지 않았기 때문에 그런 일이 일어난 거라고요.

나는 그런 특별한 상황 때문에 내 폭력성이 발현됐다는 점을 인정했고, 그가 말하고자 하는 요지가 뭔지 알 수 있었어요. 하지만 결국 이렇게 말했죠. "하지만 그때 그 상황과 상관없이, 나의 의도와 상관없이, 나의 동기나 내가 몇 명의 목숨을 구했다는 사실과 상관없이 어쨌든 난 살인자예요, 피니어스. 난 사람을 죽였어요."

"모든 사람의 내면에는 살인자가 있어요." 피니어스는 내 말을 무시하는 것처럼 대꾸하더군요. 마치 내가 한 짓에 당황하지 않은 것처럼 말이죠. 심지어 내 눈을 외면하지도 않았어요. "나의 내면엔 확실히 살인자가 있습니다. 질과 이사야와 당신이 지금까지 만난 사람들은 다 그래요. 우리 내면에 있는 살인자들이 수천 년 동안 우리를 안전하게 지켜왔습니다. 그들이 우리에게 고기를 먹였죠. 그들이 우리 가족을 먹여 살렸습니다. 정신병자 같은 정부들이 우리를 굴복시키려 할 때마다 내면의 살인자들이 우리나라를 지켰습니다." 피니어스가 그렇게 말하더군요.

그 말의 의미를 이해했지만 그와 눈을 마주칠 수 없었어요.

그다음에 그는 내면에 있는 존재를 살인자가 아니라 "내면의 전사"라고 부르는 게 좀 더 너그럽고 정확한 표현일지 모른다고 했어요. "용감하고 고귀한" 내면의 전사요. 머제스틱 마을 사람들 모두 나를 그렇게 본다고, 그러니 이제는 내 내면의 전사와 악수할 때라고 말했어요. 심지어 그가 한 영웅적인 행위에 고맙다고 해야 할 때라고도 했죠. 그가 다른 사람들의 생명을 구하기 위해 희생해줘서 고맙다고요.

그가 그 모든 이야기를 마쳤을 때, 나는 숨을 쉴 수 없을 정도였어요.

피니어스가 첫 소개를 끝낸 후, 당분간은 일주일에 세 번씩 분석을 받을 거라고 했어요. 그 말을 듣고 그의 시간당 요금을 낼 형편이 안 될 것 같다는 점을 인정했어요.

"그건 다 해결됐어요." 피니어스는 현관으로 가면서 말했죠. "내일 만나요. 그리고 아무리 사소해 보이더라도 이제부터 꾼 꿈은 꼭 기록해두세요. 당신의 무의식이 뭐라고 하는지 알고 싶으니까."

내가 돌아섰을 때, 질이 계단을 내려오면서 피니어스와의 이야기는 어땠는지 물어보더군요.

"내 정신분석 상담료는 누가 내는 거죠?"

"학교에서 아직 당신의 건강보험을 대주고 있어요. 피니어스는 마음에 들어요? 내가 보기엔 아주 훌륭하던데. 당신에게 딱 맞는 것 같고요."

"학교의 건강보험료로는 일주일에 세 번 정신분석을 받을 수 없어요." 나는 말했죠.

질은 계단 난간 끝에 있는 기둥을 돌아서 주방으로 도망치려 하면서 아무렇지 않게 말하더군요. "저녁으로 뭘 해야 하나?"

"내 상담료는 누가 내냐고요?" 버럭 소리를 지르는 것 같은 내 목소리를 듣고 놀랐어요.

질이 돌아서서 날 보더군요. "나예요."

"하지만 당신에겐 그런 여윳돈이 없-"

"내 집을 팔았어요. 그러니까 내가 여기 사는 것에 대해 당신이 부담스러워하지 않았으면 좋겠어요. 자, 뭐 먹고 싶은 거 있어 요?" 질은 그렇게 말하면서 아랫입술 안쪽을 잘근잘근 씹었어요.

그러고는 냉장고를 들여다보면서 이미 요리가 다 돼서 해동까지 시킨 음식들의 이름을 읊었지만, 그녀가 하는 말은 하나도 들리지 않았어요. 이제 그녀와 내가 영원히 같이 살게 됐다는 사실을 받아들이려고 애를 쓰고 있었기 때문이죠. 전혀 부담스럽지 않았어요. 하지만 질이 집을 사는 데 얼마나 오래 걸렸는지는 알았죠. 그것도 머제스틱 사람들에게 아침과 점심을 해 먹여서 번 돈으로 말이에요. 그리고 정신분석 상담료가 얼마인지도 알았기 때문에 그게 질이 집을 판 돈을 얼마나 빨리 먹어 치울지도 알았어요. 하지만 난 정말 이 정신분석이 필요했기에 난제를 풀기 위해 애를 썼어요.

결국 나는 피니어스에게 지불하는 돈이 얼마나 되는지 정확하게 기록해뒀다가 나중에 상태가 나아져서 다시 일할 수 있게 되면 그때 질에게 갚자고 결심했죠. 지금은 이미 학기가 시작돼서 나보다 정신이 멀쩡한 다른 사람이 내 자리를 차지했을 테니 언제부터 다시 월급을 받게 될지는 알 수 없었지만요.

앨리에 대해 묻자, 정말 늦었지만 앨리가 로스앤젤레스에서 대학교에 들어갈 수 있게 마크와 토니가 주선해줬다고 하더군요. 그 학교에선 영화를 전공할 수 있고, 졸업한 후에는 다양한 영화 제작 스튜디오에서 인턴을 할 수 있게 알선해준다고 했어요. 앨리는 생존자 그룹의 일원인 트레이시 패로우가 선물한 비행기 마일리지로 이미 캘리포니아에 갔다고 했어요. 이제는 앨리도 앨리자처럼 캘리포니아의 주민이 되어서 여름방학 내내 다양한 독립 영화 세트장을 만들고 있다더라고요. 가끔 마크와 토니에게 앨리 소식을 조금씩 듣긴 했지만 앨리가 직접 내게 연락한 적은 없었어요. 이제는 앨리도 내가 그의 형에게 무슨 짓을 했는지 정확히 알 거고, 그래서 다시는 나와 말하려 하지 않을 거란 생각이 들더군요. 앨리가 그렇게 내 인생에서 갑자기 사라져버려서 마음이 아주 아팠지만 사실 앨리를 탓할 순 없는 노릇이죠. 앨리가 잘 지내길 빌었어요.

가끔 내가 우울해하는 걸 보면 질은 이렇게 말했어요. "앨리는 마음의 준비가 되면 당신에게 다시 연락할 거예요. 아이에게 시간을 줘요." 나는 고개를 끄덕였지만 감히 그 말을 믿을 용기는 나지 않았어요. 내 몸의 모든 세포가 앨리는 영원히 떠났다고 말했어요. 그의 형을 죽인 것도 모자라 내가 제일 필요했던 순간인 영화 상영회와 머제스틱 사람들이 다시 하나가 돼서 치유할 수 있는 크나큰 가능성을 망쳐서 그를 실망하게 했으니까요.

 몇 주가 지난 후, 질은 다시 컵 오브 스푼으로 돌아가 종일 일해도 될 만큼 내 상태가 안정됐다고 판단했어요. 그녀는 생존자 그룹 사람들이 돌아가면서 날 봐주도록 준비해놨더군요. 아까 말한 것처럼 지저스 고메즈와 그의 축구팀이 일요일 아침에 나를 맡았어요. 오전 게임이 끝나고 오후에는 대부분 다 같이 축구 훈련을 했고. 내 마음과 영혼이 나아진 후에도 지저스와 하는 축구를 그만둘 것 같진 않아요. 지저스의 지도를 받아서 나는 기적적으로 50세 이상 남자 리그에서 일급 골키퍼가 됐어요. 내 앞에 지저스의 사촌 두 명이 떡 버티고 선 상황에서 우리 팀은 인상적인 방어전을 펼쳤죠. 사실 이 두 선수가 승리의 주역이긴 하지만, 나도 공이 우리 골대로 들어가지 않도록 지키는 실력이 늘었답니다. 뜻밖의 재능을 발굴해서 아주 뿌듯해요.

 월요일에는 하루 종일 도서관에서 자원봉사를 해요. 로빈 위더스가 지켜보는 가운데 책꽂이에 책들을 꽂아놓는 일을 하죠. 화요일 오전에는 벳시 부시, 오드리 하트러브, 크리시 윌리엄스와 게임을 해요. 벳시는 우노 보드게임의 여왕이에요. 오드리는 5센트를 걸고 하는 포커 게임을 좋아하고요. 크리시가 좋아하는 게임은 스크래블(철자가 적힌 플라스틱 조각들로 글자를 만드는 보드게임—옮긴이)이에요. 오후에는 바비와 그의 경찰 친구들과 함께 YMCA에서 농구를 합니다. 수요일 오전엔 락스만 아난드의 법률 회사에서 서류 작업을 돕고, 오후에는 그와 같이 머제스틱 피트

니스에서 웨이트 리프팅을 하고 라켓볼을 치죠. 목요일엔 칼튼 포터와 필라델피아 노숙자 센터에 가서 자원봉사를 해요. 주로 요리를 해서 나눠 주거나 아니면 기부 받은 옷들을 정리하죠. 그 옷들을 사람들에게 나눠 주기 전에 세탁하는 일도 하고요. 금요일 오전에는 댄 젠틸레와 함께 달리고, 오후에는 데이비드 플레밍과 도자기 수업에 가요. 토요일에는 질이 랜디에게 컵 오브 스푼 일을 맡기고 나와 함께 트럭을 타고 여기저기 모험을 떠나요. 질은 항상 그날 갈 장소를 골라놓고 도시락도 싸놔요. 가끔은 뉴저지 해변에 놀러 가고, 또 가끔은 하이킹을 가기도 해요. 수목원이나 플라워쇼나 호박 축제나 스키장이나 콘서트나 질이 인터넷에서 찾은 이벤트나 장소를 찾아가서 시간을 보내죠.

이렇게 몇 년이 흘렀는데, 다행히 단 한 번도 폭력적인 사건은 일으키지 않았어요.

아, 앨리자의 아름답고 완벽한 아기에 대해 말하는 걸 깜박했네요. 베스가 신생아인 마지를 안고 아이의 이마에 키스하고는 아이의 배를 입술로 간지럽히는 이사야의 모습을 촬영해서 보내줬어요. 내 친구가 그렇게 뿌듯해하고 행복해하는 모습은 처음 봤어요. 그 근사한 광경을 보고 있노라니 가슴이 터질 것처럼 벅차오르더군요. "내가 할아버지가 됐어, 루카스! 내가! 이사야 할아버지!"

이사야 부부가 캘리포니아에 손녀를 보러 자주 갔던 어느 날, 밤늦게 앨리자와 화상 채팅을 했어요. 앨리자의 얼굴을 본 건 오랜만이었어요. 침대에 누워서 휴대폰을 들고 있다가 젊은 여성이 아닌 30대 후반의 여성이 날 마주 보는 걸 보고 깜짝 놀랐죠.

"선생님 말이 맞았어요." 나와 한참 이야기를 하던 앨리자가 그러더군요.

"뭐가 맞았다는 거니?" 내가 물었어요.

"앞으로 상황이 나아질 거라는 말. 내가 진정한 나로 있을 수 있고 아빠는 결국 마음을 돌릴 거라는, 아빠가 날 용서하고 결국 있는 그대로 받아들일 거라는 말이요."

"너희 아버지는 좋은 분이시니까." 내가 말했죠.

"선생님이 좋은 분이에요." 앨리자는 그렇게 말하면서 검지손가락으로 날 가리켰어요.

앨리자의 말이 진심인 걸 알 수 있었지만, 감히 믿을 순 없었어요. 그래서 그녀를 외면하면서 갓난아기 마지에 대해 질문했어요. 그러자 모든 게 괜찮아지는 것처럼 보였어요. 앨리자의 얼굴이 환해지면서 그 후로 45분 동안이나 아이에 대해 쉴 새 없이 말했거든요. 이 초보 엄마에겐 자기 딸의 모든 것이 기적이니까. 모든 것이 새롭고 근사하고 희망으로 가득하니까요.

그 첫해, 그러니까 그 비극의 1주기가 되기 한 달 전쯤부터 질과 나는 다아시의 무덤에 찾아가기 시작했어요. 그건 우리가 매주 하는 전통이 돼서 지금까지도 계속하고 있답니다. 질과 같이 그곳에 가기 전까지는 미처 몰랐는데 다아시의 비석 위쪽에 날개를 활짝 편 천사의 모습이 새겨져 있었어요. 날개가 어찌나 크고 넓적한지 솜씨 있게 묘사된 깃털 하나하나가 또렷하게 보였죠. 질은 내가 그 천사의 날개를 새겨달라고 고집을 부렸다고 하더군요. 조각가가 손으로 새긴 것이라 언뜻 봐도 돈을 많이 들인 게 분명했지만, 나는 그 돌을 고르러 간 기억조차 떠오르지 않았어요.

그 몇 년 동안 질과 나는 대개 담요를 한 장 가져가서 다아시의 배 바로 위쪽에 있는 잔디에 앉아 세상을 떠난 내 아내에게 그 주에 우리에게 일어났던 일을 돌아가면서 들려줬어요. 컵 오브 스푼에서 질이 만든 요리에 관한 이야기, 나를 봐주는 사람들과 했던 일들, 그리고 우리가 토요일에 하는 모험에 관해 이야기했죠. 3년이란 시간이 지났는데도 이야기를 마치고 나면 질은 울음을 터뜨리면서 다아시에게 그립다고, 최선을 다해 나를 보살피고 있다고 말하더군요. 나는 손으로 내 입술을 살짝 쓰다듬은 다음 아내의 차가운 묘비에 그 손을 대서 키스를 보내죠.

우리는 다아시를 찾아갈 때마다 매번 신선한 꽃다발을 남겨두는데, 다음 주에 왔을 때 그 꽃이 남아 있던 적이 한 번도 없었어요. 차를 타고 묘지에서 집으로 돌아오는 길에 기분 전환 삼아 우리가 놔둔 꽃다발에 무슨 일이 일어났는지에 대해 이야기를 꾸며내길 좋아했어요. 우리가 재미있어 하는 이야기 중 하나는 개리라는 이름의 묘지 관리인이 거트루드라는 이름의 아내를 위해 묘지에 있는 모든 꽃을 가져간다는 것이었죠. 거트루드는 남편이 꽃집에서 어마어마하게 큰 꽃다발을 사와야만 밤에 남편을 사랑해주니까요. 개리가 묘지 관리인으로 일해서 받는 월급은 쥐꼬리만 하지만 아내와 밤에 사랑을 나눌 생각을 하면 몸이 후끈 달아올라요. 그래서 묘지에 널린 꽃들을 챙기려고 뛰어다닌다는 스토리였어요. 우리는 종종 아주 큰 영감을 받아서 정교한 이야기를 지어내곤 했죠. 가끔 거기에 너무 빠져들어서 우리 집 진입로에 차를 세운 채 그 주에 지어낸 이야기를 마무리하느라 트럭에서 내릴 생각도 못한 때도 있답니다.

온몸이 달아오를 대로 달아올라 괴로운 공처가 개리는 아내의 사랑을 받기 위해 묘지에 있는 꽃을 다 훔쳐야 했다!

우리의 이야기는 항상 그렇게 끝이 났죠.

어느 순간 우리는 그 농담에 다이시도 참여시켜서, 머제스틱의 조문객들은 이제 세상을 떠난 사랑하는 이들을 위해서가 아니라 거트루드를 위해, 불쌍한 개리의 고통을 덜어주기 위해 꽃을 산다고 말했죠. 그 말을 들으면 다이시는 웃음을 터뜨려요. 물론 우리의 마음속에 있는 다이시가 그렇다는 거죠.

그 첫 크리스마스에 이사야와 베스는 손녀와 같이 크리스마스를 보내기 위해 캘리포니아에 갔어요. 이미 말한 것처럼 앨리는 여전히 연락이 없었고, 거기서 영원히 살 거란 소문을 들었어요. 마크와 토니는 크리스마스 시즌에 극장에서 <멋진 인생>이란 영화를 상영하는 전통을 재개했는데, 그 행사가 매진됐으며 극장을 지키는 경찰도 많다는 말을 들었어요. 하지만 나는 머제스틱 극장은 물론이고 다시는 그 어떤 극장에도 발을 들이지 않겠다고 결심했죠. 마크와 토니가 생존자 전원에게 평생 무료로 영화를 볼 수 있는 출입증을 줬지만 말이에요. 대부분의 생존자들은 전에 그랬던 것처럼 다시 영화를 보기 시작했는데, 피니어스는 그

것이 노출 치료의 한 종류라고 하더군요.

처음에 피니어스에게 영화를 보러 가야 하느냐고 묻자 이렇게 대답했어요. "당신이 준비가 됐을 때 가게 될 겁니다."

우리는 생존자 전원에게 크리스마스를 같이 보내자는 초대를 받았지만, 질과 나는 12월 한 달 동안 머제스틱을 떠나 차를 타고 남쪽으로 가다가 크리스마스는 플로리다에 있는 내 어머니와 어머니의 남자친구 가족과 함께 보내기로 했어요. 머제스틱 극장에서 최대한 멀리 떨어져 있으려는 목적도 있었죠. 피니어스도 내 평생 가장 큰 공포(우리 어머니)와 직면하는 것이 좋겠다고 하면서 말하더군요. "그 용이 당신의 황금을 갖고 있어요!" 이 말은 내 어머니이자 비유적인 의미의 용을 비유적으로 죽여야만, 어머니가 내게서 훔친 걸 되찾을 수 있다는 뜻이었죠. 어머니가 내게서 훔친 게 정확히 뭔지는 잘 모르겠지만 어머니를 직면하는 것이 중요하다고 느꼈어요. 특히 다이시의 죽음이라는 그늘이 아직 가시지 않은 상황에서 말이죠. 그래서 질은 랜디에게 다시 일을 맡기고, 컵 오브 스푼에서 그녀가 즐겨 쓰는 주걱으로 그의 양쪽 어깨를 한 번씩 가볍게 치는 의식을 치른 후 커피숍 열쇠를 건넸어요. 그리고 우리는 질의 트럭에 올라타 마음의 황금을 찾아 길을 떠났죠.

12월 1일의 머제스틱은 벌써 수십 개의 크리스마스 전등이 달려 있는 줄과 플라스틱 산타 클로스와 순록과 눈사람과 거대한 은빛 눈송이로 장식되어 환하게 반짝였는데, 그 광경을 보자 한

없이 우울해졌어요. 크리스마스 장식을 한 머제스틱을 완전히 벗어나서 고속도로에 들어섰을 때, 안도감이 전신을 감싸는 게 느껴졌습니다. 한편으로 피니어스와 처음으로 떨어져 지내게 되어 불안하기도 했죠. 일주일에 한 번씩 컴퓨터로 화상 채팅을 하기로 했지만 그런 마음은 쉽게 가시지 않더군요. 하지만 아내가 살해된 1주기가 되기 전에 머제스틱 극장에서 최대한 멀리 떨어져 있고 싶다는 마음이 가장 컸어요.

　우리가 질의 부모님이 사시는 노스캐롤라이나의 브레바드 외곽에 있는 통나무집에 도착했을 때는 이미 늦은 시간이었어요. 질의 부모님인 던 부부의 얼굴은 보지도 못하고 곧바로 손님방으로 들어갔죠. 질은 퀸 사이즈 침대에서 자고, 나는 구석에 있는 2인용 안락의자에서 잤어요. 전에 당신에게 말했던 메릴랜드 등대 옆 호텔 이후로 우리가 같은 방에서 잔 건 처음이었어요. 피곤했지만 잠이 잘 안 오더라고요. 질도 그랬는지 한밤중에 속삭였어요. "루카스? 자요?" 안 잔다고 했더니 질이 의자가 불편할 것 같은데 침대에서 같이 자도 된다고 하더군요. 발을 쭉 뻗고 누워 있기엔 의자가 좀 짧았거든요. 하지만 같은 침대에서 잠이 들었다가 다음 날 아침 비몽사몽간에 질과 섹스라도 하게 될까 두려워 거기로 가야 할지 잘 모르겠더라고요. 내 평생 맛본 최고의 섹스는 항상 아침에 잠이 덜 깬 상태에서 다아시와 사랑을 나눌 때였으니까요. 다아시와 나는 섹스를 한참 하는 중간에 잠이 완전히 깼는데, 어쩌다 그게 시작됐는지도 알 수 없었죠. 질과도 그런 일이 생길까 봐 걱정됐지만 그런 말은 하고 싶지 않았어요. 그래서 아무 대꾸도 하지 않고 어둠 속에서 가만히 누워 허공만 빤히 바라봤어요. 그렇게 몇 시간이 흐른 후 해가 떠서 침실 벽에 긴 그림자를 드리우기 시작했어요. 그 방의 벽지는 셀러리처럼 환한 초록색이더군요.

질이 데렉과 결혼한 후로 나는 질의 어머니와 계부를 만난 적이 없었어요. 두 사람은 도보 여행도 열심히 다니고, 채식주의자인데도 불구하고 전보다 더 작아졌고 더 쪼글쪼글해 보이더군요. 다 같이 땅콩버터를 바른 건포도 빵과 바나나를 아침으로 먹었어요. 부모님과 함께 있는 질의 모습이 너무 편안해 보여서 자꾸 눈길이 갔어요. 두 사람 모두 질을 보면서 싱긋 웃고 그녀가 하는 말을 경청하고 종종 그녀를 만지고 껴안고 키스했어요. 질 부모님의 반만큼이라도 좋은 부모님이 내게도 있었다면 절대 그들과 멀리 떨어져 살지 않았을 거란 생각이 자꾸 들었죠.

나중에 질과 단둘이 피스가 국유림을 산책하면서, 왜 부모님에게서 그렇게 멀리 떨어져 사느냐고 물었어요. 질은 다아시와 나의 가까이에서 살고 싶어서 그랬다고 했죠. 다시 이유를 물었을 때, 내 목소리에는 조금 더 힘이 들어가 있었어요. 질이 말하길 다아시는 자기 절친이었기 때문에 절대 그녀를 떠나 살 수 없었다고 하더군요. 중학생 시절 친부와 문제가 생겨서 힘들었을 때 다아시의 도움으로 그 시기를 견뎌낼 수 있었다고 했어요. 질의 표정을 보고 더는 물어봐선 안 된다는 걸 깨닫고 입을 다물었죠. 전에 다아시가 질의 친부가 질에게 한 짓을 말해주면서 그래서 질이 데렉과 결혼한 거라고 했거든요. 질은 학대에 너무 익숙해져서 그런 잘못된 선택을 했다고. 지금 질의 어머니와 같이 사는 계부의 도움을 받아 어머니가 친부와 헤어져서 따로 살 수 있었다고. 그래서 질은 던 씨를 친아버지로 여기고 지금까지도 그의 성을 따른다고요. 질은 내가 이미 이 모든 것을 안다는 걸 이해한 것 같았어요. 그냥 느낄 수 있었어요. 그래서 조용히 있었죠.

"게다가 머제스틱이 내 고향이에요. 앞으로도 영원히 그럴 거고." 질은 길가에 떨어진 솔방울을 하나 차면서 덧붙였어요.

질은 매일 밤 자신의 부모님을 위해 아주 환상적인 요리를 만들었어요. 어찌나 맛있는지 그게 다 채식이란 걸 당신도 알아차리지 못했을 거예요. 우린 같이 직소 퍼즐을 했어요. 그리고 질의 어머니와 내가 한 팀이 되고, 질과 아버지가 한 팀이 돼서 장작이 큰 소리를 내며 활활 타오르는 난로 옆에서 카드 놀이를 했죠. 그곳을 떠날 무렵 기온이 뚝 떨어져서 우리 넷은 옷을 따뜻하게 입고 얼어붙은 폭포들을 찾아갔어요. 던 부인이 카이엔 고춧가루를 살짝 섞은 비건 핫초코 두 잔을 만들어 커다란 보온병 두 개에 담아줬어요. 우리는 수직으로 얼어붙은 것 같은 기이한 고드름 모양으로 환하게 빛나는 폭포를 발견할 때마다 대자연의 영광을 찬양하면서 유제품이 들어가지 않은 그 뜨겁고 강렬한 맛의 코코아를 붉은 보온병 뚜껑에 따라 건배했어요.

마지막으로 같이 지내던 날 밤, 우리는 조금 이른 크리스마스 파티를 했어요. 던 부부가 내 선물까지 사놓은 걸 보고 깜짝 놀랐죠. 'NC, 브레바드'라는 문구가 새겨진 트럭 기사 모자와 그것과

한 벌인 추리닝 상의를 보고 감동했어요.

"우리를 기억하고 다시 돌아오라는 뜻일세." 던 씨가 말하더군요.

"조만간!" 던 부인이 덧붙였어요.

"루카스도 두 분 선물을 준비했어요." 질이 그렇게 말했을 때 내 얼굴이 빨개졌어요. 내 선물은 바보 같았거든요. 하지만 선물이 없는 척하기엔 이미 늦어버려서 포장한 작은 상자 두 개를 방에서 갖고 왔어요.

던 부부에게 선물을 건네자 던 부인이 딸에게 물어보더군요. "이거 네가 포장했니?" 남자가 선물 포장을 이렇게 제대로 했다고는 믿을 수 없을 테니까요. 하지만 난 할 수 있었고, 질도 그렇게 말했죠. 질의 어머니는 감동한 눈치였어요. 데이비드 플레밍과 도자기 수업에서 만든 두 개의 커피 머그잔이 상자에서 나왔을 때, 내 눈엔 아마추어의 작품답게 개성이라곤 하나도 없는 망작처럼 보였어요. 도자기 굽는 기술을 제대로 익히지도 않은 채 데이비드와 나는 신나게 웃으며 생존자 전원과 마크와 토니와 우리 가족들을 위해 머그잔을 만들었어요. 하지만 던 부부와의 선물 교환은 우리의 성급한 데뷔였죠. 데이비드에게 전화해서 생존자들이 여는 크리스마스 파티에서 남은 잔들을 나눠 주지 말라고 말하고 싶었어요. 지금 이 경험만으로도 너무나 굴욕적이었으니까요.

하지만 두 사람이 머그잔을 찬찬히 살펴보고 있을 때 질이 아주 자랑스럽게 말했어요. "루카스가 직접 만든 거예요."

"그랬니?" 던 부인은 파란 기가 도는 초록색 유약을 살펴보면서 말하더군요.

던 씨가 벌떡 일어나서 방을 나갔어요. 조짐이 불길했지만 그는 "아주 좋은 거"라며 술병을 하나 들고 곧바로 돌아왔어요. 우리는 난롯가에 앉아 라디오에서 나오는 오래된 크리스마스 노래들을 따라 부르며 데이비드와 내가 던 부부를 위해 만든 울퉁불퉁한 머그잔에 일등급 스카치를 따라 마셨어요.

몇 시간 뒤에 질은 아버지의 안락의자에 앉아 잠이 들었고, 던 씨는 그보다 훨씬 전에 침실로 들어갔어요. 저녁에 쓴 접시들을 설거지해서 정리하는 던 부인을 돕고 있는데 부인이 갑자기 돌아서서 내 눈을 올려다보더군요. 부인의 눈이 이렇게 말하는 것처럼 보였어요. 유감일세. 하지만 좀 더 깊이 들여다보자 던 부인의 눈이 하는 말이 실제로는 이런 의미라는 걸 어쩐지 알 수 있었어요. 사랑하네. 그 의미를 알아차린 순간 부인이 날 끌어안고 내 가슴에 자신의 머리를 댔고, 나도 부인을 껴안았어요. 그러다 내 몸이 떨리기 시작하는 게 느껴졌습니다. 내가 이사야의 교회에 갔을 때 모두 내 몸을 만지면서 기도하자 떨기 시작했던 그때만큼 격렬하게 떨렸죠. 던 부인이 마치 아기를 안고 있는 것처럼 내 몸을 꼭 안은 채 몸을 앞뒤로 흔들면서 계속 유감이라고, 나는 괜찮아질 거라고, 내가 질과 같이 있어서 행복하다고 말했어요. 그때 나는 이 순간 벌어지고 있는 일이 무엇이든 이제 그만 끝났으면 좋겠다는 생각이 들었어요.

던 부인은 마침내 날 놔주고 돌아서서 행주로 자신의 눈을 닦은 후에 침실로 들어갔어요.

나는 다시 거실로 돌아가서 던 씨의 크리스마스 트리에 있는 하얀 전구들을 바라봤어요. 질이 어렸을 때 만든 장식품들로 장식되어 있더군요. 그중에 솔방울과 풀로 붙인 툭 튀어나온 눈, 그리고 아마 질이 봉제 인형에서 잘라낸 꼬리를 붙여 만든 다람쥐가 마음에 들었어요. 돌아서서 질의 어머니가 낡은 옷으로 만든 두꺼운 이불을 덮은 내 친구를 바라봤어요. 크리스마스 트리에서 나오는 부드러운 불빛에 비친 그녀의 얼굴이 아주 젊고 어떤 면에선 좀 성스럽게 보이더군요. 그 천상의 불빛에 잠긴 채 자는 친구를 몇 시간이고 지켜볼 수 있겠다는 생각이 들었어요.

다음 날 아침 플로리다로 가기 위해 그곳을 떠날 때 던 부부는 울진 않았지만 울적해하는 걸 느낄 수 있었어요. 그래서 조만간 돌아올 것이고 종종 찾아뵙겠다고 말했죠. 그 약속을 지금까지 그럭저럭 지켰답니다. 질과 나는 이제 한 계절에 한 번씩, 그러니까 1년에 네 번씩 그곳을 찾아가고 있어요. 나는 내겐 없었던 사랑이 많은 부모님처럼 두 사람을 아주 많이 사랑하게 됐어요. 두 분은 그럴 자격이 충분해요.

피니어스는 이 관계를 아름다운 보상이라고 불렀고 당신도 그 의견에 동의할 거라는 걸 알아요.

질도 부모님과 헤어져서 슬프다는 걸 알 수 있었지만 플로리다로 가는 동안 그런 마음을 감추려고 애쓰더군요.

피니어스는 내가 어머니와 그녀의 남자친구인 하비 집에서 같이 지내지 않겠다고 약속하게 했어요. "그 만남이 성공할 수 있도록 준비하세요. 당신과 질이 그 두 사람에게 노출되는 사이사이에 다시 전열을 가다듬고, 압박감을 줄이고, 스스로를 치유할 수 있도록 두 사람에게서 떨어져 있으세요."

피니어스가 그 만남을 내가 어머니에게 "노출되는" 것으로 생각한다는 게 이상했어요. 마치 어머니가 방사선이나 안개가 긴 날 내리쬐는 강한 햇빛처럼, 그래서 내가 암에 걸릴 수 있는 원인처럼 생각한다는 발상 말이죠. 하지만 우리는 피니어스의 조언을 받아들였고 어머니는 우리 결정에 질색했어요. 어머니는 우리가 하비의 집에 세 개나 있는 "아주 호화로운" 손님방 중 한 곳에서 묵지 않겠다고 하자 큰 모욕으로 받아들였지만, 질과 나는 실물 크기의 형광 핑크 야자수가 있는 작은 모텔에 방을 잡았어요. 방마다 침대가 두 개씩 있었기 때문에 돈을 아끼려고 방은 하나만 잡았죠.

다음 날 아침, 멕시코만이 내려다보이는 해변의 야외 레스토랑에서 어머니와 하비를 만났어요. 생각했던 것보다 훨씬 더 쌀쌀해서 재킷을 입고 오지 않은 걸 후회했죠. 하비는 벗겨져가는 머리에 파나마모자를 썼고, 붉은 코 밑에 빗자루처럼 생긴 숱 많은 콧수염을 기르고 있었고, 터무니없을 정도로 주머니가 많이 달린 낚시용 조끼를 입었더군요. 어머니는 다이아몬드를 주렁주렁 달았고요. 두 사람은 자신들이 다니는 컨트리 클럽(테니스, 골프장 등의 스포츠 시설을 갖춘 클럽—옮긴이) 이야기를 했어요. 그리고 하비의 "최첨단" 낚싯배를 그의 "베이비"라고 부르면서 그에 대해 말하더라고요. 하비와 그의 아들인 헌터가 부동산 업계에서

315

아주 잘나간다고 하면서 최근에 헌터가 수백만 달러나 되는 거래를 성사시켰다고 하더군요. 그들의 이웃에 대한 이야기도 했어요. 모두 너무 시끄럽거나, 취향이 형편없어서 집의 인테리어를 이상하게 했다는 이야기였죠. 두 사람이 이야기하면 할수록 나는 점점 더 그 자리에 없는 존재처럼 느껴졌어요. 그저 침묵을 메우기 위해 노력하는 것뿐이라고 생각하려 애썼지만, 질이 언제고 말을 하려 할 때마다 어머니와 하비가 무시하고 다시 자기들 말만 해버리더군요. 그때부터 아주 날카로운 칼날들이 내 배를 후벼 파는 것 같은 느낌이 들기 시작했어요.

어머니는 자신이 주문한 팬케이크가 시럽을 너무 많이 뿌려서 질척거린다고 불평을 늘어놓았어요. 하비는 자신이 시킨 에그 베니딕트를 두 번이나 주방으로 돌려보내면서 소스 맛이 "이상하다고" 했고요. 그러다 마침내 식욕을 잃었다고 웨이트리스에게 말했어요. 그때부터 하비는 부루퉁해 있는 것 같았어요. 특히 우리 테이블을 담당하는 웨이트리스가 와서 식사는 괜찮냐고 물어볼 때마다 더 뚱해 보였죠. 질이 그 웨이트리스에게 활짝 미소를 지으며 자기가 먹은 토마토 오믈렛은 아주 맛있다고 대답하자 어머니와 하비는 얼굴을 찡그렸어요.

하비는 우리가 찾아오는 줄 몰라 그날 자신의 "베이비"를 타고 나가기로 했다고 말하면서 먼저 일어서더군요. 계산은 자기가 하겠다고 했지만, 자신의 식사가 "먹을 수 없는 수준이었다"고 주장해서 음식 값을 아주 많이 깎았죠. 엄마와 하비는 보지 못했지만, 모두 일어나서 해변으로 나가기 전에 질이 우리 웨이트리스에게

20달러 지폐 두 장을 주는 걸 봤어요.

하비에게 작별 인사를 한 후 질은 해변을 산책하자고 제안했지만, 어머니는 우리가 하비 가족을 위해 어떤 크리스마스 선물을 사왔는지 질문했어요.

질이 깜짝 선물이니 말할 수 없다고 하자 어머니는 냉정한 얼굴로 말하더군요. "하비 가족은 크리스마스 선물을 주고받는 걸 아주 중요하게 여기고 있어."

그러면서 그들에게 아주 대단한 선물을 줘야 하니 당장 쇼핑하러 가자고 하면서 덧붙였어요. "무엇보다 네가 그럴듯한 선물을 하나도 가져오지 않았다면 말이지."

데이비드와 내가 만든 울퉁불퉁한 머그잔들을 떠올리자 내 모든 장기들이 배에서 쏟아져 콘크리트 바닥에 철퍼덕 떨어지는 것 같은 느낌이 들기 시작했어요.

질이 다시 해변으로 산책하러 가자고 제안했지만 어머니는 크리스마스 쇼핑부터 해치워야 마음의 짐을 덜 수 있겠다고 하더군요. 돈은 어머니가 다 내겠다고 하더니 사실 그 돈은 하비 돈이라고 농담하면서 내 팔에 한 손을 올리고 말했어요. "그리고 루카스야, 내 아들. 네가 날 위해 뭘 사줄 수 있는지 난 잘 안단다!"

상황이 이 지경에 이르자 질이 말했어요. "지금까지 아드님에겐 질문을 하나도 안 한 거 아시나요?"

"내가 방금 우리 아들에게 같이 쇼핑 가자고 했잖니?" 어머니가 대꾸했어요.

"루카스가 부인에게 드릴 선물을 직접 만들었는데 아주 아름다워요." 질이 내가 구운 도자기의 미적 특징을 대단히 과장해서 말했어요.

"그걸로는 턱도 없다." 어머니는 걱정스러운 표정으로 말했어요.

그 순간 질이 어머니에게 소리를 버럭버럭 지르면서 욕을 했어요. 무슨 욕이었는지는 다시 말하고 싶지 않네요. 여기에 그대로 쓸 수도 없고요. 질은 적어도 5분 동안 계속 소리를 질렀어요. 어머니는 울음을 터뜨리면서 질은 아주 못됐고 나쁘고 못생겼다고 했어요. 그러자 질이 더 크게 소리를 질렀고, 어느 순간 이러다 질이 어머니를 때릴 것 같은 걱정이 들었어요. 하지만 질은 이렇게 소리치더군요. "루카스는 당신 인생 최고의 존재인데 당신은 루카스를 최악으로 대하고 있어요! 루카스에겐 당신이 필요했다고요! 자기를 사랑해줄 사람이 무려 50년 동안이나 필요했단 말이에요. 아무리 우리가 당신 대신 루카스의 허전한 마음을 채워주려고 노력해도, 당신은 아직도 루카스에게 엄청난 힘을 휘두르고 있단 말이에요. 자신이 아들에게 얼마나 큰 피해를 입히는지 당신은 의식조차 못하고 있군요!"

"적어도 난 내 절친의 남편과 자진 않아." 어머니는 눈물을 흘리는 와중에도 이렇게 반박하더군요. 그러자 질이 눈을 감고 심호흡을 한 번 한 후에 가버렸어요.

질이 우리 목소리를 들을 수 없을 만큼 멀리 가버렸을 때 어머니가 말했어요. "루카스, 저 여자와는 반드시 헤어져라."

나는 눈물로 얼룩진 어머니의 얼굴을 오랫동안 바라보다가 질을 쫓아 달려가기 시작했어요.

어머니가 날 불렀지만 무시해버렸습니다.

질을 따라잡았을 때 그녀에게서 엄청난 분노가 흘러나오는 걸 느꼈어요. 그래서 아무 말도 하지 않고 옆에서 걸었고, 그러다 결국 모텔로 돌아왔어요. 방문이 닫혔을 때 질이 날 보면서 말하더 군요. "당신 어머니는 도저히 상대할 수 없는 사람이에요."

내가 아무 대꾸도 하지 않자 질이 내 얼굴을 움켜쥐고 내 입술을 자기 입술로 끌어당겼어요. 우리는 서로의 옷을 벗기기 시작했고 침대에 누워서 뒹굴었죠. 지금 대체 무슨 일이 일어나고 있는 건지 미처 생각하기도 전에 우리는 사랑을 나누고 있었어요. 다만 이번에는 뭔가 나쁜 일을 하고 있다는 느낌은 들지 않았고, 오히려 이건 해도 괜찮고, 심지어 근사하고 아름다우며, 플로리다에서 12월 아침에 우리가 해야 할 바로 그 일처럼 느껴졌어요.

관계가 끝났을 때, 우리는 똑바로 누워서 서로의 팔을 쓰다듬으면서 숨을 몰아쉬었어요.

"당신 어머니와는 더 이상 같이 못 있겠어요. 정말 못 하겠어요. 미안해요." 질이 말했어요.

"우리 그냥 크리스마스를 보낼 다른 곳을 찾을 때까지 남쪽으로 운전해서 가는 게 어떨까요?"

우리는 고개를 돌려서 서로를 마주 봤죠. 그때 질의 머리가 하얗게 세어버린 걸 봤어요. 흰머리가 한꺼번에 나진 않았겠지만 전에는 미처 보지 못했죠. 하지만 질은 여전히 아름다웠어요. 다만 지금은 여왕처럼 보였다고 해야 하나. 현명하고, 강력하고, 자신이 지닌 힘을 잘 아는 여왕.

"당신이 날 위해 커피 머그잔을 만들었기를 정말 바라고 있어요, 루카스."

"데이비드 플레밍이 도와줬어요."

질은 내 입술에 세 번 키스했어요. 그리고 우리는 그녀의 트럭을 타고 남쪽으로 향했습니다. 새러소타 남쪽 어딘가에 있는 해변에서 머물 곳을 찾았고, 나의 죄책감을 끌어낼 어머니의 문자들과 평소처럼 나를 위협하면서 추하게 행동할 어머니를 상대하지 않도록 휴대폰을 꺼버렸어요.

크리스마스 전날 질과 나는 모래성을 만들고, 그 위에 머제스틱 극장에서 살해된 열여덟 명의 이름을 적었어요. 우리 다아시의 이름도요. 갈매기의 깃털로 그 이름들을 적었죠. 물론 모래 위 린드라의 이름 옆에 당신 이름도 새겨 넣었어요. 그리고 거기 앉아서 바닷물이 백만 개의 부드러운 파도로 부서져서 멕시코만의 모래를 부드럽게 핥으며 다시 돌아와 모두의 이름을 천천히 가져가는 모습을 지켜봤죠. 그 기나긴 과정을 보다 보니 마치 명상을 하는 것처럼 무아지경에 빠져서 실제로 마음을 진정시키는 데 도움이 되는 것 같았어요. 특히 우리가 브레바드에 있을 때는 1년 전에 있었던 총격 사건을 추모할 어떤 일도 하지 않았기 때문에 더 그렇게 느꼈죠.

크리스마스에 피니어스와 화상 채팅을 하면서 위에 적은 일들에 관해 이야기를 나눴던 기억이 나요. 피니어스는 그 모든 일이 내가 정확히 해야 할 일들이었고, 나는 내 마음이 하는 소리에 귀를 기울이고 있었다고 말해주더군요. 어머니를 거기 놔두고 간건 어머니를 회피하거나 내가 퇴행한 게 아니라 나의 가장 중요한 관계, 즉 질과의 관계를 보호하기 위한 의식적인 선택이었다고요. 그래서 남은 휴가 내내 질과 같이 손을 잡고 해변과 시내를 걸으면서 보냈어요. 가끔은 다이시가 세상에서 제일 좋아하는 두 사람이 서로 보살피는 모습을 하늘에서 내려다보며 싱긋 미소 짓는 걸 느낄 수 있었죠.

머제스틱으로 돌아왔을 때, 질이 내 방으로 옮겨와 우리는 같은 이불을 덮고 자기 시작했지만, 나머지 일상은 여행을 떠나기 전과 다름없이 계속됐어요. 나는 일주일에 세 번씩 피니어스와 정신분석을 했고, 피니어스는 내 부서진 영혼을 한 조각 한 조각 꼼꼼하게 다시 붙여줬어요. 그리고 나는 나를 돌봐주는 사람들과 같이 시간을 보냈죠. 질은 컵 오브 스푼에서 일했고, 우리를 위해 한 주간의 긴장을 풀고 느긋하게 떠날 토요일의 모험을 계속 계획했어요. 그렇게 세월이 천천히 흘러갔어요.

두 달쯤 전, 내가 이 마지막 편지를 쓰기 전에 앨리자가 마침내 우리 마을과 같은 이름의 딸을 데리고 펜실베이니아로 돌아왔어요. 이제 꼬마 마지는 세 살이 된 것 같아요. 두 사람이 여기 와 있는 2주 동안 우리는 이사야 가족을 초대하거나 그들의 초대를 받으며 시간을 보냈어요. 마지는 루카스 삼촌과 질 숙모를 금방 마음에 들어 하는 것 같더군요. 심지어 우리는 베스와 이사야와 앨리자가 질의 추천에 따라 필라델피아의 215 레스토랑에서 저녁을 먹을 수 있도록 그날 밤 마지를 봐주기도 했답니다. 빙긋 웃으면서 이름을 부르기만 해도 눈동자가 기쁨으로 반짝이는 마지와 사랑에 빠지기란 너무 쉬웠어요.

이사야와 베스가 일하는 동안 앨리자와 마지와 시간을 보내기 위해 날 봐주는 사람들과의 약속과 주중에 하는 활동들을 여러 번 취소했던 기억이 납니다. 어느 날 아침 앨리자와 나는 켄트 숲에 산책을 하러 갔어요. 그때 나는 마지를 유아차에 태워서 밀고 있었고 앨리자는 머제스틱 고등학교에서 보냈던 10대 시절에 대해 이야기하고 있었어요. 그녀의 아버지가 젊은 교장이었고, 내가 젊은 상담교사로서 사람들이 "타고난 경청능력"이라고 부르는 재능을 활용하기 시작한 시절이었죠. 졸졸 소리 내며 흐르는 시냇물 근처에 서 있는, 이제 막 싹이 트기 시작한 거대한 참나무 그늘에서 앨리자가 말했어요. "선생님이 제게 얼마나 큰 영향을 미쳤는지 선생님은 깨닫지 못하신 것 같아요."

"난 그냥 네 이야기를 들어준 거야. 그건 별일 아니었어." 내가 말했죠.

"그런데 왜 그만두셨어요?"

"뭘 그만둬?"

"들어주는 거."

"지금 네 말을 들어주고 있잖니."

앨리자는 눈썹을 치켜뜨면서 턱을 낮추고 말하더군요. "제 말이 무슨 뜻인지 아시잖아요."

나는 내가 제이콥에게 무슨 짓을 했는지, 그리고 그의 동생인 앨리를 어떻게 실망시켰는지 말하고 싶지 않아서 앨리자를 외면했어요. 그때 피부가 이글이글 타오르는 것 같은 느낌이 들었던 기억이 나요.

"전 선생님이 다시 들어주셔야 한다고 생각해요." 앨리자가 말했어요. 내가 아무 대꾸도 하지 않으니까 이어서 말하더군요. "선생님에게 일자리를 줄 사람을 제가 한 명 알고 있어요."

나는 그 문제로 피니어스와 이야기를 나눴어요. 앨리자가 무슨 말을 하는지 이해한다고 하면서 그 친절한 마음은 감사하게 생각한다고 했죠. 나도 질이 집을 판 돈을 계속 축내면서 다른 생존자들에게 의지해 바쁘게 살아가는 현실을 끔찍하게 느끼고 있었어요. 락스만은 오래전부터 수요일마다 그의 법률 회사에서 하는 일에 비해 아주 후한 보수를 주면서 날 정식으로 고용하겠다고 몇 번이나 제안했어요. 하지만 솔직히 말하면, 락스만과 같이 있는 건 즐겁지만 그의 회사에서 일하는 건 별로 내키지 않았죠. 로빈 위더스도 도서관에서 월급을 받으며 일할 수 있게 해주겠다고 했지만 월요일마다 하는 자원봉사에 대해 돈은 받지 않겠다고 거절했어요. 모두 알다시피 공공 도서관들은 끔찍하게 재원이 부족하니까요.

"다시 고등학교로 돌아가 일해야겠다고 생각할 때 당신의 마음은 뭐라고 하나요?" 피니어스가 종종 그렇게 묻더군요.

나는 눈을 감고 마음의 중심을 찾아보려고 했지만 내 마음은 동시에 두 가지 말을 하더라고요. 예전 직업을 찾고 싶은 마음도 간절했어요. 그 일을 하면서 삶의 목적의식과 기쁨까지 찾았으니까요. 한때 그 일을 아주 잘했던 적도 있고요. 하지만 동시에 마음속에서 뭔가가 부글부글 끓어오르기 시작했어요. 그 마음은 불안해하는 10대들로부터 내가 최대한 멀리 떨어져 있길 바라더군요. 제이콥 한센에게 한 일 때문에요.

어느 날 밤 용기를 내서 이사야에게 다시 머제스틱 고등학교로 돌아가는 화제를 꺼냈을 때, 그는 내 어깨를 힘주어 잡으면서 말했어요. "자네가 말만 하면 언제든 아이들과 같이 일하게 해주겠네. 당장 학교 이사회의 승인을 받아낼 수 있어." 그 말을 듣자 기분이 좋기도 하고 나쁘기도 했어요. 절대적인 신임을 받는 건 좋았지만, 그 결정이 오로지 나에게 달린 것이고 따라서 모든 책임도 나 혼자 져야 한다는 게 두려웠죠.

"돌아갈 때가 되면 당신의 마음이 알 거예요. 그때 도저히 부인할 수 없는 신호가 나타날 겁니다." 피니어스는 그렇게 말하곤 했어요.

"어떤 종류의 신호요?" 나는 그때마다 물었죠.

"당신이 도무지 무시할 수 없는 신호요." 피니어스는 그렇게만 대답하고, 평소처럼 신비롭고 친절한 미소를 지었어요.

당신이 내 정신분석가로 지낸 시간은 채 2년도 안 되고 우리는 한 주에 고작 한 번 두 시간을 같이 보냈지만, 피니어스와는 훨씬 더 많은 시간을 같이 보냈어요. 피니어스는 가끔 질에게 추가 상담료를 받지 않은 채 분석 시간을 90분까지 연장해주기도 했어요. 왜 그렇게 하는지 물어본 적이 있는데 그냥 자기 마음이 그렇게 하라고 했다더군요. 난 정말 피니어스를 사랑하고 믿게 됐지만, 여전히 칼 당신이 그리워요.

피니어스의 유일하게 성가신 점은 머제스틱 극장에 영화를 보러 가라고 다그치기 시작했다는 거예요. 그는 우리 마을 극장을 나의 또 다른 보물을 훔쳐 가는 용이라고 부르면서 현재 그 용이 작은 산처럼 쌓여 있는 내 황금 더미 위에 앉아 있다고 했어요. 그는 매번 분석 시간마다 머제스틱 극장으로 돌아가는 모습을 시각화하면서 명상하도록 시켰어요. "처음에는 그냥 로비에 들어가는 정도부터 시작해요. 아니면 극장 앞에 있는 매표소에서 표를 사는 장면을 상상하거나." 그는 그렇게 말했지만, 나는 그때마다 눈을 질끈 감아버리거나 화제를 바꾸려고 노력했죠. 그런 순간에도 내 회복에 필수적인 부분을 계속 미루고 있다는 사실을 뼈저리게 의식하면서 말이에요.

동료 생존자들에게 머제스틱 극장에서 영화를 보니 어떠냐고 물어보고 싶었지만, 매번 그 화제를 꺼내려고 노력할 때마다 심장이 쿵쿵 뛰고 입안의 침이 바짝 마르는 것 같았어요.

그동안 당신에게 보냈던 편지들을 마무리하게 하려고 피니어스가 애쓸 때마다 내 몸은 비슷하게 반응했어요. 그래서 최근까지 그럴 수 없었죠.

그런데 뭐가 달라졌냐고요? 당신이 묻는 소리가 들리는군요.

그게, 신호를 받았거든요.

마크와 토니가 질과 나에게 저녁을 먹으러 오라고 초대하면서 우리 넷이 같이 모인 지 너무 오래됐다고 하더군요. 그건 사실이었어요. 질이 뭘 좀 가져가도 되겠냐고 물어보자 여름철 별미인 딸기 파이를 부탁해서 질이 기쁜 마음으로 잽싸게 만들었죠. 물론 아직 봄이었지만 말이에요. 그러고 우리는 아주 화려한 식당에 앉아 그들이 그날 저녁을 위해 특별히 고용한 개인 요리사가 만드는 요리를 즐겼어요. 개인 요리사까지 고용하다니 너무 과한 거 아니냐고 할지 모르겠지만, 그들이 질에게 주는 선물로 준비한 것이었죠. 질은 주로 주방에 들어가 그날 온 요리사 카라와 요리 이야기를 하면서 시간을 보냈고, 우린 남은 사람들끼리 함께 있었어요.

수박 가스파초가 나오고 이어서 소금을 뿌려 구운 호박 샐러드와 옥수수 빵을 곁들인 메기구이가 나왔던 기억이 나요.

질이 요리사에게 자기가 만든 파이를 같이 먹자고 고집을 부렸어요. 카라가 파이 맛이 "황홀의 극치"라고 해서 내가 사랑하는 동거인이 아주 기뻐했답니다.

그러고 나서 우리는 방충망을 친 베란다로 가서 아주 작은 크리스털 잔에 든 브랜디를 한 모금씩 마셨어요. 화려한 잔에 든 브랜디가 마치 20세기 초반 축제에 설치된 조명들처럼 화려하게 빛나더군요. 저녁 식사가 아주 근사했다는 이야기가 좀 오래 계속되는 것 같았어요. 모두 한 말을 또 하기 시작했을 때 마크와 토니와 질이 나만 모르는 걸 알고 있다는 느낌이 들더군요.

"무슨 일이에요?" 내가 이렇게 말하자 질이 자신의 무릎을 내려다보는 동안 토니와 마크가 눈빛을 교환했어요.

마침내 마크가 말했죠. "앨리 일이에요."

"앨리?" 내가 되물었죠.

"앨리는 잘 지내요?"

"몇 주 후에 대학교를 졸업해요." 토니가 설명했어요.

그동안 몇 년이 흘렀는지도 잊고 살았는데 계산해보니 정말 얼추 4년이 흘렀더군요.

"그 말을 들으니 기쁘네요." 나는 그렇게 말했는데, 진심이었어요.

"그게, 실은." 마크는 이렇게 말을 시작하더니 남은 브랜디를 한입에 털어 넣었어요. "앨리는 4학년 졸업 과제로 단편을 만들어야 했거든요."

"단편 영화요." 토니가 정정하더군요.

"그렇군요." 그게 자연스러운 반응인 것 같아서 그렇게 말했어요.

"그 작품으로 상을 받았어요." 마크가 말했어요.

"1등상이요." 토니는 살짝 뿌듯해하는 기색으로 덧붙였어요.

"그거 참 잘됐네요." 나는 그렇게 말했지만, 아직도 왜 날 그렇게 이상한 표정으로 지켜보는지 이해되지 않았어요.

그때 마크와 토니가 질을 보더군요. 그녀와 눈이 마주쳤을 때 질이 말했어요.

"앨리는 당신에 관한 영화를 찍었어요, 루카스."

마크와 토니 둘 다 그때부터 엄청 빨리 말했어요. 앨리가 질과 나와 같이 살 때 찍은 장면들을 그 단편 영화에서 아주 많이 사용했다더군요. 또한 괴물 영화를 찍을 때 무대 뒤에서 벌어지는 일들을 촬영한 비디오도 앨리에게 제공했다고 설명했어요. 그 말을 듣자 걱정됐어요. 그 영화를 촬영하는 동안 내가 정신적으로 아주 많이 아팠으니까요. 그 생각을 하자 이젠 몸이 아프기 시작했어요. 내가 자기 형을 죽여서 앨리가 복수하려는 걸지도 모른다는 의심이 들었거든요. 나는 앨리가 자신의 단편을 이용해서 날 망신시키고, 생판 모르는 사람들에게 내 병든 마음과 분열된 자아를 보여줄까 봐 걱정됐어요. 어떻게 나와 계약서를 쓰기는커녕 내 허락도 받지 않고 우리 집에 있을 때 일어났던 개인적인 순간들을 남과 공유할 수 있는 거죠! 그때 내가 무슨 짓을 하는지 의식도 못한 채 벌떡 일어나서 현관을 나와 어두운 바깥으로 걸어가버렸어요. 그들이 내 이름을 부르면서 잡으려 했지만 소용없었죠. 나는 계속 성큼성큼 걸어갔고, 질이 따라잡았을 때 달리기 시작해서 머제스틱 거리를 지나 마침내 질을 떨쳐버렸어요. 그러고는 속도를 줄여서 빨리 걷기 시작했습니다.

내가 어디 가는지도 모르고 있었는데 머제스틱 묘지의 검은 철문이 보이더군요. 나는 다아시의 배 위에 자라난 잔디에 앉아 오늘은 꽃을 하나도 안 가져와서 미안하다고 사과했어요. 불쌍한 개리가 잠자리를 못 하게 됐다고 농담을 해보려고 했지만 오늘 밤은 그 농담도 별로 재미있지 않더라고요. 그래서 다아시에게 앨리의 단편 영화에 관해 이야기하면서 그를 내 집에서 지내게 해주고 괴물 영화도 만들게 해줬는데 어떻게 나에게 그렇게 잔인하게 대할 수 있느냐고 물었어요. 하지만 앨리를 나쁜 사람으로 묘사하려고 하면 할수록, 나에 대한 내 모든 어두운 감정들을 앨리에게 투사하려 한다는 사실을 깨달았어요. 나중에 피니어스가 내 생각이 맞았다고 확인해주더군요. 나는 다아시에게 그녀의 몸에서 흘러나온 피를 멈추게 하지 못해서 미안하다고, 제이콥이 총을 갖고 들어오는 걸 못 봐서 그 두 방의 총알이 날아오는 걸 막지 못해 미안하다고, 질과 같은 침대에서 자는 것도 미안하다고, 날개 달린 다아시가 내 무의식의 상상 속에서 점점 희미해지는 것도 막지 못해 미안하다고 계속 사과했어요. 난 다아시를 되살리기 위해서라면 무슨 짓이든 할 거니까요. 할 말이 없을 때까지 계속 그렇게 말하고 마침내 일어나서 가려고 돌아섰을 때, 바비가 순찰차에 기대 서 있는 모습을 보고 깜짝 놀랐어요. 다아시와 나를 존중해서 멀찍이 떨어진 곳에 주차되어 있더군요.

"여긴 언제 왔나?" 내가 물었죠.

"한참 전에요." 바비가 인정하더라고요.

"내가 하는 말을 듣고 있었어?"

"이제 막 이걸 꺼낸 걸요." 그는 날 향해 오른손을 내밀었는데 손바닥 위에 하얀 무선 이어폰 두 개가 있더군요. "필리스가 메츠에 7대 6으로 지고 있어요."

우리는 달빛이 비치는 묘지에서 잠시 서로를 빤히 바라봤어요.

그때 바비가 말했어요. "질이 아무래도 선생님에게 차가 필요할 것 같다고 그랬어요."

"요 몇 년간 날 집에 실어다주느라고 자네 정말 피곤했겠어." 난 그렇게 말했죠.

"술 취한 10대들을 쫓아서 숲속을 달리는 것보다는 훨씬 쉬워요. 이제 집에 모셔다 드릴게요. 괜찮죠?" 바비가 말했어요.

나는 고개를 끄덕인 후 순찰차에 탔고, 우리 집 앞에 내렸을 때 날 다시 보호해줘서 고맙다고 인사했어요. 바비는 내게 경례를 하더니 내가 집에 안전하게 들어가는지 지켜보더군요.

"마크와 토니에게 사과해야 해요. 둘 다 당신을 얼마나 걱정했는지 몰라요." 우리 둘이 소파에 앉았을 때 질이 말했어요.

"앨리가 날 배신하다니 믿을 수 없어요." 나의 어두운 면이 참지 못하고 불쑥 내뱉었죠.

질은 의아한 표정으로 날 잠시 보다가 입을 열었어요. "난 이미 앨리의 영화를 봤어요."

"어떻게?"

"마크와 토니가 갖고 있거든요."

"왜 말하지 않았어요?"

"그 영화가 당신을 치유하는 게 아니라 망가뜨릴지도 모르니까 내가 먼저 봐야 했어요."

"그게 날 망가뜨릴까요?" 마음에 안 들었지만 내 목소리는 아주 어린아이처럼 들렸어요.

"당신에게 그런 일이 일어나게 우리가 가만 놔둘 거라고 생각해요, 루카스? 정말 그렇게 생각해요?"

나는 사과하려고 마크와 토니에게 전화했지만 그들은 얼른 괜찮다고 하면서, 내가 그 영화를 큰 화면으로 봐야 한다고 앨리가 고집하고 있다고 말했어요. 그래서 머제스틱 극장의 대형 상영관에서 나 혼자 볼 수 있도록 해주겠다고 제안하더군요. 이야기를 들고 보니 그들은 오래전 피니어스에게 그 문제로 연락해서 피니어스가 나 몰래 그 도전을 준비시키고 있었더라고요.

"당신이 그 영화를 본 직후에 앨리가 당신과 화상 채팅을 하고 싶어 해요." 마크가 말했어요.

"난 진심으로 그 채팅을 꼭 해야 한다고 생각해요." 토니가 덧붙였죠.

한번에 소화하기엔 벅찬 이야기였지만, 이것이 아마도 피니어스가 내게 그동안 말했던 신호가 아닐까 하는 생각이 들었어요. 내 파멸을 향해 걸어가는 것 같은 느낌이 들기도 했고, 또 한편으로는 구원을 향해 걸어가는 느낌이 들기도 했죠.

"그 양극단이 자아내는 긴장을 참아내서 거기서 나오는 고통을 의미 있는 것으로 만들어볼 수 있겠어요?" 피니어스는 내게 수도 없이 물었어요. 아마도 내가 해낼 수 있는 느낌이 들 때까지요.

마침내 마크와 토니가 대형 상영관에서 나 혼자 앨리의 단편 영화를 볼 수 있게 날짜를 잡았어요. 아주 많은 사람들이 나와 함께 그 영화를 보겠다고 했지만, 어쩐지 이 용은 혼자 직면해야 한다는 사실을 알 수 있었어요. "안 그러면 거기서 나오는 황금을 다른 사람들과 나눠야 해요." 피니어스가 여러 번 그렇게 말했거든요.

혼자 영화를 보기 전날, 완전무장한 바비와 나의 융 정신분석가인 피니어스가 나와 같이 머제스틱 극장 안으로 걸어 들어갔어요. 몇 년 전 공개적으로 무너져 내렸던 날 이후로 극장에 간 건 그날이 처음이었어요. 우리는 매표소를 지나 로비로 들어갔어요. 1930년대부터 시작된 역사적으로 유명한 흑백 영화 사진들이 로비에 걸려 있었죠. 그곳에서 마크와 토니가 날 맞이하며 준비가 됐느냐고 물었어요. 나는 고개를 끄덕였고, 우리는 마크와 토니를 따라 상영관으로 들어갔어요. 그곳은 조명이 환하게 켜져 있었지만 무덤 속처럼 조용했어요. 피니어스가 뒤로 물러나라는 뜻으로 바비의 가슴에 한 손을 댔고, 그래서 나 혼자 극장 안으로 들어갔습니다.

나는 내가 제이콥 한센의 목숨을 끊었던 그 자리에 섰어요. 아내가 살해된, 천갈이를 새로 한 그 좌석에 앉아보기도 했죠. 그리고 얼굴을 들어서 천장에 영원히 남아 있게 될 천사들을 바라봤어요. 나는 한 시간 정도 그들의 이상한 천국을 올려다본 후 다시 바비와 피니어스와 토니와 마크가 기다리는 곳으로 갔어요. 모두 로비로 통하는 문 옆에서 정중하게 기다리고 있었죠. 그들에게 고개를 한 번 끄덕여 보이고 모두 같이 나왔어요. 아무도 나에게 괜찮냐고 물어보지 않았는데, 나는 그걸 좋은 신호로 해석했습니다.

그날 밤, 질이 계속 앨리의 영화가 어떤 내용인지 말해주고 내일 영화를 볼 때도 옆에 있겠다고 하더군요. 영화를 보는 내내 내 손을 잡고 거기서 떠오를 복잡한 감정을 감당할 수 있도록 돕고 싶다고요. 하지만 질은 지난 4년 동안 날 위해 충분히 했고, 난 이 용을 혼자 죽여야 했어요. 기사는 용을 죽인 포상금을 갖고 집에 있는 숙녀에게 돌아오는 거지, 임무를 수행하러 가는 길에 숙녀를 데려가진 않는 법이죠. 그리고 나의 숙녀는 내가 좇는 황금을 받을 만한 가치가 차고 넘친다는 점을 이미 입증했고요.

그날 밤 잠이 잘 오지 않더라고요.

피니어스와 나는 아침 일찍 긴급 정신분석을 했는데, 주로 그가 내 눈을 깊이 들여다보면서 치유의 에너지를 보내는 데 시간을 썼어요. 이 말이 어떤 사람들에겐 이상하게 들릴지도 모르고 나도 그 점은 이해하지만, 일단 융 정신분석가와 그런 관계를 맺고 나면 그보다 더 나은 응원도 없죠. 시간이 끝나갈 무렵 피니어스는 내가 마침내 내 인생에서 가장 큰 용을 직면할 용기를 내서 자랑스럽다고 말했어요. 나는 대꾸했죠. "난 아직 머제스틱 극장이라는 용과 직면하지 않았어요."

"하지만 바로 그게 오늘의 기적이에요, 루카스. 당신은 이미 머제스틱 극장이라는 용과 만 가지의 다른 방식으로 직면했어요. 그런데 당신은 여전히 아주 잘 살고 있고 매일매일 더 나아지고 있어요."

난 어느새 머제스틱 극장 상영관에 앉아 있었어요. 나의 다아시가 살해된 바로 그 옆자리에요. 불이 꺼졌을 때 살짝 공황이 오려고 해서 질과 바비와 마크와 토니와 피니어스와 이사야와 베스가 로비에서 로빈 위더스, 존 번팅, 드션 프리스트, 데이비드 플레밍, 줄리아 윌코, 트레이시 패로우, 지저스 고메즈, 락스만 아난드, 벳시 부시, 댄 젠틸레, 오드리 하트러브, 어니 바움, 크리시 윌리엄스, 칼튼 포터와 심지어 현재 펜실베이니아 주지사인 산드라 코일과 함께 이곳을 지키고 있다는 사실을 다시 떠올렸어요. 내가 이 단편 영화를 본 후 우리 모두 같이 괴물 영화를 보기로 했거든요. 이로써 나는 그 영화를 처음 보는 셈이에요. 첫 상영회날 정신적으로 붕괴돼 그 후론 절대 영화를 보지 않았으니까요.

그때 화면이 환해졌습니다.

처음 본 이미지는 앨리와 내가 만든 괴물의 얼굴이었어요. 그밑에 이렇게 적혀 있었죠. 깃털 괴물 프로덕션. 그다음에 큰 화면 가득 앨리의 얼굴이 나왔어요. 조금 살이 쪘고 턱수염을 길러서 일종의 비트족처럼 보였지만, 여전히 우리의 아이였고 그를 보자 마음이 조금 부풀어 올랐어요.

앨리는 카메라 렌즈를 똑바로 보면서 그의 형인 제이콥이 어떻게 극장으로 들어가서 열일곱 명을 죽였는지, 공교롭게도 그중 한 명이 자신이 고등학교 다닐 때 정신 건강을 지킬 수 있게 도와줬던 선생님의 아내였다는 이야기를 풀어놓더군요. 그리고 말했어요. "루카스 굿게임 선생님이 살해된 아내의 죽음에 어떻게 반응했는지 내가 이야기하는 것보다 여러분에게 보여드리겠습니다."

내가 그의 형을 죽였다는 사실을 앨리가 어떻게 다룰지 정말 걱정되기 시작했어요.

그때 감성적인 음악이 흘러나오며 화면에 앨리의 오렌지색 텐트가 우리 집 뒷마당을 환하게 밝히고 있는 장면이 나왔어요. 그 첫 장면을 보자 나는 현실에서 빠져나와 시간을 거슬러 앨리와 같이 있었던 때로 돌아갔어요. 앨리가 재키 페이퍼고 내가 마법의 용 퍼프였던 시절로요. 나는 이제 머제스틱 극장이 아니라 앨리가 날 위해 만들어놓은 환상의 세계로 들어갔어요. 앨리는 주로 자기 휴대폰으로 찍은 영상들을 사용했더군요. 어쩌면 이게 나의 벚나무 길이었는지도 몰라요. 음악 위로 앨리의 내레이션이 흘러나왔는데, 대체로 내가 그동안 당신에게 보낸 여러 편지에서 말했던 이야기였죠.

그리고 손가락에 골무를 낀 앨리와 내가 잠수복에 깃털을 꿰매는 장면이 나왔어요. 우리 집 뒷마당에서 프리스비를 던지는 모습도 나왔죠. 그때 질이 자기 휴대폰으로 찍은 장면을 앨리에게 보내준 게 분명하다는 사실을 깨달았어요. 내가 오렌지색 텐트 속에서 융의 저서들을 읽는 장면, 질이 부엌에서 요리하는 장면, 우리 셋이 아이스크림 가게 앞에서 거대한 콘 아이스크림을 핥아 먹는 장면도 나왔고 질과 내가 다이시의 해먹을 타는 모습도 있었어요. 그 후에 앨리가 도서관 벽장 속에서 아주 살짝 열린 문틈으로 또 다른 루카스가 연설하는 장면 일부를 촬영한 것도 나왔어요. 그러더니 갑자기 모두 알린과 리버의 의상 차량 앞에서 영화 의상을 입고 돌아다니는 모습이 나왔어요. 우리 모두 세트장에서 분장을 하고 있었고 나는 열심히 대사를 외우고 있었어요. 앨리가 괴물 의상을 입고 나를 껴안는 모습도, 내가 괴물과 함께 프리스비를 던지는 모습도 나왔고요. 그때 나는 앨리가 다른 사람들에게 촬영 현장을 비디오로 촬영하게 했다는 사실을 알았죠. 그 후로 내가 앨리가 감독하고 연기하는 모습을 지켜보는 장면들이 줄줄이 나왔거든요. 화면 속의 나는 뿌듯해하는 한편으로 걱정스러운 표정을 짓고 있었어요. 마치 앨리가 괜찮은지, 공정한 대우를 받고 있는지 확인하는 것처럼 보이더군요. 그때 나는 어쩌면 좋은 아빠라면 할 만한 행동을 했던 건지도 모르겠어요. 앨리는 마크와 토니가 영화 출연진들을 위해 연 파티 장면들도 영화에 넣었는데, 스크린 속에서 내가 아주 많이 웃고 있어서 놀랐어요. 영화를 찍는 내내 내가 비참해하고 이기적으로 행동했다고 믿었는데, 앨리의 영상을 보니 완전히 그 반대더라고요.

단편 영화가 끝나갈 무렵, 앨리가 우리 집 앞에서 내레이션을 했어요. "내가 이분의 집 뒷마당에 텐트를 치지 않았을 수도 있다는 생각을 하면." 그때 현관문이 열리고 내가 나와서 아주 크고 따뜻한 미소를 지으며 앨리에게 손을 흔들었어요. 현실에서 그런 행동을 했는지 기억이 안 나고 아무리 머릿속을 뒤져봐도 그런 부분은 찾을 수 없었는데 말이죠. 여기서 앨리가 변심해서 내가 자기 형을 죽인 것에 대해 비난하는 이야기를 할까 봐 걱정하기 시작했지만, 놀랍게도 영화는 앨리가 그 추악한 사실을 언급하지 않은 채 그대로 끝났어요.

극장에 다시 불이 들어왔을 때 두 손으로 얼굴을 가렸어요. 지난 15분 동안 울고 있었거든요. 정신을 가다듬기까지 시간이 좀 걸렸고 모두 나를 존중해서 로비에서 계속 기다려줘서 고마웠어요. 10분 정도 시간이 흐른 후에 내 휴대폰이 울리기 시작했어요.

영상 채팅 버튼을 누르자 앨리와 내가 거의 4년 만에 얼굴을 마주 보고 있더군요.

"그 눈물을 보니 선생님이 내 영화를 완전히 싫어하신 걸 알겠어요." 앨리는 그렇게 말하더니 자신만만한 미소를 지었고, 그걸로 이제 그가 더는 아이가 아니란 사실을 알 수 있었어요.

난 말을 많이 하진 못했지만 앨리가 주로 이야기해서 상황을 자연스럽게 만들었어요. 앨리는 그가 받은 상과 그가 맺은 관계들에 대해 이야기했고, 캘리포니아에서 해낸 좋은 일들에 대해 들려줬어요.

그러고 나서 로비에서 사람들이 기다릴 테니 이제 그만 나를 놔줘야 할 것 같다면서, 그 전에 딱 한 가지 물어볼 게 있다고 하더군요.

"혹시 누가 선생님을 위해 이미 항공권을 샀다면, 그리고 아름다운 질 아주머니까지 포함해 선생님 친구들 모두 같은 비행기를 예매했다면, 그러면 제 졸업식에 오시겠어요?" 앨리가 말했어요.

나는 고개를 끄덕이면서 누가 날 위해 항공권을 샀을까 궁금해했지만, 미처 그걸 짐작해보기도 전에 모두 내 주위에 앉아서 다 같이 팝콘을 먹고 있더군요. 오전 10시 반밖에 안 된 시간이었는데도요. 우리의 괴물 영화가 우리의 상상력을 빛나게 해줬고, 생존자들은 스크린에 자신이 등장할 때마다 큰 소리로 의기양양하게 웃었어요. 우리 영화는 과장됐고 내가 기억했던 것보다 훨씬 더 우스꽝스러웠지만, 내 친구들과 이웃들이 박수를 치고 웃고 휘파람까지 부는 소리를 들으면서 나는 우리가 보고 있는 영화가 모든 시대의 영화를 통틀어 우리가 가장 좋아하는 영화일 것이고, 내가 지금 맛보고 있는 순간이 내 인생 최고의 극장 경험일 거라는 점을 깊이 확신했어요.

영화가 끝날 무렵 괴물과 내 캐릭터가 시장으로 분한 질이 주는 메달을 받는 장면이 나왔을 때 나는 고개를 뒤로 젖혀서 위에 있는 천사들을 보려고 했지만, 그들은 영사기와 화면에서 나오는 거대한 빛에 가려져 있었어요.

그리고 생각했죠. 저 빛 속에 우리가 있어. 이 방에 있는 사람들 모두와 머제스틱 마을 사람들이.

우리.

우리가 빛이에요.

* * *

지금 나는 비행기 기내에 앉아서 내 노트북으로 당신에게 보내는 이 마지막 편지를 쓰고 있어요. 전에 말했던 것처럼 당신에게 다시는 편지를 쓰지 않을 거예요. 그리고 피니어스가 이 마지막 편지를 읽으면 이 글은 두 번 다시 아무도 읽지 않겠죠.

질은 옆에서 내 오른쪽 팔에 머리를 기대어 쿨쿨 자고 있어요. 질은 잠을 꽤 깊게 자는 편이긴 하지만, 나는 크게 움직이지 않으면서 타자를 치려고 최선을 다하고 있답니다. 당신과 산드라 코일만 빼고 남은 생존자 전원이 비행기에 탔어요. 산드라는 "주지

사로서 공무를 보느라" 바빠서 못 온다더군요. 마크와 토니는 일 등석에서 상류층의 삶을 만끽하고 있고, 베스와 이사야는 통로를 사이에 두고 우리 옆 좌석에 있는데 역시 둘 다 쿨쿨 자고 있어요. 우리 모두 앨리가 대학 졸업장을 받는 모습을 보러 로스앤젤레스로 가는 중이에요.

공항의 남자 화장실에서 손을 말리다가 이사야에게 즉흥적으로 물어봤어요. 내가 예전에 하던 일을 계속할 수 있게 면접을 볼 수 있느냐고요. 이사야는 나보고 진심이냐고 물어보더니 그렇다고 하자 외치더군요. "합격이야!" 이사야의 목소리가 너무 커서 화장실에 있던 사람들이 다 우리를 쳐다봤답니다.

지난주에 질의 반지 하나를 훔쳐 보석상에게 그 크기를 재서 신속하게 약혼반지를 만들게 했어요. 그 반지는 지금 내 주머니 속에 있죠. 어제 던 씨에게 전화해 우리의 결혼을 허락해달라고 했어요. 그러자 그는 요즘 사람들은 이제 그런 건 하지 않는다고, 여자는 아버지의 소유물이 아니며, 특히 50대 딸을 둔 70대 계부가 그런 말을 하긴 좀 그렇다고 했어요. 하지만 몹시 기뻐했습니다. 질의 부모님은 내가 청혼하기까지 왜 그리 오래 걸렸는지 궁금했다며 말했어요.

"자네를 우리 가족의 일원으로 받아들이면서 공식적으로 환영할 필요도 없지. 자네가 우리 가족이 된 지도 좀 됐잖아."

나는 거의 매일 다아시의 무덤을 찾아가 다아시에게도 허락해달라고 했지만, 죽은 아내가 이 결합을 축복하겠다고 해석할 만한 신호는 아직 보지 못했어요. 당연한 일이지만 내겐 다아시의 허락이 질 부모님의 허락보다 훨씬 더 중요하게 느껴져요.

다아시가 아직 살아 있을 때, 뉴스나 다른 사람들이 하는 이야기에서 비극을 들을 때면 다아시는 내 손을 꼭 잡고 이렇게 말하곤 했어요.

"나보다 먼저 죽지 마, 루카스. 당신 없이 혼자 살고 싶지 않으니까. 알았지?" 반쯤은 농담이었고 반쯤은 절대 시들지 않을 애정 선언이기도 했죠. 그래서 나는 날개가 새겨진 그녀의 묘비에게 왜 그녀가 먼저 죽으면 어떻게 할지에 대해선 의논하지 않았는지 계속 물어봤어요. 다아시는 질과 내가 서로를 계속 돌봐주길 바랄 거라고 꽤 확신하지만, 확실한 마음은 아무도 모르는 거니까요.

피니어스는 우리의 무의식이 종종 꿈을 통해서 우리에게 말하기도 하지만, 가끔은 우리의 깨어 있는 자아가 꿈을 만들어야 할 필요도 있다고 했어요.

그래서 이 편지를 끝내자마자 비행기 창문의 덮개를 열려고 해요. 시야가 부드러워지고 눈동자가 빛에 적응할 때까지 구름을 보다가 날개 달린 다아시를 마지막으로 단 한 번 상상해볼 거예요. 다아시가 우리 비행기와 속도를 맞출 수 있도록 힘차게 날개를 펄럭이게 할 거예요. 그리고 내 눈으로 상상하면서 질과의 결혼을 허락해달라고 청하려고 해요. 내 마음속에는 날개 달린 다아시가 나와의 시간이 마침내 공식적으로 끝나가고 있다는 사실에 슬프기도 하고, 나와 질을 위해 행복해하는 것도 보여요. 우리는 다아시가 없는 상황에서 서로를 위로할 수 있었어요. 다아시가 이 두 개의 상반된 마음이 자아내는 긴장을 견뎌낼 수 있을 거라는 걸 알아요. 다아시는 그 고통을 이겨내고 거기서 의미를 찾아낼 겁니다.

다아시가 나와 눈을 맞추면서 얼마나 오랫동안 이 비행기를 따라 날아올 수 있을지 모르겠지만, 최선을 다해 다아시의 얼굴과 눈이 부시게 아름다운 그녀의 날개를 기억에 새겨 넣으려고 해요. 그러다 어느 순간 다아시는 손을 흔들며 작별 인사를 하고 거대한 미지를 향해 빛처럼 빠르게 날아오르겠죠.

나는 앨리를 안고 그가 자랑스럽다고 말하는 순간을 고대하고 있어요. 앨리가 나를 위해 해준 그 모든 일을 생각하면 직접 만나서 고맙다는 말을 하면 좋을 것 같아요. 그리고 나는 내 동료 생존자들과 친구들이 질을 위한 약혼 파티를 열 수 있게 도와주도록 설득할 수 있을 거라 확신해요. 앨리자와 어린 마지를 고향에서 다시 만나면 기쁘겠죠. 난 앨리자의 남편인 로버트까지 처음으로 만날 계획을 세웠어요. 분명 그럴 만한 가치가 있는 만남일 거예요.

내가 가장 필요할 때 내 곁에 있어줘서 고마워요, 칼. 당신이 없었다면 나는 이 중 어떤 일도 해내지 못했을 거예요.

당신에게 정신분석을 받던 초기의 어느 날, 당신이 내 눈을 바라보면서 날 사랑한다고 말했던 때가 기억나요. 난 그때 당신 말을 믿지 않았죠. 그런 선물을 받아들이기엔 그때는 내 마음속에 부서진 구석이 너무 많았어요.

오늘은 그 선물을 받을 수 있어요.

고마워요.

나도 당신을 사랑합니다.

질이 뒤척이기 시작했어요. 내가 방금 그녀의 정수리에 키스했거든요. 거기선 여전히 인동 향기가 나네요.

자, 이제 마지막으로 날개 달린 다아시에게 작별 인사를 해야겠어요.

이토록 마음이 아플 줄 몰랐지만, 다아시는 그 무엇으로도 대체될 수 없는 사람이니까요.

당신도 마찬가지고요.

당신의 가장 헌신적인 루카스

감사의 글

이 책은 제 인생에서 극도로 어두웠던 시기가 끝나갈 무렵 썼습니다. 솔직히 말하면 그때 매튜 퀵은 끝났다는 느낌이 들었어요. 소설을 쓰는 건 항상 제 우울증과 불안을 다스리는 데 도움이 됐습니다. 그래서 갑자기 닥친 심각한 슬럼프는(그래서 3년 가까이 겸손해진 한편으로 굴욕스럽기도 했습니다) 특히 지고 가기 힘겨운 십자가나 다름없었죠.

그런 짐을 덜어준 사람이 몇 명 있습니다. 저의 낙관주의자인 점심 파트너이자 무슨 이야기든 털어놓을 수 있는 매트 휴번드, 제 영화 클럽의 공동 창설자인 켄트 그린, 수영과 쿱 게임 친구인 아담 모건과 제가 사랑하는 동생 미카 퀵입니다. 멀리 사는 동생과는 토요일 오전에 종종 전화를 하죠. 그리고 동료 작가인 니콜라스 버틀러의 격려가 또 다른 서간체 소설을 쓰게 했습니다.

20년에 걸쳐 저와 이메일로 편지를 주고받은 친구 스콧 험펠

드의 명복을 빕니다. 네가 그리워, 친구야.

고통스러울 정도로 긴 3년 동안 저를 지켜준 뛰어난 에이전트인 더그 스튜어트와 리치 그린, 이 두 사람은 지칠 줄 모르는 인내심과 단순한 사업 관계가 아닌 우정처럼 느껴지는 열정을 보여줘서 저를 놀라게 했습니다. 둘 다 고맙습니다.

절 웃게 해주고 제 질문에 충실히 답해준 캣 모건, 괴물 영화를 추천해주고 이야기를 나눠준 앞서 언급한 켄트 그린, 나의 조카들 일사, 올리버, 브렉슬리, 아처에게도 고맙다는 말을 전하고 싶군요. 얘들아, 너희를 사랑하는 건 너무나 쉬운 일이란다. '2003년부터 코롤라에서 해터라스까지 구매자들과 판매자들을' 대표하는 OBX 부동산 그룹도 감사합니다. 이 회사는 인터넷에서 확인하실 수 있습니다. 저를 낳아주신 부모님, 알리샤를 낳아주신 바브와 피그, 투사인 메건 셔크, 빛과 같은 딕시 키스 박사, 우아한 롤랜드 머룰로, 끝없는 인내심을 보여준 로스코스, 집념이 빛나는 데이비드 스웨이츠, 오랫동안 친절하게 저를 지지해준 헤닝 포그, 관대한 리즈 젠슨, 첼리에서 일요일을 보낼 수 있게 해준 세실리아 플로렌스, 브레바드와 피스가 국유림을 소개해준 스콧 스노우, 넥스 헤드의 우 카사 키친에서 끝내주는 음식과 한결같은 다정함을 보여준 케이트와 브룩, 에릭 스미스, 윌리 윌호이트, 스콧 캘드웰, 빌 로다, 저스틴 크로닌과 폴 킹에게도 고마운 마음을 보냅니다.

관대하며 영혼을 살찌우는 지혜와 연민을 품고 있는 세 명의 융 정신분석가 데보라 C 스튜어트, 리사 마키아노, 조셉 리가 진행하는 팟캐스트 <융 심리학자의 삶>에 특히 고마운 마음을 전하고 싶습니다. 제 영혼이 어두워지는 밤에 듣는 이 팟캐스트는 매주 영혼의 치료제와 같은 역할을 했고, 이 책을 쓰는 데 아주 많은 정보를 제공했으며 큰 영향을 미쳤습니다.

모든 서점들, 사서들, 인터넷 서점들, 교사들, 학생들, 제 책의 리뷰를 써주신 분들, 제게 팬이라며 메일을 보내주신 분들, 제 작품에 대해 단 한 번이라도 친절한 말을 했거나 글로 써주신 분들 정말 감사합니다.

아주 약소한 금액을 받고 아주 강력한 글쓰기 부적을 직접 만들어주신 엣시의 히어로킹(잭 리틀이라고 불리는)도 감사합니다.

글을 쓰다가 막혔을 때, 그 어려움을 돌파하기 위해 고든 라이트풋의 아름다운 노래 '당신이 내 마음을 읽을 수 있다면'으로 이 소설의 첫 꼭지를 시작하겠다는 마법 같은 생각이 떠올랐습니다. 하지만 이 생각은 완전 틀렸죠. 이제 여러분은 아시겠지만, 그 노래는 이 소설에서 단 한 번도 나오지 않았으니까요. 하지만 제가 서서히 용기를 내서 다시 소설을 쓸 수 있다는 믿음을 가지려고 했을 때, 오랫동안 이 노래를 듣고 또 들었습니다. 아마 수천 번은 반복해서 들었을 거예요. 이 소설의 첫 줄을 쓰기 시작했을 때 마침내 이 노래를 껐지만, 그게 제 무의식에 아주 큰 영향을 미친 건 사실입니다.

제 편집자인 조피 페라리 아들러에게 진심으로 고맙다는 말을 하고 싶습니다. 그의 통찰력 넘치고 명료한 접근방식 덕분에 이 소설은 여러모로 훨씬 나아졌습니다. 주위 사람까지 전염되게 만드는 그의 열정 덕분에 최선을 다해 이 이야기를 갈고닦아서 세상에 내놓을 수 있었습니다. 이 소설을 쓸 수 있게 해주고 응원해 줘서 고마워, 조피.

소설은 혼자 쓸 수 있지만 책을 출간하기 위해선 여러 사람이 필요합니다. 애비드 리더 프레스의 모든 분들에게 고맙습니다. 모두 고생 많으셨습니다.

그리고 스털링 로드 리터리스틱 에이전시에서 열심히 일하시는 전문가들에게도 감사를 전합니다.

사반세기 넘게 부부로 살아오고 있는 제 아내이자 작가인 알리샤 베셋이 없었다면 제 책은 한 권도 나오지 못했을 겁니다. 알리샤의 공감, 인내심, 경청 능력, 전문가급 편집 기술, 삶을 버티게 해주는 아침 포옹, 그리고 그녀의 조용하지만 강력한 지혜 덕분에 이 책과 저는 상상할 수 있는 모든 면에서 더 나아질 수 있었습니다. 또한 알리샤는 제게 팟캐스트 〈융 심리학자의 삶〉을 소개해줬고 또 다른 서간체 소설을 써보라고 처음으로 제안한 사람이기도 합니다.

저는 융 심리학에 관련된 책을 어마어마하게 읽었는데, 거기서 얻은 아주 많은 정보 덕분에 독자 여러분이 방금 다 읽은 이 소설을 쓸 수 있었습니다. 그중에서도 특히 제가 큰 영향을 받은 융 심리학자 몇 명과 융 심리학자와 비슷한 저자들을 소개하고 싶습니다. 로버트 블라이, 폴 포스터 케이스, 톰 히론스. 히론스는 『가끔은 거친 하느님』이라는 시집을 냈습니다. 로버트 A 존슨, 도널드 칼셰트, 유진 모닉, 실비아 브린톤 페레라, 그리고 물론 칼 융이 있죠. 앞서 언급한 융 심리학자들이 여기 쓴 작가들의 책과 그 외에도 많은 책을 추천했습니다. 역시 이 소설을 쓰는 데 막대한 영향을 미쳤죠.

몇 년 동안 융 심리학에 완전히 빠져 있긴 했지만, 제가 융 심리학 전문가는 아니라는 점을 분명히 밝히고 싶습니다. 전 그저 가끔 아주 강한 호기심을 갖는 작가일 뿐입니다. 그리고 이 여정을 통해 만난 융 심리학 개념들 덕분에 정신 건강이 크게 향상된 한 개인일 뿐입니다.

마지막으로 이 책을 읽고 계신 독자 여러분에게 고맙다는 말을 하고 싶습니다. 여러분의 손이 이 책의 페이지를 넘기지 않았다면, 여러분의 눈이 이 책의 글을 한 줄 한 줄 읽지 않았다면, 여기에 나온 생각들은 계속 책 속에 갇힌 채 죽어 있을 것이고, 이 책의 표지는 사실상 관이 됐을 겁니다. 다시 독자와 연결될 수 있다는 희망 덕분에 제 인생에서 가장 어두운 시간에 한 발 한 발 앞으로 디디며 나아갈 수 있었습니다. 감사와 애정을 담아 여러분 모두에게 행운이 함께하길 빕니다.

옮긴이의 글

매튜 퀵의 신작 소설 번역 의뢰를 받았을 때 처음 든 느낌은 반가움이었다. 매튜 퀵의 소설『용서해줘, 레너드 피콕』과『러브 메이 페일』을 번역하면서 극한의 고통 속에서도 인류애와 희망을 잃지 않고 고군분투하는 주인공들에게 푹 빠졌던 나는 이미 그의 팬이 되어버렸으니까. 그래서 마치 덕질하는 밴드가 새 앨범을 발표했다는 소식을 들었을 때처럼 설레는 마음으로 출판사에서 보내준 원고를 읽기 시작했다.

칼에게 보내는 루카스의 편지로 시작하는 소설은 매튜 퀵의 오랜 팬이기도 하지만 무엇보다 서간체 소설을 사랑하는 나에게 그야말로 선물과도 같은 작품이었다. 미친 속도로 달려가는 요즘 세상에서 누가 손으로 꾹꾹 눌러 쓴 편지를 보낸단 말인가? 하지만 편지를 한 번이라도 쓰고 받아본 경험이 있다면 이메일이나 문자와는 완전히 다른 정서를 담은 매우 다정한 소통 방식이라는 점을 알 것이다. 심지어 그런 편지들 속에 너무나도 애절하고 슬픈 이야기가 담겨 있다면 어찌 계속 페이지를 넘기지 않을 수 있을까.

그런 마음으로 나는 무정할 정도로 대답이 없는 칼에게 계속 편지를 보내는 루카스의 놀랍고 비통한 이야기를 읽어갔다. 이제는 독자들도 다 아시겠지만, 번역가는 작가의 작품을 제일 먼저 읽는 독자이기도 하다. 나는 번역 작업을 할 때 먼저 원서를 통독해서 작품이 주는 여운과 정서를 몸과 마음속 깊이 받아들인 후 번역을 시작한다. 책의 분량에 따라 원서를 읽는 기간이 짧게는 이틀에서 길게는 닷새까지도 가는데, 『머제스틱 극장에 빛이 쏟아지면』은 적지 않은 분량임에도 하루 만에 읽어버렸다.

그만큼 흡입력이 있는 소설이었다. 칼이라는 융 정신분석가는 왜 이렇게 답답하리만치 답장을 보내지 않는지, 총기 학살에서 아내를 잃은 루카스가 어떻게 그 무시무시한 슬픔과 고통을 이겨내는지, 머제스틱 마을 사람들이 그 참담한 비극에서 어떻게 일어서는지, 그리고 무엇보다 루카스가 아내의 절친인 질과 어떤 관계로 발전할지 궁금해서 책을 놓을 수 없었다. 물론 루카스를 찾아온 앨리라는 아이가 어떻게 성장할지도 이 책을 계속 읽게 만든 힘이었다.

그렇게 루카스의 슬픔과 고통과 희망이 담긴 이야기를 읽고 번역하는 과정에서 나는 또 종종 놀랐다. 이미 알고 있는 이야기지만, 한 번 읽어서 아는 것과 영어 한 문장 한 문장을 한글로 옮기면서 그 이야기에 담긴 의미를 곱씹는 건 크나큰 차이가 있으니까. 나는 매튜 퀵이 세상에 좌절한 20대 청년이 일으킨 집단 학살에서 기적적으로 인류애를 발견하고, 슬픔에 잠긴 마을 사람들을 빛과 사랑으로 이끄는 과정을 지켜보며 그저 놀랄 수밖에 없었다. 일상에서 마주하는 아주 사소하고 작은 불편과 무례에도 참지 못하고 상대를 비난하는 것이 어느덧 일상이 되어버린 현대 사회에서 그는 어떻게 이런 거대한 사랑을, 관용을, 희망을 찾아내 이야기로 옮길 수 있었을까.

소설 번역을 마치고 매튜 퀵이 남긴 작가의 말과 그의 인터뷰를 번역하면서 그런 의문을 조금이나마 풀 수 있었다. 그는 오랫동안 술과 우울증으로 고생했으며, 지금도 완쾌했다고는 볼 수 없다고 했다. 하지만 그는 주인공인 루카스가 그랬듯 상처투성이인 자신의 마음을 직시하고, 타인의 도움을 받아들이고, 언제나 그의 작품에서 일관되게 밝힌 것처럼 인간에 대한 믿음과 사랑으로 글을 써온 것이다. 그의 그런 감동적인 여정이 이 소설에 잘 드러나 있다.

『머제스틱 극장에 빛이 쏟아지면』은 종종 총기 학살이 일어나는 미국에서 아주 큰 반향을 일으키고 공감을 받았지만, 한국 독자들에게도 큰 힘과 위로가 되리라 생각한다. 총을 들고 거리로 뛰쳐나가 난사하는 것만이 사람을 죽이는 행위라고 생각하지 않는다. 한국도 여러 곳에서 여러 가지 방식으로 다양한 사람들이 일상을 잠식한 고통에 잠긴 채 때로는 죽고 싶은 마음을 참아가며 묵묵히 살아가고 있다. 이 소설은 그런 이들의 마음을 조용히 쓰다듬어줄 것이다. 그리고 자꾸만 잃어가는 인류애를 충전해줄

것이다. 세상을 사랑으로 대하면 그 사랑이 다시 나에게 돌아올
것이라고.

2024년 7월

박산호

머제스틱 극장에 빛이 쏟아지면

초판 1쇄 발행 2024년 7월 29일

지은이 매튜 퀵
옮긴이 박산호
펴낸이 윤동희
책임편집 황유라 **편집** 최유연 김미라 이예은 유보리
디자인 김소진
마케팅 윤지원 김연영

펴낸곳 ㈜미디어창비
등록 2009년 5월 14일
주소 04004 서울 마포구 월드컵로12길 7 창비서교빌딩
전화 02) 6949 – 0966 **팩시밀리** 0505 – 995 – 4000
홈페이지 books.mediachangbi.com
전자우편 mcb@changbi.com

한국어판ⓒ ㈜미디어창비 2024

ISBN 979 – 11 – 93022 – 61 – 0 03840